MIREILLE CALMEL

Mireille Calmel est née en 1964 dans le Sud de la France. À l'âge de huit ans, elle tombe gravement malade. Passant son enfance d'hôpital en hôpital, elle trouve la force de vivre grâce à la lecture et à l'écriture. Puis elle guérit, lentement. Elle écrit des chansons, des pièces de théâtre et chante dans les bals. En 1995, elle commence la rédaction de son roman *Le lit d'Aliénor*, en vivant grâce au RMI. Cinq ans plus tard, elle envoie son manuscrit aux éditions XO : Bernard Fixot est conquis. Le livre est vendu à plus d'un million d'exemplaires et traduit dans sept pays européens. Ce succès la décide alors à poursuivre sa carrière d'écrivain. En 2003, son nouveau roman *Le bal des louves* est paru aux éditions XO.

Elle vit aujourd'hui en Aquitaine avec son mari et ses deux enfants.

Le bal des louves

*

LA CHAMBRE MAUDITE

MIREILLE CALMEL

Le bal des louves

*

LA CHAMBRE
MAUDITE

XO Éditions

À toutes les femmes
battues, violées et humiliées,
de tous temps et de tous lieux.
À celles pour qui la différence
autant que la vie sont un fardeau.
À celles qui rêvent de justice, de liberté et d'amour.
À celles et ceux, enfin, qui se battent
pour que jamais l'espoir ne meure.

Prologue

Ce n'était pas à proprement parler de l'angoisse. Juste une oppression légère qu'il sentait descendre de sa poitrine jusqu'à ses mollets serrés contre les flancs de l'âne. Une de ces sensations qui vous tiennent parfois à la tombée de la nuit, lorsque la lune est ronde et pleine, voilée par intermittence d'une brume noire effilochée par la brise. L'impression que ces tours dont il distinguait la masse noire et imposante sur le roc, juste au bout du chemin, ne parviendraient pas à lui donner refuge.

Alors, pour chasser cet absurde et ridicule frisson, l'abbé Barnabé traça un signe de croix sur son mantel, abaissa son capuchon et posa avec détermination le poing sur le poignard d'argent qu'il portait à la ceinture.

Il se rassura du silence autour de lui, des deux murets dressés à hauteur d'homme sur cette portion de route, qui empêchaient les loups d'attaquer les voyageurs, puis il talonna sa monture fatiguée.

— C'est ici, messire.

François de Chazeron, seigneur de Vollore et de Montguerlhe, glissa de son cheval, l'air bougon. Il n'avait pas desserré les dents depuis que le prévôt l'avait envoyé quérir en sa résidence de Vollore, au matin.

Celui-ci, qui réglait pour le compte du seigneur les affaires de justice, n'insista pas et mit pied à terre à son tour. À quelques mètres d'eux, sur le chemin, deux moines s'affairaient en marmonnant, entourés d'une masse grossissante de badauds attirés par l'effrayante découverte.

Le prévôt n'eut pas besoin de faire intervenir la petite troupe de soldats qui les escortait. L'allure impressionnante et arrogante du seigneur de ces lieux les dispersa, la mine rentrée, en prières.

Le supérieur de l'abbaye du Moutier, Guillaume de Montboissier, les accueillit d'un signe de tête auquel François de Chazeron répondit sans plaisir. Les deux hommes étaient en froid depuis que le seigneur avait refusé à l'abbé les fonds nécessaires à la construction d'une nouvelle chapelle, qu'il avait qualifiée d'inutile et de prétentieuse. L'abbé lui en gardait rancune. L'affaire en était là.

Désignant la forme avachie à même la terre battue, le prévôt constata, apitoyé :

— C'est le cinquième...

— Je sais compter, Huc ! coupa sèchement François de Chazeron en écartant du pied le linceul qui masquait pudiquement le cadavre.

— Un loup, de toute évidence, conclut-il.

Huc de la Faye ne discuta pas. Le corps lacéré de coups de griffes, dont le regard vitreux avait gardé l'horreur, parlait de lui-même. Pourtant, il était perplexe. Aucun loup, il en avait la certitude, n'aurait pu franchir les murets érigés en toute hâte depuis la précédente agression, trois mois auparavant.

— Le connaît-on ? interrogea Chazeron.

— C'est un frère exorciste venu de Clermont, répondit Guillaume de Montboissier. Nous lui avions demandé d'enquêter sur ces crimes, mais il n'a, semble-t-il, guère eu plus de chance que son prédécesseur.

François de Chazeron toisa le regard gris de l'abbé du Moutier sans l'infléchir pour autant.

— Vraiment ? ironisa-t-il, un sourire léger flottant sur ses lèvres minces.

Huc de la Faye s'interposa :

— Vous ne pouvez ignorer la rumeur, messire. Elle s'est nourrie de ces étrangetés, et j'avoue être moi-même perplexe. Pourquoi uniquement des prêtres et chaque fois lorsque la lune est pleine ? J'avais compté sur ces murailles pour museler ces superstitions, elles ne font, par leur inefficacité, que les renforcer.

— Simple coïncidence, trancha François de Chazeron, visiblement agacé.

— Troublantes cependant, vous ne pouvez le nier, renchérit Guillaume.

— Allons, l'abbé, soyons sérieux...

— Regardez cet homme, messire de Chazeron, ordonna Guillaume en tendant le doigt vers le visage bouffi du défunt, regardez et dites-moi si les traits de cet être voué à chasser les démons n'indiquent pas la plus grande des frayeurs, celle d'avoir croisé Satan cette nuit !

François de Chazeron s'attarda non sur le visage qu'on lui désignait avec insistance mais sur le poing fermé du cadavre. Une enjambée lui suffit pour l'atteindre et forcer les doigts à s'ouvrir. Ce qu'il découvrit lui arracha un cri de stupeur. Dans le creux de cette main aux ongles maculés de sang caillé, des poils de loup gris se mélangeaient à de fins et longs cheveux bruns.

Depuis quelques jours, le fond de l'air avait fraîchi sensiblement sans que la forêt qui recouvrait les monts d'Auvergne ait changé de visage. À peine trouvait-on quelques plaques de givre aux cernes des ornières, de Clermont-Ferrand jusqu'à Thiers. Sur les terres duseigneur de Chazeron, décembre s'achevait dans la mollice[1] de cette année 1500, malgré quelques averses subites et froides.

François de Chazeron s'était installé à Montguerlhe, afin d'être au cœur de l'activité déployée par son prévôt. La triste découverte de Huc de la Faye avait assis la superstitieuse rumeur qu'un loup-garou narguait l'Église, en conséquence de quoi il ne pouvait être que Satan lui-même. L'ampleur que prenait cette affaire déplaisait à François.

Orgueilleux, autoritaire et suffisant, ce jeune seigneur de vingt et un ans aspirait davantage à attirer l'attention de ses pairs pour obtenir une charge plus importante, à valoriser ses domaines de Vollore et Montguerlhe, qu'à s'occuper des incertitudes de ses gens.

Pour l'heure, François de Chazeron se rendait avec Huc à la ferme de Fermouly où, deux semaines tout juste après le meurtre de l'abbé Barnabé, une fillette de onze ans avait affirmé avoir vu un loup gris rôder le long des murailles. La ferme se trouvant sur le trajet entre Thiers et Montguerlhe, à peu de distance du lieu de l'agression, le prévôt n'avait voulu écarter aucune hypothèse, même si déjà, à plusieurs reprises, les témoignages spontanés qu'il avait recueillis n'avaient eu d'autre source que l'imagination des manants.

François l'avait accompagné. Cette hypothétique chasse au garou lui permettait au moins de se montrer un peu sur ses terres, ce qu'il avait négligé de faire depuis qu'un nouveau siècle s'annonçait, ouvrant à ses travaux d'alchimiste de passionnantes perspectives. Depuis de longs mois, dans le secret d'une tour du château de Vollore, ses alambics distillaient l'alkaheist, cette pierre philosophale qui changerait le plomb en or et assiérait sa richesse.

Il touchait au but, il le savait, il le sentait. Peu impor-

1. Douceur.

12

taient les moyens d'y parvenir. La jouissance qu'il tirait de ses expériences valait tous les sacrifices. Et il ne lui faudrait plus longtemps à présent pour briller à la cour de France.

Or donc, toute cette affaire l'ennuyait, l'éloignait de ses priorités, de son athanor [1] et de ses lubriques satisfactions.

C'est en songeant à ce plaisir frustré qu'il pénétra dans l'enceinte de la ferme de Fermouly où son métayer Armand Leterrier l'attendait. Tandis que le prévôt prenait le témoignage de l'enfant, sa fille cadette au regard d'un bleu métallique, le métayer entreprit de présenter à François les comptes de la ferme.

Tout cela occupa l'esprit du seigneur de Vollore quelque temps ; jusqu'à ce que son œil accroche une silhouette fine et gracieuse qui, de l'autre côté de la fenêtre, dans la cour, distribuait au venant des graisses aux volailles. Un pincement aigu s'immisça dans le creux de ses reins.

— Qui est-ce ? demanda-t-il à brûle-pourpoint au métayer, coupant une phrase emplie de chiffres qu'il ne retint pas.

Armand Leterrier suivit du regard celui de son maître et, fier de son intérêt soudain, répondit sans malice :

— Mon aînée, Isabeau.

— Pardieu mon ami, s'exclama François dont la prunelle s'orna d'un éclair sauvage, elle est bien jolie et délicate. Comment se fait-il que je ne l'aie point vue auparavant ?

— Vous l'avez vue sans doute, messire, mais elle a bigrement changé depuis votre dernière visite. À quinze ans, elle est tout le portrait de sa défunte mère et se comporte comme une vraie dame. Mais elle ne sera bientôt plus de ma maisonnée, puisque je la marie ven-

1. Grand alambic.

13

dredi en quinze au Benoît, le fils du coustelleur[1] de la Grimardie.

— Tu la maries, dis-tu. Sans mon autorisation ?...

Le ton s'était fait sec. Armand se mit à bafouiller en tordant le bonnet qu'il avait posé sur ses genoux au début de l'entretien.

— Que nenni, messire, que nenni ! C'est votre défunt père qui avait béni les fiançailles de ces jouvenceaux voici deux ans et fixé la date des épousailles. J'ignorais qu'il me faudrait votre consentement de surcroît.

— Celui de mon père suffit, s'apaisa François sans pouvoir se détourner des courbes douces d'Isabeau que soulignait une robe d'un sobre vert amande. Mais tu ne voudrais point déplaire à ton seigneur, métayer ?

— Non pour sûr, messire ! Nous ne manquons de rien sur vos terres et je ne saurais me plaindre. Fort au contraire, vous louer me siérait bien, s'empressa Armand, trop heureux d'avoir évité le courroux de Chazeron.

À ces mots, le seigneur de Vollore consentit à détacher son regard de la croisée et le planta dans celui du pauvre hère soudain moins rassuré. Il détacha de sa ceinture une bourse de cuir et fit choir deux pièces d'argent sur la table devant laquelle ils conversaient. Armand roula des yeux ronds tandis qu'elles se stabilisaient entre eux dans un tintement prometteur.

— Tu en feras usage pour ces tourtereaux, mon ami. Prends ! Allons ! Prends, insista François l'œil vicieux.

Armand hésita un instant, puis, incapable de résister, s'empara des écus et s'empourpra.

— Votre Seigneurie est bien bonne pour ces enfants.

— C'est pourquoi je veux être remercié par la gentillesse de ta fille, métayer ! Je l'attendrai au château de Montguerlhe sitôt la cérémonie achevée. J'entends pour

1. Coutelier.

14

ce prix qu'elle soit encore pucelle, cela va sans dire, acheva François, cynique, nullement ému par le visage décomposé d'Armand qui retournait les pièces entre ses doigts comme si elles le brûlaient soudain.

— Oubliez cette enfant, seigneur François, ou de grands malheurs s'abattront sur vos terres, chuchota derrière lui une voix usée.

François de Chazeron se retourna, furieux, et avisa une vieille femme qui, se fondant au noir de l'âtre dans sesvêtements de veuve, n'avait pas attiré son attention lorsqu'il avait pénétré dans la cuisine.

— Qui es-tu pour oser t'élever contre les désirs de ton maître ? gronda François sans aucun respect pour les mains ridées croisées sur un tricot inachevé.

— C'est ma belle-mère, messire, intervint Armand comme pour l'excuser. Il ne faut pas s'inquiéter de ses dires...

— Tais-toi, fils ! Oublies-tu ce que tu me dois ?

L'espace d'une seconde la voix s'était faite grave. Armand tremblait, autant du pouvoir de l'aïeule que du regard noir de son seigneur.

— Je suis Amélie Pigerolles, fille de la Turleteuche, dite la Turleteuche moi-même, prononça l'aïeule comme un défi.

François de Chazeron tiqua. La Turleteuche, cette sorcière que des notables avaient assassinée en 1464, quinze ans avant sa naissance. Si le coupable avait été puni d'un pèlerinage à Saint-Claude auquel il avait apporté un cierge de quatre livres, la malédiction de la malheureuse l'avait rattrapé quelques semaines plus tard. Il était mort le visage boursouflé dans d'atroces souffrances. Plus d'une fois dans son enfance François en avait entendu le récit. Il haïssait les sorcières. Il haïssait ceux qui s'opposaient à lui. Il s'obligea pourtant à radoucir son ton.

— Es-tu sorcière toi aussi ?

— Non point, messire, non point. Seul le surnom

m'a été transmis. Mais ne prenez pas à la légère la folie d'une vieille femme...

François éclata d'un rire mauvais. Il lui suffisait de claquer des doigts pour que cette folle termine ses jours dans les flammes. Il se leva et se planta entre eux, fier et rude.

— Je veux le pucelage de cette jouvencelle, métayer, et je l'aurai ! Songe pour les tiens qu'il vaut mieux que ce soit de gré que de force !

Sur ces mots, le seigneur de Vollore sortit d'un pas vif, croisant sans baisser la tête Isabeau qui rentrait en chantonnant et qui s'acquitta d'une révérence.

Isabeau s'écroula en pleurant entre les genoux de sa grand-mère, sans un regard pour son père qui, le nez dans son col, venait de lui ordonner de se soumettre à la volonté de leur seigneur. L'aïeule passa une main fine sur la tresse châtaigne qui ramenait les longs cheveux d'Isabeau sur ses seins hauts et durs.

— Cesse de geindre, fillette, murmura-t-elle, Dieu te sauvera de ce démon.

Isabeau croyait à la fois en Dieu et aux dires de sa grand-mère qui l'avait élevée depuis que sa mère était morte en mettant au monde sa jeune sœur Albérie. Mais elle ne parvenait à chasser de son esprit une crainte qui confinait à l'épouvante.

Dès le lendemain, elle s'en alla trouver Benoît, son promis qu'elle aimait d'amour tendre. Il s'activait à émoudre des couteaux au rouet et fut bien aise d'apercevoir la silhouette d'Isabeau accompagnée de la Mirette, une chienne basse et brune. Lorsqu'il avisa son minois envahi de larmes jusqu'en le vert moussu des yeux, il l'entraîna à l'écart de ses comparses. Là, il reçut son aveu en tremblant. Il resta un moment silencieux, puis, reniflant une rage indomptée, il prit ses mains dans les siennes chaudes et rugueuses. Isabeau se sentit rassérénée, mais cela ne dura pas. Benoît inspira profondément, lutta un instant contre lui-même et lâcha, piteusement.

— Il faut nous soumettre, Isabeau.

Elle voulut se dégager, comme brûlée par ces paroles, mais Benoît resserra son étreinte et, malgré l'extrême pâleur de la jeune fille, poursuivit tristement :

— Tu connais l'usage autant que moi. C'est son droit, Isabeau ; le braver c'est la mort. Le braver, c'est la mort ! répéta-t-il comme pour se convaincre lui-même.

— Je préfère mourir, alors ! lâcha Isabeau d'une voix blanche. Il est vil et cruel, il me fait horreur, malgré sa prestance !

— Il est le maître, Isabeau. Nous lui appartenons quoi que nous fassions. Nous sommes ses manants. Je te ferai oublier ! Nos enfants te feront oublier !

— Nos enfants, Benoît ?

Isabeau planta son regard désespéré dans celui du coustelleur.

— Comment oublier si je devais porter et nourrir son bâtard ?

— Si tel était le cas, ta grand-mère le ferait partir, cet enfant du démon, siffla Benoît entre ses dents.

Isabeau éclata en sanglots, chercha une nouvelle fois à se dégager, mais Benoît l'attira contre lui.

— Je t'aime, Isabeau. Plus que tout au monde. Mais le braver c'est la mort ! La mort ! répéta-t-il encore.

Depuis son enfance, il n'avait entendu que ces mots, cette phrase essentielle que tout vilain ne devait jamais oublier, cette soumission sans réserve jusqu'au renoncement de sa dignité, de son désir. Et face à elle, il y avait la détresse d'Isabeau, toute la beauté d'Isabeau, toute sa lumière, son rire probablement défunt à jamais, son innocence tollue [1] et, plus que tout, cette confiance

1. Enlevée, perdue.

qu'il trahissait en la livrant à la perversion de François de Chazeron. Alors, la lèvre gonflée d'avoir mordu sa propre rage, il lâcha dans un souffle :

— Nous fuirons, Isabeau ! Sitôt la bénédiction, nous fuirons. Je te sauverai de lui, mais nous serons perdus !

François de Chazeron éclata en une colère sourde. Il avait attendu Isabeau, s'imaginant avec délectation à quels désirs il allait la soumettre, tant cette damoiselle hantait ses journées maussades. Car, depuis quinze jours, l'enquête sur le garou stagnait. Demain serait la pleine lune, et son prévôt envisageait de tendre un piège à l'animal. François s'était bien gardé de l'en dissuader mais avait prévenu qu'on ne bernait pas Satan et qu'il repartirait pour Vollore quel que soit le dénouement de cette affaire. Or donc, si pour se distraire il participait à des battues avec ses gens d'armes, flambeau au poing, il songeait davantage à la chair tendre d'Isabeau qu'au cuir de loups introuvables.

C'est pourquoi il avait attendu qu'elle vienne s'agenouiller devant lui, sitôt que les cloches de l'église avaient carillonné. Il lui avait concédé le temps de profiter des siens au sortir de l'église devant le banquet que ses écus avaient payé. Mais cela faisait trois heures à présent qu'il avait béni les époux et, au lieu d'Isabeau, c'était Huc de la Faye qui s'était présenté.

— Ils ont disparu, messire.

— Fais bastonner le père ! Il dira bien où sa fille se cache.

— Il a semblé autant surpris qu'effrayé. D'ailleurs, c'est lui qui est venu me quérir en découvrant que les enfants avaient fui. Je le crois trop lâche pour être dans la manigance.

— Fais-le bastonner tout de même ! gronda François en tapant du poing sur une table qui se trouvait à portée. Et dis-lui que si je ne parviens pas à retrouver son aînée je livrerai sa cadette aux gardes de Montguerlhe. Va !

18

Et ne t'avise pas de discuter mes ordres. Cette petite peste paiera et si ce n'est elle ce sera quelqu'un des siens !

Huc de la Faye se garda de tout commentaire, mais ce fut sans plaisir qu'il rompit le bâton sur les épaules d'Armand, dans la grande salle du corps de garde.

Il s'était efforcé de retenir ses coups, mais Armand ne se releva pas. Huc fit rapporter le corps à Fermouly et s'inclina respectueusement devant l'aïeule. Elle le fixa sans haine. Peut-être sentit-elle combien il s'écœurait de devoir servir le rejeton indigne des précédents seigneurs de Vollore avec la même dévotion, la même obéissance aveugle.

— Je suis contraint d'emmener Albérie, mais je veillerai à ce qu'aucun mal ne lui soit fait. Vous avez ma parole, murmura-t-il, en se raclant la gorge.

L'aïeule ne répondit rien, ne broncha pas seulement d'un doigt dans le recoin de l'âtre. Elle attendait son heure, l'heure où le monstre de Montguerlhe paierait.

Huc de la Faye prit la main d'Albérie dans la sienne et lui tendit de quoi moucher ses larmes. Un instant l'enfant se rebella, une haine violente dans ses prunelles d'un bleu métallique pour celui qui venait d'assassiner son père ; puis, serrant les dents et rengainant sa rage, elle se laissa conduire vers l'imposante forteresse de pierre.

Ils avaient tout d'abord longé la grand-route pour mettre le plus de distance possible entre François de Chazeron et leur misérable destin. Ils avaient l'un comme l'autre évité de réfléchir, s'enivrant de ce parfum de liberté qui n'était qu'un leurre, nourri depuis deux semaines par la fragile espérance qu'il était possible de lui échapper. Benoît avait dérobé à contrecœur les économies de son père et préparé leurs maigres baluchons, tandis qu'Isabeau donnait le change auprès des siens. Ils espéraient parvenir jusqu'à Lyon et pour ce faire avaient pris les meilleurs ânes de la ferme, qu'ils épuisèrent sur le chemin avant de continuer à travers bois, malgré les loups qui risquaient de les surprendre, malgré les malandrins qui pouvaient les détrousser, malgré leur peur à chaque pas.

Pendant deux heures, ils eurent le sentiment d'être seuls au monde, prisonniers de leur folie et de leur amour, puis Benoît capta le bruit de sabots en nombre. Ils se cachèrent en contrebas de la route et, abandonnant leurs montures, s'enfoncèrent dans les taillis épais. Isabeau ne disait rien, ne se plaignait pas malgré les ronces qui décoiffaient sa tresse et égratignaient ses jambes, malgré les branches rompues qui la faisaient trébucher. Elle allait sans penser, le souffle court, les yeux perdus. Perdus plus encore lorsque les premiers aboiements leur parvinrent aux oreilles.

Ils forcèrent l'allure, passant dans les cours d'eau pour perdre l'odeur que leur sueur excessive renvoyait aux chiens, jusqu'au moment où, éreintée, Isabeau tomba et se mit à pleurer en massant sa cheville. Alors Benoît s'agenouilla auprès d'elle et prit doucement ses lèvres asséchées par la course.

— Sauve-toi, chuchota-t-elle. C'est moi qu'il veut. Il te laissera tranquille.

— Jamais. Le défier c'est mourir, ricana-t-il dans un sanglot retenu.

— Alors ne le laisse pas me prendre, supplia Isabeau tandis que les cris des rabatteurs s'approchaient au milieu des aboiements des chiens.

Benoît déglutit péniblement, chercha dans le regard de son aimée le moindre doute, mais il n'y lut que le reflet de son amour intense et pur.

— Il n'aura aucun de nous vivant, affirma-t-il.

Il se dressa résolument et dégagea le long couteau qu'il avait martelé en songeant à cette dernière extrémité.

— Ferme les yeux, amour, chuchota-t-il.

Isabeau les ferma, mais la mort ne vint pas. Lorsqu'elle les rouvrit au tintement de l'acier sur la pierre, Benoît vacillait sur ses jambes massives, une flèche piquée entre ses omoplates. Isabeau se dressa, hurlant. Derrière Benoît, à quelques mètres, une arbalète à la main, cruel et satisfait, le seigneur de Vollore souriait.

Elle avait cessé de geindre, cessé d'avoir peur, cessé de respirer et de vivre, même si son cœur résolument continuait de battre, ses yeux de voir, et son sang de se mélanger à celui de cet homme.

Elle avait cessé d'être depuis qu'ils avaient pendu Benoît, déjà agonisant, devant ses yeux. Pour l'exemple, avait claironné François de Chazeron. On ne brave pas le seigneur. On ne résiste pas aux droits du seigneur. Benoît s'était laissé mourir tristement, vaincu par l'évidence de sa condition. Résigné dans l'âme, dans les gènes. Il payait. C'était normal.

Mais Isabeau ne parvenait pas à l'admettre. Voilà pourquoi elle était morte en même temps que lui. Elle avait brisé son souffle avec le soubresaut de la corde. Pas de procès, pas de justice. Juste la loi du plus fort. La loi du maître. La loi ignoble de l'orgueil.

Alors, elle avait tout oublié, tout et plus encore. La colère de François, sa perversité, ses yeux fous, ses mains tour à tour douces et brutales, ses ongles carnassiers. Elle n'avait rien senti, rien entendu, rien inspiré. Elle était morte dans le dernier regard de Benoît.

— Vous vouliez un appât pour votre garou ! Qu'on la couvre d'un mantel de moine et la jette sous les tours de Montguerlhe dans la forêt !

Huc de la Faye ravala la colère qui faisait battre son sang depuis qu'il s'était avancé dans la chambre où voilà plus d'une heure que François de Chazeron torturait et violait Isabeau. Comme elle n'avait pas crié, il l'avait cru morte, mais le long des joues blêmes s'épanchaient des larmes silencieuses. Il eut envie de l'emmener loin, de la soigner, tant il se souvenait sans peine de la joyeuse et belle jouvencelle qu'elle avait été avant ce jourd'hui.

Il baissa la tête et se tut. Le braver, c'était la mort. Lui aussi avait compris. Elle méritait de s'endormir à jamais, car il n'imaginait pas que l'on puisse survivre à cela.

S'approchant du lit souillé de sang, il prit le corps nu dans ses bras. Sur le sein gauche d'Isabeau, tuméfié par le fer rougi, le sceau des Chazeron le nargua comme une injure à sa lâcheté. Il se mordit la lèvre pour ne pas crier et sortit de la pièce, pesneux [1] à jamais.

Après avoir ordonné à ses archers plantés au sommet de la tour de guet d'achever Isabeau dès qu'un loup s'approcherait d'elle, il se rendit d'un pas précipité vers les communs où Albérie pleurait dans le giron de Jeanne, l'imposante cuisinière.

Il l'en arracha doucement et parvint à convaincre l'enfant qu'il fallait la mettre hors d'atteinte de la folie du seigneur, tant, au moins, qu'il serait en ces lieux. Au moment de l'emmener à l'abbaye du Moutier, une pensée soudaine arrêta son élan. Et la grand-mère ? Cette Turleteuche que François n'aimait pas ?

Huc de la Faye réprima un juron. Il enleva prestement la fillette et, tandis que François de Chazeron surveillait l'ombre de sa victime du haut de la tour ouest de Mont-guerlhe, il galopa ventre à terre vers Fermouly pour apaiser ses remords.

Là pourtant, il dut se rendre à l'évidence : aucune trace de l'aïeule, comme si elle avait fini par s'évaporer dans l'angle de l'âtre. En découvrant son tricot à terre, devant la chaise qu'on avait tirée hors du foyer, il crut un instant que François de Chazeron avait devancé son geste, mais il renonça vite à cette idée. Il n'en aurait

1. Honteux.

pas chargé un autre que lui. De plus, il était bien trop occupé à châtier Isabeau pour se préoccuper des siens.

Interrogée, Albérie répliqua d'un sourire méprisant, comme si elle était gardienne d'un secret inviolable. Huc de la Faye n'insista pas. L'aïeule, il en fut convaincu, était en sécurité. Dès lors, il ne songea plus qu'à protéger l'orpheline.

Isabeau n'aurait su dire à quel moment elle avait senti le froid. Ce fut bref et violent à la fois, douloureux, ça oui, infiniment douloureux. Elle leva la tête. Au milieu des nuages noirs qui s'agglutinaient, s'apprêtant à crever sur l'Auvergne, la lune pleine souriait dans son pardon d'albâtre.

Isabeau s'avisa qu'elle se trouvait à plat ventre, dans la boue d'un ruisseau, au-delà de la dernière enceinte du château, sans souvenir autre que les yeux cruels de François au-dessus des siens, tandis qu'il labourait son ventre en grognant.

Ce fut cette douleur-là qui la ramena à la vie. Au même instant, un éclair zébra la nuit furieuse, illuminant une ouverture dans la paroi montagneuse. Et presque aussitôt, l'averse s'abattit sur ses plaies, comme pour nettoyer l'injure. Elle eut encore l'impression d'être cassée, brisée, ravagée de toutes parts, mais peu lui importait.

Tandis que ses doigts accrochaient la boue pour ramper vers l'asile de la grotte entr'aperçue, un seul mot, un seul, apaisa ses blessures.

Vengeance. Vengeance.

Lorsqu'un hurlement sauvage attira son attention, François de Chazeron, que la pluie avait ramené vers l'intérieur de la tour du guet, se précipita pour tenter de forcer l'obscurité de son œil pervers, mais il ne vit rien que la forêt battue par la colère de l'orage.

Il rentra, satisfait néanmoins d'avoir joui de son

caprice. Dès demain, il regagnerait Vollore. Il passa une main dégagée sur ses vêtements ruisselants et ouvrit des yeux ronds. Là dans sa paume, parmi les cheveux bruns d'Isabeau, tristes vestiges de sa cruauté, des poils de loup gris le narguaient de leur diabolique présence.

1.

On aurait dit que l'obscurité tout entière était aspirée dans un tourbillon de craquements, de gémissements, de ruissellements et de heurts. Comme s'il fallait qu'il ne reste plus rien d'entier, de solide sur cette terre inondée depuis de longues semaines.

Le vent s'était levé vers vêpres, alors que la nuit accrochait sereinement quelques étoiles sur son mantel. Puis les nuages les avaient couvertes à leur tour, et nul alors n'avait osé braver la colère du Tout-Puissant.

Les loups s'étaient terrés au plus secret de la montagne thiernoise et aucun humain n'avait plus relevé la tête de son chapelet, tremblant jusqu'au creux de ses reins à chaque déchirure.

La tempête avait régné, cette nuit d'octobre 1515. Quelques semaines seulement après la bataille de Marignan qui avait vu la victoire du jeune roi de France, François Ier, sur le duc de Milan.

— Hissez ! Allons, hissez, que diable ! s'emporta Huc de la Faye.

Il cracha dans ses paumes rugueuses et prêta mainforte aux manants et aux bûcherons qui s'arquèrent de toutes leurs forces sur la corde de chanvre épaisse enroulée autour de l'arbre, dans l'espoir de faire enfin bouger le colosse de bois. Ils étaient vingt, les plus costauds du

pays, à œuvrer depuis l'aube, dégageant les toits acra-
vantés [1] par des branches ou des troncs entiers, mais
celui-ci était d'une autre trempe. Le vieux chêne, plusieurs fois centenaire, s'était abattu sur une des tours du
château de Vollore, balayant sans vergogne toitures et
charpentes dans un fracas assourdissant. Ébrancher le
vénérable avait pris la journée et le château ressemblait
à une ruine béante plantée d'un pieu géant. Il fallait
désormais redresser le tronc d'une trentaine de mètres
pour délivrer la bâtisse.

Huc de la Faye jura et se reprit à l'effort, sous le
regard inquiet des gens de la maisonnée qui assistaient
en priant à l'effrayante manœuvre.

— Il vient, messire, par Dieu, il bouge ! siffla entre
ses dents un hercule dont une veine bleue palpitante
barrait la tempe.

— Hissez ! Hissez ! ragea Huc en réponse, le teint
rouge et l'œil piqué de sueur.

Lentement, comme un mât de navire décroché enfin
de ses haubans, le tronc s'éleva sous la cordée des vingt
hommes qui reculaient.

— Voltez ! Voltez ! hurla Huc tandis que d'un même
élan les bûcherons déviaient l'ascension du chêne pour
l'écarter de la bâtisse.

Ils lâchèrent en même temps et leurs cris se mêlèrent
au fracas du bois contre la terre détrempée. Huc de la
Faye passa une main meurtrie par les fils de chanvre
sur son front moite puis félicita d'une accolade le maître
bûcheron.

— Beau travail, Béryl, beau travail !

— Par Dieu, il m'aura fait grand-peine et donné
grand-soif, répliqua celui-ci en claquant sa langue dans
une bouche épaisse.

1. Éventrés.

— Holà du château, s'écria joyeusement Huc, qu'on porte à boire à nos gens, et vite !

Aussitôt, quelques servantes s'enfuirent en relevant leur jupon pour mieux courir, tandis que les hommes s'activaient encore à détacher les cordages, à débarder le tronc et à le rouler vers d'autres, couchés dans le parc du château.

— Triste spectacle ! grogna Béryl en crachant à ses pieds.

Huc se contenta de hocher la tête.

De la splendeur de Vollore, il ne restait ce matin qu'une bâtisse aux vitres brisées et aux jardins aplatis par les dizaines d'arbres déracinés ou déchiquetés. Il en était de même dans tout le pays. La forêt semblait un monceau de bois arrangé pour la flamme, et de nombreuses bâtisses étaient à reconstruire ; sans parler des gens blessés ou tués qu'on avait transportés à l'abbaye du Moutier, miraculeusement épargnée.

Huc de la Faye s'avança au-devant d'un page qui portait gobelets et pichets sur un plateau, et sans autre manière éleva un broc au-dessus de sa bouche pour régaler de vin sa gorge desséchée. Puis il tendit l'anse de terre cuite à Béryl qui l'avait suivi et regardait, envieux, le breuvage rougeoyant tomber dans un bruit de glotte. Il apaisa sa soif de même, tandis que Huc envoyait le restant du service auprès des bûcherons qui n'avaient pris aucun repos.

— Il me faut faire mon rapport, soupira Huc lorsque son comparse renversa son poignet, la cruche vidée.

— Je vous accompagne. Nous ne serons pas trop de deux, remarqua Béryl avec un sourire contraint.

Huc lui rendit grâce de sa sollicitude d'un œil amusé. Ils se connaissaient depuis si longtemps, ces deux-là, qu'ils savaient tous deux le mauvais caractère de leur maître. Mauvais caractère qui ce matin tournait à l'exécrable, au point qu'il avait refusé de se montrer.

— Allons, compère, lança Huc en allongeant son pas vers la partie saine de la bâtisse.

François de Chazeron tournait et retournait dans l'unique pièce aux fenêtres intactes, mains croisées et serrées dans le dos.

— Cessez de geindre, voulez-vous, vous m'exaspérez ! ragea-t-il en se tournant une fois de plus vers sa jeune épouse Antoinette, terrorisée.

Elle avait cru leur dernière heure arrivée cette nuit et s'était réfugiée avec ses chambrières sous l'immense table qui trônait dans le donjon, hurlant de frayeur, écorchant les oreilles des pages terrés dans la cave et de son époux qui avait bravé les éléments depuis la fenêtre de sa tour, au point d'avoir reçu au visage les éclats de verre des vitres lorsque le chêne avait frôlé son repaire.

Antoinette leva les yeux vers son mari dont la figure s'ornait de stries de sang coagulé, et au lieu de s'apaiser éclata en sanglots convulsifs. François sentit la fureur rougir son visage. Il n'en pouvait plus de ces emportements de femelle. Il se força pourtant à se contrôler.

— Nous sommes saufs, Antoinette, alors par Dieu reprenez-vous ! siffla-t-il entre ses dents. Vous avez un rang à tenir, une maisonnée à discipliner ! Il n'est plus l'heure des lamentations, je vous l'assure !

— Je ne me lamente pas, messire, hoqueta Antoinette, je m'efforce de prier, oh oui, je m'efforce... insista la malheureuse dans un nouveau sanglot.

François fondit sur le fauteuil dans lequel elle se tenait. Il s'agrippa à l'accoudoir et planta son visage au-dessus du sien.

— Alors efforcez-vous en silence ! Vous m'empêchez de réfléchir.

Antoinette cacha son nez dans son mouchoir et hocha la tête, les yeux baignés de larmes. Son époux avait raison, pour sûr, mais c'était plus fort qu'elle.

C'est à cet instant que Huc de la Faye et Béryl pénétrèrent dans la pièce. François se tourna d'un bloc et leur fit face. Ils s'attendaient à sa colère, mais étrangement la vision de ces deux hommes l'apaisa. Il se dirigea vers eux d'un pas ferme.

— Vous tombez à point nommé, se contenta-t-il de dire. Suivez-moi !

Et sans un regard pour sa jolie épouse que cette diversion lui permettait d'abandonner, il sortit de la pièce et dirigea son pas vers son cabinet, son prévôt et Béryl sur ses talons.

— Il faudra plusieurs semaines pour remettre la charpente en état, ensuite nous nous occuperons des murs abîmés et des réparations intérieures, conclut Béryl qui venait d'exposer dans le détail les dégâts du château.

— N'oublions pas que de nombreuses routes sont coupées et qu'il va falloir porter secours à tous. Même en activant les meilleurs maîtres d'œuvre, charpentiers, maçons, couvreurs, menuisiers, j'ai peur que cela ne suffise pas pour respecter les délais que l'hiver nous impose.

Le seigneur de Vollore hocha la tête. Tout cela l'ennuyait, mais il n'avait d'autre solution que de se ranger aux côtés des deux hommes dont, depuis quinze années, il ne pouvait que se louer des services.

Puisque seuls Montguerlhe et l'abbaye du Moutier avaient été épargnés par la tempête, il fallait regrouper les malheureux dans ces endroits. Mais il répugnait à partager son habitat avec la populace. Il se tourna vers Huc :

— Qu'en est-il de Thiers ? demanda-t-il.

— La basilique semble en assez bon état, de même que l'église Saint-Jehan-du-Passet et Saint-Genès, au dire de nos messagers.

— Bien, bien. Qu'on répartisse les plus démunis vers ces lieux d'asile. Ils ne seront pas de trop pour prier. Je me réserve Montguerlhe comme il se doit, avec mes gens.

Huc de la Faye s'attendait à cette décision et avait déjà fait avertir son épouse Albérie de préparer les quartiers du seigneur. Malgré lui, pourtant, il ne put s'empêcher de frémir.

Cela faisait quinze années que François de Chazeron n'avait pas remis les pieds à Montguerlhe, comme pour chasser les brumes sordides de cette nuit d'hiver où il avait livré Isabeau à la colère des loups. On n'avait rien retrouvé d'elle au petit jour, et c'était lui, Huc, qui depuis lors payait pour la faute de son maître en protégeant Albérie selon son serment, au point de lui avoir offert le mariage pour la mettre à l'abri de toute concupiscence. Il s'était pris à l'aimer malgré sa réserve, malgré le regard froid et métallique qu'elle posait sur lui depuis ce jour maudit. Il ne se souvenait pas de l'avoir vue sourire en dehors du moment où il lui avait annoncé qu'il ne forcerait jamais sa couche et qu'elle seule déciderait du fruit de leur hymen. Elle ne s'était jamais offerte, il s'était résigné à son rôle de tuteur dans celui d'époux. Il avait craint seulement que François n'exige son droit de seigneur, mais, à l'inverse de son aînée Isabeau, Albérie avait un faciès quelconque que son regard bleu dur rendait plus sauvage encore. François de Chazeron avait béni leur union sans seulement poser de question. Huc se demandait même parfois s'il se rappelait qui était Albérie. François de Chazeron ne s'intéressait qu'à lui.

— Autre chose, Huc ?

La voix du seigneur le tira de sa rêverie. Il s'ébroua vivement.

— Non, messire. Tout sera fait en ce sens d'ici ce soir.

— Bien ! Activez-vous !

Béryl et Huc s'acquittèrent d'une courbette et s'éloignèrent d'un pas vif vers leurs occupations respectives.

À la tombée du jour, une longue caravane de chariots emplis de malles et d'ustensiles quitta le château seigneurial de Vollore pour la place forte de Montguerlhe, François et son épouse en tête de file avec leurs gens.

Albérie se piqua le doigt avec l'aiguille à repriser et étouffa un juron. À côté d'elle, mollement assise sur une chaise à bras ouvragée, Antoinette de Chazeron brodait, ses pensées égarées dans un songe intérieur.

Pour rien au monde la jeune femme n'aurait voulu briser le silence. Albérie répugnait d'avoir à converser avec la châtelaine, même si elle devait lui reconnaître un côté attachant et sympathique. Elle avait choisi de haïr tout ce qui touchait à François de Chazeron et s'appliquait vertueusement à sa tâche depuis quinze années. Elle cachait ses rires et ses moments secrets de bonheur, n'offrant à tous que cette grimace renforcée par l'implacable ironie de son regard métallique. Ainsi, elle se protégeait de la folie des hommes. D'ailleurs, ils ne l'intéressaient pas. Comme sa grand-mère avant elle, elle s'accordait bien mieux avec les loups qu'avec ses semblables.

— J'attends un enfant.

Albérie ne réagit pas tout de suite à l'intonation timide et fluette d'Antoinette. Ce ne fut que lorsqu'elle répéta, après avoir toussoté, qu'Albérie leva la tête, le cœur battant.

— Vraiment ? se contraignit-elle à répondre.

— Je le crois en tous les cas, ajouta Antoinette en se mordant la lèvre, regrettant soudain sa confidence.

Par moments Albérie lui faisait peur, inexplicablement. Elle s'occupait pourtant bien de l'intendance de Montguerlhe, et nul n'avait à redire de son travail ni de son service depuis une semaine qu'ils résidaient en la forteresse. Antoinette avait tenté à plusieurs reprises de percer sa réserve, mais seule la courtoisie berçait leurs échanges, comme si Albérie se forçait à son contact. Sans parler du fait qu'elle s'éloignait systématiquement dès que François s'annonçait dans la pièce où elle se trouvait.

— Notre seigneur doit être fort aise de cette nouvelle, commenta poliment Albérie en piquant l'aiguille suspendue à ses doigts glacés.

— Il l'ignore encore. Il est tellement marpault [1] par ces derniers événements que je n'ose le lui annoncer.

— C'est prudent en effet.

Le ton était sec, trop sec.

— Vous croyez ?

Une lueur de panique voila le visage d'Antoinette, et Albérie regretta aussitôt ses paroles. Adoucissant son visage d'un sourire compatissant, elle rectifia :

— Vous avez été bien éprouvés tous deux depuis la tempête, peut-être vos malaises sont-ils le contrecoup de tout ce remue-ménage, de cette inquiétude légitime et du souci que vous vous faites pour ces malheureux sous vos fenêtres. À mon sens, mieux vaut patienter un peu.

Antoinette la scruta un instant puis hocha la tête. Elle n'avait pas songé à cela.

— Vous avez raison bien sûr. Il est sage d'attendre avant d'affirmer... J'aimerais tant lui donner un fils...

Albérie retint son agacement. Elle refusait d'entendre les gémissements de cette femme. Si sa grossesse devait avorter, elle n'aurait à s'en prendre qu'à son époux, à sa cruauté, à son orgueil, à sa suffisance. La malédiction était sur lui, et elle ne lèverait pas le petit doigt pour empêcher qu'elle s'accomplisse.

Depuis longtemps les siens attendaient leur vengeance, en mémoire de leur père que François avait fait assassiner, en mémoire de leur famille détruite, contrainte de vivre en recluse, dans le secret.

Albérie déglutit péniblement tant la colère à présent

---

1. Agacé.

battait ses tempes. Non, Antoinette n'était pas responsable de la tragédie, elle ignorait même ce qui s'était passé, mariée depuis trois mois seulement. On avait rayé leur nom des registres de Fermouly, on avait enterré son père dans la boue des mémoires pour la grandeur du seigneur de Vollore. Alors, comme les siens, François mourrait sans héritier. Et Antoinette serait délivrée tout comme la contrée.

Albérie estima que l'instant était propice à l'échappatoire. Sa fuite passerait pour de la pudeur. Elle posa son ouvrage sur le tabouret à ses côtés et sortit de la pièce, le cœur plus sourd que jamais.

L'espace d'un instant, elle eut envie de fuir loin, très loin de ces murailles qui l'étouffaient, de ses tâches coutumières d'intendante auprès de Huc, du respect que son nom et son titre lui avaient offert au milieu de la garnison et dans le pays. Elle dut s'appuyer de tout son poids contre le mur après avoir refermé la lourde porte. Elle renversa la tête en arrière et planta ses doigts dans les joints creusés, le souffle court. À vingt-six ans, elle se sentait vieille déjà. Si lasse.

Non, la colère n'était pas la seule cause, comprit-elle. La lune serait pleine cette nuit.

Des larmes lui piquèrent les yeux. Elle connaissait bien cette insidieuse douleur dans ses membres, cette haine bestiale qui l'envahissait peu à peu au fil des heures, jusqu'à la soif de sang dans sa bouche. Alors cela commencerait vraiment, par son ventre d'abord, qui se couvrirait de poils, puis ses pieds et ses mains. Ensuite elle aurait mal, mal à hurler tandis que son corps tout entier se vrillerait, s'étirerait, se modifierait jusqu'à n'avoir plus rien d'humain, sans pour autant lui faire oublier qui elle était et pourquoi.

Albérie enfonça plus avant ses ongles dans la pierre et se rasséréna. Ainsi transformée en louve, elle rejoindrait les siens. Et c'était tout ce qui importait.

Huc de la Faye s'accouda à la croisée à meneaux de la tour carrée, l'œil triste. Le jour déclinait lentement sur Montguerlhe, faisant rougeoyer le point d'eau près duquel paissaient paisiblement les moutons et les vaches. Trop occupé ces dernières semaines à aider Béryl et ses hommes, il en avait presque oublié ce qui l'attendait cette nuit, comme chaque nuit de pleine lune depuis treize ans, depuis qu'il avait découvert le terrible secret de Montguerlhe, et accepté de se taire.

Cette fâcheuse nuit de septembre 1500, après avoir confié Albérie à l'abbé du Moutier, Huc était revenu à Montguerlhe dans l'espoir insensé que, l'orage ayant éloigné les loups, Isabeau aurait survécu. Il s'était précipité sous la pluie battante après s'être avisé que les archers avaient déserté leur poste et François barré sa porte. Mais d'Isabeau, il ne restait au pied des remparts qu'un mantel couvert de sang. Huc avait fouillé les buissons alentour une bonne heure encore puis s'était résigné. François de Chazeron n'avait rien montré au petit matin qui puisse laisser supposer un quelconque remords. Prétextant qu'on l'attendait à Vollore, il fit plier ses affaires et refusa d'en apprendre davantage, ajoutant qu'il n'admettrait plus aucun exorciste dans les environs.

Quelques semaines plus tard, il faisait don à l'abbé du Moutier d'une somme importante pour sa nouvelle chapelle, en mémoire, affirma-t-il, de ceux qui avaient péri des griffes de la bête.

Avec l'arrivée du nouveau siècle, François de Chazeron s'isola dans un mutisme sordide, se désintéressant plus que jamais de ses terres et de ses gens. Il passait son temps enfermé, ne sortant que pour se rendre à Clermont ou à la cour du roi où sa famille avait eu longtemps ses entrées. Nul ne savait ce qu'il concevait dans sa tour ni pourquoi d'étranges fumées nauséabondes piquaient le nez parfois au petit jour. Il recevait quelquefois d'étranges personnages qui voilaient leur identité sous un capuchon large et ne s'attardaient pas plus d'une huitaine.

Huc avait renoncé à lui rendre des comptes et administrait la contrée autant qu'il le pouvait avec l'aide de l'abbé Guillaume de Montboissier. Deux ou trois fois l'an des enfants disparaissaient, sans que l'on parvienne à en retrouvertrace. L'abbé du Moutier alléguait que les montagnes thiernoises étaient traîtresses pour ceux qui s'aventuraient dans leurs forêts, devenant une proie facile pour les loups, qu'il ne fallait pas chercher d'autres explications, et que fréquemment par le passé des faits de ce genre s'étaient produits. Mais Huc n'était pas convaincu. Des rumeurs circulaient parmi les paysans. Des rumeurs prétendant que François faisait commerce avec le diable et qu'il lui offrait leurs enfants en sacrifice. Le prévôt avait du mal à croire à ces superstitions de manants, et cependant quelque chose d'indéfinissable le mettait mal à l'aise chaque fois que son regard effleurait la haute muraille de la tour de Vollore, cette tour fermée à clé dans laquelle son seigneur se terrait.

Il avait fini par rire de ses peurs immatures et ne plus s'occuper que d'Albérie. La contrée était la plupart du temps paisible et le quotidien s'y déroulait sans faillir, au point d'avoir fait oublier la légende du garou.

Et puis ces odieux crimes avaient recommencé. Trois années tout juste après le drame, sur le chemin qui menait à Montguerlhe, une nuit de pleine lune, le lendemain de la mort de Guillaume de Montboissier. Puis la lune suivante, au point que Huc n'avait pu fermer l'œil celle d'après. Albérie venait d'avoir quatorze ans. Huc lui avait offert un bracelet d'argent tressé pour lui montrer son attachement, assorti d'une belle part de tarte aux noisettes. Elle l'avait étrangement jaugé, comme si, derrière sa froide apparence, c'était une autre qui s'enflammait. Elle avait plissé les paupières puis l'avait remercié sobrement avant de tourner les talons, le plantant là, à mi-chemin entre le désir de lui montrer sa tendresse et celui de s'effacer.

Il n'aurait su dire si elle lui avait seulement pardonné ses coups sur l'échine de son père, alors même que lui se les reprochait encore. Il ne comprenait pas davantage qu'hier pourquoi Armand Leterrier y avait succombé. C'était un homme massif et robuste que les travaux pénibles n'effrayaient pas, et lui-même avait retenu son bras autant qu'il pouvait. Comment expliquer à Albérie qu'il n'avait pas voulu la mort de son père, mais seulement obéir à son seigneur de peur d'être châtié à son tour ? Il n'avait pas trouvé les mots. Il avait renoncé, se disant que le temps ferait son œuvre et qu'alors peut-être, s'il l'entourait d'amour, elle parviendrait à oublier. Mais l'enfant n'avait pas oublié. Elle s'était murée dans le silence, s'acquittant des tâches qu'on lui confiait en cuisine, se montrant peu en salle commune où les gardes la taquinaient gentiment pour ne pas risquer de lui déplaire à lui, leur prévôt. Elle n'avait pas revu François de Chazeron, pas demandé si l'on avait retrouvé Isabeau ou sa grand-mère. Seul son regard parlait lorsqu'il croisait le sien, et Huc détournait la tête car, à ce pourquoi permanent, il n'aurait pu répondre que par sa propre colère, son propre ressentiment envers son maître.

Alors, pour la protéger elle aussi de la prétendue bête, il avait décidé d'en finir avec la rumeur qui s'amplifiait alentour, de découvrir la vérité. Il s'était glissé au-dehors, couvert d'un manteau sombre qui le confondait avec l'ombre des nuages sur la forteresse. Il s'était avancé à pas lents, arbalète au poing, rasant les arbres au bord du chemin par lequel arrivaient les voyageurs en route vers Clermont, là où précisément par deux fois le loup avait frappé.

Il n'avait pas eu à attendre longtemps. L'animal avait surgi de nulle part, lui avait-il semblé, pour se planter face à lui, les crocs sortis et la bouche écumante.

Sans hésiter Huc avait bandé son arbalète vers le

pelage gris pour mettre fin à la terreur, persuadé que l'animal allait bondir sur lui. Et puis il avait baissé son bras, suffoqué. Là, à quelques pas, une silhouette avait jailli, baignée de clarté lunaire, voûtée et ridée, et s'était avancée vers l'animal qui avait reculé devant l'arme en geignant.

Lorsque bête et humain se furent rejoints, Huc reconnut la face ridée de la Turleteuche ébauchant un rictus de compassion dans sa direction, tandis qu'obstinément il fixait le regard bleu métallique du loup. Puis l'obscurité s'abattit sur cette image et un roulement de tonnerre déchira le silence. Lorsque la lune réapparut entre deux nuages, le chemin était désert et Huc haletait, la gorge sèche et les jambes flageolantes.

Il était resté un long moment à fixer le mouvement des frênes et des châtaigniers que le vent de l'orage approchant faisait onduler des cimes aux troncs, comme pour se bercer après un long cauchemar. Puis, au contact des premières gouttes, il s'était engagé sur le chemin, à découvert cette fois, et était rentré, morne et froid, sans un mot pour la sentinelle qui s'était déclarée bien aise de le savoir vivant.

Il avait gravi les escaliers pour se planter devant la chambre d'Albérie, oscillant d'un pied sur l'autre. Avait-il envie de vérifier ce qu'il avait imaginé avec horreur ? Lorsqu'il fut certain de sa réponse, il poussa la porte épaisse, sûr de la trouver ouverte, et se laissa choir sur le lit, la tête entre ses mains. La pièce était vide, et dans la nuit, au travers des fenêtres ouvertes sur l'orage, un loup hurlait à la mort.

Albérie avait surgi d'un passage à l'intérieur de la cheminée alors que le petit jour dorait le miroir de la coiffeuse face à la fenêtre. Huc n'avait pas dormi. La jouvencelle lui était apparue le visage défait et les yeux cernés. Il s'était mordu la lèvre en se souvenant de ces deux autres matins où il l'avait vue de même. Cette fois cependant, ses yeux rougis indiquaient bien davantage que de la fatigue. Albérie avait pleuré. Alors Huc s'était levé à son approche et spontanément lui avait ouvert ses bras. Elle avait hésité un instant puis s'y était jetée dans un long sanglot.

Ensuite, elle lui avait parlé. Pour la première fois en trois ans, elle avait raconté la triste histoire des siens. L'aïeule, cette sorcière surnommée la Turleteuche que les bourgeois avaient tuée, pratiquait en secret certaines coutumes païennes au moment du solstice d'été, qui consistaient à s'accoupler avec un loup. Sa grand-mère, née de cette union contre nature, avait reçu le pouvoir d'être femme et louve à la fois, et de transmettre à sa descendance le meilleur de ces deux êtres. C'est ainsi qu'avait vécu Amélie Pigerolles, apaisant à chaque pleine lune sa soif de sang sur des chevreuils ou des moutons. Et puis il y avait eu ces crimes qu'on avait imputés au garou gris, et l'erreur qu'elle avait faite, elle, l'enfant de Fermouly, petite fille ignorante de cette malédiction, en attirant vers sa famille la haine de François de Chazeron après avoir aperçu l'animal. C'était elle, Albérie, qui avait causé la perte des siens. Elle avait vécu avec cette culpabilité jusqu'à ces derniers mois où sa grand-mère, qu'elle avait crue morte, s'était montrée à elle au détour d'un sentier, alors qu'elle allait relever des pièges à grives. La Turleteuche l'avait conduite au cœur de la montagne auprès de sa sœur Isabeau qu'elle avait soignée patiemment après le drame, et de l'enfant qu'elle avait mis au monde au milieu des loups le 24 septembre 1501. La Turleteuche lui avait alors confié qu'elle s'éteignait et que c'était elle, Albérie, qui détenait désormais son pouvoir. Isabeau n'avait reçu en héritage qu'une touffe de poils gris sur la nuque, à la base des cheveux, et ne pouvait se transformer, mais elle, Albérie, était de sa race, elle le savait depuis sa naissance, et avec la puberté cela n'allait pas tarder à se manifester. Après s'être réjouie de retrouver sa sœur, sa grand-mère et même cette enfant sauvage, sa nièce Loraline, endormie entre les pattes d'un loup nommé Cythar, Albérie avait été terrorisée, mais la Turleteuche l'avait guidée. Les trois premières fois, elle aurait besoin de sang humain, ensuite la soif s'apaiserait et elle pourrait se contenter d'animaux nobles ou de moutons. Elle n'avait rien à craindre. Désormais, elle avait une famille. Albérie avait fini par se rassurer, malgré cette étrange lueur dans le regard d'Isabeau, cette lueur entre la haine et la folie. Ensuite la Turleteuche lui avait enseigné le secret du souterrain depuis cette pièce jusqu'à la forêt proche.

Huc avait écouté sans broncher, le sang glacé et les poils hérissés sur ses bras qui encerclaient les épaules de son épouse. Elle s'était assise près de lui sur le lit recouvert de peaux de lapin, et l'odeur forte du cuir tanné lui avait renvoyé un instant la vision de cette louve aux babines retroussées.

Comme si elle avait pu lire dans ses pensées, Albérie s'était tournée vers lui et avait planté un regard gêné dans le sien.

— C'est ton odeur, avait-elle dit, ton odeur qui m'a arrêtée. Alors quelque chose de plus fort que l'instinct m'a éloignée. Cette nuit, je suis devenue la Turleteuche à mon tour, gagnant ce surnom de femme-loup que mon aïeule s'était trouvé.

Il y avait eu un silence durant lequel une foule de questions avaient envahi Huc. Il n'en avait posé aucune. Puis la petite voix s'était faite tremblante :

— Tue-moi, avait-elle dit, mais ne livre pas les miens au seigneur de Vollore...

Alors il avait senti son cœur lui faire mal, il lui avait empoigné le visage entre ses larges paumes et, sûr de son fait jusque dans l'âme, avait grommelé avant de l'embrasser sur le front :

— Jamais ! Jamais ! Ma vie durant !

— Messire Huc ?

Huc sursauta. Tout à ses souvenirs, il n'avait pas entendu frapper à la porte, ni la servante toussoter derrière lui.

— Messire Huc ? insista-t-elle tandis qu'il ébrouait sa mémoire et cherchait un sourire.

— C'est messire François. Il vous fait mander partout et semble fort en colère de ne point vous voir à lui, récita-t-elle.

Curieusement, Huc s'en réjouit et partit d'un rire nerveux en emboîtant le pas à la damoiselle. François de Chazeron était de retour à Montguerlhe et quelque chose laissait présumer au prévôt que l'heure des comptes avait sonné.

2.

Antoinette de Chazeron tournait et retournait ses mains blanches l'une dans l'autre pour les réchauffer, sans parvenir toutefois à garder la moindre chaleur dans ses veines. Elle s'était portée au-devant des miséreux, secondant Huc de La Faye et le nouvel abbé du Moutier, Antoine de Colonges, dans la distribution des pains qu'elle avait fait préparer en nombre. Elle s'acquittait de son mieux de cette tâche depuis que, subjuguée par la beauté froide de François de Chazeron, elle s'était attendrie à le laisser demander sa main. Il s'était montré plein d'empressement et de tact durant sa cour, semblant peu intéressé par la parentèle de son père avec le duc de Bourbon et moins encore par sa fortune, tout entier au plaisir de sa compagnie. Antoinette était une jouvencelle de dix-sept ans, et le bonheur la transportait d'être l'épouse de ce fier seigneur.

Il ne lui avait fallu que quelques mois pour déchanter. Le pays thiernois était sinistre, bien loin du faste de Paris. Elle se souvenait de ses troubadours, ses foires, ses saltimbanques, et ses poètes maudits jetant sur la cité un voile d'impertinence par des pamphlets qui tour à tour amusaient et agaçaient la Cour.

Vollore était triste. Elle aurait bien organisé quelques festivités, mais ses proches s'étaient éloignés aux prémices d'un hiver qui emprisonnait le pays thiernois au cœur des volcans d'Auvergne. Son seul moment de bonheur avait été les retrouvailles avec sa mère et ses sœurs, lorsque, lasse des interminables séjours de François dans le donjon dont il lui défendait l'entrée, elle leur avait rendu visite.

Sitôt revenue pourtant, son époux lui avait interdit de s'absenter à nouveau. Autoritaire et prétentieux, il tenait à ce que les siens l'imaginent satisfaite de son sort. Un soir qu'ils se trouvaient au lit après un bref hymen, Antoinette, se plaignant de son peu d'intérêt, avait vu ses dernières illusions s'envoler.

— Je vous ai épousée, ma dame, pour deux raisons, avait lâché Chazeron. La première pour vos charmes qui donnent à mon tempérament une chance d'asseoir ma lignée, la seconde pour votre fortune et vos relations. Je n'ai à ce jour épuisé ni l'une ni l'autre de vos vertus. Vous comprendrez que je ne puisse vous rendre aux vôtres. Nous n'en parlerons donc plus.

Et il l'avait plantée là, plus seule et désespérée qu'elle ne l'avait jamais été. Depuis, pour s'occuper, elle se perdait en prières et en offices auprès des pauvres, comme ce jourd'hui, alors que le givre collait à sa capuche d'hermine et que ses bottines de cuir écrasaient la gelée blanche sous ses pieds fins.

Elle ne parvenait pas à détourner ses prunelles du dos massif de Huc de la Faye, tandis qu'il se penchait au-dessus des vieillards et des enfants avec une attention et une générosité non feintes, ni à se sentir coupable du désir qui avait grandi en elle depuis qu'ils s'étaient réfugiés à Montguerlhe. À plusieurs reprises, elle s'était interrogée sur le curieux mariage du prévôt. Bien qu'âgé – Huc avait quarante-trois ans –, il avait belle allure avec son visage aux traits réguliers et à la bouche pulpeuse qu'auréolait une abondante chevelure déjà grisonnante. Il ne manquait pas de jouvencelles aux minois rieurs dans le pays, et cependant il avait épousé Albérie, dont elle ne parvenait décidément pas à comprendre l'humeur et qui l'effrayait parfois de manière irraisonnée.

Antoinette la douce, la soumise, la tendre. Ces qualificatifs lui collaient à l'épiderme. Que n'aurait-elle pas donné cependant depuis quelques jours pour se fondre parmi ces miséreux réfugiés dans l'abbaye du Moutier et voir Huc de la Faye s'inquiéter d'elle, de ses tourments et des sentiments qu'elle ne se retenait plus d'éprouver.

Toute à ses pensées adultères, Antoinette laissa échapper un profond soupir qui fit se tourner vers elle le sourire content de Huc, tandis qu'il s'excusait :

— Le froid est vif ce matin. J'irai seul les jours prochains.

— Non !

Elle avait répondu si vite qu'elle se reprit en adoucissant sa voix.

— Non, je tiens à cette tâche, croyez-moi. Je me lamentais sur le triste sort de nos gens, non sur le mien. François m'informe peu du suivi des travaux, comme du reste d'ailleurs, ne put-elle s'empêcher d'ajouter amèrement, et je m'inquiète de savoir quand ces gens retrouveront leur maison.

Huc embrassa sur le front une fillette malingre à laquelle il venait de donner une pomme, puis se releva et entraîna Antoinette dans le jardin dévasté de l'abbaye, laissant derrière lui la cinquantaine de malheureux que les prières ne parvenaient pas plus à réchauffer que les abondantes couvertures.

Lorsqu'ils furent à l'écart du bâtiment, près d'un gros châtaignier aux racines arrachées, il lui fit face gravement :

— L'hiver est à nos portes, ma dame. Béryl intervient partout, dirigeant tous les hommes valides dans les travaux les plus urgents, mais je crains fort que cela soit insuffisant. La vérité, c'est que votre époux concentre sur Vollore la majeure partie de ces vaillants, tant il désespère d'être privé de ses occupations coutumières à Montguerlhe. J'ai peur que beaucoup d'entre eux – il désigna le parvis de la chapelle – ne passent pas l'hiver, dans ces conditions sommaires. Quant à allumer un feu dans la chapelle, il ne faut hélas pas y songer. L'abbé Antoine de Colonges fait de son mieux, mais la règle de son ordre est stricte et il ne peut sans déroger donner plus de confort à ces malheureux quand ses frères sont logés à la même enseigne.

— Mais il s'agit de femmes, d'enfants et de vieillards, s'indigna-t-elle, les yeux embués.

— Il s'agit des plus faibles, Antoinette, répondit Huc d'une voix à peine audible en prenant entre les siennes les douces mains gantées qui tremblaient de colère et de compassion, et de cette impitoyable loi naturelle qui sauvera les plus robustes et donnera aux autres le salut et la paix.

Elle le regarda à travers ses larmes. Pourquoi brusquement eut-elle le sentiment qu'il ne parlait plus de ces réfugiés mais d'elle-même, de sa vie désagrégée, sinistrement inutile ? Oubliant son rang, Antoinette de Chazeron se réfugia contre le pourpoint de cuir épais sous le mantel de laine. Huc jeta un regard alentour pour se garantir de toute indiscrétion puis enserra tendrement la jeune femme dans ses bras, s'enivrant malgré lui de sa silhouette désarmée et fragile, quand il n'apaisait ses désirs charnels qu'en des pratiques solitaires depuis qu'il avait épousé Albérie. Conscient qu'il ne pourrait masquer plus avant son trouble, le prévôt repoussa doucement le corps chaud et éclaircit sa voix dans un toussotement.

— Reprenez-vous, je vous en conjure, ma dame, murmura-t-il ensuite en souriant. Ces gens ne doivent pas se laisser aller au désespoir qui creuserait leur tombe bien plus sûrement que les frimas. C'est dans notre force et notre espoir qu'ils puisent les leurs. Ils ont gardé la foi, ne la perdez pas vous-même. Tenez !

Il lui tendit un mouchoir de toile propre, brodé à ses initiales, qu'il venait d'extirper de sa chemise.

Antoinette s'en saisit en baissant les yeux, coupable autant de sa faiblesse que du plaisir qu'elle avait éprouvé à sentir Huc frémir à son contact. Elle essuya délicatement ses paupières puis se moucha en se détournant pour qu'il ne puisse remarquer le feu de ses joues.

— Si vous voulez forcer la nature et donner une chance à ces malheureux, insista péniblement la voix grave dans son dos, infléchissez les ordres de votre époux à propos des réparations de Vollore. Deux semaines suffiraient, si Béryl pouvait disposer de toute sa main-d'œuvre.

Antoinette eut un spasme amer. Elle se tourna vers lui, un rictus désenchanté aux lèvres :

— Infléchir François ? Mais qui croyez-vous donc que je sois pour imposer ma volonté à mon époux ? Même la dernière des servantes aurait plus de talent que moi pour ce faire. Ce que le seigneur de Vollore veut, il l'obtient, mon ami, et il tient bien davantage à ce qu'il cache en son donjon qu'à ma misérable existence.

Huc réprima un frisson de colère. Il voyait encore le visage d'Isabeau renversé et hagard sur le lit du maître tandis que, implacable, ce dernier lui ordonnait de la sacrifier aux loups. François de Chazeron n'avait pas changé au long de ces quinze années, quand son ressentiment à lui n'avait fait que grandir.

— Vous le haïssez, n'est-ce pas ?

Huc comprit à cette question combien l'expression de son regard avait dû être éloquente. Il étudia une fraction de seconde celui d'Antoinette, mais n'y trouva qu'un éclair de plaisir. Alors il hocha la tête.

— Moi aussi, je crois, ajouta-t-elle en baissant le ton.

Elle soupira profondément.

— Rentrons, voulez-vous ? lui lança-t-elle par-dessus l'épaule, d'une voix lasse.

Huc se contenta de lui emboîter le pas.

— J'attends un enfant !

Antoinette s'était préparée à un commentaire glacé, mais son annonce tomba dans le silence. François de Chazeron ne leva pas seulement le nez de son livre.

« Encore un traité d'alchimie ! » songea-t-elle, amère, en dirigeant son regard vers les flammes de l'âtre pour dissimuler celles de sa colère.

Pour quelle raison puisait-elle en elle, ce soir, toutes les audaces ? Peut-être était-ce ce sentiment, pour la première fois de son existence, d'avoir été véritablement comprise par quelqu'un au point, l'espace d'un instant, d'avoir partagé le même émoi.

Elle avait croisé Albérie en rentrant et ne s'était nullement sentie coupable à son égard, elle l'avait même toisée en lui réclamant un lait chaud, simplement parce qu'il lui avait semblé que Huc était mal à l'aise. Antoinette s'était aussitôt imaginé qu'il éprouvait pour elle bien davantage qu'un désir passager et cela l'avait brusquement rendue sûre d'elle. Albérie n'avait manifesté aucun sentiment, comme à son habitude, comme si rien ni personne ne l'intéressait.

« C'est elle que François aurait dû épouser, se prit à songer Antoinette. Elle est aussi fermée, insensible et égoïste que mon époux ! »

Sur ce constat, elle se laissa aller dans un fauteuil face à François. Il n'avait pas besoin d'elle. Huc si ! Alors elle insista, pour aller jusqu'au bout de sa velléité de rébellion.

— Je vous ai parlé, mon mari !

— Et je vous ai entendue. Bonsoir ! ajouta-t-il pour clore la discussion sans seulement lui jeter un regard.

Antoinette prit une profonde inspiration et, passant outre, poursuivit d'un ton égal.

— Je ne veux pas perdre cet enfant.

— Bien.

Le ton était poli, mais Antoinette perçut une pointe d'agacement.

« Sa lecture doit être importante », comprit-elle. Qu'importe ! Ce qu'elle avait à lui dire aussi. Elle rassembla tout son courage et s'obligea à conserver une voix ferme :

— J'ai demandé à Albérie de me préparer une autre chambre.

Il y eut un nouveau silence. Puis François redressa la tête et elle s'aperçut qu'un bûcher plus ardent encore rougeoyait dans ses yeux. Elle détourna la tête. Elle tremblait.

— Pardon ? demanda-t-il.

— L'apothicaire du Moutier m'a déconseillé toute étreinte durant ma grossesse, il prétend que cela peut entraîner des fausses couches, et je vous l'ai dit, je refuse de courir ce risque, bredouilla Antoinette, le cœur battant si fort qu'elle se demanda si François avait pu l'entendre dans ce vacarme.

— Et s'il me plaît à moi de vous prendre ?

« Non ! rugit en elle une petite voix. Non, je t'interdis de lui céder encore, affronte-le ! Affronte-le », insista la voix qui soudainement eut les accents du prévôt. Retrouvant tout son courage, Antoinette fit face à son époux et le toisa, comme elle avait toisé Albérie tout à l'heure.

— Vous attendrez, messire ! Vous attendrez que j'aie mis votre fils au monde.

Puis adoucissant son ton devant la colère qu'elle voyait monter en lui, elle implora en glissant à ses genoux :

— Je me suis toujours inclinée devant vos désirs. Pas une fois, François, je n'ai tenu tête à vos humeurs, à vos exigences, à vos décisions, essayant d'être à vos côtés la meilleure et la plus dévouée des épouses.

Aujourd'hui mes nerfs sont mis à rude épreuve. Ces enfants transis de froid que j'approche chaque jour me font cruellement éprouver le besoin d'être mère. Je me sens si démunie, si fragile ! Vous vouliez une descendance en m'épousant, François, laissez-moi vous la donner. Je vous en prie. Épargnez-moi vos désirs jusqu'au terme, et je saurai me montrer plus aimante que jamais.

Dans le silence qui suivit, le souffle irrégulier de son époux était assourdissant. Il était furieux contre elle, elle le savait, et cependant, refuser sa demande, c'était aller à l'encontre du sens même des raisons de leurs épousailles. Il fallait une descendance au seigneur de Chazeron, et François n'était pas assez stupide pour ne pas se rendre à cette évidence. « Sale orgueil de coq », rumina-t-elle en lui offrant un regard éperdu de tendresse.

— Retirez-vous dans votre chambre, ordonna-t-il enfin, vous ne m'inspirerez guère de désir lorsque vous vous trouverez grosse et que je devrai subir vos malaises et geignements. Je n'aurais pas osé vous rejeter de ma couche mais, puisque vous me le suggérez, j'aurais mauvaise grâce à vous le refuser. Bien évidemment, vous vous doutez qu'une de vos suivantes vous y remplacera, ajouta-t-il, cynique.

— Je saurai m'en accommoder, messire. Vous êtes le maître en cette demeure, conclut-elle obséquieusement, pour dissimuler à la fois le plaisir de sa victoire et le peu d'estime qu'elle lui accordait désormais.

Elle se releva et, parée de son plus gracieux sourire, sortit de la chambre de François pour s'enfermer dans la sienne.

Albérie referma soigneusement la porte derrière elle, comme chaque fois qu'elle découvrait Huc assis sur son lit, à l'attendre. Il avait allumé la flambée dans la cheminée face à sa couche, et la pièce, petite et sobre, se trouvait baignée d'une chaleur douce et lumineuse. Au-dehors des murailles de Montguerlhe un vent vif venu du nord gelait les rigoles où subsistait une eau résiduelle.

Demain, dès l'aube, un givre épais envelopperait les longs doigts des branches encore meurtries par la tempête, donnant à ce paysage de deuil l'allure d'un somptueux ballet d'étoiles. Albérie aimait le silence qui drapait l'azur, durant ces périodes hivernales. Relâchant un peu la tension de ces dernières semaines, depuis qu'elle subissait la présence de François dans ses murs, elle sourit doucement et s'approcha de son époux avec bienveillance.

Huc lui tendit la main et elle vint s'asseoir comme à l'accoutumée à ses côtés, pour nicher son front sur son épaule. Ils restèrent ainsi un moment, bercés par le crépitement du feu qui auréolait les murs d'ombres dansantes. Huc se sentait bien. Il avait eu envie de sa présence, de leur complicité, après avoir tenu Antoinette de Chazeron dans ses bras, sans véritablement ressentir de culpabilité à l'égard du désir qu'il avait éprouvé. L'affection qu'il portait à Albérie était tout autre, quelque chose d'intangible que le poids du secret rendait plus unique encore.

— Je t'aime, Albérie, murmura-t-il spontanément, ému malgré lui par la douceur de l'instant qu'ils volaient au regard des autres, sans espérer toutefois d'autre écho à son aveu que le silence.

Albérie ne s'étendait jamais sur ses sentiments, mais il savait qu'elle l'aimait aussi, malgré tout.

— J'ai besoin de ton aide, Huc.

C'était la première fois. Huc tourna vers elle un visage empreint de surprise. Albérie souriait encore, d'un sourire triste et tendre à la fois. Inhabituel. Huc en ressentit une impression de malaise, malgré le plaisir qu'il éprouvait à cette prière.

— Tout ce que tu voudras, s'entendit-il répondre avec sincérité.

Il avait tant fait pour elle qu'elle n'avait jamais demandé. Pourtant, la nouvelle le poignarda :

— Isabeau est morte !

La voix d'Albérie s'était brisée. Huc déglutit péniblement. Une seule fois en quinze ans, il avait revu Isabeau. Il s'en était allé dans les bois pour tenter de retrouver un de ses chiens qui n'avait pas reparu après une battue au sanglier. Des manants lui avaient affirmé avoir entendu un animal aboyer, non loin de l'endroit où il avait perdu sa trace. C'était le meilleur de ses limiers. Il n'avait pas voulu le laisser à la merci des loups. Brusquement, il avait entendu un rire de femme trop avant dans la forêt pour être de quelque ribaude. Attachant son cheval à un arbre, il s'était approché, en prenant garde, le cœur battant. Au pied de la falaise, une source formait un abreuvoir naturel que la rivière emportait en grossissant vers les terres cultivées. Isabeau s'y baignait avec une enfant rieuse aux longs cheveux noisette et au visage si fin, si puissamment conforme à ses souvenirs, qu'il en avait été bouleversé. Si l'enfant de sept ou huit ans était le portrait de la femme-enfant violée par François de Chazeron, Isabeau quant à elle paraissait une autre, sans âge, le visage durci et les seins violacés, le corps alourdi, usé par les privations. Sur la berge, à quelques mètres d'elles, deux loups veillaient, paisiblement couchés. Huc s'était fait tout petit pendant quelques instants, contemplant leurs jeux et leurs rires, puis, craignant que le vent ne finisse par porter son odeur au-devant des bêtes, il s'était éloigné, le cœur gros. Albérie avait toujours refusé qu'il revoie Isabeau, même après que l'aïeule fut morte en emportant avec elle cette interdiction. Isabeau s'était coupée du monde, persuadée que tous ignoraient qu'elle avait survécu et qu'elle avait donné naissance à l'enfant de Chazeron.

« Elle ne sait pas que tu sais, avait annoncé Albérie gravement, le jour où il avait demandé à lui rendre visite.

50

Ne transgresse jamais son interdit. Isabeau n'est plus celle que tu as connue, Huc. » Huc avait accepté ce choix, sans discuter. Il n'avait jamais raconté à Albérie cette image de bonheur fugace entr'aperçue, car ce jour-là il avait compris combien elle avait raison. Isabeau n'avait plus besoin des hommes.

Et pourtant l'idée de sa mort lui faisait mal, tout comme pendant de longues années lui avait fait mal l'idée de sa survie.

— Quand est-ce arrivé ? se contenta-t-il de répondre, oscillant entre la rage de l'injustice et le réel chagrin qui pesait soudain sur ses épaules.

— Il y a trois jours, au dire de Loraline.

— Juste avant la pleine lune, déglutit Huc. Oh, mon dieu ! Albérie, tu...

Mais Albérie l'empêcha de terminer sa phrase en apposant un doigt glacé sur ses lèvres. Son regard métallique s'ornait de mélancolie.

— J'ai attendu que l'aube me délivre de cette apparence que j'exècre, ensuite j'ai aidé ma nièce à la mettre en terre, au côté de notre grand-mère. C'était un cérémonial étrange. J'ai dû me cacher dans les bois pour que Loraline ne puisse voir la transformation, ainsi que je l'avais promis à ma sœur. C'était la première fois que ce fut aussi douloureux, mais à présent tout va bien pour ma nièce comme pour moi. Je ne veux pas que tu t'inquiètes, Huc de la Faye.

— Pourquoi ne m'as-tu rien dit lorsque tu es revenue de la grotte avant-hier ?

— J'avais besoin de réfléchir et toi de te remettre, comme chaque fois que tu me sais... différente, termina-t-elle en cherchant le mot qui les blesserait le moins tous deux.

Elle savait bien ce qu'il ressentait. Elle-même se faisait horreur en songeant au monstre qui cohabitait avec ce corps de femme à l'intérieur d'elle. Huc se forçait à l'approcher, à la toucher, à l'embrasser chaque lendemain de pleine lune pour qu'elle ne sente pas combien il détestait cette partie d'elle, mais elle était convaincue qu'elle lui répugnait en ces instants autant qu'elle-même se haïssait.

— Je t'ai acceptée telle que tu es, Albérie. Telle que tu es maintenant et à chaque pleine lune. Je voudrais que tu puisses t'en convaincre. Je le voudrais vraiment, murmura Huc en soutenant le regard bleu jusqu'à ce qu'elle le dévie.

Il semblait si sincère, comme chaque fois, qu'elle eut un instant envie de le croire, mais comment pouvait-il l'aimer autant quand elle ne s'aimerait jamais ?

— Pardonne-moi, ne sut-elle que répondre.

Huc s'emporta malgré lui. Il se redressa et marcha à grandes enjambées pour apaiser ses sentiments blessés, jusqu'au feu qu'il aiguillonna.

— C'est ce que tu dis chaque fois, Albérie. Chaque fois ! Je n'ai ni peur ni peine de ce que tu es et je t'aime ainsi. T'ai-je jamais montré de l'aversion ou de la haine ou même de l'indifférence ? N'ai-je pas mérité ta confiance, au contraire ? Je ne t'ai jamais rien demandé ! Je n'ai jamais rien exigé ! Par mon acceptation, je t'appartiens plus que nul autre à son aimée. Alors que dois-je faire ? Que dois-je faire, dis-moi, pour que tu cesses de me demander pardon d'exister ?

Dans le silence qui retomba sur son éclat, Huc s'attarda au pied des flammes, appuyant ses mains larges sur le manteau de la cheminée. Puis il s'avisa qu'Albérie pleurait, silencieusement, pour ne pas le déranger. Alors il oublia ce qu'il venait de dire, parce que Isabeau était morte et qu'Albérie avait besoin de lui. Il traversa la pièce sans réfléchir et, la soulevant dans ses bras, l'emporta devant la fenêtre qu'il ouvrit d'une main vive tandis que son épouse se cachait au creux de son pourpoint de cuir. Il la laissa pleurer, en aspirant violemment le vent glacé qui entrait à pleines volées dans la pièce, devant les flammes revigorées par cet appel d'air, serrant contre la chaleur de son ventre ce corps fragile. Puis il pensa qu'elle allait prendre froid malgré son sang à lui qui bouillonnait. Il repoussa la croisée et s'en alla choir dans un fauteuil, tenant toujours la jeune femme contre lui, telle une enfant. Il la berça doucement et posa les questions qui lui brûlaient le cœur :

— Comment est-ce arrivé ? Qu'attends-tu de moi ?

Albérie ne répondit pas tout de suite. Il était si doux avec elle, si prévenant. Que n'aurait-elle donné pour être humaine ! Humaine seulement. Elle chercha à nouveau ses mots pour ne pas trop en révéler. Elle ne voulait pas le mêler à ce qui allait advenir. Elle devait le protéger comme il l'avait protégée jusqu'à aujourd'hui. Il y avait tant de choses qu'il ignorait encore. Elle se mordit les lèvres amèrement. Si seulement François de Chazeron avait laissé les siens en paix ! Elle ne serait pas obligée de mentir, de tricher avec le seul homme qu'elle aimerait jamais. Elle assura sa voix :

— Une mauvaise chute en revenant vers la grotte. De nombreux arbres se sont agglutinés près de l'accès, emmêlant des pierres et des branches lorsque la tempête les a couchés. Je lui avais recommandé d'être prudente, mais, avec la pluie et le gel, l'endroit était devenu extrêmement dangereux. Elle a agonisé quelques jours avant de s'éteindre. Je n'aurais pas pu la sauver, Huc, même si je m'étais précipitée. Et je ne le pouvais ces jours derniers avec le seigneur de Vollore dans nos murs.

Huc secoua sa belle tête en silence. Quel gâchis, songea-t-il, tandis qu'Albérie poursuivait.

— Bien qu'une messe ait été dite pour elle il y a quinze ans, alors qu'on la croyait perdue, elle est morte sans prêtre à ses côtés, sans confession ni pardon de l'Église. Isabeau était une fervente catholique, Huc, et a élevé sa fille en ce sens, même si elle n'a pas été baptisée. Je voudrais qu'elle repose en paix.

Huc se tourna vers elle avec tendresse et la prit doucement par les épaules.

— Tu as raison, il faut ramener cette enfant chez nous !

— Non !

Albérie hurla presque.

Non, il n'avait rien compris ! Elle se radoucit, mais son expression se fit rude :

— Non, Loraline n'est plus une enfant, Huc, elle a quinze ans et ressemble à s'y méprendre à l'Isabeau que François de Chazeron a connue. Si par malheur il apprenait qu'elle existe, Dieu seul sait ce qu'il adviendrait. Loraline est née au milieu des loups, a grandi avec eux et connaît leur langage. Elle serait brûlée vive, comme une sorcière, comme mon aïeule. Non, Loraline est à sa place, je veillerai sur elle, n'aie crainte. L'abbé Antoine de Colonges avait rencontré Isabeau lorsque grand-mère est morte. J'ai obtenu de lui qu'il sermonne Loraline. J'ai peur qu'elle ne tente quelque action pour venger la mémoire de sa mère. De fait, la présence de Chazeron, ici, à Montguerlhe, la rend hargneuse. Je ne veux pas que l'histoire se répète, Huc. J'ai eu bien trop de mal moi-même à l'oublier. Il m'a fallu treize ans pour apprendre à t'aimer. Pour faire taire en moi la haine et toute idée de vengeance. Aide-moi. Écarte Chazeron de Montguerlhe quelques jours. Le temps pour Antoine de Colonges d'apaiser la peine et la colère de Loraline. Aide-moi !

Huc se rembrunit. L'abbé du Moutier savait ! Il avait rencontré Isabeau alors qu'on lui avait interdit à lui de la revoir ! Cette seule idée le bouleversait, même si une petite voix à l'intérieur de lui murmurait que l'abbé n'avait été appelé qu'à servir sa fonction, rien d'autre. Il se rasséréna. Non, il n'avait pas été trahi et ne pouvait se sentir mis à l'écart. Il avait été le seul à véritablement partager le sort de ces malheureuses, à souffrir de leur

54

croix et à tenter d'adoucir leur châtiment par l'amour qu'il éprouvait pour Albérie.

— M'aideras-tu ? insista la voix d'Albérie qui se rendait bien compte que son aveu l'avait contrarié.

Huc hocha la tête.

— Ce ne sera pas facile. Quelle raison invoquer ? Le seigneur de Chazeron se désintéresse des siens et plus encore de ses gens !

Albérie n'attendait que cela, depuis la tempête, depuis que François de Chazeron était revenu à Montguerlhe et qu'Antoinette portait son enfant.

Avec Isabeau, elles n'avaient cessé de ruminer leur vengeance. C'était devenu soudain si facile, si évident. Chazeron allait payer. Avant de mourir, il souffrirait, harcelé par la peur, sans pouvoir imaginer s'en soulager.

Le cœur brusquement empli d'un sauvage désir de sang, Albérie coula son profond regard métallique dans celui de son époux et lui exposa ses arguments.

3.

Antoine de Colonges se tordait les mains de délectation tout en se faisant reproche du plaisir sournois qu'il éprouvait soudain.

— Reprenez-vous, mon père ! Nul ne doit savoir, n'oubliez pas, sans quoi...

L'abbé du Moutier acquiesça en réponse à la voix cassée qui sortait de cette capuche de bure noire rabaissée sur un visage usé.

— N'aie crainte, mon enfant. Il y a si longtemps que j'attends ce moment que, le Seigneur me pardonne ! je n'ai de pitié que pour moi-même.

— Alors, soyez béni au nom de ces enfants que vous sauverez par votre silence.

Antoine de Colonges hocha la tête, se fortifiant de cette évidence pour ne pas entendre la voix de sa conscience. Pour la première fois de sa longue existence au service du Tout-Puissant, il allait faillir, et faillir au commandement suprême : « Tu ne tueras point. » Bien sûr il ne serait pas la main, et cependant il serait coupable d'accepter que la justice d'une femme suppléât à celle de Dieu. Il prit entre ses mains sèches un crucifix de bois et une bourse de cuir emplie d'écus sur une table creusée par les longues journées de lecture, et les tendit à sa visiteuse.

— Que la pensée du Christ t'accompagne et t'aide enfin à trouver la paix !

— Seulement lorsqu'il aura péri, mon père. Péri de la main de celle qu'il a engendrée. Alors peut-être, oui, si Dieu le veut, je redeviendrai une mère. Si Dieu le veut, mon père ! haleta la voix rugueuse.

Antoine de Colonges détourna les yeux, le cœur soudain serré. Il se sentait si méprisable d'utiliser cette haine pour débarrasser la contrée de François de Chazeron et de ses crimes. Car, même s'il n'avait d'autres preuves que les accusations de la Turleteuche, comme Guillaume de Montboissier autrefois, il était convaincu que toutes ces mystérieuses disparitions depuis seize ans étaient le fait de leur seigneur. Sans compter les meurtres des cinq ecclésiastiques mandatés par son prédécesseur pour enquêter sur les étranges activités nocturnes de François de Chazeron. Que n'aurait-il donné pour faire justice au grand jour ! Mais, du fait de ses épousailles avec une parente du duc de Bourbon, si proche du roi François Ier, le seigneur de Vollore était devenu puissant. Trop puissant. Et, plus encore que jadis, il avait droit de vie ou de mort sur ses terres. Il fallait que cela cesse. Les bourgeois le craignaient autant que les manants ; restait, pour s'opposer à sa cruauté, la seule qu'il avait rendue plus monstrueuse que lui.

« Seuls les loups se dévorent entre eux, songea-t-il tout en souriant à Isabeau dont le regard clair avait pris, au fil des années de rage, une teinte proche de la folie. Lorsque tout sera terminé, il sera temps de s'occuper d'elle et de sa fille en les éloignant du pays à jamais. »

— Va à présent, chuchota Antoine de Colonges en suivant le fil de ses pensées. À Paris, tu demanderas le père Boussart. C'est un ami de longue date, il t'attend et prendra soin de toi.

Isabeau dissimula son appréhension sous un léger signe d'assentiment.

« Retrouver la liberté après toutes ces années ! »

pensa-t-elle. Saurait-elle seulement en apprécier le goût ?

Il avait fallu toute la tendresse d'Albérie pour la convaincre que c'était mieux ainsi. Elle aurait tant préféré punir François de ses propres mains ! Mais, en quinze années, pas une seule fois elle n'avait trouvé le courage de l'affronter. Elle s'était contentée de ruminer sa souffrance et d'apprendre le pouvoir des simples, pour guérir ou tuer. Comme sa grand-mère avant elle, elle avait espéré découvrir le secret de la transmutation des corps pour délivrer Albérie que sa différence rongeait et rendait amère. L'heure était venue de tester la liqueur issue de ses recherches sur le seul monstre qu'elles connaissaient : François de Chazeron.

Quinze ans qu'elle regardait grandir l'enfant du diable. Cette petite qui lui renvoyait le miroir de sa jeunesse perdue et l'appelait maman. Isabeau avait fini par décider de partir. De la laisser à sa place, dans la haine, racheter son propre passé. Son cœur se serra un instant au souvenir du chagrin éperdu de Loraline devant sa prétendue dépouille. *mortal remains*

Mais Isabeau se reprit aussitôt. Rabaissant sur ses yeux le capuchon de son mantel pour dissimuler son trouble, elle enfonça dans le mur la pierre saillante qui lui faisait face, ouvrant devant elle les parois d'un passage éclairé de torches vacillantes. Résolument, elle s'enfonça dans le dédale de souterrains qui unissait l'abbaye du Moutier à Montguerlhe, Montguerlhe à Vollore et Vollore à Thiers, au plus secret de la montagne.

Lorsque le jour se leva sur ce 11 octobre 1515, Isabeau s'éloignait vers Paris juchée *perched* sur une jument *mare* grise, avec au cœur le sentiment qu'enfin elle échappait à son bourreau. *executioner*

Antoinette se laissa habiller par sa chambrière en chantonnant. Le temps s'était radouci la veille et, depuis leur étreinte *embrace* furtive au Moutier, Huc se montrait plus

58

empressé à son égard, plus attentif, au point même de lui avoir mis en tête le projet de profiter des travaux pour rajeunir le vieux château de Vollore et donner ainsi à l'enfant qu'elle portait davantage de confort lorsqu'il viendrait au monde. Lorsqu'elle s'était inquiétée des délais, Huc avait répondu avec optimisme que le redoux annoncé par les anciens permettrait finalement d'activer la reconstruction dans les villages. « De plus, avait-il ajouté, l'agrandissement de Vollore obligera François à la patience. Nos gens pourront s'employer ailleurs au plus urgent sans qu'il s'en doute et vous achèverez en toute quiétude cette grossesse à Montguerlhe. »

Antoinette avait senti son cœur s'emballer. Puisque Huc souhaitait ainsi la garder auprès de lui, c'était donc qu'il l'aimait aussi. Outre qu'il avait raison pour Vollore et le bien-être des manants, ce dernier argument lui donnait toutes les raisons d'agir. François ne songeait qu'à regagner sa tour au plus vite, se nourrissant pour patienter d'une énorme quantité d'ouvrages traitant d'astronomie, d'alchimie et d'astrologie qu'il avait rapportés de Paris, lors de son précédent séjour, et fait suivre à Montguerlhe. Si, de nombreuses fois au cours de leurs premiers mois de vie commune, Antoinette s'était inquiétée de son teint blafard et des cernes violacés au-dessus de ses pommettes saillantes, au sortir de ses interminables heures de lecture, cela la plongeait ce jourd'hui dans une indifférence totale. Jusqu'à cette affreuse tempête, elle le sommait de faire de l'exercice, de sorte qu'il arrivait à François de s'en convaincre et de retrouver quelques plaisirs sains, de ceux auxquels il s'adonnait enfant au côté de son père.

Mais il n'était plus question désormais de traquer chevreuils ou sangliers dans ces bois ravagés, et il avait fallu toute la persuasion de Huc pour ramener François vers l'entraînement de ses gens d'armes, dénouant son corps statique depuis trop longtemps grâce à la lutte, au maniement de l'épée ou de l'arbalète. Ce qui avait eu pour effet de rendre le seigneur de Vollore plus affable, même s'il se fatiguait un peu de jouter contre des quintaines, d'avaler du mouton ou des poules et d'user de théorie quand son sang aurait eu besoin des flammes de son athanor. Pour Antoinette cependant, l'attention que portait Huc à son époux n'avait qu'un seul écho, celui de son cœur. Il ne s'inquiétait pas de la santé de son seigneur, mais bien plutôt du fait que son humeur se répercutait sur elle. Huc la protégeait. Huc l'aimait. Il était donc temps d'éloigner son triste époux en lui rendant ce qui lui manquait tant.

Voilà pourquoi, en ce 12 octobre 1515, Antoinette de Chazeron était si gaie. Jugeant dans son miroir que sa mine enjouée et radieuse seyait parfaitement au rôle qu'elle s'était donné à jouer, elle congédia sa chambrière et s'envola presque dans l'escalier pour se rendre au pied de la tour ouest, où, comme chaque matin, François et Huc s'entraînaient au combat.

Elle admira un long moment l'échange entre les deux hommes, volontairement en retrait pour mieux jouir du spectacle, puis se rapprocha insensiblement du cercle d'entraînement dans lequel voletait un fin nuage de poussière. Huc donnait du fil à retordre à François, feintant habilement aux attaques de son cadet de sept années, qui passait pourtant pour une fine lame.

Comme il lui plaisait, décidément, songea-t-elle en applaudissant malgré elle à une esquive qui avait amené Huc à toucher la cotte de mailles de François.

À ce battement de mains, témoin de l'issue peu glorieuse de ce combat amical, François se retourna et la fixa, l'œil noir.

— Peut-on savoir ce qui me vaut votre présence, ma dame ? s'enquit-il sans complaisance tandis que Huc passait une main épaisse dans sa chevelure pour essuyer la sueur qui perlait à son front.

Antoinette se força à détourner son regard du prévôt

pour sourire à son époux, glissant sur son arrogance de fausses excuses :

— Les distractions sont rares ici et vous regarder jouer est si plaisant ! Pardonnez-moi, mon époux !

François tordit la bouche en une grimace un peu amère. Antoinette ne l'avait pas habitué à ces minaudages, et curieusement cela aiguisa sa jalousie. Voyant qu'elle baissait le museau sur un léger fard, François coula une œillade discrète vers Huc, lequel lui sembla d'une indifférence totale, occupé à polir son épée avant de la remettre au fourreau. Rassuré sur les intentions du prévôt, François, qui ne tolérait l'adultère qu'en sa propre couche, estima tout à sa gloire ce regain d'intérêt et laissa tomber sa mauvaise humeur avec son épée.

— Eh bien soit, ma dame ! Puisque ma compagnie semble tant vous manquer, accompagnez-moi. Huc, fais seller deux chevaux, ajouta-t-il par-dessus son épaule au prévôt qui s'était volontairement écarté du cercle. Mon épouse a besoin d'émotions fortes ce matin !

Antoinette s'avança jusqu'à son époux et esquiva sa proposition :

— Non point autant, messire. Vous suivre par fourrés et taillis sur les traces de quelque chevreuil mettrait en émoi l'enfant que je porte et, vous le savez, j'ai grand soin de lui. Accordez-moi plutôt quelques pas, j'aimerais vous entretenir d'une affaire au mieux de vos intérêts. Lors, si vous y trouvez goût, nous pourrons à loisir mettre à profit cette radieuse journée.

Aiguisé malgré lui par le ton amène de son épouse, François se laissa entraîner, tout en songeant à quel point l'humeur des femmes était changeante dès lors qu'une autre s'affairait à leur place dans la couche maritale.

Huc de la Faye les regarda s'éloigner en silence, s'attardant malgré lui sur les hanches dansantes d'Antoinette. Détournant un œil fiévreux pour s'atteler à d'autres occupations, il accrocha au passage la croisée du premier étage de la tour d'où Albérie le fixait curieusement. Mal à l'aise soudain, il se contenta de lui sourire. Aussitôt le visage s'effaça, et Huc se demanda s'il n'avait pas rêvé. Puis il se rassura. C'était pour elle qu'il agissait. Pour elle seulement. Le reste n'était que broutilles.

Tapant du pied dans une pierre plate qui entravait son chemin, le prévôt alla vers la porte voûtée d'où lui parvenaient les rires de ses hommes d'armes. Si tout se déroulait comme prévu, dans une heure au plus ils chevaucheraient vers Vollore.

Loraline s'appesantit sur ses petites mains blanches qui tremblaient. Comme elle se sentait seule, comme tout lui paraissait sinistre depuis qu'Isabeau, sa mère, n'était plus, jusqu'à cette grotte où elle avait pourtant connu tant de moments uniques.

Elle retroussa les manches de son bliaud sur lequel une peau de loup s'alourdissait en dispensant une chaleur et une odeur rassurantes, puis brassa dans le récipient de terre cuite le gruau à base de racines, de baies et d'orge qui lui servirait de repas. Elle n'avait mangé que cela, agrémenté de lait, de petit gibier et de fruits, depuis qu'elle était venue au monde. À présent il fallait continuer. Mais continuer quoi ? Albérie, sa tante, n'avait cessé de lui répéter qu'elle se devait à la mémoire de sa mère. Qu'elle devait venger les siennes, persécutées, pour trouver enfin une vie décente et normale. Mais Loraline n'avait aucune idée de ce que représentait une vie normale et décente.

Elle vivait là, au cœur de la source de Montguerlhe, dans des vapeurs de soufre, au milieu des loups, et n'avait jusqu'alors ressenti un seul moment de solitude ou de tristesse. Or, brusquement, le temps lui pesait et, tout en pétrissant la pâte ramollie à l'eau qui jaillissait à ses pieds, elle se prit à faire revivre à voix haute ces belles images que sa mère lui contait, d'avant son exil, d'avant sa naissance : les mains larges et calleuses de son grand-père qui coupait les blés mûrs, sa figure rieuse au vent ; les fêtes du ban des moissons où tous à la ferme s'endimanchaient et se frottaient de pouliot [1] avant de s'enrouler en une farandole à l'appel des cornemuses et des vielles ; les genoux d'Isabeau qui tressautaient sur les cuisses de son père, et le regard bleu d'Albérie qui s'amusait de tout et de tous ; la grand-mère, la Turleteuche, qui écartait ses lèvres fines sur un rire édenté et frappait des mains en cadence, et les farces de Benoît qui faisaient tant rire Isabeau... Les farces de Benoît. La douceur de Benoît. La tendresse de Benoît. L'amour de Benoît.

Lorsque Loraline avait un jour demandé qui était Benoît, avec toute l'innocence de ses huit ans, Isabeau l'avait fixée un long moment puis avait jeté froidement en s'écartant d'elle :

— Il aurait dû être ton père !

Loraline n'avait pas osé demander qui était son père si ce n'était lui, parce que en cet instant le regard de sa mère sur elle lui avait fait peur. Et puis, jusque-là elle n'avait pas seulement imaginé qu'il lui fallait un père puisqu'elle avait une mère, et pas davantage comment on pouvait concevoir un enfant.

Par trois fois pourtant, elle avait vu sa mère mettre bas, comme les louves, de curieux gnomes qui n'avaient pas vécu et qu'Isabeau avait emprisonnés dans des bocaux de verre emplis d'une liqueur ambrée. Isabeau possédait toute une collection de bocaux dans lesquels baignaient des membres ou des organes d'animaux et d'humains. Loraline ignorait comment elle se les procurait. Elle savait seulement que, avec les livres apportés par Albérie, ils servaient à poursuivre ses recherches. Pendant de longues années elle avait été écartée des travaux de sa mère, et puis brusquement, l'été dernier,

---

1. Variété de menthe sauvage.

Isabeau l'avait initiée. Loraline s'était sentie soudain investie d'un grand pouvoir. Elle avait cessé d'être une enfant. Elle avait eu quinze ans et devenait digne de recevoir l'héritage des siens.

Il ne lui avait pas semblé curieux. Elle baignait dans sa culture depuis toujours. Pas de notion de bien ou de mal. Son univers n'était empli que de sa mère, de Cythar, son loup, d'Albérie, de l'aïeule dont elle se souvenait encore, de l'abbé du Moutier qu'elle avait aperçu à plusieurs reprises et d'une louve grise qui venait chaque pleine lune. Elle répondait au nom de Stelphar, se couchait à ses côtés, et veillait sur elle et sur la meute.

Aujourd'hui, tout était différent. Les dernières paroles d'Isabeau ne cessaient de la hanter :

— C'est le seigneur de Vollore et de Montguerlhe qui nous a chassées et a fait pendre Benoît, mon promis. François de Chazeron est un monstre, Loraline. Il m'a violée et torturée, mais, plus que tout encore, il nous a robbé[1] notre vie. À toi surtout. Et pourtant, tu es sa seule héritière...

Isabeau s'était éteinte sur ces mots terribles. Bouleversée, Loraline avait aidé Albérie à porter le corps de sa mère dans une petite grotte attenante à celle-ci, qui depuis la mort de l'aïeule servait de sépulture aux siens. Albérie avait ouvert un passage dans la chambre mortuaire où reposait Amélie. Elle avait convaincu Loraline de la laisser besogner, puis avait refermé soigneusement l'orifice, scellant ainsi le tombeau d'Isabeau. Ensuite elle avait entraîné sa nièce au plus profond de la forêt, jusqu'à un promontoire ouvrant sur la vallée. La forteresse de Montguerlhe se dessinait sur la falaise voisine. Cette forteresse terrifiante dans laquelle régnait François de Chazeron. C'est là, face à ce décor grandiose et

1. Dérober.

64

sinistre à la fois, qu'Albérie avait complété l'aveu d'Isabeau :

— François de Chazeron est ton père, Loraline, et cependant il te tuerait s'il savait seulement que tu existes. C'est pour te protéger que ta mère s'est sacrifiée, enfermant sa jeunesse dans le secret de la montagne pendant toutes ces années. Tu te dois à sa mémoire, Loraline. Elle s'était juré de se venger si François remettait les pieds à Montguerlhe. Aujourd'hui il doit mourir. C'est le châtiment pour ses crimes, et toi seule peux l'exécuter désormais. Avec ceci.

Albérie lui avait alors tendu la petite fiole que Loraline avait vue tant de fois entre les mains de sa mère. Elle savait que toute son existence s'était forgée autour de ce liquide qu'elle avait conçu, distillé, modifié au fil du temps, sans hésiter parfois à le tester sur elle-même. Isabeau s'était empoisonnée de jour en jour davantage pour créer le poison absolu, indécelable, avait affirmé Albérie.

Refoulant cette image en sa mémoire, Loraline porta à ses lèvres une bouchée du gruau malaxé avec toute la force de son chagrin, et l'avala sans même y prendre garde. Dans ce simple geste se trouvait son unique certitude. Désormais, elle devait continuer. Pour sa mère. Il lui fallait sacrifier l'âme noire de François de Chazeron pour qu'Isabeau connaisse enfin la paix. Sacrifier l'âme du seigneur de Vollore à ce Dieu de miséricorde que l'abbé du Moutier lui avait appris à aimer. Ainsi, oui, elle deviendrait digne des terres d'en haut.

Elle en était là de ses pensées lorsque Albérie parut dans le renfoncement du souterrain qui conduisait à la forteresse. Sa tante lui tendit une main complice pour l'inviter à la suivre. Loraline posa le récipient sur un rocher près d'elle et, abandonnant les maigres restes de son repas à Cythar couché à ses pieds, s'enfonça derrière Albérie dans la lueur dansante des torches.

Tout en progressant lentement au cœur de la roche

pour déjouer les pièges naturels façonnés par le temps au long du passage, Loraline sentit sa gorge se nouer.

Elle avait parcouru maintes fois les divers souterrains qui s'étendaient en un labyrinthe oublié des seigneurs eux-mêmes, apprenant à en connaître chaque danger, chaque accès, chaque sortie, mais celui-ci lui avait été interdit par Isabeau. Celui-ci et celui qui conduisait à Vollore. Depuis la mort de sa mère voilà huit jours, elle n'avait cessé de se demander à quel moment elle trouverait le courage de passer outre cet interdit. Et puis Albérie était venue lui rendre visite la veille et avait annoncé en la serrant contre elle affectueusement :

— Si tout se passe comme prévu, demain je te conduirai au-devant de ton destin.

Il l'attendait là, au bout de ce corridor de roche rougeâtre et, pour la première fois de son existence, Loraline avait peur. Peur de cette vérité que quelque chose d'indéfinissable en elle ne parvenait pas à admettre. Comme si elle avait pu capter son trouble, Albérie s'empara avec détermination de son petit poing fermé et, forçant sa main moite à se détendre, la garda dans la sienne, rassurante :

— N'aie crainte, mon enfant. Tout ira bien !

Loraline voulut répondre, mais sa gorge nouée ne laissa échapper aucun son ; alors elle concentra toute son attention sur ses pieds pour contourner les vides qui s'ouvraient devant elle et pouvaient engloutir une jambe entière dans quelque obscure salle naturelle. Elles progressèrent encore un moment sur une pente ascendante, puis le boyau rétréci les obligea à marcher tête courbée l'une derrière l'autre, jusqu'à arriver dans un cul-de-sac. Albérie fit basculer une pierre saillante sur le roc, et la lumière crue du jour inonda les parois suintantes du souterrain. Albérie s'avança dans la pièce sans hésiter, traînant dans son sillage le pas prudent de sa nièce.

Loraline écarquilla ses yeux verts que ce trop-plein subit de lumière brûlait soudain jusqu'aux larmes, puis s'avisa qu'elle se trouvait dans une chambre vaste et carrée agrémentée d'un lit sobre, d'un coffre aux ferrures ouvragées et d'un bureau qui disparaissait sous un amoncellement de livres reliés de cuir épais. Certains même s'empilaient sur une chaise à bras où gisait déjà une cape écarlate qui dégageait alentour une entêtante odeur de musc.

Elles avaient accédé à la pièce par le renforcement gauche d'une large cheminée qui s'ouvrait dans la muraille. Loraline nota que les flammes du foyer, aussi fournies soient-elles, n'avaient pas seulement léché leurs souliers tant l'âtre était large, occupant presque un mur entier. Suivant son regard, Albérie chuchota :

— Ne te soucie pas de ces détails, mon enfant. Celui qui a conçu ce passage a été inspiré de bon sens. Il voulait aller et venir sans que nul s'en inquiète. Nous sommes les seules à connaître ce secret. Même le feu de l'enfer ne te brûlerait point.

— Je sais, ma tante. J'ai vu semblable cheminée à Fermouly lorsque, toute petite, Mamie Amélie m'avait entraînée sur ses traces dans le souterrain.

Albérie hocha la tête. Elle n'avait pas remis les pieds à Fermouly depuis que Huc de la Faye l'en avait écartée enfant, mais elle se souvenait du passage pour avoir vu maintes fois l'aïeule tirer sa chaise du devant de l'accès caché et s'enfoncer derrière les flammes. À cette époque-là, elle ignorait encore le secret d'Amélie Pigerolles et se contentait d'attendre qu'elle revienne de sa destination inconnue sûrement peuplée de lutins et de fées. Comme pour lui donner raison, souvent la Turleteuche lui rapportait de jolies pierres colorées qu'elle déposait cérémonieusement dans un coffret de buis comme le plus précieux des trésors. Un trésor qu'elle avait abandonné là-bas en même temps que l'insouciance de son enfance. Un soupir à l'âme, Albérie balaya cette vision avec nostalgie. C'était au nom de ces souvenirs perdus qu'elle était là. Résolument, elle s'avança vers la fenêtre à meneaux qui faisait face à la cheminée.

— Approche !

Loraline s'exécuta et, à l'exemple de sa tante, se dissimula dans les plis des lourdes tentures pour observer l'extérieur. Au-dessous d'elles, dans la cour, un homme piaffait d'impatience au pas nerveux d'un superbe cheval noir. Bien que séduisant, son visage sévère forçait à la crainte, tandis qu'il activait d'une voix rude quelques gens d'armes achevant de vérifier leurs montures.

Loraline sentit quelque chose en elle se glacer. Elle n'aurait pu s'expliquer pourquoi, mais elle sut à l'instant qui il était. Avant même qu'elle ait articulé son nom, Albérie chuchota, comme s'il pouvait les entendre :

— Oui, c'est bien lui, Loraline. Ton sang ne t'a point trahi. Le seigneur de Vollore et de Montguerlhe dans toute sa superbe, son orgueil et sa suffisance.

— Mon... père ! articula difficilement la gorge serrée de Loraline tandis que le parfum musqué qui flottait dans la pièce lui donnait la nausée.

Albérie se tourna vers elle, un éclair mauvais dans son regard métallique. Sans ménagement, elle s'empara de la main moite de sa nièce, laissant entre elles la largeur de la fenêtre d'où leur parvenait le timbre dur de François.

— Oui, Loraline, ton père... Et le bourreau de ta mère ! Regarde-le bien, ma fille, car ce jourd'hui ton cœur doit choisir. Quoi que tu décides, ta vie t'appartient désormais.

Malgré elle, Loraline baissa les yeux, le cœur battant à tout rompre. Comme elle avait peur soudain, peur d'elle-même, peur de ce regard impitoyable, peur de cette lueur qu'elle avait tant de fois vue briller dans les pupilles dilatées de sa mère lorsque ses cauchemars la réveillaient en hurlant. Mais Albérie ne s'attendrit pas de ces doigts tremblants dans les siens. Sa voix se fit tranchante et amère.

— Tu vois ce lit, Loraline ? C'est là qu'il l'a violée, battue et humiliée après avoir pendu Benoît devant ses yeux, et avant de la jeter nue et brisée en pâture aux loups. Regarde bien ce lit et le visage de cet homme. Oui, regarde et choisis : soit de te montrer à lui et de mourir à ton tour, soit d'accepter ce qui est et de venger ta mère autant que ta naissance, car pour tous tu ne seras jamais, jamais, tu entends, que la bâtarde du seigneur !

Au pied de la tour, Antoinette venait de rejoindre son époux, accompagnée par Huc de la Faye qui, depuis son cheval, tirait le mulet sur lequel était attachée la malle contenant leurs effets personnels.

Huc souriait, le cœur content. Antoinette avait agi au mieux et entraînait dans son fragile sillage son époux vers Vollore, dans le but de l'accommoder aux agrandissements et aux aménagements du château. Huc les accompagnait avec quelques hommes, écartant de Montguerlhe, ainsi qu'il l'avait promis, leurs seigneuries pour quelques jours.

Un instant, il regarda vers la croisée avec le curieux sentiment d'être épié, mais il ne vit rien. Persuadé toutefois qu'il s'agissait de son épouse, il cligna un œil complice dans sa direction puis prit la tête de ses hommes avec détermination, à la grande satisfaction de François qui, l'œil sombre, ne pensait en cet instant qu'à retourner chez lui.

Les chevaux s'ébranlèrent d'un pas tranquille, et Loraline releva ses yeux pleins de larmes pour suivre la silhouette agile de son père, une haine grandissante au cœur. Lorsqu'il disparut, caché par l'angle des bâtisses précédant la première grille d'enceinte, elle murmura d'une voix qu'elle reconnut à peine :

— Ce qui doit être sera. François de Chazeron mourra.

Alors seulement Albérie lâcha la petite main, soulagée. « Cette enfant est bien de notre sang ! » pensa-t-elle avec satisfaction. Attirant le corps tremblant de Loraline contre le sien, elle l'étreignit affectueusement.

— Lorsque tout sera terminé, tu seras libre, je te le promets, chuchota-t-elle à l'oreille de sa nièce, mais celle-ci ne l'entendit pas.

Comme dans un brouillard, elle fixait, la rage au cœur, le lit défait. Les cris et les suppliques que sa mère vomissait à chacun de ses cauchemars prenaient tout leur sens dans les horribles images renvoyées par ce lieu. Elle resta ainsi un moment, pétrifiée par son imagination et sa colère, puis elle repoussa Albérie violemment et, les yeux injectés de sang, grommela :

— Que dois-je faire ?

Albérie sentit ses reins s'arquer sous l'appel de l'animal qui sommeillait en elle, tandis qu'un goût âcre lui venait au palais. Satisfaite de la réaction de sa nièce, elle lui exposa son idée, avant de l'entraîner dans le dédale des souterrains en direction de Vollore.

Tandis qu'ils chevauchaient d'un pas tranquille, Antoinette chantonnait. D'une part parce que le soleil, radieux malgré l'air vif, la comblait d'aise après ces longues journées maussades, et d'autre part parce que Huc affichait un visage détendu et serein qu'elle ne lui avait jamais vu.

« Il s'éloigne de son épouse et se rapproche de moi », s'imaginait-elle en l'écoutant plaisanter avec ses hommes ou saluer amicalement les manants qui s'activaient tous à reconstruire ce que la tempête avait mis à mal.

Malgré la mélancolie que la catastrophe avait semée sur les chemins, la bise aigrelette chargée des senteurs de terre mouillée et de mousse putride chatouillait les narines d'un plaisir neuf. Des chants d'oiseaux leur venaient aux oreilles, répondant à la voix mélodieuse qui s'élevait hardiment et qui agaçait François de Chazeron au point, à plusieurs reprises, de tancer sa femme d'un œil noir. Antoinette avait feint de ne pas comprendre et, persuadée que Huc de la Faye et ses compagnons appréciaient, quant à eux, sa chanson, n'en avait qu'entonné de plus belle, jusqu'à ce qu'advienne enfin ce qu'elle espérait. Poussant sa monture au galop, François, excédé, se détacha du groupe et partit de l'avant. Lorsque Huc fit mine de le rejoindre, elle l'arrêta d'un ordre :

— N'en faites rien, mon ami. Vous l'empêcheriez de s'isoler en sa tour et c'est tout ce qu'il désire, croyez-moi. Bavardons plutôt, voulez-vous ?

Se rangeant à sa remarque, Huc ramena son cheval à la hauteur du sien. Ils chevauchèrent côte à côte un moment en silence, suivis à distance par l'escorte qui, d'un signe du prévôt, s'était faite discrète, puis Antoinette se remit à chantonner et laissa Huc se bercer plaisamment de sa voix cristalline. C'était un plaisir rare à Montguerlhe. Parfois lui parvenaient les accords mélodieux de quelques lavandières, mais elles se taisaient dès que s'approchaient les hommes.

— Je n'ai guère eu l'occasion d'entendre chanter votre épouse, remarqua Antoinette en écho à ses pensées.

Curieusement, Huc se sentit amer d'avoir à lui répondre.

— Albérie ne chante pas. Je crois que sa voix ne s'y prête guère.

— Oh ! comme cela doit être triste, s'apitoya Antoinette, ravie au fond d'elle-même de posséder un atout supplémentaire contre sa rivale ; tout paraît si léger, si joyeux avec de la musique. Mon bon Huc, vous avez bien du mérite de vous satisfaire de si peu de distractions. Pour ma part, et quoi qu'en manifeste mon époux, je ne saurais me passer d'elle. Puisque nous nous rendons à Vollore, nous en rapporterons ma harpe. J'en jouerai pour vous... Et pour votre épouse, ajouta-t-elle pour bien marquer sa préférence, d'un ton si doux qu'il ressemblait à une caresse.

Huc sentit malgré lui son sang battre plus fort à ses tempes. Il hocha la tête et se rembrunit.

L'attrait qu'exerçait sur lui Antoinette l'agaçait de plus en plus. Il la connaissait et la respectait depuis son arrivée à Vollore et jamais auparavant il n'avait ressenti pareil trouble. Il s'efforça de penser à Albérie et à son bonheur lorsqu'il lui avait annoncé qu'il avait réussi à éloigner François. « Ainsi, avait-il conclu, tu pourras en toute quiétude t'occuper de Loraline. »

En cet instant pourtant, il se demandait s'il l'avait fait pour elle ou pour sa propre conscience. Bien qu'il s'en défendît depuis quinze ans, il s'en voulait d'avoir été suffisamment guavashé [1] pour se rendre complice de l'abomination de son maître, même si, il le savait, le seigneur de Vollore avait tous les droits.

« Enfin, songea-t-il, la mort d'Isabeau va délivrer Albérie. » Mais n'était-ce pas lui au fond qu'il souhaitait libérer ? De qui ou de quoi ? Cette pensée le glaça, d'autant qu'au même instant, lassée de son mutisme, Antoinette s'informait en toute innocence :

— Qu'en était-il au juste de ce fameux loup auquel on a imputé de nombreux crimes ?

Huc se tourna vers elle, l'œil hagard :

— Comment savez...

Mais il s'arrêta dans son élan et se reprit aussitôt, maladroitement, se forçant au calme :

— D'où tenez-vous cette fable ?

Antoinette soupira bruyamment.

— Ainsi donc, ce que racontent les manants serait vrai. Un garou aurait bel et bien hanté la contrée par le passé. J'ai surpris une conversation il y a quelques jours à l'abbaye du Moutier entre deux miséreux. L'un d'eux disait qu'ils n'avaient pas connu plus grand malheur sur ces terres depuis que le garou avait massacré les moines.

1. Lâche.

Lorsque je me suis approchée en leur demandant des détails sur cette affaire, ils ont prétendu, affolés, ne pas savoir de quoi je parlais. Étrange, ne trouvez-vous pas ? J'ai interrogé François ce même soir, et il s'est dérobé rudement en arguant que tout ce qui avait été avant notre mariage ne me regardait pas. Je le conçois aisément, Huc, mais voyez-vous, j'appartiens désormais à ce pays et, même si je ne crois pas un seul instant à ces ténébrions, il n'en reste pas moins que je veux le fin mot de cette histoire. Cela m'aiderait à mieux comprendre mon époux. Allez-vous vous taire aussi, mon ami ?

Huc était plus mal à l'aise que jamais ; il avait prêté serment auprès de son maître. Serment d'allégeance. Serment d'oubli même s'il ne pouvait oublier. Pour protéger Albérie. Pour se protéger. Prétendre ne rien savoir ne serait qu'un mensonge de plus dans un quotidien de faux-semblants. Mais cela lui déplut. Antoinette, si douce, si fervente, méritait de connaître la vérité sur son mari. Et cependant, c'était son ignorance et son innocence qui la protégeaient le mieux de lui.

— Nous arrivons, ma dame, se déroba-t-il en apercevant, soulagé, les tours du château.

— Vous ne m'avez pas répondu, Huc, insista Antoinette, frustrée.

— Il ne m'appartient pas de vous répondre, dame Antoinette. Mais votre époux a raison. Il faut laisser les mémoires en paix et ne pas endeuiller par des vilenies d'un autre temps un aussi charmant visage. Oubliez tout cela pour ne vous préoccuper que de l'enfant que vous portez.

Antoinette détourna la tête sur un fard. Cette réponse ne la satisfaisait point, mais Huc la prétendait jolie et cela suffisait, au fond, à sa peine. Elle saurait bien, à un moment ou un autre, lui arracher ce secret. Elle se demandait de plus en plus si son époux, avec ses étranges manies, n'avait pas sur la conscience péché plus grand qu'il n'y paraissait.

Elle ne le croyait pas criminel, non, mais que n'aurait-il couvert en échange d'un rare et précieux traité d'alchimie ?

Elle s'appliqua à sourire d'un air dégagé :

— Huc, minauda-t-elle, vous êtes le plus dévoué et le plus courtois des amis. Je vous promets d'oublier tout cela, si vous laissez de nouveau paraître cette humeur joyeuse que vous m'avez offerte pour compagnie tantôt.

Soulagé, Huc lui coula une œillade reconnaissante et, pour vaincre les démons de ses souvenirs, se mit à fredonner une vieille chanson auvergnate.

— Voilà qui me plaît, conclut Antoinette en accordant sa voix sur la sienne, tandis qu'ils passaient sous la voûte de pierre aux grilles ouvertes pour pénétrer dans la cour du château de Vollore.

Au moment où Huc aidait Antoinette à mettre pied à terre, après avoir confié son cheval à un palefrenier venu les accueillir, Clothilde, la maîtresse de maisonnée, parut sur le seuil, échevelée et livide.

— Par Dieu, dame Antoinette, venez vite ! haletat-elle. Il est arrivé un malheur !

4.

Huc s'arc-bouta de toutes ses forces contre la porte de chêne cloutée qui barrait résolument l'accès au dernier étage de la tour, mais, malgré tout son élan, cette fois encore, elle ne vibra même pas.

— Oh ! mon Dieu ! mon Dieu ! sanglotait désespérément Antoinette derrière lui, en tordant son mouchoir sous son nez rougi.

— Rejoins Bertrandeau. Qu'il envoie Béryl chercher des haches à la Grimardie pour fendre la porte. Va !

Tandis que le valet désigné s'élançait dans l'escalier, il se tourna vers Antoinette.

— Je suis navré, mais il faut attendre, annonça-t-il en frottant son épaule meurtrie.

— Et s'il était... ? Oh ! mon Dieu, Huc...

Leurs regards se croisèrent un instant sur cette folle éventualité, forçant Huc à détourner la tête pour démentir le plaisir malsain que cette seule pensée avait fait naître en lui.

— Je suis sûr que non, mais vous ne devriez pas rester là. Clothilde, conduisez dame Antoinette aux communs et servez-lui une tisane.

— Je veux rester ! s'insurgea Antoinette qui ne savait plus trop ce qu'elle espérait vraiment découvrir.

Huc ne céda pas et posa la main sur l'épaule frémissante de la châtelaine.

— Faites ce que je vous demande, dame Antoinette. J'ignore ce que nous allons trouver derrière cette porte et vous me semblez bien assez éprouvée pour l'heure. Je viendrai vous chercher, je vous le promets, assura-t-il doucement.

Du moment que Huc s'occupait d'elle, le reste importait peu, pensa-t-elle. Quant à son triste mari, s'il avait péri au cours d'une de ses diaboliques expériences, que Dieu lui pardonne, mais elle ne le regretterait point !

— Soyez prudent, répondit-elle simplement en signe d'assentiment.

Sur un geste du prévôt, Clothilde passa un bras autour des épaules de sa maîtresse et l'entraîna au bas de l'escalier de pierre.

Resté seul avec un second valet qui soutenait un candélabre pour éclairer davantage le recoin sombre du vaste palier, Huc s'appuya lourdement contre le mur face à la porte qui les narguait de son immobilité, puis se laissa glisser le long de la pierre pour s'asseoir à même le plancher.

Après que Clothilde les eut ramenés brutalement à la réalité dès leur arrivée, ils s'étaient précipités, buvant sur le trajet le récit saccadé de la maîtresse de maisonnée qui se mourait d'inquiétude :

François de Chazeron les avait précédés au château d'une bonne demi-heure et, sans s'inquiéter des travaux et de ses gens, s'était élancé aussitôt dans l'escalier qui menait à la tour. Elle l'avait entendu ouvrir la porte avec sa grosse clé puis jurer tout haut et entrer dans une colère noire, au point qu'elle s'était demandé ce qui arrivait tandis qu'elle se pressait à lui préparer une collation.

Elle n'avait pas eu seulement le temps d'avancer quelque hypothèse que, dans un élan de fureur, François l'avait, d'une gifle, envoyée choir contre la lourde table des communs, à peine entré dans la pièce. Fonçant de

76

nouveau sur elle, il l'avait relevée d'une main, brandissant l'autre au-dessus de son visage, les yeux fous et l'air meurtrier :

— Qui a pénétré dans mon cabinet ?

Clothilde s'était mise à bredouiller qu'à sa connaissance personne n'était monté, mais cela n'avait fait qu'aiguiser encore sa rage.

— Parle ou je te fracasse contre le mur !

Mais elle n'avait su que lui dire et s'était contentée de hurler, attirant les ouvriers du château. Avisant la scène, Bertrandeau, le maître couvreur, s'était avancé pour intervenir. François s'était alors retourné, lâchant Clothilde qui en avait profité pour filer prestement.

— Lequel d'entre vous m'a désobéi ? Qu'il se dénonce ou par Dieu je vous fais pendre tous !

Mais Bertrandeau avait opposé au maître un calme impressionnant, conforté par son imposante silhouette :

— Avant d'accuser l'un de nous, monseigneur, il nous faudrait savoir ce que vous nous reprochez. Nous faisons notre travail, selon notre devoir et vos ordres, et s'il apparaît qu'un ou plusieurs de mes hommes vous aient déplu, alors il m'appartient seul de les châtier, selon les règles de notre corporation.

— J'avais interdit l'accès à mon cabinet ! grogna François pour seule réponse.

— Nous n'y avons pas mis un pouce, seigneur François. Il me semble en outre que vous êtes seul à détenir la clé de cet endroit. Si la serrure avait été forcée, les gens de cette maison vous auraient alerté sur l'heure.

C'était cette évidence qui avait fait tomber sa colère : il avait ouvert la porte normalement avec la seule et unique clé existant. Le seigneur de Vollore s'était liquéfié, son visage grave plus blanc que linge.

— Allez-vous bien, messire ? s'était inquiété Bertrandeau devant cette pâleur.

Mais François avait paru ne rien entendre. Il s'était frayé un passage parmi eux en titubant et avait regagné son antre dans lequel, tous l'avaient entendu, il s'était enfermé à double tour.

Clothilde, habituée depuis longtemps aux humeurs de son maître, bien qu'elles n'eussent jamais atteint cette intensité, s'était remise en reniflant à sa tâche, tout en s'accordant à voix basse avec les ouvriers à reconnaître que leur seigneur était décidément un personnage étrange.

Et puis l'explosion les avait cloués sur place avant de les précipiter d'un même élan, pour se heurter, comme Huc quelques minutes plus tard, à la massive.

— Messire Huc, messire Huc, haleta le valet en gravissant quatre à quatre les degrés.

Huc se redressa d'un bloc.

— Bertrandeau a trouvé un moyen. Il m'envoie vous chercher.

Connaissant l'ingéniosité naturelle du maître couvreur, Huc se précipita sur les traces du messager jusqu'au pied de la tour. Bertrandeau s'y trouvait avec trois de ses hommes occupés à doubler une échelle avec d'épais liens de chanvre. Huc comprit aussitôt où il voulait en venir : atteindre par ce moyen la fenêtre de l'étage que les vitres brisées par la tempête permettraient de déverrouiller.

— Je passe devant, décida-t-il tandis qu'il voyait s'élever les barreaux de bois contre la muraille.

— Non, Huc, l'arrêta Bertrandeau d'une poigne épaisse, ni vous ni moi. Nous sommes trop lourds.

Il désigna le valet, âgé d'une douzaine d'années, dont l'aspect chétif convenait mieux au fragile édifice. Huc hocha la tête, puis s'approcha du jouvenceau.

— Lorsque tu seras à l'intérieur, ne touche à rien, ne regarde rien. Déverrouille seulement la porte et sauve-toi.

— Oui, messire Huc, acquiesça le garçon, fier de sa soudaine importance.

— Fais attention à toi, petit, l'encouragea Bertrandeau en faisant mousser affectueusement la tignasse brune retenue sur la nuque par un lien de soie bleue.

Huc aurait dû retourner à l'intérieur et guetter devant la porte, mais il ne pouvait s'empêcher de suivre l'ascension du petit Guillaumet qui, hardiment et agilement, grignotait l'espace le séparant de la fenêtre. Comme chacun des hommes soutenant l'échelle, il savait que si un seul des cordages venait à lâcher, son poids, même léger, entraînerait sa chute quelque sept mètres en contrebas. Aussi chacun retenait-il son souffle, prêt à intervenir pour tenter d'amortir l'impact. Mais Guillaumet s'appliquait à rester au milieu des barreaux, compensant spontanément chaque déséquilibre, de sorte qu'il parvint à son but avant même que le prévôt ait pris conscience qu'il se trouvait encore là, planté sur ses jambes lourdes. Il attendit pourtant que le jouvenceau fasse jouer le fermoir de la fenêtre à meneaux en glissant son poignet par un des carreaux brisés, puis, tandis qu'aux « Noël ! » des couvreurs le valet forçait l'antre interdit, il partit au pas de course pour l'accueillir à l'étage.

Guillaumet l'attendait sur le palier, tout fier de son exploit, la clé brandie entre ses doigts comme un trophée. Huc lui sourit et brossa à son tour l'abondante chevelure, avant d'engloutir dans son escarcelle le précieux objet :

— Va à présent et demande à Clothilde de te préparer un lait chaud. Donne la nouvelle à dame Antoinette, mais insiste pour qu'elle ne se montre point, tu as compris ?

— Pour sûr, messire. Elle devra me passer sur le corps.

— Beau travail, petit ! le félicita Huc en guise d'au revoir.

Puis, le laissant aller sur son triomphe, il aspira une bouffée de courage et pénétra dans la pièce. Un désordre inextricable s'y trouvait, qu'il attribua à l'explosion, mais il n'aurait su dire en cet instant ce qui en avait été la cause.

L'air glacé avait heureusement chassé les effluves des produits renversés, mais une odeur désagréable d'acide prenait encore aux narines. Huc trouva François étendu sur le ventre au pied d'une table où se désagrégeaient des restes calcinés de parchemins parmi des cornues et des pots épars.

Huc s'agenouilla sans tarder auprès de son maître et chercha son pouls à la jugulaire. Lorsqu'il le sentit battre sous ses doigts, il ne sut véritablement si cela le soulageait. Comme il retournait François inconscient, Bertrandeau parut sur le seuil et, le voyant agenouillé, s'inquiéta :

— Est-il mort ?

— Non, s'entendit répondre Huc à regret, mais il a perdu beaucoup de sang. Un morceau de métal s'est fiché dans sa tempe. Il faut le sortir de là.

— J'en suis, compère, annonça Bertrandeau en s'avançant déjà.

Mais Huc l'arrêta d'un geste :

— N'en fais rien. Tu en as déjà trop vu. S'il lui prend l'envie de châtier quelqu'un à son réveil, il vaut mieux que ce soit moi.

Un large sourire moqueur étira les lèvres fines de Bertrandeau et, faisant fi de la menace qu'il savait réelle, il rejoignit Huc. Celui-ci n'eut pas le cœur de le repousser encore. Ils ne seraient pas trop de deux pour descendre François jusqu'aux communs. Laissant le couvreur examiner la blessure, il avisa dans un recoin une pièce de lin propre qui voisinait avec un petit crâne humain. Réprimant malgré lui un frisson, Huc s'empara de la toile et entreprit de dégager le plancher à côté de François pour la poser, dépliée, à terre.

— Je n'aime pas ce teint cireux ! commenta Bertrandeau.

— Aussi ne tardons pas.

— À mon signal ! proposa le couvreur tandis qu'il prenait François par les jambes.

Huc s'installa aux épaules, soutenant avec ses avant-bras la tête molle, puis ils firent glisser le corps sur l'étoffe tendue. S'en servant de brancard, ils allaient le soulever lorsque le regard de Bertrandeau accrocha une forme éventrée de laquelle une coulée dorée s'était échappée et avait refroidi.

— Qu'est-ce donc que ceci ? ne put-il s'empêcher de demander.

Huc suivit son regard et comprit quant à lui aussitôt.

— Je l'ignore, mentit-il pourtant, et je crois qu'il vaut mieux pour tous que nous continuions à nous désintéresser de cette pièce.

Bertrandeau le dévisagea un instant, mais ne parvint à déchiffrer sur ses traits qu'une soudaine et profonde lassitude.

— Tu as sans doute raison, Huc. Sortons d'ici !

Joignant le geste à la parole, dans un même élan de complicité les deux hommes enlevèrent le brancard improvisé et traversèrent la pièce. Parvenus sur le palier, ils déposèrent leur fardeau à terre. Tandis que Bertrandeau faisait dégager l'escalier sur lequel ses gens et ceux de la maisonnée s'étaient agglutinés dans l'attente de nouvelles, Huc extirpa la clé de sa bourse et referma à double tour derrière eux.

Antoinette s'était reprise devant la gentillesse de Clothilde dont l'œil gauche commençait à noircir, tant la gifle de François avait été appuyée.

Ni l'une ni l'autre ne s'expliquait cette brutalité soudaine. Clothilde avait bien entendu parler de cette histoire selon laquelle leur jeune seigneur aurait violenté une jouvencelle du pays, mais elle venait de Thiers, et là-bas peu de gens avaient prêté foi à cette fable, tant la réputation des seigneurs de Vollore était au-dessus de ces calomnies. D'ailleurs, ce n'était qu'une rumeur qui s'infirmait dès qu'on posait quelques questions. Depuis qu'elle était au château, soit six années, elle avait eu, certes, à subir son caractère exécrable, mais jamais François de Chazeron n'avait levé la main sur elle ni sur quelque autre de la maisonnée. Voilà pourquoi, elle avait beau creuser et recreuser sa tête lourde, elle ne pouvait répondre aux questions d'Antoinette que par une incompréhension totale, renforcée de sa certitude que nul au château n'était monté là-haut durant l'absence du seigneur.

Elles en étaient là, l'une et l'autre, lorsque le jeune Guillaumet s'avança dans la pièce en courant presque, pour exiger maladroitement qu'on en dégage la large table.

— On amène mon seigneur ! ajouta-t-il avec tant de déférence qu'on eût dit que le roi lui-même s'était annoncé.

Aussi prompte qu'efficace, Clothilde enleva le bol vide qui se trouvait encore devant Antoinette, tandis que celle-ci se reculait, au risque de renverser le banc sur lequel elle était assise. Se levant brusquement, Antoinette se plaqua contre le mur face à la porte. Elle se sentait glacée. Son cœur battant à tout rompre semblait vouloir jaillir de sa poitrine, trop serrée par les lacets du corsage. Puis Bertrandeau passa le premier par l'étroite ouverture et, en quelques secondes, dans un silence religieux, son époux se retrouva étendu à l'endroit même où elle avait pris collation.

Devant ce visage barré de sang qui tournait vers elle sa blessure, Antoinette eut grand-peine à réprimer un haut-le-cœur. La découvrant ainsi défaite, Huc s'approcha d'elle et se voulut rassurant :

— Il n'est qu'inconscient. Tout ira bien.

Antoinette perdit son regard dans celui du prévôt, puis hocha la tête. Alors il se détourna d'elle pour s'adresser à Clothilde qui avait déjà pris l'initiative de raviver les braises et de suspendre au-dessus un chaudron d'eau claire :

— Trouvez des linges. Il me faut de la lumière, beaucoup de lumière.

Aussitôt, Guillaumet disparut comme si cette seule tâche lui incombait et, tandis que Bertrandeau repoussait d'une voix autoritaire les plus téméraires des curieux, Huc se rapprocha de nouveau d'Antoinette. Elle pleurait doucement, sans s'en rendre compte, et Huc dut se faire violence pour ne pas la prendre dans ses bras. Il murmura avec sollicitude :

— Je vais devoir nettoyer sa plaie. Vous ne devriez pas rester là.

— C'est ma place, Huc, répondit Antoinette, d'une voix mal assurée pourtant. Je me dois de demeurer à ses côtés puisqu'il est... vivant ! ajouta-t-elle dans un souffle.

Huc sentit quelque chose se déchirer en lui, à lui faire mal. Il ne sut que détourner la tête, bouleversé d'avoir éprouvé cette même déception en découvrant François.

Comme il lui aurait été facile de l'étrangler sans bruit. De venger par ce simple geste Isabeau, l'aïeule, Albérie et Antoinette. Mais il ne l'avait pas fait. « Bertrandeau est arrivé trop tôt », lui souffla une petite voix pour excuser sa lâcheté, mais il ne la crut pas. La vérité était autre, il le savait. Il n'était pas un meurtrier.

— Priez, ma dame ! gémit-il dans un brouillard glacial qui envahissait tout son être. Puis, se détournant d'elle, il s'activa sous les candélabres que Guillaumet et un comparse tenaient à main levée, l'esprit à son devoir et le cœur écartelé.

Lorsqu'il eut achevé de nettoyer, désinfecter et panser la plaie, toujours aidé de Bertrandeau, ils transportèrent François dans la pièce voisine que Clothilde s'était hâtée de préparer. Bertrandeau en avait fait son cabinet de travail durant les réparations, et le bureau qui s'y trouvait était encore envahi de plans et de croquis. Ce n'était pas à proprement parler un lieu digne du seigneur de cette maison, mais la plupart des chambres n'avaient plus ni toiture ni vitres. Certaines cheminées s'étaient effondrées sous les rafales de vent et gisaient à même les luxueux parquets. On avait nettoyé le plus pressé, bâché et réparé, mais aucune pièce mieux que celle-ci ne convenait à un blessé, quel que fût son rang.

François fut déposé sur le lit sobre non loin de la cheminée qui, restée, elle, intacte, dispensait une douce chaleur.

Malgré son souffle régulier, il n'avait toujours pas repris connaissance, et Huc se demanda un instant s'il ne souffrait pas de quelque apostème [1], et s'il passerait la nuit. L'idée incongrue qu'Albérie, avec sa connaissance des simples héritée de sa grand-mère, pourrait le sauver, lui traversa l'esprit. Cela le fit sourire. Albérie n'aurait pas guéri François de Chazeron, il le savait. Elle aurait trouvé le courage qu'il n'avait pas eu. Il tourna la tête vers Antoinette. Elle avait jeté un châle de laine sur ses épaules et s'était installée au chevet de François, sans un mot, les mains jointes en une interminable et fervente prière dont il n'aurait pu dire la teneur. C'était désormais à Dieu tout-puissant de décider du devenir de cet homme. Mais Huc ne parvenait malgré lui à chasser l'image de cette pièce où voletait imperceptiblement le souffle du diable.

Il soupira en silence. Demain serait un autre jour. Avec Bertrandeau qui avait refusé de quitter les lieux et Guillaumet qui, malgré son jeune âge, avait insisté pour s'activer au renouvellement des chandelles, il s'installa dans un coin de la pièce, à même le sol. Ce 12 octobre 1515 commença ainsi une longue, très longue veillée.

1. Abcès.

Philippus Bombastus von Hohenheim était un jeune homme de vingt-deux ans, alerte bien qu'un peu poupon de visage. Dire qu'il était séduisant serait exagéré, mais il émanait de sa personne un charme mystérieux auquel la profondeur et l'intelligence de ses yeux noirs n'étaient pas étrangères. Esprit vif, fouineur et sensiblement orgueilleux, Philippus s'intéressait à tout et surtout à ce qui pouvait être remis en question par les diverses sortes de sciences. Son père, médecin suisse, l'avait élevé dans cette optique de curiosité pour en faire son digne successeur. Mais si Philippus avait hérité de son géniteur le respect pour la médecine, il avait aussi et surtout grandi à l'ombre de la fameuse Vierge Noire dans l'abbaye de Schwyz où sa mère avait été servante. Et la rigueur de sa formation s'était heurtée aux récits légendaires de guérisons spontanées, de pseudo-miracles et de croyances populaires dont son père ne savait que rire, mais qui trouvaient en son âme d'enfant un écho favorable.

Pour toutes ces raisons, il se trouvait ce jourd'hui 12 octobre 1515 à Saint-Rémy-de-Provence, si loin de sa Suisse natale qu'il avait quittée voilà trois années pour parcourir le monde et tenter d'en découvrir les secrets. Il revenait, pour l'heure, de Ferrare où il avait brillamment obtenu sa promotion, et son titre de médecin sonnait crânement sur sa jeunesse fringante, tant il connaissait peu de ses confrères qui avaient acquis par leurs voyages ou leurs rencontres autant de savoir que lui.

Or donc, Philippus, juché sur son âne et flanqué d'un valet d'une discrétion d'autant plus grande qu'il était né muet, s'approchait de l'angle d'une petite venelle, après avoir depuis un mois affronté tous les vents sur son itinéraire.

— Ce doit être là ! affirma-t-il en tendant un doigt que des mitaines de laine couvraient à moitié.

Croulant sous les pelisses, son compagnon et lui res-

semblaient bien davantage à des miséreux qu'à l'équipage d'un médecin. Cela importait peu à notre homme.
Au mépris de ses contemporains, il répondait, incisif :
« Mieux vaut une cervelle abondamment garnie assortie
d'une bourse vide que l'inverse. On dort peut-être moins
bordé, mais on rêve beaucoup mieux ! »

Et des rêves, par Dieu, il en avait. Depuis qu'il avait
traîné ses guenilles en Égypte, au pied des pyramides
qui refusaient de dévoiler leurs secrets, et à Constanti-
nople où il avait consulté quantité d'ouvrages. Partout
sur son chemin, il se faisait initier aux mystères et aux
croyances des sociétés secrètes et des sectes religieuses
qui fleurissaient en ce nouveau siècle. Pour parfaire son
savoir académique, il apprenait les secrets médicinaux
des gens du peuple, des bonnes femmes, des barbiers,
des baigneurs, des ventrières et même des bourreaux.
Rien ni personne n'eût pu rassasier sa soif immense de
connaissances, qu'il voulait mettre au profit de l'humanité.

C'est gorgé de tout ce savoir désappris pour mieux
en retenir la quintessence que Philippus laissa retomber
ses doigts gelés contre le bois d'une porte basse, au
cœur de la petite cité provençale.

Une femme aux traits réguliers entrebâilla l'huis avec
prudence, tandis que, nanti de son fort accent guttural,
il se présentait et insistait pour rencontrer le fils de la
maisonnée. Aussitôt, la porte s'ouvrit pour leur livrer
passage et maître et valet pénétrèrent dans une pièce
sobre où régnait la douce chaleur d'un feu bienveillant,
assortie d'une suave odeur de soupe.

Philippus se laissa distraire un instant du but de sa
visite par ce simple fumet qui lui rappelait n'avoir rien
mangé depuis le matin, tant sa bourse était vide. S'il ne
trouvait pas bientôt sur sa route un providentiel malade
disposé à payer ses services, il lui faudrait compter sur
un hypothétique gibier, comme tant d'autres fois. Mal-
heureusement, par ce temps il était difficile d'attraper

perdrix ou lièvre. Quant à gratter le sol gelé pour en extraire des racines, il n'y fallait pas songer. Il n'y avait guère que quelques poireaux sauvages de-ci de-là, rendus inconsommables par le gel.

Orgueilleux, il toussota pour dissimuler à son hôtesse le méchant gargouillis de son ventre, se contentant de humer les vapeurs savoureuses qui s'échappaient du chaudron suspendu au-dessus du foyer. Son valet, quant à lui, lorgnait sans scrupule la miche de pain blond qu'une toile légère maintenait tiède sur la table.

Au moment où leur hôtesse s'avançait vers l'escalier de bois pour héler son fils, un garçonnet descendit à sa rencontre et les salua depuis le milieu des marches :

— Je vous attendais, messire. Mère, poursuivit-il comme Philippus fronçait le sourcil, étonné de cette entrée en matière, le repas est-il prêt pour recevoir nos visiteurs ? Ils ont grand faim et chacun sait qu'on ne parle bien que le ventre plein.

— J'allais dresser la table quand ils se sont annoncés, assura la jeune femme dont le visage s'éclaira d'un voile de fierté à l'égard de son fils prodige, tandis que celui-ci, du haut de ses douze ans, lançait un regard de connivence à Philippus. Ce dernier, impressionné et somme toute ravi de cet accueil inespéré, ne sut que proférer maladroitement :

— Ainsi donc, cette fable était vraie !

— Hélas, messire, ajouta le garçonnet parvenant à sa hauteur et le saluant d'une courbette moqueuse, car il m'arrive de prédire plus grand malheur que bonheur, sans pouvoir seulement changer le cours des choses. Mais prenez place, je lis dans l'expression gourmande de votre valet que la fortune vous a oubliés sur ces méchants pavés qui vous menèrent à moi. Ôtez donc ces pelisses, qu'on les étende devant le feu, et venez vous réchauffer de ce vin. Nous ne faisons pas auberge, mais nos invités sont chez nous comme des nôtres.

Philippus s'était ressaisi et regardait le jouvenceau

dont l'intelligence illuminait la face derrière une pointe de malice. Il lui rendit sa révérence, comme il se serait incliné devant un important personnage :

— Philippus Bombastus von Hohenheim, se présenta-t-il.

— Celui que l'on nommera bientôt Paracelse, oui, je le sais déjà, mon ami.

— Mais qui êtes-vous donc en vérité ? demanda Philippus décidément perplexe, tandis que son valet suivait avec dévotion le manège de la mère autour de la table qu'elle achevait de dresser en silence.

— Michel de Nostre-Dame, pour vous servir, dans le respect des Saintes Écritures et de la Science. Car ne voyez en tout ceci ni prétention ni malice, simplement un don de Dieu. Rien qu'un don de Dieu.

— Et que pourrais-je y voir d'autre ? laissa échapper Philippus qu'un profond respect unissait déjà à son insu au petit homme.

La mère suspendit son geste et se mit à trembler, tandis que Michel répondait à voix basse :

— La main du diable, messire, ce qui aurait pour conséquence d'amener sur cette maison un procès mal intentionné.

Philippus hocha la tête gravement. Combien de fois avait-il vu l'Inquisition frapper de son terrible jugement tel ou tel en Espagne et ailleurs ! Il n'avait pas sur ses mains assez de doigts pour les compter, ni assez de cynisme pour oublier le cri de ces malheureux léchés par les flammes.

Un silence glacial avait soudain plombé la tiède demeure. Philippus se hâta de le dissiper, mais curieusement ce fut à la mère qu'il s'adressa :

— N'ayez crainte, sainte femme ! Je suis un homme de science et non d'Église. En tant que tel, j'applaudis aux prodiges de l'esprit humain. Le malheur n'atteindra pas votre demeure, car mon cœur est aussi pur et noble que mes intentions puisqu'il se veut au service de mes semblables.

— Je n'avais pas d'inquiétude, mon ami, approuva Michel dont le visage s'illumina d'un franc sourire ; et tout comme moi, sachez-le, vous les servirez bien. Mère, ajouta-t-il, gardez au chaud la part de mon père et de mon frère. La clientèle les retiendra fort tard.

Sans s'émouvoir plus avant de cette prédiction, l'interpellée déposa un linge tiède sur deux des écuelles de terre cuite et entreprit de remplir les autres au moyen d'une louche qui attendait son heure, accrochée à un piton contre le mur.

Alors, n'y tenant plus, le valet écarquilla les yeux, roula sur ses lèvres une langue démesurée qui signifiait mieux que tous les discours son profond contentement, et s'attabla en tapotant d'impatience sur le bois ciré. Philippus et Michel échangèrent un regard de connivence et éclatèrent ensemble d'un rire joyeux.

Ce repas fut à Philippus le plus agréable qu'il ait pris depuis longtemps. Un instant, il se crut revenu dans sa Suisse natale, auprès des siens, tant l'atmosphère dans cette humble demeure respirait la douceur de vivre, malgré, on le percevait au mobilier sommaire, le fort peu d'aisance.

Le grand-père de Michel, figure médicale qui avait en son temps soigné le roi René, était connu pour avoir laissé quantité de notes étonnantes. Fort de la rumeur qui prétendait son petit-fils porteur d'un don de divination prononcé, Philippus avait résolu de lui rendre visite.

Il s'en félicitait. Dans ce nid douillet où les mots d'esprit voisinaient avec la simplicité d'une intelligence sans fard, Philippus oublia un instant la morsure de l'hiver, sa quête éperdue de connaissance et même son propre rang, pour redevenir un petit garçon émerveillé devant un géant de douze ans à peine.

Lorsque le repas s'acheva sur une tarte aux noix, laissant maître et valet l'estomac saburré [1], Michel se racla la gorge et se tourna vers Philippus, l'air grave et défait soudain :

— Monture et valet trouveront gîte dans l'écurie pour la nuit. Pour vous, elle sera longue, car vous n'êtes point venu à moi par hasard. Cette nuit, messire, vous me sauverez.

Et ce disant, il s'écroula évanoui sur la table, tandis qu'un hurlement échappait à sa mère et clouait le bonheur aux lèvres de Philippus. Retourné par cette terrifiante mise en scène, il ne s'attarda pourtant pas à la réflexion. Il tâta le pouls du garçonnet, livide.

— Corichon, ma trousse ! ordonna-t-il tranquillement à son valet qui, se désintéressant de ce qui venait d'arriver, continuait d'engloutir du pain à s'en faire éclater le ventre. Pourtant, à l'injonction de son maître, il suspendit net son geste et fila.

— De quoi souffre-t-il ? demanda ensuite Philippus à leur hôtesse qui, pétrifiée, fixait son fils sans rien oser faire.

Elle leva sur Philippus un visage hagard.

— Mais je l'ignore, messire, suffoqua-t-elle.

Philippus eut un instant de panique. Puis il se ressaisit :

— N'a-t-il rien dit ? Un mot, un seul que vous deviez me transmettre. Votre fils aime ménager ses effets...

Elle hocha la tête devant cet argument et fouilla ses souvenirs. Enfin son visage s'éclaira et elle se précipita sur le tiroir d'un buffet d'où elle extirpa un coffret de cuir. Tremblante, elle le tendit à Philippus.

Celui-ci l'ouvrit, fébrile, et découvrit stupéfait un scalpel, du fil et une aiguille piquée sur un morceau de parchemin. Philippus le déplia et y lut : « Viscère droit ».

1. Rempli.

Sans plus attendre, il enleva le garçonnet dans ses bras et, devancé par sa mère qui ne comprenait rien à ce curieux manège, l'emporta dans sa chambre.

Philippus ne s'attarda pas en explications. Tandis qu'il ordonnait qu'on fasse bouillir de l'eau, il releva la chemise de Michel et palpa le ventre dur. Lorsqu'il parvint à hauteur de l'appendice, le visage du garçonnet exprima un rictus de douleur malgré son inconscience.

— Sang Dieu ! grommela Philippus pour lui-même. Il faut agir vite !

Ne gardant à ses côtés pour l'assister que son valet qui lui rapportait ses propres instruments et venait de réceptionner le baquet d'eau chaude et des linges propres, Philippus releva ses manches, sûr de son fait. S'émerveillant de la précision du scalpel que Michel lui avait réservé, il trancha dans les chairs, la main ferme et efficace.

Une heure plus tard, l'opération achevée et son valet renvoyé pour nettoyer les instruments, Philippus se retrouvait seul auprès de son malade, satisfait de lui-même. Relâchant un peu la tension qui l'avait tenu jusqu'au dernier point lié, il contrôla, serein, le pouls de Michel et le blanc des yeux, puis jeta un œil circulaire sur la pièce étroite.

Aussitôt son attention se porta sur un appareil posé devant la fenêtre. Philippus se leva et s'appliqua à déchiffrer les étranges inscriptions et signes qui découpaient chacun des anneaux encastrés les uns dans les autres autour d'une petite sphère.

— C'est un astrolabe, murmura une voix derrière lui.

Philippus se retourna. Michel avait repris conscience et lui souriait faiblement. Philippus abandonna un instant sa découverte pour venir s'asseoir près du jouvenceau. Il lui prit la main et, s'avisant qu'elle était moite, appliqua une paume ouverte sur le front chaud.

— Ne parlez pas, mon jeune ami, insista Philippus

malgré le flot de questions qui assaillait son esprit. Vous aurez tout le temps demain de m'enseigner ces choses troublantes qui constituent votre quotidien. Pour l'heure, sachez seulement que vous aviez raison. Si je ne vous avais pas opéré cette nuit, à cette heure vous seriez passé. Et j'ignore, compte tenu de votre fièvre, si tout danger est écarté.

— Le viscère droit, n'est-ce pas ? grimaça Michel.

— L'appendice, pour être plus précis. C'est une sorte d'entonnoir dont l'utilité nous échappe encore mais qui, pour des raisons inconnues, s'enflamme parfois jusqu'à pourrir les intestins et le corps tout entier s'il éclate. J'ai bistorié juste à temps. À présent, il vous faut dormir. Je vais rester à votre chevet. Souffrez-vous ?

— Comme si mille rongeurs grignotaient mes entrailles, messire. Mais je ne crains pas la douleur. Tant qu'elle existe, je demeure en vie. Bonne nuit, Paracelse !

— Quel étrange surnom vous me donnez, s'attendrit Philippus.

— Il sera le secret de votre vie... murmura encore Michel avant de fermer les yeux et de sombrer dans un sommeil comateux.

— Le secret de ma vie, répéta à mi-voix Philippus, troublé. Petit homme... Et cependant si grand ! conclut-il en écartant affectueusement les boucles brunes qui collaient à présent au front brûlant.

Philippus laissa glisser son regard sur l'astrolabe qui régnait en maître incontestable sur cette pièce emplie de livres et de parchemins griffonnés. L'appareil lui en rappelait tant d'autres, prétendus diaboliques, que Philippus ne put s'empêcher de frémir. Ces inquisiteurs étaient si avides de faire place nette pour ne pas avoir à affronter la vérité d'une connaissance qu'ils ne pouvaient comprendre ni interdire... Combien de crimes commettrait-on encore au nom de l'ignorance ? Cette seule pensée lui donna la nausée. Précautionneusement, il se leva et sortit de la pièce pour aller rassurer la maisonnée.

Au pied des marches, le père et Hector, le cadet, étaient attablés en silence. Il ne les avait pas entendus rentrer, et ressentit une sorte de gêne à se trouver là, grain de sable dans leur quotidien. L'homme pourtant ne n'en offusqua pas et le salua courtoisement, mais seule l'arrivée de son épouse parvint à dissiper la gêne. Elle l'avait vraisemblablement informé des événements et Philippus se retrancha derrière son diagnostic :

— Je ne peux me prononcer avant l'aube, mais si les vérités de votre fils sont ce qu'il prétend, alors vous pouvez garder espoir. Il vivra. Il me faut à présent retourner à son chevet.

— Sauf votre respect, mon seigneur, soupira le père malgré le regard appuyé lancé par son épouse, je n'ai que peu d'intérêt pour les étrangetés de mon aîné. Je préférerais qu'il m'assiste à l'exemple de son frère plutôt que de s'appliquer en rêverie dans le ciel. Croyez bien que si sa mère, en souvenir de son grand-père, n'avait pas approuvé ce désir de suivre des études de médecine, il serait mis au pas avec fermeté.

— Michel veut être médecin ? s'étonna Philippus malgré lui.

— Et d'où tient-il cette trousse de chirurgie, croyez-vous ? Difficile de lui faire penser à autre chose !

Tandis que le père déversait ainsi sur Philippus son amertume, la mère, qui s'était écartée, revint, confiante quant à elle.

— Tenez !

Philippus se saisit du pot de terre cuite que lui tendait la jeune femme et l'ouvrit avec curiosité.

— Des cristaux de sel ? l'interrogea-t-il, perplexe. À quelles fins ?

— Je l'ignore, messire. Michel a seulement demandé que je vous le remette quand vous viendriez nous rassurer.

— Quand était-ce ? s'inquiéta Philippus.

— Mais il y a quelques instants, lorsqu'il a paru sur l'escalier, juste avant que vous ne descendiez.

Philippus la dévisagea en se demandant si on ne lui jouait pas quelque farce. Non seulement il n'avait pas quitté le chevet du jouvenceau, mais il aurait été impossible à celui-ci de se lever dans son état. L'expression sereinement confiante de cette mère le convainquit qu'il fallait chercher une explication ailleurs. N'en osant aucune, il se contenta de sourire et de s'en retourner auprès de son malade.

Michel dormait, le souffle court et irrégulier. Un rapide examen permit à Philippus de conclure que la fièvre montait encore. Il tenta de faire boire l'enfant, mais celui-ci rejeta l'eau qu'il venait d'absorber.

Désemparé, Philippus se prit le visage entre les mains. Si la fièvre ne tombait pas rapidement, il serait perdu.

Philippus creusa un long moment sa tête vide, comme s'il avait soudain tout oublié de son savoir, tant la vie de cet enfant lui semblait précieuse, plus que toute autre. Soudain, son regard accrocha le crucifix de bois au-dessus de la tête de lit, et des réminiscences d'un autre temps se mirent à tournoyer dans son esprit. N'avait-il pas déjà entendu parler de cette faculté de dédoublement ? Bien sûr, pour le commun ce n'était que légende, mais Michel était si étrange ! Puisqu'il se recommandait du Tout-Puissant, ne fallait-il pas chercher entre lui et le Christ quelque hasardeux rapprochement ? « Le hasard n'existe pas », avait affirmé Michel à table, tantôt. Alors ? Où se trouvait la clé ?

À ses côtés, l'enfant ruisselait en gémissant, inondant les draps de lin. S'il ne pouvait absorber de liquide, il fallait qu'il garde le sien. Ce fut cette évidence qui alluma l'étincelle en sa mémoire. Depuis la nuit des temps on utilisait la saumure ! Prenant une poignée de sel entre ses doigts, Philippus ouvrit la bouche du garçonnet et la remplit. Encore et encore, à intervalles réguliers, jusqu'au petit matin, en alternance avec l'application de linges froids et mouillés sur le petit corps grelottant.

C'est le poids d'une main sur sa tempe qui lui fit ouvrir les yeux. Un soleil laiteux entrait dans la chambre par la fenêtre. Philippus redressa son front que le sommeil avait fini par alourdir, le tassant dans l'unique chaise à bras de la chambre, tout contre le lit.

Michel souriait paisiblement dans un visage serein. Philippus porta une paume au front du garçonnet et conclut avec plaisir :

— Vous voilà sauf. La fièvre est tombée.

— Grâce à vous, mon ami, le remercia Michel.

— Grâce à Dieu simplement, qui vous offrit ce don sans pareil.

— C'est bien plus complexe que cela, je crois, répliqua Michel avec un énigmatique clin d'œil. Mais nous aurons tout le temps désormais d'évoquer ces mystères. Pour l'heure, j'ai faim et soif, et, bien que j'ignore tout de votre médecine, il me tarde de chasser ce désagréable goût qui me reste en bouche, comme si j'avais croqué du sel toute la nuit.

— Je cours prévenir les vôtres et vous rapporte une collation, répliqua Philippus dans un éclat de rire salvateur.

Tandis qu'il descendait les degrés quatre à quatre, léger et guilleret, il se prit à penser que la vie était belle. Puisqu'il avait obtenu si grand mérite au regard du Seigneur à travers son protégé, nul doute qu'un grand, noble et merveilleux destin l'attendait.

5.

Antoine de Colonges abandonna sa tête en arrière dans un gémissement de plaisir. Lascivement alangui dans son fauteuil, d'un quart détourné de sa table de travail, jambes écartées, sa bure relevée sur sa bedaine rebondie, il se laissa gagner par les frémissements de son corps satisfait. Épuré de ces humeurs diaboliques qui encombraient son âme, il sombra dans un sommeil pâteux, espérant qu'à son réveil, dans sa grande mansuétude, Dieu aurait empli son esprit et son cœur des mots justes pour apaiser les souffrances de sa paroisse.

C'est un bruit inhabituel qui le tira de sa torpeur. Un instant, il se demanda où il se trouvait, si ce n'était sur ce chemin paradisiaque bordé de fleurs et de lumière. Il redressa péniblement sa nuque ankylosée et écarquilla les paupières. En face de lui, Albérie attendait, moqueuse, une moue de dégoût aux lèvres, légèrement appuyée contre le chambranle du passage secret d'où elle venait de s'extraire.

Percevant d'un seul coup le ridicule de sa posture, il rabattit prestement sa bure sur son bas-ventre, rougissant malgré lui du sourire qui s'étirait sur les lèvres de sa visiteuse.

— Par le Seigneur tout-puissant, Albérie, vous pourriez baisser les yeux, grommela-t-il, furieux, tandis qu'il reprenait gauchement une assise plus convenable.

— Vous ronflez, mon père ! se contenta de répondre Albérie, sans bouger d'un pouce.

— Il s'agit bien de cela, grogna Antoine entre ses dents.

— Allons, reprenez-vous, mon père, s'exclama Albérie en éclatant d'un rire léger.

C'était la première fois qu'il la voyait rire. Oubliant soudain tout ce qui avait précédé, Antoine la fixa, le cœur battant. Albérie hocha la tête, un éclair sauvage et mutin sur le visage comme si elle avait pu lire dans ses pensées :

— Tout est détruit, annonça-t-elle.

— Dieu soit loué ! soupira l'abbé tandis qu'une joie infantile le gagnait à son tour.

À cet instant, la porte s'ouvrit béante et un novice s'engouffra dans la pièce, hors d'haleine, figeant sur place l'abbé et sa visiteuse :

— Messire l'abbé, hoqueta le jouvenceau sans prendre seulement garde au passage encore ouvert qu'Albérie dissimulait dans son dos, il vous faut me suivre au plus tôt. Un malheur est survenu à Vollore et notre seigneur François est au plus bas !

L'abbé du Moutier se dressa d'un bond, interrogea du regard Albérie qui paraissait perplexe elle aussi, puis emboîta le pas au novice, qui continuait à expliquer qu'un messager venait d'arriver à l'abbaye et mandait secours.

Les cloches de la chapelle s'ébranlèrent pour inviter à l'office de prime, comme un appel au repentir. L'abbé du Moutier frémit. Ce n'était pas ce qui était prévu, mais qu'étaient-ils tous devant la volonté du Seigneur ? Il parvint dans la cour intérieure alors que le ciel dégagé distillait encore les vapeurs rosées du soleil levant. L'écuyer de François de Chazeron piaffait d'impatience, dans l'air vif, tandis qu'au fond de son office le frère Étienne rassemblait sa médecine en toute hâte.

Albérie observa un instant le manège depuis la fenêtre, assaillie par une foule de questions sans réponse. Qu'était-il arrivé à Chazeron après leur départ ?

Avec Loraline, elles s'étaient éclipsées sitôt qu'elles avaient aperçu François aux portes du château, leur besogne achevée. Elle devait savoir. Résolument, elle referma le passage derrière elle et se dirigea d'un pas sûr et vif le long du corridor de pierre.

Antoinette essuya son visage congestionné par une nuit irrégulière. Elle se trouvait dans une petite pièce sombre qui, durant les travaux, faisait office de cabinet de toilette. Elle venait de se bassiner longuement avec de l'eau de mélisse pour tenter de rafraîchir ses traits, mais le miroir en face d'elle lui renvoyait l'image défaite de ses yeux boursouflés. Un instant cela l'agaça en songeant que Huc méritait mieux que cette mine effroyable, puis elle se reprit. Au fond, elle n'affichait rien qui ne soit de circonstance. Elle était l'épouse du seigneur et l'aube n'avait révélé aucun changement dans son état.

Elle avait conscience d'avoir longuement joint ses mains en une prière, mais ne parvenait pas à savoir si Dieu devait entendre son cœur ou sa raison. Elle avait pitié de François, mais n'était en rien accablée par la possibilité de sa perte. Elle reposa en soupirant la serviette à côté du bassin dont sa chambrière avait fait tiédir l'eau. La journée s'annonçait belle, quoi qu'il advienne, songea-t-elle tandis qu'elle faisait signe à cette dernière de l'habiller.

Elle se laissa faire, l'esprit vagabondant sur des images rassurantes : la douce main de Huc qui l'avait éveillée en pleine nuit comme elle s'était assoupie au chevet de son époux, l'invitant à s'étendre sur une couche sommaire pour s'y reposer un peu tandis qu'il veillerait à sa place ; leurs regards qui s'étaient mêlés alors avec une infinie tendresse au point qu'Antoinette avait senti son cœur bondir dans sa poitrine.

Elle avait obéi, la gorge serrée, certaine que, s'ils avaient été seuls en cet instant, Huc n'aurait pu résister au désir de l'embrasser. Elle l'avait observé au travers de ses cils à demi baissés. Il avait épongé le front de François, vérifié le blanc de l'œil, puis s'était positionné de son mieux pour ne plus bouger, par crainte de l'éveiller. Elle avait sommeillé par bribes. À deux pas d'elle, Bertrandeau ronflait, avec la tranquille assurance qu'on saurait faire appel à lui si besoin était. Sans qu'elle pût expliquer pourquoi, tout cela l'avait apaisée et elle ne s'était éveillée qu'au petit matin en entendant des chuchotements. Huc devisait à voix basse avec Bertrandeau. L'un et l'autre semblaient d'accord sur la conduite à tenir, et il était question de prêtre. Elle s'était dressée sur un coude, éveillée tout à fait, et avait interrogé d'une petite voix frémissante :

— Est-il passé, Huc ?

Les deux hommes s'étaient retournés vers elle puis, poussé par la bienséance, Bertrandeau avait baissé le front en une courbette et s'était éclipsé. Huc, à son tour, s'était détourné, le temps qu'elle se mette debout en une posture plus convenable. Elle avait lissé sa mise froissée et sa chevelure défaite par le sommeil où s'étaient accrochés quelques brins de paille du matelas. Elle devait avoir l'air d'une ribaude, mais elle s'en moquait :

— Vous pouvez vous tourner, Huc, j'ai besoin de savoir.

Il lui avait souri faiblement mais avait conservé son regard baissé. Elle était l'épouse du seigneur, et sa tenue débraillée avait quelque chose d'indécent qui le troublait, malgré les circonstances, bien plus qu'un atour princier. Huc avait répondu en pesant ses mots :

— Votre époux est toujours sans connaissance, dame Antoinette. Ma compétence s'arrête devant ce fait. Il nous faut quérir un médecin et un prêtre. Je songeais que mon frère, Étienne, qui est moine au Moutier, pouvait aisément remplir ces deux fonctions. Mais il sera fait selon vos désirs.

— Vous le croyez donc perdu, chuchota-t-elle dans un souffle.

— Je ne saurais le dire, mais Étienne est un bon apothicaire...

— Vous avez raison, Huc, avait-elle approuvé. S'il ne peut le guérir, il lui donnera les derniers sacrements. Quoi qu'il en soit, je ne peux me présenter devant mes gens en cette mise. Souffrez que je vous laisse à son chevet.

— Prenez tout le temps qu'il vous faudra, avait cru bon d'ajouter Huc cependant qu'elle le frôlait du bas de sa robe relevée par ses mains fines, pour qu'elle ne traîne pas à terre.

Tandis que la chambrière achevait de nouer les lacets de son corsage, elle se dit que ce n'était pas tant ses traits mâchés qu'elle avait tenu à rafraîchir, mais ses idées. Elle se sentit soudain honteuse. Qu'était-elle devenue ? N'avait-elle brusquement plus aucune dignité pour souhaiter si ardemment se conduire comme la dernière des catins ? Elle se drapa dans le malheur comme une punition et, prête à recevoir le frère Étienne, sortit de la pièce pour se faire servir son matinel.

Huc était seul avec François dans la lumière du jour dispensée par une croisée proche. Une sueur froide accentuait un goût amer dans sa bouche, grandissant de minute en minute. Il ne pouvait détacher son regard du cou de son seigneur que l'on avait dégagé pour qu'il respire mieux. De fait, son souffle était régulier et son teint était redevenu rosé. François paraissait dormir. Huc se redressa, luttant contre les sentiments contradictoires qui bousculaient tout son être sans ménagement. Il songeait à Albérie, et tout aussitôt à Antoinette qu'il eût volontiers culbutée comme une servante ce matin, puis de nouveau à Albérie, et encore à Isabeau et à l'enfant qu'elle laissait.

Tout cela le ramenait à sa haine. Cette haine qu'il contrait depuis tant d'années, et encore davantage depuis la veille. Il y avait songé toute la nuit, priant le ciel pour ne pas rester seul avec son maître, si vulnérable en cette posture. Lorsque le désir fut si violent qu'il ne put le réfuter, il tenta de sortir de la pièce. Ce fut le souvenir du visage d'Isabeau qui le ramena s'asseoir auprès du malade. Il vit ses mains se rapprocher inexorablement du cou de François. Il essaya de lutter encore avec sa conscience, mais l'envie était trop forte. Ses doigts se refermèrent sur la peau moite. Il eut le sentiment qu'il ne pourrait plus les empêcher de serrer, serrer encore jusqu'à ce qu'elles se rejoignent en broyant le passé, mais son geste se figea avant même d'avoir commencé.

François avait ouvert grand les yeux et le fixait. Sur l'instant, un sentiment de peur gagna Huc tandis qu'un puissant instinct de survie le forçait au calme. Son désir de meurtre l'avait quitté brusquement au profit d'une autre évidence : François avait compris qu'il le haïssait. Depuis combien de temps était-il conscient ? Quel jeu avait-il joué pour percer leurs intentions les plus secrètes ?

Tout cela passa en une fraction de seconde dans son esprit, l'amenant à la conclusion qu'il ne devait en aucun cas retirer ses mains. Huc se contenta d'attendre, en déplaçant ses doigts, comme s'il voulait vérifier le flux sanguin de chaque côté de la gorge, comme si son geste avait de bonnes intentions.

— Eh bien, Huc, vais-je vivre finalement ?

La voix de François semblait lointaine, gutturale, accusatrice et provocatrice. Mais Huc s'était ressaisi par cette simple palpation. Il n'était pas un assassin, répétait en lui une voix moqueuse. Il s'astreignit à sourire à son maître et ne se justifia pas :

— Je le crois, oui. Vous nous avez donné grand souci, monseigneur, affirma-t-il en retirant enfin ses paumes.

— Je m'en aperçois. Mais je me sens bien à présent. Pour tout te dire, mon ami, j'ai grand faim !

Et sans plus attendre, il se dressa sur son séant. Huc s'écarta, il aurait voulu protester, le convaincre de garder la couche pour éviter un malaise, mais il n'en fit rien. Quelque chose en lui réfrénait toute initiative, quelque chose comme un irrépressible sentiment de danger.

De fait, François s'assit sans dommage, étira son corps courbaturé, l'air satisfait, puis ouvrit brutalement la porte pour sortir de la pièce.

Il se trouva nez à nez avec Antoinette qui revenait à son chevet. En le voyant ainsi frais et dispos, elle laissa échapper un cri et tomba sur le pavé dans un bruit mat. François partit d'un rire sauvage avant d'enjamber la forme soyeuse et défaite à ses pieds. Huc se figea, atterré, tandis que François lui lançait par-dessus son épaule :

— Emportez-la sur la couche et faites-lui porter les sels, mon bon Huc, ma femme est décidément trop émotive.

Les plantant là tous les deux, il s'engouffra dans le salon de réception en hurlant à la maisonnée qu'il n'avait rien avalé depuis la veille et voulait faire ripaille sans perdre un instant.

Huc rengaina la colère qui de nouveau battait à ses tempes. Soulevant Antoinette dans ses bras, il l'étendit sur le lit d'où venait de s'extraire François, puis s'empara d'un flacon de sels.

Il s'assit auprès d'elle, si fragile à son tour. Comme elle est belle et douce, ne put-il s'empêcher de songer tout en promenant le flacon sous son nez. Antoinette gémit légèrement en détournant la tête puis ouvrit les yeux. Elle ignorait pourquoi, mais Huc était penché au-dessus d'elle et la couvait d'une tendre délicatesse. Se laissant gagner tout entière par cette intense sensation de sécurité, elle noua ses bras aux manches poussiéreuses autour de la nuque du prévôt et l'attira vers elle.

Incapable de résister plus avant, Huc se laissa faire et s'empara de la bouche offerte avec toute l'énergie du désespoir. Longtemps. À en oublier le reste du monde. Ce fut untoussotement derrière eux qui dénoua leur étreinte. Huc se retourna d'un trait.

Dans l'encadrement de la porte, Antoine de Colonges les observait, l'air embarrassé et désolé.

Michel de Nostre-Dame mangeait de bel appétit, même s'il prétendait entre deux bouchées se sentir nauséeux. À sa mère qui ne comprenait pas pourquoi, en ce cas, un morceau de poularde chassait l'autre, il répliquait que c'était à son sens le seul moyen de se débarrasser du goût de sel qui lui persistait en bouche.

Comme elle haussait les épaules, il décocha une œillade joyeuse à Philippus qui, à ses côtés et de fort bonne humeur, se régalait :

— Et jusqu'à quand mon fils doit-il garder la couche ? s'enquit la brave femme en voyant avec désespoir les taches graisseuses souiller les draps du lit où elle avait posé un plateau chargé de victuailles.

— Je dirais cinq jours pour éviter tout danger d'infection et laisser aux viscères le temps de se refaire autour des points...

— Cinq jours..., répéta-t-elle avec une moue de dégoût et de désolation.

— Et dix de plus jusqu'à ce qu'il puisse retirer les fils de ma bigourelle, ajouta Michel avec malice en désignant la couture longue de vingt centimètres qui divisait son ventre en deux parties inégales et sur laquelle un bandage épais se tachait de sang.

— Couché ? se lamenta la mère décidément plus inquiète de sa lessive que du sort de son garnement.

— Soyez sans crainte, dame Reynère, nous nous

moquons et ce n'est pas charitable. Dès demain, je vous le promets, Michel prendra ses repas sur cette table.

Il désigna du doigt celle qui se trouvait contre le mur et qui pour l'heure ployait sous d'édifiants ouvrages d'astronomie.

— Quant à moi, je ne saurais me distinguer et, si vous m'offrez quelque hospitalité en échange de mes soins, j'aurai fort plaisir à prendre mes repas avec les vôtres.

Un sourire soulagé récompensa sa tirade. Le même que celui de son fils, franc et généreux, songea Philippus.

— Que cela soit ainsi, messire, me convient tout à fait. Nous n'avons pas assez d'argent pour vous payer mais...

Philippus l'arrêta tout net :

— Il ne s'agit pas de sonnantes, croyez-moi. Je gagne bien plus au contact des connaissances de votre fils que je ne le pourrais en battant campagne. Le gîte et le couvert pour mon valet, moi-même et nos pitoyables montures jusqu'à ce qu'il n'ait plus besoin d'assistance seront mes seules exigences.

— Dieu vous bénisse, messire ! s'exclama la brave femme avant de saisir spontanément ses mains graisseuses pour les embrasser.

Ensuite de quoi elle sortit précipitamment de la pièce en jetant encore par-dessus son épaule :

— Dieu vous bénisse !

— Il l'a déjà fait, ne put s'empêcher de répliquer Philippus à l'intention de Michel qui, guilleret, mordait dans une troisième cuisse de poularde, il l'a fait en me conduisant ici.

— Allons, mon bon ami, se moqua Michel, n'allez pas devenir dévot ou vous gâteriez l'homme de science que vous êtes !

— Loin s'en faut ! Loin s'en faut !

— Débarrassez-moi plutôt de ce plateau. Il commence

104

à peser lourd sur ma digestion, à moins que ce ne soit l'inverse, grimaça le jouvenceau en repoussant la viande.

— À la bonne heure, s'esclaffa Philippus. Je n'ai jamais, au grand jamais, vu un de mes malades dévorer autant sitôt après une intervention. J'en finissais par croire que mon scalpel avait glissé et découpé le fond de cet estomac insatiable. Vous me rassurez, jeune homme.

— Il est bon que je vous rassure ce jourd'hui, approuva Michel sur un ton qui ne parut à Philippus pas aussi léger qu'il devait être.

Il se débarrassa prestement du plateau en le posant sur le tapis de laine colorée qui adoucissait le plancher ciré.

— Qu'est-ce à dire, Michel ? s'inquiéta-t-il. Auriez-vous eu quelque vision malheureuse à mon encontre ?

Michel le fixa longuement, comme s'il fouillait au plus profond de lui, mais Philippus n'en éprouva ni gêne ni agacement. Il attendit patiemment que Michel répondît à sa question. Ce qu'il fit en haussant les épaules.

— Bien fou qui saurait prétendre de quoi demain sera fait.

Philippus se sentit floué.

— Vous vous moquez, mon ami. Après m'avoir démontré hier qu'il n'existait point de hasard, vous voudriez que j'y croie ? La vérité est autre et elle vous embarrasse.

— Non point, Paracelse, non point, croyez-moi. Je suis simplement hallebrené[1], et avouer qu'en conséquence le fait que ma prescience s'arrête à mes viscères gargouillants m'est profondément pénible, tant je souffre d'un mal plus pernicieux encore. Un mal que nous avons en commun, je crois : ce pitoyable orgueil.

1. Épuisé.

Il grimaça en se tordant de côté puis ajouta :

— Je pense qu'il me faut dormir un peu, voulez-vous me laisser ?

Sentant combien son malade avait effectivement besoin de repos, Philippus n'insista pas. Ce garnement avait raison. Il le croyait aussi entêté et fier que lui, ce qui le ravit, au fond, bien plus que tout le reste.

— Il me faut examiner votre urine. Ensuite vous pourrez dormir.

— Sous le lit, lui indiqua Michel.

Philippus se pencha et dénicha un pot en faïence. Il l'amena à hauteur du pénis du jouvenceau et dégagea les draps alentour tout en inclinant le récipient.

— Priez Dieu pour que ma mère n'entre point à cet instant, ne put s'empêcher de plaisanter Michel tandis que d'une main légère il dirigeait le jet d'urine dans le fond du vase.

Philippus retint un rire pour ne point déconcerter l'enfant auquel ce simple geste, il le savait, coûtait un effort puisque pour l'accomplir il devait pousser sur sa vessie et par là même forcer sur sa blessure.

Michel s'en acquitta pourtant en tirant la langue comiquement avant de conseiller à Philippus d'aller le déverser dans les latrines au bout du couloir dès qu'il aurait achevé son examen.

— Tout va bien, affirma le médecin en levant les yeux du pot qu'il avait récupéré et porté au-devant de la fenêtre. Vos urines sont claires. Il n'y a aucun signe d'hémorragie postopératoire. Bientôt vous gambaderez comme un lièvre.

— Allez donc vous détendre en ce cas. Ou plutôt non, se récusa Michel tandis que ses paupières lourdes l'entraînaient déjà vers le sommeil, rendez-vous à l'auberge à deux rues d'ici, celle dont l'enseigne se prétend du Songe du roi. On vous y attend. Une jeune femme... Beaucoup d'argent...

Sur cette dernière image que Philippus prit pour une

vision, Michel sombra dans un profond sommeil bercé de ronflements réguliers.

Philippus hésita un instant sur la conduite à tenir. Fallait-il donner crédit une fois encore aux avis de l'enfant, ou renoncer ? Qu'entendait Michel par « beaucoup d'argent » ?

Emporté par une curiosité qui piquait son esprit scientifique, il quitta la chambre sans bruit. Au bout du couloir qui desservait les trois chambres de la maisonnée se trouvait un réduit dont un simple rideau masquait l'entrée. Un conduit de pierre s'ouvrait sous un trou percé dans le plancher. Philippus fut agréablement surpris par l'odeur de lavande qui s'en dégageait. Dans certains lieux, l'absence d'hygiène rendait cet endroit dégoûtant. Ici il semblait bassiné de frais régulièrement de sorte que rien n'égratignait le nez. Philippus constata même que des linges humides attendaient dans un baquet empli d'eau pour s'essuyer. L'odeur de lavande provenait de là.

Tout en vidant les urines de Michel dans le conduit débouchant sur la ruelle, il se rappela piteusement s'être soulagé la veille dans le caniveau d'une venelle derrière la bâtisse pour ne point embarrasser ses hôtes. De gros rats lui avaient filé entre les jambes. Combien de fois avait-il dû chasser les rongeurs de ses braies depuis qu'il était en chemin ? Il l'ignorait, mais il savait que leur nombre grossirait chaque jour davantage tant qu'il choisirait cette vie aventureuse. Pris soudain d'une profonde nostalgie, il songea à son père établi là-bas dans sa Suisse natale, à son enfance choyée comme celle de Michel en ces murs. La même passion, le même rêve : se mettre au service de ses prochains.

En Italie, il avait souhaité rencontrer ce Leonardo da Vinci, peintre devin s'il en était et génial inventeur de machines extraordinaires dont il avait entendu parler en écarquillant les yeux. Mais l'homme n'avait pas daigné le recevoir. Il n'ouvrait qu'aux puissants. Et Philippus n'avait pas un sou vaillant. Rien d'autre, comme l'avait dit Michel, que ce pitoyable orgueil. Beaucoup d'argent, avait-il affirmé aussi. Non, décidément, se rengorgea Philippus en tirant derrière lui le rideau des latrines, il n'existe pas de hasard. Et, fort de cette certitude, il descendit l'escalier, s'empara de sa trousse et sortit de la bâtisse.

À l'extérieur, un soleil franc lui piqua les yeux. Il se demanda un instant s'il devait quérir Corichon qu'il n'avait aperçu depuis la veille, puis songea qu'il se débrouillerait mieux tout seul. Il secoua la bourse attachée par un fil de soie sous son pourpoint élimé. Un méchant sol y restait, à peine de quoi s'offrir une pinte de vin. Ce serait suffisant pour entrer dans la place. Si cette jeune femme existait et l'attendait, il ne mettrait pas long temps pour la trouver. À moins qu'elle ne le trouve...

Devant sa porte, un cordonnier achevait de marchander une paire de lacets destinés à la réparation d'un carquois. Philippus attendit qu'il fût payé puis s'avisa de la direction qu'il lui fallait prendre. L'homme dégageait une forte odeur de crotte. Il le fit répéter plusieurs fois avant de percer sous l'accent guttural de Philippus le sens de sa phrase, puis le renseigna aimablement. Philippus s'éloigna de la boutique avec plaisir. L'homme devait tanner lui-même ses peaux pour puer de la sorte, car il savait bien que l'utilisation des fientes était un usage courant pour assouplir le cuir. Pour lui donner raison, en obliquant à l'angle de la bâtisse comme indiqué, il aperçut deux barriques autour desquelles bourdonnait une nuée de grosses mouches noires. Philippus hâta le pas en se félicitant d'être aux portes de l'hiver plutôt qu'en été. Rompu aux habitudes des villes et villages, il ne fut pas long à se trouver devant l'enseigne du « Songe du roi », non sans avoir dû éviter cavaliers et chariots en se plaquant contre les murs des maisons.

Une odeur de vinasse et de bière le saisit gaillardement aux narines. Il aimait l'ambiance dévergondée des tavernes. Des rires fusaient de partout, du comptoir large aux tables. Philippus jeta un coup d'œil circulaire. Les seules jeunes femmes qu'il vit en cet antre étaient des filles de joie dont les gorges amplement dénudées s'offraient sans vergogne aux mains et aux bouches hardies. À une table, un groupe d'hommes d'armes aux couleurs du seigneur du lieu chantait à tue-tête un chant de corps de garde que reprenait d'une voix de fausset une brunette à demi saoule en équilibre instable sur un genou. Elle se mit à rire bêtement quand, pour la retenir alors qu'elle partait en arrière, un homme la rattrapa par son corsage, libérant sa poitrine volumineuse.

Tout cela régala Philippus. Il s'installa à une table d'où il pouvait couvrir la salle du regard et, à l'aubergiste qui approchait, commanda pour un sol de vin. Le garde avait à présent positionné la brunette à cheval sur ses cuisses et léchait voracement les seins durcis sous les acclamations grasses de ses compagnons dont les verres se vidaient et se remplissaient à tour de bras. Philippus eut tôt fait de se rendre compte qu'en réalité la fille n'était pas saoule, mais jouait à plaisir son rôle de débauchée, faisant régulièrement signe à l'aubergiste de ravitailler la tablée. Avant le soir leur maigre solde serait bue, mais nul ici n'en avait cure. Ainsi allait le monde. La dernière pièce de Philippus disparut dans la poche du tablier de l'aubergiste qui ne lui accorda pas seulement un regard. Cette misérable consommation n'apportait rien à ses affaires.

Philippus sirota la piquette qu'on lui avait servie, laissant le temps passer en observant les prouesses de la brunette qui aguichait sans se donner vraiment. Le but du jeu, il le savait, était de rendre les autres trop saouls pour pouvoir la prendre. Lorsqu'ils rouleraient sous la table, les poches vidées, elle s'attaquerait à un autre gibier.

Philippus termina son verre avec le sentiment que

Michel s'était trompé. Bah, se dit-il, j'aurai au moins joui du spectacle. Il allait se lever pour sortir lorsqu'un homme entra en courant. Son pourpoint était rouge de sang.

— Maître Luc, gémit-il en direction de l'aubergiste qui blêmit à sa vue. Des brigands, maître, des brigands.

Tandis qu'il s'avançait, un autre valet entra. Dans ses bras une jeune femme pendait mollement, bras écartés. Ses cheveux ruisselaient de sang.

Philippus se dégagea d'un bond et parvint en même temps que l'aubergiste livide au-devant de la damoiselle. Le silence s'était fait dans la salle. Trop saouls, les gardes ne savaient s'ils devaient courir ou se faire oublier.

— Je suis médecin, dit Philippus tandis que d'un revers de bras il dégageait prestement la table la plus proche.

— Comment est-ce arrivé ? demanda-t-il à l'homme qui déposa délicatement la jeune femme.

— Elle nous a demandé de l'accompagner. Elle voulait du thym, beaucoup de thym avant que le gel ne l'abîme trop. Des brigands nous ont surpris. Ils ont mis les chevaux en fuite et tué messire Olivier, qui protégeait notre course en engageant l'épée. J'ai trébuché, maître. J'ai trébuché et me suis cogné la tête. Je n'ai pas pu les empêcher.

L'aubergiste écoutait le récit du valet en même temps que Philippus. À ces derniers mots, la rage le prit et il envoya rouler le malheureux à terre d'une gifle retentissante.

Nullement préoccupé de ces états d'âme, Philippus acheva son examen en retroussant délicatement les voiles des jupons. Le boutiquier posa une poigne autoritaire sur son bras :

— Qu'est-ce que vous faites ?

— Ce que je dois, maître Luc, répondit Philippus sans se départir de son indifférence feinte.

— Sortez, vous autres. Sortez tous ! hurla l'aubergiste en renversant les chaises et les tables, en bottant le derrière des avinés.

Philippus attendit qu'ils soient seuls pour agir. La damoiselle avait vraisemblablement été assommée par un coup de dague qui avait emporté un morceau de cuir chevelu. C'était l'origine du sang, mais la blessure n'était pas grave, se dit Philippus. Il attendit que l'aubergiste eût fermé les portes pour soulever les jupons. La vision du sang sur les cuisses confirma ce dont il se doutait.

— Les salauds ! grogna l'aubergiste par-dessus son épaule. Les salauds, répéta-t-il visiblement ébranlé. Ils l'ont violée. Ils ont violé et tué ma petite fille.

Philippus se tourna vers lui et posa une main amicale sur son épaule. L'aubergiste avait les yeux emplis de larmes.

— Elle vit encore, mon ami.

Maître Luc semblait ne pas l'entendre. Philippus insista :

— Je vais la soigner. Tout ira bien.

À peine achevait-il sa phrase que la damoiselle tournait la tête vers eux en gémissant. Son père s'approcha et lui saisit les mains avec effusion :

— Ne bouge pas, ne parle pas. Je m'occupe de toi, ma toute belle.

— Père, murmura-t-elle. J'ai grands maux de tête. Où suis-je ? Que s'est-il passé ?

— Tu étais dans la forêt, commença maître Luc, mais Philippus s'interposa, en l'écartant délicatement.

— Qui êtes-vous ? murmura la jouvencelle en apercevant les grosses mains de Philippus s'approcher de son visage.

— Je suis médecin. Laissez-moi faire. Tout ira bien.

Il contrôla le blanc des yeux puis chuchota :

— Vous souvenez-vous de ce qui s'est passé ?

— Tu étais dans la forêt avec Olivier et la Pendaille, commença son père.

Philippus lui fit les gros yeux et le bedonnant tavernier se tut.

— Oui, j'étais dans la forêt, répéta la jouvencelle en fouillant sa mémoire. Je ramassais du thym quand... Oh ! mon Dieu ! des brigands. Des brigands nous ont encerclés. Olivier m'a dit de courir. La Pendaille m'a suivie. Je me suis enfoncée dans les taillis et puis j'ai perdu l'équilibre, je crois. Ensuite je ne me recorde pas.

— Cherchez bien. Encore.

La jouvencelle fronça les sourcils sur ses souvenirs mais...

— Non, vraiment, je ne me souviens pas.

Philippus poussa un soupir de soulagement. Ils l'avaient assommée d'abord, à moins qu'elle ne soit tombée sur l'arête d'un rocher. Elle n'aurait donc aucun traumatisme véritable.

— Et Olivier, murmura-t-elle. Leur a-t-il échappé ?

— Messire Olivier est mort, damoiselle, expliqua Philippus doucement. Et ce n'est pas tout. Ils ont profité de votre inconscience.

— Que voulez-vous dire ? Que veut-il dire, père ? demanda-t-elle, le visage blême.

Pour seule réponse, le père s'avança et l'attira contre son poitrail rebondi. La jouvencelle éclata en sanglots. Philippus se força à mettre de la distance entre la situation et ses propres sentiments, mais il était furieux. Bien sûr, il savait que viol et massacre étaient monnaie courante dans les forêts d'Europe, mais il ne pouvait s'empêcher de rugir intérieurement chaque fois qu'une femme était tourmentée ainsi. Quelque chose en lui bouillait de haine à l'encontre de ces hommes sans foi ni loi. Il faut accepter ce qu'on ne peut empêcher... Combien de fois avait-il entendu cette phrase dans la bouche de femmes nourrissant leur bâtard avec le lait de leur haine. Il se demandait combien de temps il faudrait encore à l'homme pour cesser de se conduire comme un animal.

Lorsqu'il quitta l'auberge du « Songe du roi », la petite ville de Saint-Rémy-de-Provence s'endormait. Ameline, la jouvencelle, reposait paisiblement en sa demeure. Sur la demande du père, il l'avait estourdie d'une liqueur de pavot puis avait pansé la plaie à la tête. Ensuite il avait nettoyé le vagin souillé et placé dans l'utérus un petit caillou blanc qui tomberait de lui-même, entraîné par la fausse couche. Il n'y aurait pas d'enfant. Il avait appris cela d'une sorcière en Égypte. Au regard du monde, l'honneur de la damoiselle serait sauf. L'aubergiste avait tenu à acheter grassement son silence. Philippus avait refusé tout d'abord puis avait cédé.

Le hasard n'existait pas. Il lui fallait accepter cette loi. Et les avantages que le destin lui offrait.

C'est d'un pas vif qu'il regagna le logis de Michel, satisfait malgré lui d'entendre tinter les écus d'or contre sa poitrine.

6.

François de Chazeron était d'humeur sombre. Le frère Étienne avait souhaité l'examiner en arrivant au château avec Antoine de Colonges, mais François les avait congédiés sur l'heure en prétendant que le seul remède dont il avait besoin se trouvait dans la ripaille et qu'ils devraient attendre qu'il en ait terminé. De fait, il avait englouti ce qu'on lui avait préparé comme s'il était à jeun depuis des semaines.

Averti par Clothilde qu'Antoinette était souffrante, l'abbé du Moutier avait délaissé sans remords le seigneur de Vollore pour s'enquérir de l'état de son épouse. Il le regrettait depuis. Non qu'il s'inquiétât plus de l'honneur de François que de ses états d'âme ! Ce qui le chagrinait dans cette histoire, c'était Albérie. Il la savait profondément attachée à Huc et ne pouvait s'empêcher de songer que sa réaction serait terrible si elle venait à découvrir la chose. Il soupira si bruyamment que François de Chazeron le tança d'un œil plus noir encore.

Après avoir achevé un matinel hardiment composé d'une omelette de quinze œufs, de tranches épaisses de jambon, de quatre cailles et de trois entremets, le tout arrosé de vin, François avait exigé que soient réunis sur-le-champ l'abbé, Antoinette, Clothilde et Huc. Il

114

ignorait, ou feignait d'ignorer, que Bertrandeau et Guillaumet avaient pris part à son sauvetage, et Huc s'abstint d'en rien dire.

De fait, ils étaient là, dans cette pièce où quelques semaines plus tôt, avec Béryl, ils avaient exposé à François la situation de l'après-tempête. François s'était rassasié le ventre certes, mais pas l'esprit. Sa première question avait été brutale :

— Lequel d'entre vous a la clé ?

Pour seule réponse, Huc l'avait sortie de sa poche et poussée sur la table au-devant de son maître. Ils étaient attablés en silence. Seule Clothilde montrait un tic nerveux à son œil bigarré de couleur sombre, trahissant sa crainte. Elle s'était assise entre Huc et l'abbé du Moutier en songeant que, si le maître voulait encore la rosser, ceux-là s'interposeraient sûrement. Quant à Antoinette, que Huc évitait de regarder, elle paraissait absente, comme si tout cela ne la concernait pas.

Elle affichait un visage serein, presque léger, que certains auraient pu mettre sans doute sur le compte de la guérison de son époux. Certains, mais pas Antoine de Colonges, ni Huc qui, en cet instant, se sentait plus mal à l'aise qu'il ne l'avait jamais été. Il savait que l'abbé ne dirait rien, mais il s'en voulait terriblement d'avoir cédé à sa pulsion. Un instant, il pensa combien il avait changé lui aussi en quinze années. Autrefois, il culbutait sans vergogne toutes les jouvencelles à son goût. Il avait une réputation qui le précédait, de telle sorte qu'il n'avait souvent qu'à tendre une main pour que les fruits les plus somptueux viennent s'y poser. Depuis qu'il avait épousé Albérie, il vivait comme un moine, alors qu'elle n'exigeait rien. Aujourd'hui, il ne pouvait s'empêcher, malgré le lieu et la menace pesant au-dessus de leurs têtes, de se demander pourquoi il s'était ainsi replié sur lui-même. Avait-il eu peur, à son insu, d'en arriver, dans les jupons d'une autre, à perdre l'amour qu'il éprouvait pour son épouse ? Ou avait-il cherché, par cette chasteté, à se rapprocher d'elle pour qu'elle finisse par comprendre combien il lui était dévoué ? Il n'avait pas de réponse, mais savait que quelque chose avait changé même s'il ignorait quoi ; quelque chose qui l'avait poussé vers la seule femme qu'il eût dû éviter. Le désir qu'il avait d'Antoinette était plus fort qu'un simple besoin d'attouchement sexuel.

— Es-tu entré ?

Huc avait entendu la question sans comprendre qu'elle s'adressait à lui. Lorsqu'il reprit ses esprits, François roulait des yeux furieux de l'un à l'autre. Il les avait fait installer face à lui et se posait en juge dans ce tribunal qui à l'origine n'en était pas un. Pourtant tous se comportaient en coupables, et l'idée que quelque chose lui échappait le rendait fou.

Huc se secoua.

— Il fallait que quelqu'un vous portât secours. Je l'ai fait.

— Comment ? insista François.

Huc mentit. Il ne voulait pas mettre en danger Guillaumet même s'il se rendait compte que François finirait par entendre la vérité.

— En passant par la croisée et en vous dégageant. J'ai refermé avec soin la porte derrière moi.

— Qu'as-tu vu ?

— Rien, messire. Rien qui me concerne. À moins que vous souhaitiez qu'au titre de prévôt j'établisse un rapport précis et détaillé.

— Inutile, répliqua François qui ne tenait vraisemblablement pas à laisser une quelconque trace de cet incident.

— Et vous, ma femme, êtes-vous entrée alors que cela vous était interdit ?

— Non point, mon mari. Vos affaires m'importent peu, vous le savez, répondit Antoinette avec sincérité. Toutefois j'aimerais apprendre de votre bouche ce qui provoqua tel désastre et entendre la promesse que, quelles que soient vos activités, vous y renoncerez si elles doivent me priver de votre présence.

« Comme elle ment bien ! se dit Huc malgré lui en percevant pourtant à quel point son ton avait changé. Elle le nargue et il paraît ne rien voir. » Huc sentit son échine se raidir. « Elle n'a pas conscience du véritable danger. »

Avant que François ait pu répondre, il s'interposa :

— J'ai découragé dame Antoinette de vous porter secours, messire, bien qu'elle ait insisté tant son inquiétude était intense. Il me semble que cette affaire ne la concerne pas, et qu'il serait bon de la laisser, de même que dame Clothilde, en dehors de tout cela.

Si Clothilde en retour lui coula un regard empli de gratitude, Antoinette se contenta de froncer les sourcils. Huc ne s'y attarda pas. Il lui importait peu qu'elle s'en courrouce. Il savait qu'il avait raison, que c'était le seul moyen de la protéger, malgré elle.

François garda d'abord le silence, réfléchissant en toute hâte à ce qui, au fond, convenait le mieux pour préserver son secret. Puis la sentence tomba :

— Sortez, ma femme. Huc a raison, puisque vous n'avez pas trahi ma confiance, tout cela doit vous rester étranger. Emmenez votre maîtresse de maisonnée loin de moi. Sa vue m'insupporte ! s'agaça-t-il encore en avisant que la malheureuse suait à grosses gouttes par crainte de sa colère.

Antoinette allait protester mais le regard de Huc l'en empêcha. Pour rien au monde elle n'aurait voulu lui déplaire. Elle finirait bien, de toute façon, par savoir ce qui s'était passé. Huc désormais ne saurait plus lui résister. Clothilde sur les talons comme un jeune chien apeuré, elle sortit de la pièce sans un mot.

François se tut un long moment et Huc eut le sentiment que derrière sa fureur se cachait autre chose. S'il n'avait pas connu aussi bien son seigneur, il aurait certainement penché pour de la peur. Même s'il écarta cette

117

hypothèse, une partie de lui s'y raccrocha. Antoinette éloignée, il se sentait redevenir lui-même. Sa qualité de prévôt se réveilla tout entière et ce fut lui qui demanda :

— Peut-être est-il temps, messire, de nous révéler la vérité.

Antoine de Colonges inclina la tête à son tour. Il lui tardait de comprendre en quoi leur entreprise avait failli. François se racla la gorge puis lâcha :

— La vérité, Huc, c'est que je ne sais rien. Rien, si ce n'est que, quoi qu'il se soit passé, c'est l'œuvre du diable !

Huc se tassa sur son siège. François de Chazeron avait peur, bel et bien peur. Cette évidence le mit en joie. Pourtant il s'efforça de n'en rien laisser paraître. D'ailleurs, Antoine de Colonges, qui jusque-là avait gardé le silence, venait de suggérer à François de ne pas tout mélanger trop vite. Il ajouta sobrement, les mains jointes :

— Il m'appartient seul de déterminer le rôle de Dieu ou du diable dans quelque entreprise que ce soit. Confiez-vous à nous, mon fils. Si la justice des hommes et celle de Dieu sont unies, peut-être saurons-nous apaiser vos craintes.

— Je n'ai pas peur, mon père ! objecta François, furieux soudain de sa visible faiblesse.

Antoine baissa le museau sur sa réprobation. Voyant qu'il ne lui restait pas d'échappatoire, François commença son récit.

Il était entré dans la tour après avoir tourné la clé dans la porte et refermé derrière lui à son habitude. De prime abord, il avait eu le sentiment que tout était tel qu'il l'avait laissé trois semaines plus tôt, puis, en s'avançant, quelque chose l'avait frappé : la chaleur. La pièce était tiède malgré la fenêtre aux vitres brisées et l'air vif qui s'y engouffrait. Elle était tiède comme lorsqu'il tenait l'athanor allumé. Or il se souvenait parfaitement avoir laissé le fourneau s'éteindre à son

118

départ. Il s'était avancé et avait découvert avec stupeur non seulement que des braises chaudes et récentes l'entretenaient, mais qu'au lieu de la barre de plomb qu'il avait laissé refroidir à l'intérieur se trouvait un morceau d'or pur.

Cela l'avait rendu fou. Voilà plus de quinze ans qu'il tentait de percer le fabuleux secret des alchimistes. Quinze ans qu'il appartenait à diverses sociétés secrètes dont le seul but était le Grand åuvre, et non seulement quelqu'un avait violé son sanctuaire, mais l'intrus avait réussi là où tous avaient échoué. Il avait eu besoin de réponses. Il s'était précipité en fureur sur Clothilde puis s'était retourné contre Bertrandeau. S'il les savait incapables de réaliser la transformation, il fallait que quelqu'un de la maisonnée se soit rendu complice du forfait en ouvrant la porte. Tout avait basculé lorsque Bertrandeau lui avait objecté qu'il était seul à détenir la clé de la pièce.

Il était remonté sur-le-champ pour vérifier ce qu'il savait déjà. La porte n'avait pas été forcée. Il avait bien songé à la fenêtre, mais elle était trop haute et toujours barrée de l'intérieur. Pour accroître son dilemme, il n'avait relevé aucune trace devant la croisée. Si quelqu'un était entré par là, la boue autour de la tour aurait laissé des empreintes visibles. Il n'y avait rien. Il s'était mis à fouiller méthodiquement la pièce dans l'espoir d'un indice quelconque. C'est alors qu'il avait compris que son journal avait été lu. Il consignait sur parchemin depuis quinze années chacune de ses expériences, ses résultats, ses erreurs, ses appréciations. Ainsi, il progressait lentement mais sûrement. Les parchemins étaient ouverts l'un dans l'autre, formant une pile impressionnante de feuilles qu'on avait consciencieusement empêchées de s'enrouler en déposant aux quatre coins un lourd bougeoir muni d'une chandelle de cire.

S'il avait cette habitude, il se souvenait parfaitement

avoir roulé le tout dans un angle de la table pour que la poussière venue des vitres brisées ne s'y dépose pas. Après avoir allumé, il s'était rendu compte qu'on avait complété ses dernières annotations, mais non avec de l'encre comme cela aurait dû être. Les lettres irrégulières semblaient composées d'une masse brune qui les détachait en relief, rendant la lecture difficile. Nombre de ses précédentes lignes étaient recouvertes de cette même matière, et des annotations avaient été ajoutées un peu partout sur la feuille. La curiosité, l'impatience avaient balayé la crainte. Ne parvenant à déchiffrer en l'état ce curieux message, il avait eu l'idée de retracer les mots à l'encre. Il avait à peine fini d'écrire le premier sur l'épaisseur de ses lettres que celui-ci s'était embrasé en crépitant, gagnant la ligne tout entière comme une traînée de poudre. Il avait pu lire l'inscription incandescente : « Je suis venu chercher ce qui m'appartient : ton âme ! »

— Je me suis affolé, mon père, ajouta François de Chazeron dont le regard trahissait l'authenticité de ses paroles. J'ai saisi un tisonnier et, mû par un incontrôlable réflexe, j'ai précipité les feuilles dans l'athanor. Je m'imaginais sans doute qu'il serait plus aisé d'éteindre les flammes à cet endroit. Sur la table, tout près, se trouvaient des acides et diverses préparations qui, au contact des flammes, auraient sans doute embrasé la pièce entière. Je ne sais ce qui s'est passé ensuite. J'ai saisi un broc que je savais empli d'eau et l'ai vidé sur les parchemins qui recouvraient la masse d'or, satisfait je crois d'avoir sauvé une partie de mes écrits les plus anciens, espérant par ce geste sauver le reste. Je me souviens encore d'une explosion. Ensuite vinrent les ténèbres.

Lorsqu'il se tut, le front suintant d'une sueur aigre au seul souvenir de ces images, un lourd silence plomba la pièce.

Antoine de Colonges hochait la tête par intermittence, songeur. Tentant ainsi, dans un prétexte d'analyse, de dissimuler la profonde satisfaction qu'il éprouvait à la réaction du seigneur de Vollore. Albérie avait vu juste. En détruisant son travail, elle avait atteint l'homme dans sa chair et jeté les prémices de sa perte. Il suffirait de le conforter dans ses craintes. Cet homme en avait trop sur la conscience pour n'être pas persuadé que le diable lui-même viendrait désormais chercher son dû.

Antoine se tourna vers le prévôt qui semblait désorienté. Quoi qu'il puisse imaginer, Huc ignorait trop de choses et en particulier l'existence du passage qui grimpait au cœur de la muraille jusqu'au dernier étage de la tour de Vollore. Reliant le château à la place forte de Montguerlhe, le souterrain datait de la guerre de Cent Ans. Une vieille légende prétendait qu'à cette époque des forgerons de grand talent s'y étaient abrités. Les épées martelées là sortaient des forges de l'enfer, assurant la victoire à qui les possédait. Durant cette même guerre, de l'or anglais y avait été caché.

L'abbé n'avait pas l'intention de partager ce savoir avec le prévôt, il l'emporterait dans la tombe. Il en avait fait le serment à Isabeau. Une part de lui, il en avait conscience, avait été corrompue loin de ses fonctions, loin de la règle cistercienne. François de Chazeron allait enfin payer pour ces crimes inutiles, sacrifices odieux pour une quête méprisable, quand sa seule raison d'être, cet or dont il espérait la puissance, dormait sous ses pieds.

Antoine redressa un menton vengeur et s'appliqua à détacher chacun de ses mots. De juge, François de Chazeron en cet instant était devenu l'accusé. Un accusé qui ne parvenait à chasser l'insidieuse angoisse que ses actes monstrueux avaient suscitée :

— Je crains fort, mon fils, qu'en vérité ce soit bien Satan lui-même qui ait voulu vous narguer. N'avez-vous point sur la conscience quelque acte qui vous ait éloigné du Seigneur et de son pardon ? Quelque acte que vous ayez omis de verser en confession et pour lequel, comme en témoignent ces lignes de flammes, vous auriez abdiqué votre foi ? Si tel est le cas, seuls le repentir et le jeûne peuvent peut-être vous protéger ; à l'abri de nos prières, votre âme pourrait être sauvée. S'il n'est point déjà trop tard, ajouta-t-il, l'air désolé, se réjouissant secrètement du teint livide de François.

C'est alors que Huc de la Faye s'interposa :

— Quelle que soit la vérité, il faut la chercher avant de se hâter de conclure. Laissez-moi mener une enquête. Si l'on vous a joué un tour, je trouverai le coupable et le ferai châtier. Si tout cela est affaire démoniaque, alors nous enverrons un exorciste. Mais pour l'heure, vous êtes sauf, ce qui signifie qu'homme ou diable a raté son coup, à moins que tout cela n'ait été qu'un avertissement.

« Pauvre fol, songea Antoine de Colonges en coulant un regard apitoyé vers Huc. La vérité te détruirait avec ton maître... »

— Menez l'affaire comme il vous semblera, prévôt, lança Antoine en étirant ses lèvres minces, mais songez que le diable est depuis longtemps en cette demeure où pèse sa malédiction, et qu'un garou autrefois égorgea l'exorciste venu le renvoyer aux enfers. Il est à mon sens des mystères qu'il vaut mieux endormir par la prière que par trop d'importance...

Huc le dévisagea, les yeux ronds. En un instant, il venait de saisir le sens caché de cette anodine sentence et l'évidence le transperçait. Albérie. Albérie était derrière tout cela. Comment, il n'aurait su le dire, mais l'allusion au garou était claire. Antoine de Colonges savait quelque chose qu'il ignorait...

Indifférent à leurs états d'âme et à leur langage codé, François de Chazeron avait du mal à reprendre pied dans une réalité fantomatique. La proposition du prévôt le satisfaisait car elle rationalisait les faits. Mais devant ses yeux défilaient les visages tuméfiés des enfants qu'il avait égorgés en offrande au Malin dans le seul but d'obtenir la pierre philosophale. Il entendait leurs cris quand il ouvrait leurs entrailles pour en arracher le cœur, avant de le plonger battant encore dans des solutions de plomb et de soufre. Combien de fois s'était-il moqué des grands maîtres qui lui avaient enseigné que le Grand åuvre n'était pas la transmutation des métaux, mais celle de l'être lui-même en une âme parfaite. Il savait qu'ils mentaient. Tous. Ne cherchant qu'à décourager les imbéciles.

Seul un prêtre noir l'avait conduit dans ses recherches en pratiquant des messes sataniques, en lui ouvrant les véritables portes des vérités premières. Il découvrirait l'alkaheist, le solvant absolu, la pierre de guérison et de pouvoir. Il n'avait pas de raison d'avoir peur. Satan était son maître. Il le savait depuis longtemps. On lui avait rappelé simplement qu'il y avait trop de temps qu'il ne l'avait pas servi, tout en lui révélant qu'il était dans le vrai.

La pierre philosophale n'était pas qu'un leurre, elle avait un prix. Rasséréné par le cheminement de sa pensée, il leva sur les deux hommes un œil glacé :

— Je ferai jeûne et pénitence, mon père, tant que je n'aurai pas reconstruit ce que l'explosion a détruit ; vos prières seront utiles pour écarter le Malin de cette demeure. J'ignore ce qui l'a attiré mais je ne le crains pas. Mon âme est pure, l'abbé, et si c'est elle qu'il tentait de dérober, il a échoué. L'affaire est close. Je veux l'oublier.

Il se tourna vers Huc qui, somme toute, se trouvait fort aise des propos de son maître depuis qu'il supposait Albérie au fait de cette intrigue :

— Fais mander sur-le-champ deux maçons de confiance. Nous séjournerons à Vollore trois journées pour régler les plans d'agrandissement du château avec l'architecte de Thiers que j'ai envoyé quérir tantôt. Je ne veux pas que mon épouse reparte insatisfaite. Tu t'occuperas donc avec elle de ses désirs d'aménagement, tandis que je superviserai le travail dans mon office. Tu me rendras compte du coût dès qu'il sera chiffré. Si mon crédit ne suffit pas, mon épouse n'aura qu'à mander une lettre de créance à son parent, le duc de Bourbon. Sa charge auprès de notre bon roi nous permettra sans trop de difficultés d'obtenir des faveurs. Je me montrerai aux repas où nous pourrons échanger sur les points de litige. En dehors et jusqu'à notre retraite vers Montguerlhe, je ne veux point être dérangé par qui ou quoi que ce soit. De jour, comme de nuit. Et seuls les ouvriers désignés et payés pour garder le silence seront admis dans la tour. Je te laisse jusqu'à la nuit pour régler tout ceci. À dater de là, je considérerai que les trois jours sont commencés. Sommes-nous d'accord, mon bon Huc ?

— Tout sera selon vos désirs, messire François, affirma Huc satisfait d'avoir ainsi le champ libre.

Il mènerait au mieux les intérêts d'Antoinette et hâterait le départ. Ainsi Albérie aurait achevé ce qu'elle prétendait vouloir faire en son absence et il se réserverait le droit, en la retrouvant, d'éclaircir cet incident. Pour sa propre conscience.

Tandis que François se dirigeait vers son antre en haut de l'escalier, Huc posa une main ferme sur le bras de l'abbé Antoine de Colonges pour le retenir un instant et chuchota :

— Nous détenons tous deux, il me semble, un lourd secret.

Antoine hocha la tête. Il eût été ridicule de dissimuler plus longtemps au prévôt la petite parcelle de vérité qu'ils avaient en commun.

— Albérie est-elle coupable ?

La question partit dans un souffle. L'abbé savait déjà quelle serait sa réponse.

— Non, mon fils, murmura-t-il en se penchant vers l'oreille du prévôt. L'explosion n'est qu'un regrettable accident.

Huc le considéra, songeur. Il ne le croyait pas. L'abbé haussa les épaules pour signifier que son opinion lui importait peu.

— Ce n'est pas le diable qui a rédigé ces inscriptions, mon père ! Je veux comprendre. Qui ?

— Le souhaitez-vous vraiment, Huc ? Si tel est le cas, j'échangerai volontiers ce secret contre le vôtre.

Huc fronça le sourcil.

— De quoi parlez-vous ?

— De vos faiblesses, mon ami, et de celles de dame Antoinette.

Huc déglutit. Il avait failli oublier ce qui s'était passé tantôt. Une bouffée de chaleur passa le long de ses reins. Antoine de Colonges posa une main amicale sur son épaule.

— Je suis un homme d'Église et possède le pouvoir de pardonner, comme celui de ne rien voir ni entendre. Si je peux compter sur votre discrétion, vous aurez la mienne. Nous avons, je crois, les mêmes intérêts.

— J'oublierai toute cette affaire, mon père, dès lors que ma curiosité sera satisfaite.

— En ce cas, mon fils, retenez le nom et ne cherchez ni pourquoi, ni comment. Sans quoi vous mettriez en péril ce qui vous est cher. Plus cher que tout.

Huc hocha la tête. Antoine se pencha vers lui et murmura, si faiblement que sa voix chanta à l'oreille de Huc comme le bruit d'une source :

— Loraline.

Loraline. Ce simple nom lui glaçait l'échine dès que son esprit furtivement le prononçait. Depuis deux jours, Huc s'activait aux côtés d'Antoinette et de l'architecte afin de mieux cerner les désirs d'aménagement de la châtelaine. En réalité, il s'employait surtout à veiller à ce qu'elle ne changeât pas d'avis en permanence, ce qui l'agaçait ainsi que maître Patelier, bien qu'il soit accoutumé, à ses dires, à cette inconséquence féminine. Huc ramenait les discussions à une logique financière, en prenant soin de ne pas froisser Antoinette. Elle avait cherché à plusieurs reprises à se rapprocher de lui, mais il évitait de se trouver seul avec elle, prétextant quelque besogne urgente dès que se profilait l'éventualité d'un tête-à-tête. Huc regrettait ce baiser et tout à la fois souhaitait la tenir de nouveau dans ses bras. Il était déchiré, plus encore depuis que l'abbé avait parlé. Il ne pouvait s'empêcher de chercher des réponses sans parvenir à se satisfaire d'aucune, car aucune n'excluait la complicité d'Albérie, aucune ne confirmait la sincérité de son épouse à son égard. Il lui tardait de rentrer à Montguerlhe et d'éclaircir tout cela.

Quant au rôle d'Antoine de Colonges, il laissait Huc perplexe. L'abbé connaissait-il le fondement de cette histoire ? Quel intérêt pouvait-il avoir à la mort de François ? Et s'il ne s'agissait que d'un accident, qu'était-ce venue chercher Loraline sinon une vengeance ? Huc n'avait pas envie de se poser en juge, au contraire, une part de lui se satisfaisait de la destruction des précieux documents de François. Il voulait seulement la vérité. Toute la vérité. Pour rejeter ce sentiment frustrant d'exclusion.

— Vous êtes rêveur, mon bon Huc, songeriez-vous à cet instant volé autant que j'y songe moi-même ?

Huc sursauta et redressa la tête. Antoinette souriait, tendrement complice, à quelques pas de lui, dans le petit boudoir qu'elle voulait transformer. Ils étaient seuls. Un frisson parcourut son échine. Tout à ses pensées, il n'avait pas suivi la conversation ni vu s'éloigner maître Patelier. Il eut un instant de panique lorsque Antoinette porta une main délicate à son avant-bras, le regard lourd de promesses.

— N'ayez crainte, mon ami. Maître Patelier va chercher un long moment son cordeau qu'il pense avoir oublié tantôt dans la salle de réception.

Elle eut un petit rire en extirpant l'objet de sa manche puis se rapprocha de lui au point de le frôler.

— Dame Antoinette, bredouilla Huc sur un ton de reproche comme si sa voix seule pouvait offrir un écran à ce qu'il savait inéluctable.

Prise au dépourvu, sa raison se noyait dans un flot irrésistible de désir. Antoinette posa une main sur sa joue où une barbe naissante dardait ses piques. « Il ne faut pas ! » objecta maladroitement une petite voix dans sa tête, mais le refuge de tendresse du regard de la châtelaine l'aspirait tout entier. Il referma ses bras autour des reins qui s'arquaient puis l'entraîna dans un renfoncement d'où il pouvait à loisir guetter tout mouvement à l'orée de la pièce. Alors seulement, il dévora cette bouche gémissante sans plus chercher à refouler l'impérieux supplice de son sexe gonflé. Antoinette s'abandonnait à ses caresses comme une jeune chatte à l'appel des premiers mâles.

— Prends-moi. Là. Maintenant ! suffoqua-t-elle en pressant une main sur le renflement de ses chausses.

Il la retourna d'un geste et remonta ses jupons le long de ses cuisses. Le désir, le temps même lui manquait pour de plus tendres caresses. Il avait besoin de la prendre. De jouir de ce corps offert qu'Albérie lui refusait.

Il la pénétra d'un mouvement de reins souple et impérieux en plaquant une main sur sa bouche pour étouffer le râle de plaisir. Il s'attarda quelques secondes à son contentement puis s'abandonna en elle, libérant avec sa hâte quinze années de vie monacale. Ensuite seulement, il prit conscience de s'être conduit comme un goujat, même si Antoinette, qui de nouveau lui faisait face, contemplait épanouie son visage défait où s'imprimait encore le feu du plaisir.

— Pardonnez-moi ! gémit-il tandis qu'elle lissait

délicatement ses jupons et repiquait dans sa tresse quelques mèches blondes dispersées.

Antoinette posa sur lui un regard éperdu de tendresse :

— Vous pardonner, mon doux ami ? De m'avoir rendue plus heureuse que jamais ? Non. Je vous aime, Huc. Ne me fuyez plus. J'ai tant besoin de vous.

Elle se blottit contre lui tandis que s'apaisaient lentement en lui les bouillonnements de son corps. Il aurait voulu la repousser, comme il l'eût fait d'une servante ou d'une chambrière trop empressée, mais il ne le pouvait pas. Il était son vassal et l'avait fait sienne. Désormais, elle avait sur lui pouvoir de vie et de mort, bien plus sûrement que son triste époux.

— Il faut être raisonnable à présent, dit-il timidement. Maître Patelier ne va plus tarder.

— Je vous trouble encore, n'est-ce pas ? insista-t-elle, ravie.

— Oui, répondit Huc très vite, sans savoir s'il mentait ou non.

— Alors nous nous reverrons bientôt, mon bel amant !

Huc se contenta de hocher la tête tout en s'écartant d'elle. Il était son amant. Et ne pourrait s'y dérober jusqu'à ce qu'elle ne veuille plus de lui. Tandis que son ventre frustré criait victoire, une profonde lassitude s'emparait de son cœur. Avait-il le droit désormais de réclamer la vérité à Albérie, quand il n'aurait plus à lui offrir que mensonges ? Sans prendre garde à la voix douce qui retenait sa fuite, il sortit de la pièce, écœuré de sa faiblesse et de ses conséquences.

Le lendemain, François annonça qu'il était prêt à regagner Montguerlhe. Il fit appeler Huc dans la tour, et le prévôt franchit la porte interdite pour la deuxième fois.

François de Chazeron lui désigna deux corps aux

visages violacés étendus l'un contre l'autre à même le sol. Les maçons commis aux réparations de sa tour.

— Ils en savaient trop ! se justifia François dans un haussement d'épaules. Je pars devant avec mon épouse. Fais au mieux et donne ceci à leur famille. Ils ont mérité leur salaire pour m'avoir bien servi.

Huc s'empara de la petite bourse de cuir sans rien pouvoir répondre. Une fois encore, il allait devoir couvrir la cruauté de son maître. Un instant, l'envie le prit de lui révéler qu'il était l'amant d'Antoinette. François lèverait alors l'épée ou le ferait pendre. Huc serait libre. Libre comme Isabeau. Mais même cela, il ne le pouvait plus, pour Albérie et pour Antoinette qu'il aurait condamnées aussi.

— Tu vieillis, Huc, grommela François en avisant sa mine renfrognée. Tu deviens sentimental !

Sur ces paroles ironiques, il le pressa d'un geste de quitter la pièce, ce qu'il fit avec plaisir.

Au souper, François régla les détails avec l'architecte et décida que les travaux devraient être achevés à l'été pour la naissance de son fils. Il embrassa son épouse sur le front avant d'annoncer qu'il faudrait organiser une grande fête pour l'événement. Il y avait fort longtemps que Vollore n'avait vu tournoi ni troubadour. Antoinette battit des mains telle une enfant. Elle paraissait heureuse. François semblait avoir oublié l'incident qui avait failli lui coûter la vie, et la perte de ses notes. Il y avait quelque chose de différent en lui, quelque chose que Huc ne parvenait pas à saisir. Mais cela ne lui disait rien qui vaille.

Lorsqu'au matin François, Antoinette et leur escorte reprirent la route de Montguerlhe, Huc les regarda s'éloigner avec appréhension. Avant de partir, François lui avait remis la clé de la tour.

— Rapporte-la-moi sitôt que tu te seras débarrassé

des corps. Je ne veux pas que mon épouse se doute de quoi que ce soit.

Après un silence, il avait ajouté, l'œil dur :

— J'ai confiance en toi, Huc. Tu partages désormais certains de mes secrets. Ne t'avise pas d'en découvrir d'autres.

— Il faudrait être fol pour vous trahir, messire.

François n'avait rien répondu. À Antoinette qui s'était inquiétée de ce que le prévôt restât à Vollore, il répliqua sereinement qu'il avait pour mission de régler quelques affaires et qu'il ne tarderait pas à les rejoindre.

Huc s'empressa de lui donner raison. Il maquilla l'empoisonnement en accident de chantier et ramena les dépouilles aux familles des maçons en ajoutant au pécule que leur laissait François une substantielle partie de sa propre solde. Il donna le reste à Bertrandeau auquel il demanda de créditer sa version. Si le maître couvreur n'approuva pas, il n'en laissa rien paraître. Il avait une dette envers Huc qui avait omis de mentionner sa participation au moment de l'accident. La vue des deux malheureux ouvriers lui confirma sans doute combien Huc avait eu raison de se taire. Il lui devait la vie. Il s'acquitta donc de sa dette avec un respect d'autant plus grand pour le prévôt qu'il était le gage d'une vieille amitié et d'une fraternelle confiance.

Au soir tombé, Huc avait rempli sa mission et arrivait à l'entrée de la forteresse, dans l'embrasement d'un couchant émaillé de vapeurs glaciales. L'hiver serait aux portes de l'Auvergne dans peu de temps. Il ressemblerait alors à son âme en cet instant et ne serait que tourments.

Philippus Bombastus n'avait pu s'empêcher de féliciter Michel de Nostre-Dame de sa vision, sitôt rentré de l'auberge « Au Songe du roi », mais celui-ci avait accueilli son récit avec un étonnement non feint. Il ne se souvenait de rien, sinon d'avoir dormi longtemps et de s'être éveillé pâteux peu de temps avant le retour de son nouvel ami.

— Cela m'arrive fréquemment, conclut-il dans un rire léger. J'ai parfois en m'endormant l'impression que je possède pouvoir de changer le monde, et au réveil je me sens plus sot qu'avant. J'en viens à me demander s'il ne serait pas judicieux de faire prendre des notes à mon coucher par un valet habile. Mais vois mon infortune, ami, je n'ai pas les moyens d'un tel service et, si je l'avais, comment trouver un serviteur lettré ?

— Tes visions ne s'évanouissent pas toutes avec l'aube, pourtant !

— Hélas non, car vois-tu, Paracelse, celles qui restent sont souvent tortueuses et porteuses de danger. Je ne perds que celles qui pourraient faire de moi et des miens personnages riches et respectés. Je suis ravi, crois-moi, que tu aies su saisir ma fantaisie et t'en remplir les poches.

— Je l'ai fait par curiosité. J'y retournerai par respect de ce métier que j'ai choisi...

Puis la conversation avait dévié jusqu'à une heure avancée de la nuit sur les astres et leur rôle dans l'équilibre du Grand Tout que constituait l'univers. Philippus avait enrichi Michel de ce qu'il avait pu apprendre en Égypte où le culte du dieu solaire rejoignait par bien des similitudes le savoir des astrologues. Ils s'endormirent l'un près de l'autre, le regard tourné vers une nuit peuplée d'étoiles scintillantes.

Le lendemain, Philippus rendit visite à sa jeune blessée. Il la trouva sereine et en fut ravi. Elle ne se souvenait de rien qui ne fût la version officielle de sa triste histoire. Des brigands avaient surgi, elle s'était sauvée tandis qu'Olivier les mettait en fuite avant de succomber d'une flèche. Elle avait trébuché et s'était assommée. C'était ce brave la Pendaille qui l'avait trouvée. Assisté par le Bergeon, un simplet qui vaquait non loin de là, il l'avait ramenée au logis de son père.

Une fois de plus Philippus se félicita de ce savoir acquis des sorciers et de ce philtre d'oubli qui permettait d'effacer les événements des douze heures précédant son absorption. Il n'avait pas hésité à l'utiliser après l'intervention. Nul ne saurait que la pucelle avait été déflorée, elle pourrait ainsi prendre mari et mener une vie honorable. C'est tout ce que souhaitait le père qui serrait avec effusion la main tendue du médecin. Comme il allait prendre congé, l'aubergiste déclara qu'il avait une surprise pour lui et Philippus se laissa entraîner au seuil d'une chambre.

— Amusez-vous bien, messire ! l'encouragea l'homme avec une courbette tandis que la porte s'ouvrait, révélant à Paracelse la brunette qui l'avait, la veille, émoustillé en même temps que les gardes.

Avant qu'il ait pu se défendre d'une telle aubaine, il fut poussé en avant par le geste et le rire gras du bonhomme qui claqua la porte derrière lui.

La fille de joie souriait avec bienveillance et Philippus sentit son corps se tendre sans faillir. Il aimait depuis longtemps ces étreintes de passage, et cela faisait quelques semaines qu'il n'avait pu, faute d'argent, s'offrir une catin. Il songea un instant combien l'aubergiste était rusé en l'entraînant là pour récupérer son argent. « Bah, se dit-il, à quoi me servirait-il sinon à jouir de l'existence ? »

— Approchez, messire. Je vous veux grand bien, l'interpella la brunette en délaçant son corsage.

— Et combien m'en coûtera-t-il, s'enquit pourtant Philippus qui espérait malgré tout sauver un peu de son pécule.

— C'est faveur ce soir, répondit-elle avec franchise.

— Pourquoi ? insista Philippus peu habitué à ce genre de commerce.

— Comment croyez-vous que j'en sois venue à me vendre, messire ? Par charité chrétienne ?

Elle émit un rire désabusé qui, instinctivement, rapprocha Philippus de la couche.

— Une fille déshonorée n'a d'autre destin que de continuer à l'être. J'aurais aimé que quelqu'un fasse pour moi ce que vous avez fait pour elle. Tout ceci est faveur, messire, contre une autre, murmura-t-elle en empoignant à pleine main sa lourde poitrine. Belinez-moi [1] comme on aime une dame de bien. Pour quelques heures à mon tour, je veux oublier que je ne suis rien.

La gorge serrée par l'aveu, Philippus avança une main pour caresser le front sauvage. « Elle a dû être belle », songea-t-il. Il était difficile de lui donner un âge, mais de fines rides auréolaient ses yeux outrancièrement fardés. Il l'attira contre lui et l'embrassa avec une tendresse dont il n'eût pas seulement soupçonné le possible, tant son corps s'était réveillé en entrant dans la pièce. Il la caressa longtemps, la déshabillant avec pudeur avant de se dévêtir à son tour.

Ensuite seulement, il l'aima avec patience et volupté, comme jamais avec aucune autre. Il l'aima au nom de toutes ces femmes que la folie, la barbarie et la convoitise des soudards avaient perdues.

Philippus demeura deux semaines à Saint-Rémy-de-Provence. Le temps de s'assurer de la totale guérison de Michel. Ils échangèrent nombre de théories et se rapprochèrent encore l'un de l'autre dans une complicité sans pareille. Philippus apprit le fonctionnement de l'astrolabe et hasarda des remarques pertinentes concernant le mouvement des astres et l'influence des planètes sur leurs univers. Parfois Michel parlait par énigme, l'œil hagard, et Philippus, dans un réflexe, notait fébrilement. Ses visions quelquefois se révélaient incohérentes, voire ridicules lorsqu'il décrivait un gigantesque

1. Faire l'amour, aimer.

champignon blanc s'élevant au-dessus des terres jaunes et répandant mort et terreur sur la Terre. D'autres fois, il s'avisait qu'un chien errant emporterait une traînée de saucisses de l'étal du charcutier et que l'homme le poursuivrait en hurlant, couteau à la main, entraînant dans sa course le linge des lavandières mis à sécher.

De tous ces flots d'images, parfois il ne restait rien, ou bien une crise de rire ou de larmes. Philippus ne savait comment aider l'enfant. Michel finissait toujours par se calmer, et, avec son infatigable humour, s'en amusait d'une grimace. Philippus le serrait alors sur son cœur.

Il était heureux et son valet, qu'il avait délaissé pour vaquer à ses affaires, l'était aussi, choyé par la servante de la maison, une orpheline un peu simplette que le père avait recueillie.

Philippus se rendait fréquemment à l'auberge où il jouissait d'un crédit illimité dans les faveurs de la brunette qui se prénommait en fait Magali. L'aubergiste avait refusé qu'il payât.

— Tant que cela ne nuit pas à mes propres affaires ! avait-il ajouté en bougonnant pour dissimuler sa générosité que Philippus avait découverte réelle derrière son sens du commerce.

Tout cela aurait pu durer indéfiniment, mais Philippus savait qu'il lui fallait repartir. Novembre s'avançait et, pour regagner sa Suisse natale où l'attendait son père, il lui faudrait affronter la neige en chemin.

Il décida un matin qu'il était temps. La cicatrice de Michel était si fine qu'il ne put s'empêcher de lui demander de lui vendre le scalpel dont il s'était servi.

— Il ne m'appartient pas, se lamenta Michel. Mon oncle me l'a laissé en me disant : « Il sera tien lorsque tu deviendras médecin. » Je ne saurais m'en défaire sans trahir l'engagement que j'ai pris ce jour-là.

— En ce cas, avait annoncé Philippus décidé, je passerai par Thiers visiter ce coustelleur prodigieux et en ferai fabriquer deux, un pour moi, l'autre pour mon père.

Michel avait brusquement pâli à cette annonce et avait hasardé maladroitement :

— L'Auvergne est malaisée, dit-on, par mauvais temps.

— Voilà pourquoi je ne dois plus traîner. Ces outils font merveille et je ne saurais m'en passer puisque ma bonne fortune me les a fait connaître et m'a donné les moyens de les acquérir. Le hasard n'existe pas, n'est-ce pas !

Michel avait souri tristement en hochant la tête.

— Nous nous reverrons, je te le promets. Bientôt.

— Je le sais, mon ami, avait approuvé Michel, mais sa mine réjouie s'était muée en une profonde peine.

Philippus lui-même était malheureux à l'idée de cette séparation. La demeure accueillante, les rires de la mère, les boutades du père et du cadet, la voracité d'esprit de Michel, tout cela lui manquerait en chemin. Il sentait pourtant qu'il devait partir, au risque de trop s'amollir dans cette vie benoîtement paisible et délicieuse.

Il enfourcha son âne par ce matin clair du 25 octobre 1515, son valet dans son sillage. L'un et l'autre avaient l'œil humide et le cœur gros.

Lorsqu'ils disparurent, Michel, n'y tenant plus, se réfugia en pleurant dans les bras de sa mère qui, sur le seuil, elle aussi, avait tenu à agiter la main en signe d'au revoir.

— Là, mon tout-petit, consola-t-elle, le temps passera sur ta peine.

— Sur la mienne, oui, mère, mais pas sur la sienne. Non, pas sur la sienne. J'aurais dû le retenir. Je suis si triste, mère, si triste de savoir sans pouvoir changer le destin.

— Quel destin ? demanda-t-elle en le repoussant gentiment pour lui tendre un mouchoir.

Michel moucha bruyamment son nez et leva vers elle un regard désespéré :

— Le sien, mère.

Philippus se retourna une dernière fois sur la petite cité bordée d'oliviers centenaires, puis, résolument, dirigea le pas de son âne vers Avignon. Derrière lui, comme un écho au chagrin de Michel, son valet pleurait en reniflant.

7.

Isabeau fixa longuement la cathédrale qui s'élevait puissante dans le ciel plombé. Elle avait beau pencher la tête en arrière à s'en briser la nuque, au pied des marches de Nostre-Dame de Paris, elle apercevait à peine le sommet des flèches. Elle n'aurait su dire combien de temps elle resta là, perdue dans la contemplation de la rosace de façade ou du visage grotesque des gargouilles ; c'était comme si une part d'elle-même se reconnaissait dans la blessure de la pierre ; une blessure sublimée, magistrale, qui se dressait telle une montagne, en un lieu d'asile.

Ce 30 octobre 1515, Isabeau sentit peu à peu se relâcher en elle la fatigue de son long et harassant voyage, comme si le simple fait de se trouver là, si petite face à ce géant sculpté, lui faisait oublier le désespoir et la colère qui étaient son lot quotidien.

— Pièce tombée, pièce perdue. Pièce perdue, pièce trouvée pour la sébile du mendiant, ricana une voix à ses pieds.

Le bruit était partout autour d'elle, depuis qu'elle était entrée dans Paris aux venelles étroites et crasseuses. Pourquoi cette voix plus qu'une autre attira-t-elle son attention alors que tout alentour contribuait à son émerveillement dans ce bruissement continu, presque musical ? Elle n'aurait su le dire, mais elle baissa les yeux sur la voix comme si elle s'attendait qu'elle jaillisse de la pierre elle-même.

Isabeau laissa échapper un petit cri de surprise. À hauteur de ses genoux, un être difforme croquait dans une pièce pour en vérifier l'authenticité. Il leva vers elle un visage simiesque et sourit de ses dents noires et espacées.

— Pièce tombée, pièce perdue ! répéta-t-il en l'enfouissant prestement dans sa manche.

Isabeau ne pouvait détacher son regard du petit homme, et celui-ci paraissait content d'être ainsi examiné car il bomba le torse et redressa son front plissé sous une frange pouilleuse :

— Perdue, la petite dame ? Jolie elle est, vite adoptée comme un écu sur le pavé, chantonna-t-il en roulant des yeux ronds.

Isabeau s'en amusa.

— Es-tu un enfant ou quelque bizarrerie de la nature ? demanda-t-elle enfin en avisant une ride qui lui barrait le front.

— Nain je suis, mais bien formé tu peux m'en croire, ma jolie, assura-t-il en clignant de l'œil. Croquemitaine on me dit !

Isabeau partit d'un rire franc. Le petit homme lui plaisait. Il était disgracieux au possible et sentait fort, mais sa laideur même la rassurait. Spontanément, elle tira de sa bourse un sol et le brandit en entrant dans son jeu :

— Perdue je suis comme la pièce que voici. M'aideras-tu à trouver celui que je cherche ? Il me faut rencontrer le père Boussart, annonça Isabeau en fouillant dans ses souvenirs pour ne pas écorcher le nom de celui qui l'attendait à Paris sur la recommandation de l'abbé du Moutier.

Croquemitaine afficha un large croissant sur sa face aux yeux saillants et au nez écrasé.

— Suis-moi, dit-il simplement en glissant dans la sienne une main d'enfant potelée.

Isabeau se laissa entraîner. Le nain avançait vite sur les pavés, en dépit de ses petites jambes tordues, rasant les murs de la cathédrale pour la contourner. Un instant, elle se demanda s'il n'allait pas l'entraîner dans quelque coupe-gorge car, à l'abri des tilleuls dégarnis qui bordaient la bâtisse sur le flanc, se trouvaient de plus en plus de mendiants recroquevillés et d'individus aux mines patibulaires.

Curieusement, elle éprouvait pour le petit homme une sympathie qui apaisait ses inquiétudes. D'autant qu'il lui sembla, au long de leur itinéraire, que tous ces pauvres hères la regardaient avec bienveillance et baissaient même la tête en une sorte de salut sur leur passage.

Lorsque Croquemitaine s'arrêta devant une porte basse dont la sobriété contrastait avec le reste de l'édifice, Isabeau s'aperçut qu'elle était à bout de souffle. Jamais elle n'aurait imaginé qu'un tel bâtiment pût exister. La cathédrale n'en finissait plus d'aligner ses vitraux et ses soubassements de pierre. Elle avait renoncé à les compter pour trottiner derrière Croquemitaine d'un pas qui, loin d'être le sien, la laissait en nage, malgré la fraîcheur de l'air.

— Te voilà rendue, Isa, déclara le nain en tapant trois coups de heurtoir contre le bois massif.

Isabeau tressaillit !

— Comment sais-tu..., commença-t-elle, mais la porte s'ouvrait déjà et le nain partit en courant et en chantonnant.

— Isa est belle, c'est une Isabelle !

Abasourdie, Isabeau le regarda tourner au coin d'une venelle qui s'ouvrait à l'angle de la bâtisse et disparaître aussitôt. Lorsqu'elle reporta son attention sur le lieu même où elle se trouvait, un prêtre sobrement vêtu d'une robe rapiécée la dévisageait d'un air affable, planté dans l'embrasure de la porte.

— Je suis...

— Je sais ; entrez, damoiselle, vous êtes la bienvenue ici. Je suis le père Boussart, enchaîna-t-il en s'effaçant pour lui livrer passage.

Renonçant à comprendre plus avant, Isabeau suivit l'abbé qui paraissait à peine plus âgé qu'elle et qui déjà allongeait le pas dans le corridor éclairé de petits vitraux. Elle entendait dans le lointain les voix psalmodiantes des moines et se sentit gagner par une sérénité rassurante. Tandis que le père s'arrêtait devant une porte qui lui barrait le passage, pour l'ouvrir, elle se demanda si, à l'exemple de Croquemitaine, tout Paris ne savait pas déjà son nom...

Antoinette affichait un air de triomphe lorsqu'elle se trouvait en compagnie d'Albérie dans une pièce et que le prévôt s'y annonçait. Cela le mettait mal à l'aise, même si son épouse ne paraissait en aucune façon incommodée par ces manières. On eût dit même qu'elle ne la voyait pas. Malgré cela, Huc ne parvenait à se sentir l'esprit badin comme cela aurait été de circonstance, car, il devait bien l'admettre malgré lui, quelque chose de plus fort que du désir battait en lui pour Antoinette. Mais il ignorait si c'était de l'amour ou de la crainte. Non pas qu'il eût peur d'Antoinette de Chazeron, non, c'était plutôt en lui qu'il pressentait un véritable danger. S'il se trahissait d'une manière ou d'une autre, il réduirait à néant ce qu'il protégeait depuis tant d'années. Et cette idée lui était insupportable.

À son retour à Montguerlhe, il avait tenté de parler à son épouse pour mettre fin à ses doutes. Mais, alors qu'il l'avait attendue toute la nuit assis sur son lit, Albérie n'avait pas paru. Il comprit qu'elle avait dû rester auprès de sa nièce, dans la grotte. Lorsqu'il descendit aux communs le lendemain, après une nuit détestable, il la trouva en train de servir son matinel à une Antoinette rayonnante et hautaine, faisant récit de la bravoure et de la prévenance du prévôt durant les heures terribles qui avaient ébranlé Vollore. Nullement troublée, Albérie s'était avancée vers lui l'air avenant et lui avait proposé de prendre place à la table. Mais Huc s'était enfui en bougonnant qu'il était pressé et n'avait pas faim. En réalité, il n'aurait pu supporter de regarder Albérie les servir, lui et la châtelaine qui avait affiché à son entrée un plaisir ostensible.

Le froid s'était fait vif. Les premiers flocons de neige ourlaient la forêt thiernoise d'un voile de silence immaculé. Huc avait tenu à vérifier que la plupart des sansabri de l'après-tempête pouvaient regagner leurs habitations. Fort heureusement, cet hiver les réserves de bois ne manqueraient pas. François de Chazeron était parti pour Clermont-Ferrand depuis une semaine. Lui aussi voulait profiter des dernières clémences du temps pour obtenir des crédits auprès du duc de Bourbon dont il était le vassal. Antoinette avait renoncé à beaucoup de folies pour la rénovation du château, mais la facture était quand même lourde. Il fallait de l'argent, et François, somme toute, avait trouvé plaisant de s'échapper quelques jours de Montguerlhe, puisque le duc de Bourbon se trouvait en Auvergne.

Dès lors, Huc n'avait pu empêcher Antoinette de le suivre dans son soutien aux miséreux. Nul n'aurait songé à y redire. Elle le faisait depuis longtemps. Au regard des autres, rien n'avait changé. Dès leur première sortie, Huc avait compris qu'il ne lui servirait à rien de lutter contre lui-même. Les frôlements de jupe, les regards appuyés de la châtelaine ne pourraient qu'éveiller la suspicion des gardes s'il s'obstinait à vouloir une escorte au cours de leurs déplacements. D'autant plus que François avait entraîné dans son sillage la moitié des effectifs de la forteresse, soit une trentaine d'hommes d'armes. Huc avait bien compris que ce n'était pas pour veiller sur lui mais plutôt sur le mystérieux coffret de cuir qu'il avait emporté avec lui. Huc était persuadé qu'il contenait la barre d'or aperçue dans l'athanor éventré. François profiterait sûrement de son séjour à Clermont pour la faire analyser. Huc s'en moquait. Depuis que François avait déserté Montguerlhe, l'atmosphère était plus légère et détendue. Il avait même surpris Albérie en train de rire avec la grosse Jeanne et une lavandière.

Il avait donc laissé toute escorte au château et chevauchait avec une Antoinette épanouie et coquine à ses côtés. Le premier jour, ce fut elle qui, leur tournée faite, le dirigea vers une cabane à demi en ruine dans la forêt. À l'aller, elle avait demandé qui l'habitait et Huc avait répondu qu'elle était abandonnée depuis longtemps. Lorsqu'elle était descendue de cheval devant la masure que la végétation et les ronces dissimulaient presque entièrement, il s'était mordu la lèvre en se disant qu'il aurait mieux fait de se taire.

Antoinette avait attaché son cheval à un arbre et s'était mise à rire devant sa mine inquiète :

— Nous sommes seuls à des lieues à la ronde, Huc. Allons, viens...

Il était venu, comme un chien à l'appel de sa maîtresse. Ce jour-là encore il l'avait prise avec brutalité en priant le ciel que les gémissements de plaisir de sa victime n'attirent personne alentour.

Il n'avait pas desserré les dents durant le reste du chemin. Après le souper, il s'était réfugié de nouveau dans la chambre d'Albérie pour l'attendre, mais cette nuit-là non plus il ne la vit pas. Cela l'agaça. Pourquoi aurait-il dû se sentir coupable au fond, puisqu'il ne pouvait pas seulement rencontrer son épouse pour lui parler ? Même s'il comprenait qu'elle passe du temps auprès de sa nièce pour la réconforter, depuis qu'Antoine de Colonges avait lâché le nom de Loraline il ne pouvait s'empêcher de les soupçonner toutes deux d'autres manigances.

Le lendemain, ce fut lui qui conduisit Antoinette à la cabane et l'aida à descendre de cheval. Lorsqu'il l'enleva pour lui faire franchir le seuil, Antoinette éclata d'un rire cristallin en enroulant ses bras fins autour du cou puissant du prévôt.

L'intérieur de la cabane était triste et sombre. Les ronces avaient tressé autour des fenêtres branlantes un réseau inextricable, laissant à peine un rai de lumière franchir leurs épines. Une vieille paillasse souillée par les rats achevait de pourrir dans un coin au milieu d'objets en terre cuite brisés ou ébréchés. C'était de loin l'endroit le plus miteux qu'il connaissait, mais cette crasse semblait aiguiser les sens d'Antoinette. La veille, elle avait balayé d'un geste les fientes d'oiseau et les débris sur la table qui occupait l'espace restant, puis s'était assise comme une catin à même le bois. Le regard brûlant, elle avait délacé son corsage puis remonté ses jupons sur ses cuisses ouvertes d'un air de défi. Huc l'avait possédée comme elle le voulait. Et l'un et l'autre avaient aimé cela.

Pourtant Antoinette de Chazeron méritait mieux que ces étreintes sordides, même s'il doutait qu'elle eût connu autre chose. Ce jour-là, ce fut lui qui l'allongea, nue, sur la table recouverte de sa cape. Antoinette grelotta un instant tandis qu'il se déshabillait à son tour, puis il s'approcha d'elle et murmura :

— Je vais te réchauffer, n'aie crainte.

Il la caressa longuement de ses mains expertes, debout à même la terre gelée. Antoinette s'offrit sans aucune retenue jusqu'à ce que, ivre de désir et d'impatience, elle le supplie de la prendre. Alors seulement, il se coucha sur elle en maintenant son poids sur ses avant-bras pour ne pas blesser l'enfant qui prenait lentement corps dans son ventre.

Il l'aima longuement, avec une infinie tendresse, tentant par les prouesses de son plaisir retenu de se faire pardonner sa goujaterie. En s'abandonnant en elle, il s'avoua n'avoir jamais connu une telle plénitude.

La nuit suivante, quand il s'avisa que cette fois encore son épouse ne paraîtrait pas dans sa chambre, il alla gratter résolument à la porte d'Antoinette en prenant garde de n'être vu de personne. Lorsque Antoinette lui ouvrit, les traits alourdis par le sommeil, il la poussa doucement jusqu'à son lit après avoir barré la porte derrière lui. La dame de Vollore se laissa contraindre à toutes les audaces du prévôt, débridant ses instincts les plus sensuels.

Au chant du coq, Huc la laissa épanouie et endormie sur la couche défaite. Il s'avisa qu'au lieu de l'avoir épuisé cette nuit l'avait régénéré, comme s'il avait abandonné pour toujours sa vieille peau. Une peau qui aurait eu quinze ans.

— Je dois te parler. Ce soir.

Le ton était plus froid qu'il l'aurait voulu, et Huc s'empressa de desserrer sa main qui, pour arrêter le pas de son épouse, avait enfermé le bras dans une étreinte d'acier.

Albérie le dévisagea de ses yeux métalliques dont il n'aurait su dire en cet instant s'ils étaient seulement bienveillants.

— Ce soir, répéta-t-il.

— Après le déjeuner. Je serai dans ma chambre.

Huc n'eut pas le courage d'insister. Au fond, peu lui importait le moment.

Il vaqua à diverses occupations sans parvenir à chasser de son esprit le souvenir du corps parfait d'Antoinette suspendu à son souffle, à ses gestes. « Si seulement Albérie avait consenti une fois, une seule fois, à tout cet amour ! » Il soupira bruyamment et s'activa.

La veille, tandis qu'il se trouvait dans la cabane, un groupe de brigands avait attaqué le moulin et s'était emparé de dix-huit sacs de farine. Il savait qu'il fallait s'attendre à ce genre d'agressions. La tempête n'avait pas seulement détruit les habitations, elle avait ruiné les récoltes laissées à ciel ouvert. Il avait fait le nécessaire pour ses gens, mais il ignorait ce qu'il en était dans les pays alentour. La faim poussait toujours des mercenaires à s'avancer à découvert. C'était vrai chaque hiver, cela ne pouvait qu'empirer cette année. Il regretta de n'avoir pas été là ; mais avec seulement une trentaine d'hommes, qu'aurait-il pu faire ? Organiser une battue pour dénicher les coupables était impensable. Quant à poster des gardes aux endroits stratégiques, si c'était a priori la seule solution et la plus immédiate, elle ne le satisfaisait pas, car alors Montguerlhe serait sans défense. On avait beau être au cœur d'un hiver qui s'annonçait rigoureux, rien n'empêcherait quelque seigneur hargneux de dévaster le pays thiernois lorsque ses réserves viendraient à manquer. Toute l'Auvergne avait été éprouvée par la tempête.

Il regretta d'avoir laissé François partir avec autant d'escorte. Où avait-il la tête ? La réponse fusa en lui : sous les jupons d'Antoinette !

Au déjeuner, il apprit qu'elle s'était portée souffrante et avait souhaité garder la chambre. Cette pensée l'emplit de fierté. Il ne croyait pas un mot de la prétendue maladie de la châtelaine, elle avait simplement besoin de sommeil. Il se promit de renoncer à ses visites nocturnes, sous peine de voir la maisonnée s'inquiéter plus que de raison. « De toute manière, songea-t-il, il faudra cesser toute relation avant longtemps pour préserver l'enfant. » Jusqu'à cette date, il se promit de ne laisser échapper aucune occasion.

Quelques instants plus tard, Albérie le rejoignait dans sa chambre. Elle souriait et vint se pendre à son cou. Huc l'embrassa sur le front comme à son habitude.

— Pardonne-moi, commença-t-elle en le fixant droit

dans les yeux. Je n'ai pas eu une minute pour toi depuis que tu es rentré. Tu as eu raison de m'en faire reproche.

— Je ne t'ai fait aucun reproche, Albérie, se défendit Huc, mais une fois encore sa voix sonna sèchement à ses oreilles.

Albérie dénoua ses bras et son visage reprit un air grave.

— Tes gestes, ta voix même en sont un. Inutile de le nier. Je voudrais changer ce qui s'est passé, Huc. Je ne le peux. Mais j'essaie d'empêcher que cela recommence, gémit-elle en s'asseyant sur le lit.

La pièce était froide. Depuis une semaine qu'Albérie ne dormait plus dans sa chambre, la cheminée n'était pas alimentée et un vent ronronnant se glissait par le conduit jusqu'au plancher de bois.

— Que s'est-il passé, Albérie ? demanda Huc en prenant place à côté d'elle.

La jeune femme laissa tomber sa tête sur l'épaule de son époux comme elle en avait coutume, mais cette fois Huc eut du mal à glisser son bras autour de ses épaules. Il n'avait pas envie de la réconforter. Il se sentait trahi. Trahi par son silence. Et quelque chose en lui criait que c'était la seule raison qui l'avait poussé à sa propre trahison.

— Tu le sais, Huc. Antoine de Colonges m'a raconté.

Huc sentit sa gorge se nouer. L'abbé l'aurait-il dénoncé ?

— J'ai besoin de savoir, balbutia-t-il, ce que toi tu sais.

Albérie poussa un profond soupir et Huc sentit une perle de sueur glisser entre ses omoplates. Et si Albérie n'était pas rentrée à cause de sa liaison avec Antoinette ? Si elle avait voulu le fuir pour lui permettre d'être heureux ? Il resserra son étreinte. Albérie inspira son odeur. L'instinct de la bête cachée à l'intérieur d'elle lui avait appris à s'enivrer de ce mélange animal de transiration et de musc. Comme ce contact lui avait manqué !

« Et pourtant, songea-t-elle, je n'ai pas d'autre choix. »

— C'était un accident. Loraline n'a pas voulu le tuer, elle voulait juste le punir.

— Comment est-elle entrée ? demanda Huc que cette question ne cessait de troubler.

— Par la fenêtre, répondit Albérie.

Huc accusa le mensonge avec la certitude que c'en était un. Il n'en montra rien pourtant et insista :

— Elle était fermée !

— Les carreaux sont brisés, il est facile d'entrer et de sortir. Le jeune Guillaumet l'a fait.

— Il avait une échelle !

— Elle avait la magie !

Huc sentit son souffle se figer.

— La quoi ? hoqueta-t-il.

Albérie se redressa. Elle était livide et ses lèvres tremblaient.

— Je sais ce que tu penses, Huc de la Faye. Et tu as raison, hélas. Loraline possède certains pouvoirs. Il y a peu de temps qu'elle les a découverts. Comme moi, au moment de la puberté. Elle est capable de guérir en appliquant la main sur les organes malades, elle lit l'avenir sans autre instrument qu'une flaque d'eau, elle parle aux animaux : aux loups comme aux serpents, dans leur langage. Et elle..., elle lévite.

— Je refuse de croire de telles sornettes !

Huc se leva. Il était furieux.

— Pourquoi, Huc ? Cela semble-t-il plus absurde, plus invraisemblable que mon propre corps qui s'étire, se déforme et m'avilit à chaque pleine lune ?

Huc ne répondit rien. Non, ce n'était ni plus incohérent ni plus saugrenu. Alors pourquoi cela le mettait-il en colère ? Car il était en colère. Malgré tous les possibles auxquels il était confronté depuis quinze ans, quelque chose dans cette confession sonnait faux, et cela le rendait fou.

— Je te dis la vérité, Huc de la Faye. Comment aurait-elle pu entrer dans la tour ? François seul en possède la clé, tu le sais aussi bien que moi.

Huc tressaillit. Une fois encore, Albérie avait lu dans ses pensées. Il se força au calme. Il y en avait certaines qu'elle devait ignorer, il ne pouvait prendre le risque de s'exposer davantage.

— Très bien, Albérie, je te crois. Que s'est-il passé ensuite ?

— Loraline a utilisé un mélange à base de soufre, de chaux et de poudre. Elle voulait que François de Chazeron s'imagine puni par le diable lui-même. Elle a agi seule, sachant bien que je l'en aurais empêchée. Ma seule erreur a été, je crois, de lui dire que François retournait à Vollore et que nous pouvions sans crainte recevoir le père Antoine de Colonges. Elle a saisi l'occasion, Huc. Je regrette de n'avoir pas su comprendre sa détermination.

— Et l'explosion ?

— C'est un mystère. Mais certaines substances deviennent dangereuses confrontées à une trop grande chaleur. En jetant les parchemins dans l'athanor, François a probablement activé une réaction chimique. C'est la seule explication. J'aurais préféré qu'il en meure, grimaça Albérie sans quitter son époux du regard. Je n'éprouve aucune pitié pour lui, tu le sais, mais ni Loraline ni moi ne serions capables d'un meurtre. Seule Isabeau, peut-être... Si le seigneur de Vollore avait dû payer de sa vie le mal qu'il nous infligea, il y a longtemps, très longtemps qu'il aurait péri.

Huc fit un pas en avant. Il n'était plus sûr de rien, soudain. Albérie avait dans le regard cette indéfinissable lueur qui irrésistiblement l'attirait vers elle. Elle se laissa choir sur le lit avec lassitude.

— Je suis si fatiguée, Huc, murmura-t-elle. Loraline

se repent chaque jour de son acte et je n'ai pas, à ses côtés, la tendresse d'une mère. Elle a besoin de moi pourtant. Autant sans doute que j'ai besoin de toi.

Il y avait deux petites larmes au coin de ses yeux. Huc sentit son cœur se serrer. Il s'approcha d'elle et l'attira contre lui. Albérie ne s'échappa pas. Au contraire, elle enroula ses bras noueux autour de ses épaules, de toutes ses forces, comme si elle craignait qu'il s'échappe. Huc sentit malgré lui une vague de désir le submerger. Ce n'était pas la première fois qu'il avait envie d'elle, mais cette fois cela le paniqua. Son corps oublié trop longtemps avait regoûté à la vie. Il réclamait son dû avec bien plus d'insistance.

Albérie s'en était rendu compte, pourtant elle ne broncha pas. Doucement, il releva la lourde natte de ses longs cheveux bruns et glissa sa bouche le long de sa nuque. Il la sentit frissonner sous la caresse. Un instant le visage d'Antoinette pantelante brilla dans son souvenir, mais il le chassa avec violence, avant de s'emparer tendrement de la bouche de son épouse. « C'est la première fois », songea-t-il. La première fois qu'il l'embrassait ainsi et qu'Albérie s'abandonnait. Enhardi par sa propre audace, il l'allongea sur le lit en écartant les pans de son corsage.

C'est alors qu'Albérie le repoussa. Il redressa son visage au-dessus du sien. Elle pleurait. Huc perçut son sang qui cognait à ses tempes. Son ventre lui faisait mal, pourtant il n'insista pas. À regret ses doigts s'effacèrent de sa gorge où il percevait le rythme irrégulier des battements du désir.

— Je le voudrais, Huc. Oh oui, je le voudrais, mais je ne peux pas, gémit-elle en détournant la tête.

— Tu ne m'as jamais dit pourquoi... se contenta-t-il de répondre en refoulant au fond de lui l'espoir insensé né de leur étreinte.

— Le faut-il vraiment ?

C'était un murmure, mais Huc désirait plus que tout une explication.

— Je ne serai pas violent, Albérie, crut-il bon d'avancer comme si la peur seule pouvait constituer une barrière infranchissable.

Le silence retomba, ponctué par les sanglots d'Albérie. Elle cherchait ses mots. Il y avait si longtemps qu'elle avait envie de les lui dire. Mais la vérité lui faisait mal, plus encore que ce désir qu'elle se refusait d'éprouver.

— Dis-moi, je t'en prie. Dis-moi.

— Qu'aurais-tu à faire, que pourrais-tu faire, Huc, d'un enfant qui naîtrait comme moi... ?

Huc demeura la bouche ouverte, le souffle coupé. C'était si évident. Il n'avait jamais, au grand jamais, pensé qu'Albérie et lui pouvaient engendrer un monstre, et pourtant. La vision d'un nouveau-né au masque de loup lui donna envie de vomir. Il s'écarta de son épouse et se redressa. Il avait soudain besoin d'air.

Alors qu'il se dirigeait vers la porte, la voix poignante d'Albérie le figea :

— Ne m'abandonne pas, Huc. Pas maintenant. Je t'aime.

Quinze ans. Quinze ans qu'il espérait l'entendre le lui dire. Son cœur bondit dans sa poitrine, mais il n'était que violence et dégoût en cet instant.

Il s'entendit prononcer d'une voix troublée :

— Ne t'inquiète pas. Moi aussi je t'aime.

Puis il sortit et dévala l'escalier sans se retourner.

Isabeau mangea de bel appétit. Le voyage qu'elle avait hâté l'avait épuisée, tant il y avait longtemps qu'elle n'avait pas cheminé à dos d'âne. Elle avait dormi dans les auberges et les haltes sur sa route, parcourant le plus de lieues possible dans la journée, se mêlant aux pèlerins et marchands qui depuis Clermont remontaient sur Paris. Ainsi, elle avait évité les désagréments d'une attaque de brigands. Il n'était pas rare, sur les routes principales, que des soldats soient mêlés aux voyageurs. Les bandes redoutées qui vivaient de rapines à l'orée des bois se montraient prudentes dès lors qu'un groupe comptait plus d'une vingtaine de personnes. Isabeau y avait veillé et s'en était félicitée. À l'étape, le soir, elle entendait maints récits parlant de bonnes gens qui s'étaient aventurés seuls en espérant passer inaperçus. On retrouvait parfois au bord des routes leurs corps dépecés par les charognards.

Pour l'heure, le père Boussart lui avait assuré qu'elle était en sécurité à Nostre-Dame. Avant qu'elle ait pu poser toutes ses questions – y compris sur Croquemitaine – l'abbé l'avait invitée à se reposer dans sa chambre. Isabeau s'était laissé conduire, son maigre bagage sur l'épaule, enroulé dans un vieux tissu qui avait appartenu à sa grand-mère : une brosse aux poils jaunis et au manche de buis ainsi qu'un peigne assorti d'un petit miroir enchâssé dans une fine coulée d'argent. C'était là son seul trésor, mais elle y tenait plus qu'à tout au monde. Benoît les lui avait offerts quelques mois avant leurs fiançailles, en dansant d'un pied sur l'autre, l'air pataud.

Il les avait façonnés de ses mains et elle les avait emportés dans sa fuite avec lui. C'est Albérie qui les lui avait rendus. Elle les avait trouvés dans la chambre maudite après que François était reparti pour Vollore. De son bonheur perdu, c'était tout ce qui lui restait. Tout ce qui l'avait aidée à vivre. Avec sa vengeance.

Pour l'heure, elle ne songeait qu'à son nouvel univers. La pièce était étroite, à peine une mansarde située dans une bâtisse attenante à l'imposante construction. Pour y parvenir, ils avaient dû traverser la cathédrale et gravir un escalier. Jamais Isabeau n'avait vu plus grande splendeur, et la douceur des courbes, la richesse des vitraux, la sobriété et tout à la fois l'exubérance des détails avaient joué leur rôle et pénétré cette carapace sordide que ces années de rancœur et d'infortune avaient façonnée. Sans même s'en apercevoir, elle s'était retrouvée rayonnante devant la porte basse qui s'ouvrait sur la chambre. Le lit était sobre et surmonté d'un crucifix retenu par un clou, mais c'était un vrai lit, au matelas bourré de paille fraîche et aux couvertures épaisses.

Elle en aurait battu des mains comme une enfant. À côté de la souillure de son terrier, ce lieu s'apparentait à la chambre d'une reine.

— Vous y serez à votre aise. Nul ne contrôlera vos allées et venues. D'ailleurs, nul ne vient ici. Cette chambre a servi de refuge à une dame de haut lignage il y a quelques années, alors qu'elle cherchait à échapper aux avances trop empressées du frère du roi. Ce n'est plus un secret pour personne depuis qu'elle s'est jetée du haut de la coursive.

Sur ces mots, l'abbé l'avait entraînée jusqu'à la rambarde de pierre pour jouir de la vue. Isabeau écarquilla les yeux devant tant de beauté. À ses pieds, déployant ses ruelles autour des îles de la Seine bourdonnantes d'activité, la vieille ville lui faisait un tapis majestueux.

Lorsqu'ils retournèrent dans la chambre quelques minutes plus tard, un plateau attendait, posé sur une table. On l'avait apporté discrètement. L'abbé prit congé, en lui souhaitant un bon appétit, sur la promesse qu'il la ferait quérir après l'office pour régler avec elle les modalités de son séjour.

— Paris, murmura-t-elle entre deux bouchées de viande. Je suis à Paris...

— Vous vous y plairez, damoiselle.

Isabeau tourna la tête, surprise. Devant elle se tenait une toute petite femme qu'elle n'avait pas entendu entrer, toute à son émerveillement. « Décidément, pensa-t-elle dans l'instant, c'est le royaume des nains ici ! »

— Je suis Bertille, pour vous servir, la salua courtoisement sa visiteuse en une courbette presque grotes-que.

Isabeau pourtant ne s'en amusa pas. Elle n'avait jamais eu qui que ce soit à son service. Cela la gêna, mais comme elle ne parvenait à émettre le moindre son, elle se contenta de hocher la tête et d'avaler son morceau.

La naine éclata alors d'un rire franc qui résonna.

— Je ne vous servirai pas parce que c'est mon rôle, dame Isabeau, finit-elle par dire en reprenant son sérieux. Je vous servirai parce que vous me plaisez et que vous plaisez à mon roi.

Isabeau sentit le souffle lui manquer. Que savait donc le roi de France de son existence ?

— Non, non, répliqua sa visiteuse comme en écho à ses pensées, pas ce roi-là, le mien, le nôtre, celui des va-nu-pieds et des infirmes, celui des éclopés et des mendiants.

Isabeau ne comprenait rien. Elle finit par ouvrir la bouche et articula, désorientée :

— Mais de quoi parles-tu ?

Bertille éclata de rire une nouvelle fois, au point de devoir s'asseoir sur le rebord du lit pour extirper un mouchoir de sa manche et s'en servir bruyamment.

— Oh ! oui, gloussa-t-elle, tu me plais, tu me plais. Repose-toi, lança-t-elle, je viendrai te chercher plus tard.

« Folle, se dit Isabeau, cette pauvre fille est folle ! » Mais avant de franchir la porte, Bertille se retourna et lui lança, les yeux pétillants de malice :

— Je sais pourquoi tu plais au roi ! Tu es belle, Isa !

Et elle sortit dans un éclat de rire qui résonna lon-guement en décroissant aux oreilles d'Isabeau. Elle acheva sa collation, perplexe, puis s'allongea sur son lit. Alors que le sommeil la gagnait, une voix se super-posa à celle de Bertille, une voix qui chantait. Isabeau se redressa en étouffant un petit cri de surprise. « Le nain ! le nain était le roi des fous ! »

— C'est un peu cela, mais en bien plus complexe, approuva le père Boussart, alors que, confortablement installés l'un et l'autre dans un fauteuil, ils devisaient depuis quelques minutes. En réalité, poursuivit-il, il existe à Paris une sorte de royaume dans le royaume avec ses règles, ses lois et sa hiérarchie. On l'appelle la cour des Miracles. La police du roi François sait bien où les trouver, pourtant ils sont insaisissables tant ils connaissent la ville, ses passages secrets et ses cachettes mieux que quiconque. Le peuple les soutient, les prévient, les cache, car ils sont le peuple, ne pratiquant leurs larcins que sur les puissants dont ils se rient sans aucun scrupule. Chaque année, un roi est couronné. Il est choisi souvent pour sa force, mais pas toujours. Depuis deux années le nain Croquemitaine est celui-là, parce qu'il est juste, malicieux, rapide, vif et superbement intelligent. Je connais peu d'esprits aussi éveillés que le sien. Il est aimé, voire adulé par tous, et même notre roi François l'a pris en affection depuis qu'il a refusé d'être son bouffon. « Je ne peux pas accepter, Sire, a-t-il déclaré, vous m'amusez bien davantage que je ne saurais le faire pour vous distraire ! De sorte qu'avant longtemps vous échangeriez votre trône pour le mien ! » Bourbon a bondi pour le faire saisir et pendre, mais le roi François s'est contenté de rire franchement, saluant non seulement l'audace mais aussi l'à-propos de Croquemitaine. Il a interdit à quiconque de lui faire le moindre mal sous peine de mort, et a accepté sa décision en arguant qu'un esprit aussi bien tourné méritait une si grosse tête pour de si petits pieds. À défaut, il a engagé le cousin de Croquemitaine, un nain surnommé Triboulet.

— Le roi François a de l'humour, sourit Isabeau qui n'avait aucun mal à imaginer la scène.

— C'est un bon vivant, approuva le père. Mais tout cela nous éloigne du motif de votre séjour, mon enfant. L'abbé Antoine, qui est un vieil ami, m'a raconté votre triste aventure – Isabeau se rembrunit dans son fauteuil, mal à l'aise – ; rassurez-vous, nul à part moi ne connaît votre secret et il en restera ainsi. Il est temps de vous ouvrir à la vie et de tourner la page sur ces années. Vous êtes une jolie femme et vous pourriez aisément vous perdre à Paris. Il vous faudra donc me faire confiance. Je veillerai sur vous et, si j'en crois Bertille, Croquemitaine m'y aidera. Savez-vous coudre et broder ?

— J'ai su, répondit Isabeau en se souvenant amèrement du trousseau qu'elle avait amoureusement confectionné avec sa grand-mère dans l'attente de ses noces.

— Vous saurez encore, croyez-moi. Vous avez simplement besoin de reprendre confiance en vous. Le roi François lance une nouvelle mode, sous l'impulsion de jeunes talents italiens, et les ateliers de lingerie manquent de main-d'œuvre. Dame Rudégonde est une des préférées du roi, elle cherche une apprentie qui comprenne vite et ne craigne pas la besogne. Il ne faudra cependant pas annoncer publiquement que vous avez été mariée car la règle de la corporation est stricte : aucune apprentie ne doit être mariée ni veuve. Mais dame Rudégonde est une personne généreuse, elle a estimé que vous n'avez pas été mariée suffisamment longtemps pour transgresser cette loi. Si vous ne dites rien, elle gardera le secret elle aussi. Voulez-vous essayer, Isabeau ?

Isabeau écoutait en tremblant chaque parole, comme s'il s'agissait d'une sentence. Saurait-elle, après toutes ces années, retrouver simplement le goût de vivre sans se cacher ? Elle était venue à Paris pour laisser Loraline accomplir sa vengeance, elle n'avait pas seulement songé à ce qu'il adviendrait d'elles ensuite, lorsque François de Chazeron serait mort. Elle prenait soudain conscience que sa place ne se trouvait plus nulle part. Pour tous, elle était morte. Doublement morte.

L'abbé la fixait en silence, désireux de lui laisser le temps. Antoine ne lui avait rien caché de ses intentions à propos de François, ni sur les raisons de la fuite d'Isabeau. Ils poursuivaient l'un et l'autre le même but. L'abbé Boussart était exorciste.

Isabeau leva sur lui de grands yeux emplis d'espoir.

— Je ne vous décevrai pas, mon père.

— À la bonne heure. Bertille vous accompagnera demain chez un tailleur et une couturière à deux rues d'ici, leurs prix sont raisonnables et il vous faut une garde-robe présentable ; vous avez de quoi payer, je crois.

Isabeau hocha la tête et sortit deux barrettes d'or d'une pochette de cuir attachée solidement à sa ceinture.

L'abbé plissa les yeux de surprise mais ne posa aucune question. Il prit l'or et, soulevant une tapisserie qui représentait la Passion du Christ, extirpa quelques écus du creuset qui se trouvait derrière.

— Ceci fera bien mieux l'affaire pour régler vos achats. Vous possédez là une petite fortune qu'il me faudra faire estimer par un orfèvre. Elle pourrait vous dispenser de travailler, mais je pense sincèrement qu'il vous sera salutaire d'occuper votre esprit et vos mains. En outre vous aurez la possibilité de croiser les plus grands. Vous êtes intelligente, Isabeau, vous vous ferez une place si vous le souhaitez avec autant d'acharnement que vous en avez mis à survivre.

— Pour le gîte et le couvert, mon père ? hasarda Isabeau que ces paroles avaient réconfortée.

— Ne vous souciez pas de cela. Redevenez belle, Isabeau, belle de l'intérieur, lors nous serons quittes.

Émue, Isabeau saisit la main que le père lui tendait et se releva, les jambes tremblantes.

— En serai-je capable, mon père ? glissa-t-elle dans un souffle tandis qu'il la raccompagnait dans le corridor.

— Vous seule pouvez répondre, et il y faudra du temps. Prenez-le. Vous n'avez pas d'ennemis à Paris.

Spontanément Isabeau s'inclina et baisa respectueusement la main de l'abbé comme elle l'aurait fait pour un archevêque. Elle avisa le minois rieur de Bertille lorsqu'elle se redressa sur l'injonction du prêtre que ce geste spontané avait gêné.

— J'ai une requête à formuler, mon père, glissa-t-elle au moment de prendre congé de lui.

— Je vous écoute, Isabeau.

— Son roi a choisi mon nouveau nom, celui de ma nouvelle vie. Si vous le voulez bien, mon père, désormais je m'appellerai Isabelle.

L'abbé Boussart laissa échapper un rire tandis que Bertille applaudissait, la bouche fendue jusqu'aux oreilles.

— C'est bien plus que son roi, dame Isabelle, lui confia le prêtre, approuvant ainsi son choix, c'est aussi et surtout son époux.

Sur ce, Bertille saisit la main d'Isabeau avec fermeté et l'entraîna dans l'escalier en décrétant :

— Dame Isabelle a eu son content d'émotions ce jourd'hui. Demain sera un autre jour. Le bain t'attend, Isa, et le sommeil aussi, allons, allons...

Isabeau se laissa entraîner, le cœur retourné. Bertille avait raison. Elle était épuisée. Épuisée d'être de nouveau vivante.

8.

François de Chazeron flatta l'encolure de son cheval avant de mettre pied à terre, l'œil content. Il avait passé huit jours à Clermont et avait obtenu tout ce qu'il était venu chercher. D'une part, le duc de Bourbon l'avait assuré de son soutien moral et financier, lui laissant entendre qu'il songeait à lui donner une assise plus importante par le biais d'une charge royale. D'autre part, un orfèvre lui avait certifié qu'il possédait bien en son coffret une barre du plus bel or. Tout cela lui permettrait d'organiser une fête somptueuse pour la naissance de son fils. Une fête à laquelle Bourbon avait promis de conduire le roi.

Ce 1er novembre 1515, Chazeron reçut donc les doléances de son prévôt avec bonne humeur et décida de ne pas s'inquiéter davantage des rapines et pillages qui, durant son absence, avaient assombri la contrée. La garnison était de nouveau au complet à Montguerlhe, et les guetteurs aguerris auraient tôt fait désormais de voir venir une attaque massive. Depuis son éperon rocheux, la forteresse dominait ses voisins, et il ne s'était réellement trouvé d'assaillants que durant la guerre de Cent Ans. Mais là encore la position stratégique de Montguerlhe lui avait permis de barrer la porte du pays thiernois de façon rigoureuse.

François s'en fut embrasser son épouse, et au dîner annonça avec plaisir qu'il regagnerait Vollore dès le lendemain. Seul. Durant toute la durée des travaux. Antoinette dut crisper ses doigts sur ses jupons pour ne pas hurler de joie, et parvint à grimacer, les yeux baissés, un pénible :

— J'ignore ce qui vous pousse à retourner là-bas, messire, mais vous me manquerez.

— Vous vous ferez vite à mon absence, ma dame, repartit François dans un rire clair. L'enfant que vous portez vous distraira. Tout est dit. Huc saura où me trouver en cas de besoin ; pour le reste, ma retraite ne tolérera aucune visite. D'ailleurs la neige s'agglutine en abondance et il ne fera bientôt pas bon prendre la route.

Antoinette hocha la tête. Cette décision la satisfaisait au plus haut point. En réalité, elle se doutait que François y viendrait. Elle savait pertinemment qu'il ne pourrait s'éloigner de ses travaux aussi longuement. Elle coula un regard complice à Huc qui partageait leur table. Comme elle détournait la tête pour éviter de se trahir, elle croisa le visage d'Albérie dans le renfoncement de la porte. L'expression qu'elle lut sur les traits de la jeune femme la glaça d'effroi. Tout en elle n'était que haine. Machinalement, elle suivit la direction du regard métallique. Albérie souriait froidement en fixant François de Chazeron.

Le soleil était déjà haut lorsque François s'éveilla le lendemain à Montguerlhe, un goût âcre dans la bouche. Il n'avait cessé de cauchemarder toute la nuit, allant même jusqu'à imaginer un visage penché au-dessus de sa couche, un visage qui lui rappelait vaguement quelqu'un, mais il n'aurait su dire qui. Puis les traits s'allongeaient, s'étiraient et faisaient place à une tête de loup monstrueuse dont la gueule s'ouvrait pour engloutir sa face effrayée. Il garda un moment les yeux ouverts vers la fenêtre. Ce matin encore le ciel était clair, mais des brumes opaques s'amoncelaient lentement autour de la montagne. Dès le lendemain ou le surlendemain il neigerait en masse. Il était temps pour lui de retourner à ses fourneaux. Si le diable lui avait offert cet or, c'était sans nul doute pour l'assurer qu'il touchait au but. Il était décidé à recommencer ses recherches à partir des lignes que les flammes avaient épargnées. C'était sans doute là qu'il s'était fourvoyé. Il rejeta résolument les couvertures en arrière et fit mine de s'asseoir. À peine pourtant eut-il posé pied à terre qu'un vertige le saisit tandis qu'un tremblement agitait ses jambes jusqu'à gagner son corps tout entier. Il eut l'impression qu'on lui enfonçait une dague dans le ventre, et aussitôt il se mit à vomir sans pouvoir s'arrêter.

Isabeau virevolta à plusieurs reprises devant le miroir qui lui renvoyait une image d'elle si lointaine qu'elle en avait presque oublié avoir été jolie. À ses côtés Bertille battait des mains comme une enfant, mais Isabeau n'y prêtait aucune attention, tant la naine généreuse et spontanée affichait cette habitude en toute occasion.

— Vous êtes superbe, dame Isabelle, approuva la couturière en s'agenouillant à ses pieds pour reprendre l'ourlet de la jupe. Vraiment superbe...

Et de fait, elle l'était malgré sa toilette sobre. Bertille l'avait tout d'abord conduite chez un barbier pour discipliner sa chevelure que le manque de soins au fil de ces années avait rendue revêche et cassante. Ses onguents avaient fait merveille, et les fils de soie et de perles qui retenaient son demi-chignon duquel partait une longue tresse affinaient son visage légèrement fardé. Ainsi parée, Isabeau se vit avec quinze années de moins, comme si brusquement on avait effacé de sa vie les traces de ses violences. Un instant le visage de Benoît se superposa au sien dans le miroir. Son cœur se pinça. Elle lui aurait plu ainsi, elle le savait, mais il était temps pour elle de tourner la page.

Elle n'avait aucune nouvelle de Montguerlhe. Elle refusait l'idée que Loraline puisse lui manquer, comme elle refusait depuis sa naissance l'idée qu'elle était sa fille. L'Auvergne était loin. Probablement enfouie sous la neige et le froid puisque ici, à Paris, il en était de même. Pour rien au monde elle n'aurait voulu retourner là-bas. Quoi qu'il advienne, elle était Isabelle. Isabelle de Saint-Chamond, d'où son arrière-grand-mère était originaire.

Lorsqu'elle franchit la porte de la boutique après avoir jeté sur ses épaules la pelisse d'hermine qui recouvrait son mantel, les regards des badauds convergèrent vers elle. Elle planta ses yeux verts devant elle et s'avança d'un pas léger, Bertille sur ses talons, escortée d'un valet qui portait ses emplettes.

L'après-midi suivant, elle était présentée à dame Rudégonde dans une boutique à l'enseigne du « Fil du roi », rue de la Lingerie. Rudégonde était une personne joviale et rondouillette, au sourire éclatant de franchise et de chaleur humaine. Le père Boussart avait assuré Isabeau que sous cette apparence se cachait avant tout une opportuniste. En seulement trois années, celle qui avait eu pour amant le fort honorable messire de La Palice avait acquis pignon sur rue et confectionnait les tenues les plus soignées pour les grands du royaume. Sa fortune et sa renommée grossissant, elle avait fait de même jusqu'à lasser le courageux La Palice. Le nouveau maréchal de France, investi de sa charge par le jeune François Ier en janvier de cette même année, s'en était retourné à ses amours volages qu'un physique séduisant attirait sans faillir. Rudégonde ne lui en avait pas gardé rancune, mais plutôt une infinie reconnaissance pour le statut privilégié qu'elle arborait désormais, de sorte que non seulement ils étaient bons amis mais qu'il lui envoyait régulièrement ses conquêtes à habiller.

Rudégonde s'enchanta de sa nouvelle recrue et entreprit de lui donner les dernières nouvelles de la Cour afin qu'elle puisse au mieux répondre aux questions que ces damoiselles et damoiseaux ne tarderaient pas à lui poser. De fait, le roi François s'était installé début octobre à Pavie, où il avait fait la connaissance de Léonard de Vinci, cet artiste prodigieux qui s'était sans attendre mis à son service. Il avait reçu là-bas de nombreux ambassadeurs, en particulier ceux du pape qui craignait que la victoire de Marignan n'ouvre à François Ier des prétentions illégitimes sur Rome. Pour y remédier, Sa Sainteté Léon X avait conclu avec le roi de France un traité les engageant tous deux à une mutuelle assistance. François promit de défendre Florence et d'y maintenir les Médicis, Léon X affirma qu'il lui donnerait son appui afin qu'il conserve le Milanais. En outre, il lui offrit Parme et Plaisance.

Une épidémie s'étant déclarée à Pavie, le roi s'avançait pour l'heure vers Bologne, après avoir délégué le chancelier Antoine Duprat afin qu'il organise le duché du Milanais pour l'intégrer au royaume de France.

Isabeau écouta tout cela avec attention. Trop occupée à sa propre subsistance, elle s'était moquée jusqu'alors du devenir de la France et n'avait su la mort de Louis XII que parce que Albérie la lui avait annoncée. De sorte que tous ces noms virevoltaient autour d'elle sans qu'elle puisse avouer qu'elle ne les connaissait pas. Elle était émerveillée de voir à quel point Rudégonde était au fait de l'actualité alors même que celle-ci se passait en Italie, si loin d'elle.

Comme elle osait l'interroger à ce sujet, Rudégonde la conduisit dans l'arrière-boutique encombrée d'épais rouleaux d'étoffes chatoyantes, de fils d'or et d'argent. Deux jeunettes s'activaient à coudre, une troisième brodait sous de larges fenêtres.

Rudégonde la présenta à Ameline, Blanche et Françoise, insistant sur le fait qu'elle les rejoindrait dès le lendemain pour apprendre le métier, puis, franchissant une porte, elle l'entraîna dans la cour. Au fond, un colombier de pierre renfermait une bonne vingtaine de volatiles.

— Voici mon secret, affirma Rudégonde. Je corresponds régulièrement avec messire de La Palice. De sorte que je suis sans nul doute à Paris la personne la mieux informée, et le plus vite. C'est une autre des raisons pour lesquelles la noblesse vient chez moi. Ils sont au courant des activités du roi et des tendances de la mode avant les autres. De fait, l'influence italienne ne tardera pas à se faire sentir dans tout le pays, et je veux être la première, oui la première, à proposer au roi dès qu'il reviendra ce qu'il imagine lancer demain.

Rudégonde éclata d'un rire fier, tout en entraînant Isabeau par la main. Dans un angle de l'atelier de confection, de splendides étoffes moirées entrelacées de fils d'or étaient posées en rouleau sur une table finement polie pour ne pas risquer d'effiler la toile.

— Elles sont arrivées hier. Le roi les a regardées avec envie, et mes informateurs se sont empressés de conclure l'affaire pour moi selon nos accords. Voici pourquoi j'ai besoin de vous, Isabelle. Le père Boussart, sans me raconter votre histoire, m'a assuré que vous souhaitiez plus que tout vous faire une place et regagner votre rang. J'ignore par quelle déconvenue vous en avez déchu. Je sais trop pour ma part combien nous sommes, nous les femmes, le jouet des hommes. Je ne vous demanderai donc rien et n'attends aucune confidence. Dans quelques mois, quelques années peut-être, je veux faire de cet endroit le passage obligé de tous et toutes en ce royaume. J'ai donc nécessité de me reposer dès aujourd'hui sur une personne de confiance. On m'a dit grand bien de vous et, ma foi, votre innocence me plaît, ajouta-t-elle en clignant un œil complice.

— Je ne vous décevrai pas.

— Bien. Vous aurez cinq sols par jour. C'est peu,

mais cela vous motivera à apprendre. Dès que vous saurez broder, piquer et assembler autant que celles-ci – elle désigna les trois ouvrières – vous serez augmentée. Cela progressivement jusqu'à trois écus par semaine avec le couvert et le gîte. Mais ce ne sera probablement pas avant quelques mois. Et il vous faudra travailler dur, avoir parfois les mains usées tout en gardant le doigt agile et le point régulier. C'est au sang de mes plaies autant qu'à la sueur de mon front que je dois ma place. Vous devrez mériter la vôtre. Je ne vous ferai pas de cadeaux, Isabelle, jamais, car pour pouvoir un jour m'en remettre totalement à vous, il me faudra sonder votre courage, votre obstination et surtout, oui surtout, votre abnégation. Ce métier vous offrira richesse, gloire et respect si vous lui abandonnez tout pour renaître dans son humilité. Quoi qu'on ait pu vous raconter sur moi, c'est vrai, mais pas autant que le travail qu'il m'a fallu fournir pour en arriver à mes fins.

Isabeau hocha la tête. Elle comprenait sans peine ce que voulait dire Rudégonde. N'avait-elle pas mis quinze ans pour atteindre son but ? Elle se sentait prête à tous les sacrifices pour retrouver une vie normale ; ses plus grandes souffrances étaient derrière elle. Il n'y avait rien désormais qu'elle ne pourrait endurer.

— Je me conformerai à vos exigences, dame Rudégonde, affirma-t-elle en redressant la tête, jusqu'à tomber et ramper s'il le faut, mais avant qu'il soit longtemps, je vous en fais serment, vous pourrez compter sur moi autant que sur vous-même.

Rudégonde la considéra avec respect.

— Nous allons nous entendre, Isabelle de Saint-Chamond, oui, j'en suis convaincue. C'est la providence qui vous a mise sur mon chemin à travers le père Boussart. Un saint homme sans nul doute, je regrette qu'il doive encore cacher ses pensées au regard de ses pairs.

Isabeau la dévisagea sans comprendre. Rudégonde poursuivit :

— Bien sûr, vous ignorez tout des courants de pensée qui animent l'ombre. On parle peu de tout cela en province.

Isabeau déglutit péniblement. Pourquoi soudain avait-elle le sentiment que toutes ces bontés cachaient quelque mystérieuse tache ? N'allait-on pas se servir d'elle une fois encore ?

Rudégonde perçut probablement son trouble, car elle la couvrit aussitôt d'un sourire chaleureux :

— Tout cela ne vous concerne point, Isabelle. L'abbé Boussart est un de ces ecclésiastiques qui apprécient peu l'opulence de certains prélats dont fait partie son supérieur hiérarchique. Ce clergé dominant n'applique les préceptes du Seigneur que pour maintenir ses propres privilèges tant il est bouffi d'orgueil et de richesses. L'abbé Boussart aide les miséreux, et c'est la raison pour laquelle Croquemitaine et dame Bertille lui apportent leur soutien. Il est aimé et respecté du peuple. La générosité de cet homme est sans faille, mais il doit en user avec prudence tant il est de bon ton en ce siècle de ne s'inquiéter que des grands, de sorte qu'il se cache de tous pour aider son prochain. Je suis prête à parier qu'il est seul à connaître votre existence et votre séjour à Nostre-Dame. Il est important que vous le sachiez, même si, je vous l'ai dit, cela ne doit pas vous inquiéter. Nous sommes à vos côtés, Isabelle, et nous y sommes sincères. Allez, à présent. Je vous attends dès demain.

Isabeau la remercia et prit congé. Les dernières paroles de Rudégonde l'avaient rassurée. Tout cela n'avait pas davantage d'importance que le reste. Elle devrait seulement aiguiser son esprit à ces jeux politiques si elle voulait, à l'exemple de la lingère, évoluer dans ce monde qui n'était pas le sien. Ce monde qui l'avait écrasée et qu'elle devrait apprendre à dominer pour ne plus jamais en subir le courroux.

Le lendemain, soit ce 3 novembre 1515, trois semaines après son départ de Thiers, elle entamait le premier jour de sa nouvelle existence, l'âme légère et le cœur apaisé.

Philippus hâtait le pas de son âne, de plus en plus récalcitrant à quitter l'écurie, de même que son valet à quitter l'auberge. Ces trois bourriques, ainsi qu'il les nommait affectueusement en incluant le mulet sur lequel était juché Corichon, semblaient penser qu'il avait perdu la raison et ferait bien mieux de demander le gîte pour l'hiver à quelque monastère.

Il avait failli s'y résoudre la veille, mais il avait finalement décidé de braver la tempête qui cinglait l'Auvergne. Quelque chose l'attirait vers Thiers. La certitude que, comme à Saint-Rémy-de-Provence, on l'attendait là-bas.

Avant la nuit il serait à son but, même s'il ignorait encore lequel. Il demanderait asile au seigneur du lieu, puis au matin se mettrait en quête du coustelleur indiqué à l'intérieur du coffret détenu par Michel de Nostre-Dame. Lorsqu'il aurait satisfaction, il aviserait.

Pour l'heure, ils croisaient peu de pèlerins sur le chemin de Compostelle qui montait vers le pays thiernois. Et quand bien même il se serait trouvé quelque autre fou sur la route, il n'aurait pu distinguer sa bannière tant la neige tombait. À certains endroits leurs montures s'en trouvaient cerclées jusqu'à mi-jambe et leurs chausses raclaient la poudreuse. Lorsque les bêtes refusaient d'avancer, ils étaient obligés de descendre et de les tirer de l'avant. Ils étaient trempés jusqu'aux os. La seule crainte de Philippus était de s'écarter de la voie qui se fondait dans le paysage blanchi. Il devait sans cesse tâtonner du bâton sur le bas-côté pour trouver les repères qui jalonnaient le chemin. Ici fréquemment c'étaient des tumulus de pierres, parfois de petits murets ou une pancarte annonçant une direction. Il grattait alors de ses doigts gelés sous ses mitaines de laine pour dégager la neige et lire ce qu'il pouvait.

Ils progressaient ainsi depuis trois journées et cela semblait ne pas vouloir finir. Quand ils traversaient les forêts – de plus en plus souvent – Corichon se collait à lui en geignant, mais Philippus n'y prêtait pas garde. Les conditions climatiques éloignaient d'eux les loups comme les brigands. Il fallait être fou pour s'obstiner.

Lorsque la soirée fonça encore les contours des nuages bas, il comprit qu'ils devraient poursuivre à l'aveuglette jusqu'à trouver une halte. Les montagnes les cernaient. Philippus courba l'échine et allongea le pas. Il ne sentait plus ni ses pieds ni ses mains. S'ils ne trouvaient pas un gîte, avant le matin ils seraient morts de froid. D'ailleurs il entendait claquer les dents de son malheureux compagnon, et leurs montures, qu'ils avaient finalement délaissées, souffler bruyamment et rapidement par les naseaux, apeurées.

« Cette fois, c'est décidé, rugit une voix dans sa tête, si le Seigneur met asile sur ton chemin, petite tête, tu y resteras jusqu'à clémence ! »

C'est alors que son valet posa la main sur son bras avant de tendre un doigt tremblant vers une trouée dans les nuages. Philippus scruta l'horizon en secouant la tête. Il était impossible de distinguer quoi que ce soit dans cette tempête, mais Corichon insista. Et finalement Philippus la vit. Ce n'était qu'une lueur, mais elle traversait la nuit au gré des nuages bas que le vent poussait. Son cœur bondit de joie. C'était à n'en pas douter un de ces feux qui brûlaient au sommet des tours de guet pour servir de repère aux voyageurs égarés. Il donna une tape affectueuse sur l'épaule de son valet, chassant de son mantel quelques pouces de neige.

— Allons, hurla-t-il, nous sommes au but, l'ami.

Ragaillardis par cette pensée, ils reprirent la route.

Une heure plus tard, la muraille de pierre se dressait devant eux, cernée par des brûlots aux quatre tours de la dernière de ses enceintes. Un guetteur avait dû les apercevoir car la herse se leva pour les laisser passer.

Ils franchirent la deuxième porte le sourire aux lèvres, et pénétrèrent dans l'enceinte du château.

Quelques minutes après, débarrassé de son mantel et de ses mitaines, qui grâce à la chaleur avaient fini par se décoller de ses doigts gonflés, Philippus s'inclinait respectueusement devant Antoinette de Chazeron pour lui demander hospitalité.

Philippus s'écroula sur la couche que son accueillante hôtesse avait fait mettre à sa disposition. Dans la cheminée généreuse, un feu crépitait en striant l'obscurité d'étincelles. À même le sol, étendu sur une paillasse de laine, son valet ronflait puissamment, le ventre saburré comme le sien de la substantielle collation qu'on leur avait servie. Philippus sentit les extrémités de son corps raidi par le froid le picoter, mais cela ne le gêna pas. Épuisé, il s'endormit d'un trait en remerciant le Seigneur de sa providence.

Au matin de ce 5 novembre 1515, la neige tombait toujours. Jetant un coup d'œil par la fenêtre, Philippus jugea que les traces de leur passage avaient disparu sous une couche épaisse de deux bonnes coudées. Son intuition lui disait qu'il devrait sans doute séjourner là plus longuement qu'il n'y avait songé. Curieusement, il n'en fut pas chagriné. Depuis trois semaines qu'ils étaient en chemin dans la grisaille, le froid et la tempête, il avait rêvé plus d'une fois de la quiétude d'une demeure que, malgré lui, ses souvenirs identifiaient à celle de Michel.

Philippus s'étira longuement puis enjamba son valet qui ronflait toujours. D'un pas alerte, il sortit de la chambre. Guidé par des éclats de voix, il parvint au seuil de la salle commune et s'avança, affable.

Un matinel était dressé sur la table qui constituait la pièce maîtresse du lieu. Installés sur des bancs, trois personnages gros et replets parlaient fort, se rengorgeant d'un savoir qu'ils s'envoyaient au visage comme des injures pour se donner de l'importance. Philippus eut

168

tôt fait de diagnostiquer leur mal : ils étaient tous trois médecins. En face d'eux, Antoinette de Chazeron semblait les entendre sans vraiment les écouter. Elle paraissait lasse, et Philippus se fit réflexion qu'il lui faudrait peu de temps à lui aussi pour s'agacer de ces façons. En bout de table, il reconnut le prévôt qui l'avait accueilli et auquel il s'était présenté selon l'usage. Comme la veille, l'homme paraissait soucieux. Autour d'eux, affairée et silencieuse, Albérie servait du lait chaud dans des chopes de terre cuite joliment décorées. Philippus la reconnut aussitôt, elle aussi. C'était elle qui, la veille, les avait accompagnés avec son valet jusqu'à leur chambre. Elle leur avait souhaité une bonne nuit, et il se rappelait avoir frémi à l'insistance de son regard étrange sur la patte de loup naturalisée qu'il portait à la ceinture. Il avait failli lui expliquer qu'il avait trouvé l'animal pris dans un piège, deux années auparavant. C'était une femelle au ventre de laquelle trois louveteaux tétaient goulûment malgré l'infortune de la mère. Elle avait dû se faire piéger en conduisant ses petits à leur première chasse. Elle était épuisée et avait déjà à demi rongé sa patte pour se libérer. Philippus n'avait pas hésité. Malgré sa crainte et les grognements de la bête, il avait ouvert la mâchoire de fer pour l'en délivrer. La louve s'était éloignée sans le laisser tenter quelque chose pour la soulager. Sa patte n'était plus qu'un moignon, le morceau sectionné à l'os était resté. Philippus l'avait ramassé pour se souvenir non de son geste, il n'en avait pas besoin, mais qu'un bienfait n'était jamais perdu. Pour lui donner raison, quelques semaines plus tard, alors qu'il se trouvait non loin de là à cueillir des simples, deux loups affamés avaient surgi. Avant qu'il ait pu bander son arc, cette même louve, marchant sur trois pattes, s'était interposée et les avait fait fuir. Elle s'était ensuite éloignée de lui sans se retourner. Ils étaient quittes. Philippus ne craignait pas les loups. Il les respectait, sachant, à l'inverse de nombreuses gens, qu'ils n'attaquaient que poussés par la nécessité ou la faim. Le reste du temps, ils évitaient les humains. Oui, il avait eu envie de raconter son histoire à cette femme, mais il s'était tu. Il était trop fatigué et s'était simplement dit : « Plus tard... »

À présent, il se demandait pourquoi cela lui avait semblé si important. Alors qu'Albérie se tournait vers lui, découvrant soudain sa présence au milieu du brouhaha médical, il comprit aussitôt : elle possédait le même regard que cette louve blessée.

Ils se jaugèrent en silence un instant, puis Huc, suivant le mouvement de sa femme, s'avisa lui aussi de ce nouvel arrivant. D'une voix puissante il intima aux médecins l'ordre de se taire, et en un instant tous les regards convergèrent vers Philippus qui, mal à l'aise de son indiscrétion, s'avança en marmonnant de plates excuses.

Antoinette se leva aussitôt, un charmant sourire éclairant ses traits tirés, et vint à sa rencontre :

— Ne vous excusez point, messire. Vous êtes notre invité. Avez-vous passé une bonne nuit ? J'aurais voulu vous loger mieux mais, comme vous le constatez à cette heure, Montguerlhe n'a rien d'un caprice seigneurial. Cette forteresse n'a jamais, je crois, accueilli autant de visiteurs à la fois, et les seuls logements décents que nous pouvons vous offrir sont bien frustes à côté de notre beau château de Vollore malmené par une récente tempête.

— J'ai dormi bien mieux, croyez-le, que ces dernières semaines, et s'il me faut, gente dame, vous l'avouer, ne souhaitais rien d'autre qu'une chaleureuse hospitalité.

— Bien, bien, approuva Antoinette. Albérie, servez donc collation à messire Philippus, si vous me permettez de vous nommer ainsi, car je crains d'écorcher votre nom plus d'une fois.

— Faites. Vous me comblerez, affirma Philippus

170

avec sincérité, tandis qu'il prenait place en saluant ses confrères d'un signe de tête.

Antoinette les lui présenta. Il y avait là Jean Touron de l'Aiguille, Vaquemont du Puy, Albéric de Lyon dont Philippus se souvint avoir entendu le nom à diverses reprises. Ce médecin passait pour fort habile depuis qu'il avait sauvé de la gangrène le feu roi Louis XII qui souffrait de fréquentes crises de goutte. Philippus eut aussitôt la sensation que ce n'était pas le hasard qui avait conduit l'homme en ce lieu.

Dans le même temps, une évidence s'imposa à lui. Était-ce bien le hasard qui l'avait amené ici, lui aussi ? Il se présenta à son tour, mais instinctivement ne déclina ni son titre ni les raisons véritables de sa venue en pays thiernois.

Pendant un court instant, ils mangèrent en silence, puis, n'y tenant plus, les médecins reprirent leur joute oratoire d'une phrase :

— Il faut le saigner !

— Stupidum ! s'insurgea Vaquemont du Puy devant Albéric qui se dressa d'un bond.

— Sot vous-même ! Tous les plus grands se fient à moi et aucun ne s'est plaint.

Jean Touron repartit, acerbe :

— Ceux qui l'auraient voulu ne le pouvaient point, ils sont morts de vos poinctures.

— C'en est assez ! hurla Albéric de Lyon, je ne supporterai plus ces calomnies et ces imbécillités !

Il brandissait son doigt boudiné au-dessus de la table, ses grosses joues rebondies écarlates.

Huc se dressa à son tour et une fois encore imposa silence. Mais, ulcéré, Albéric de Lyon se dégagea du banc, en grinçant qu'il partait sur-le-champ et que ses honoraires seraient à la mesure de son mécontentement !

Tandis qu'il se dirigeait en fulminant vers la porte, Antoinette poussa un soupir las. Lorsqu'il fut sorti, elle planta un regard ennuyé sur les deux personnages qui buvaient leur lait en affichant leur plaisir sans aucun scrupule.

— Je ne sais, messires, lequel de vous il me faut croire, annonça-t-elle, désolée. J'avais compté sur votre renommée pour venir à bout de cette énigme, espérant que vous sauriez mettre en commun votre savoir. Au lieu de cela, vous tentez tout et n'importe quoi sans me donner l'impression d'agir au mieux pour votre patient.

Jean Touron toussota légèrement en reposant son bol. Il avait l'air confus. Autant que son confrère qui baissa le museau.

— La vérité, dame Antoinette, est, je crois, notre impuissance. Aucun de nous ne sait de quoi souffre votre époux. Tous les traitements classiques n'y font rien ; bien au contraire, chaque jour son état s'aggrave. Nous ne sommes il est vrai que de grands enfants dans ces disputes, toutefois Vaquemont et moi-même sommes convaincus qu'une nouvelle saignée lui serait fatale. En cela nous nous opposons, c'est vrai plus que de raison, à Albéric. C'est notre seule certitude et nous la défendons. Je dois pourtant vous le confesser aux dépens de la science que nous représentons, seul Dieu peut sauver cet homme.

— Hélas, dame Antoinette. En l'état, je crois aussi que c'est d'un prêtre dont le seigneur François a besoin désormais. Dès que la tempête sera calmée, nous prendrons congé. D'autres malades attendent nos soins. Pour le vôtre, je le crains, plus personne ne peut rien.

Sur ce ils se levèrent et saluèrent Antoinette d'un signe de tête, puis Huc et Philippus qui les avaient écoutés en silence, et quittèrent la pièce.

Antoinette avait beau constater comme eux l'évidence de leur diagnostic, elle ne parvenait pas cette fois à se réjouir. Elle se souvenait trop bien de l'accident du mois précédent. François avait ressuscité quand tout indiquait qu'il se mourait. Elle ne pouvait se permettre de l'enterrer trop vite, d'autant que, malgré sa faiblesse, il avait pleine conscience et donnait encore ses ordres.

Comme le silence se prolongeait autour de la tablée, seulement troublé par le va-et-vient d'Albérie qui desservait les couverts, Philippus se laissa aller à ses pensées. Une part de lui mourait d'envie de se précipiter sur ce cas désespéré, une autre, inexplicablement, l'exhortait à la prudence. Et Philippus n'aimait pas contrarier son instinct.

— Je suis navré, messire, lança soudain Antoinette à son intention, cette conversation ne vous concernait point et je me sens fâchée de vous l'avoir imposée.

— Nullement, gente dame, affirma Philippus en lui souriant. Bien au contraire, je comprendrais fort bien que vous refusiez en pareille circonstance d'héberger un visiteur.

— Nous n'allions tout de même pas vous laisser mourir de froid, s'indigna Huc, sortant de sa réserve. Toutefois, ajouta-t-il en fronçant le sourcil, j'aurais apprécié pour ma part que vous nous donniez les véritables raisons de votre séjour chez nous.

Philippus tiqua. L'homme lui semblait vif, intelligent. Il ne tarderait sans doute pas à découvrir la vérité, lors peut-être ses hôtes se montreraient-ils moins accueillants devant sa négligence. Intimant silence à son instinct, il choisit de se dévoiler sans tarder.

— Ma foi, messire, j'allais y venir, mais par respect pour votre malheur et le diagnostic de mes confrères, je n'osais, je l'avoue, me porter en avant.

Antoinette voulut l'interrompre, aussi se hâta-t-il de poursuivre :

— En effet, gente dame, je suis médecin de mon état, ou plus exactement chirurgien, et je revenais de Ferrare au terme de ma promotion lorsque, de passage chez un ami, j'ai découvert l'adresse d'un coustelleur spécialisé dans l'instrument de chirurgie. Je suis ici pour le trouver et lui commander ouvrage avant de regagner ma Suisse natale où ma famille m'attend.

Huc s'enfonça dans la chaise qui présidait la large table. Son intuition ne l'avait pas trompé. Il avait perçu à l'insu de Philippus l'intérêt qu'il avait porté aux propos des médecins et vu sa prunelle s'animer. Cela avait suffi pour lui donner à penser qu'il comprenait fort bien leur langage. Son orgueil se félicita de sa perspicacité, d'autant plus que depuis que François de Chazeron était alité, et qu'il avait vu défiler à son chevet nombre d'apothicaires et de médecins, il se doutait que celui-ci comme les autres se heurterait à ce mal mystérieux sans davantage de succès.

Il en avait parlé à Albérie par crainte d'un autre mauvais tour de sa nièce, mais son épouse lui avait assuré que celle-ci ne songeait qu'à se protéger du froid. D'ailleurs François avait été saisi sitôt son retour de Clermont, et tout laissait croire qu'il avait attrapé là-bas quelque mal poussant le corps médical à le mettre en isolement.

Il sursauta pourtant lorsque la voix cristalline d'Antoinette demanda :

— Nous vous offrons le gîte et le couvert de bon cœur, messire Philippus ; en échange, et malgré les conclusions de ces éminents personnages, j'aurais à cœur que vous vous portiez au chevet de mon époux.

Philippus acquiesça vivement. Cette requête satisfaisait au fond cette partie de lui qui défiait sans cesse le corps médical. Aussi repoussa-t-il sans regret l'étincelle de prudence qu'une fois de plus son instinct allumait.

Quelques instants plus tard, précédé d'Albérie qui portait collation au seigneur des lieux, Philippus pénétra dans la chambre dont les rideaux avaient été tirés pour apaiser les migraines du malade.

François de Chazeron se prêta de mauvaise grâce à une nouvelle inspection de sa personne. L'accent gut-

tural de Philippus égratignait ses oreilles, et il aurait voulu qu'on le laissât tranquille, persuadé au fond de lui que tous ces sots finiraient par le tuer plus sûrement que l'affection elle-même.

Philippus accepta sans rechigner et avec diplomatie la mauvaise humeur de son patient, et l'examina attentivement. Il aurait pu consulter ses confrères, mais cette idée lui répugnait. Son orgueil persistait à vouloir révéler seul l'origine de ces troubles. Car, il en fut certain dès les premières minutes, ces derniers n'étaient pas communs. Sa curiosité piquée au vif, il décida qu'il les découvrirait.

Dans la soirée la tempête se calma et, lorsqu'il regagna sa couche, ce fut avec la certitude que François de Chazeron avait été empoisonné. Il n'en dit rien pourtant, malgré l'insistance d'Antoinette qui au souper le pressa de questions devant ses confrères. Ceux-ci le regardèrent de haut, affichant un rictus de défi. Il se contenta de répondre qu'il devait vérifier les urines du matin et qu'il était délicat de se lancer dans une conclusion hâtive ; faisant ainsi la joie des médecins.

Le lendemain, le ciel s'était dégagé et un soleil haut et salutaire transformait les cristaux de givre en un arc-en-ciel de lumière sur le vitrage. Cette deuxième nuit de vrai sommeil avait achevé de chasser la fatigue du voyage, et Philippus se sentait prêt à affronter le mystère qui entourait cette demeure.

Lorsqu'il avisa par la croisée que ses obséquieux confrères étaient prêts à reprendre la route avec leur équipage, il se sentit le cœur léger. Sans ces trouble-fête, il allait pouvoir donner la pleine mesure de son talent. Cette seule pensée le mit en joie.

Loraline brossa délicatement sa longue chevelure brune tout en étirant par instants ses membres fourbus. Autour d'elle, dans la tiédeur de la grotte, la meute de loups sommeillait, engourdie par les frimas qui, ces der-

niers jours, les avaient poussés à s'acharner sur les rares animaux que la jeune fille prenait au piège. Elle détestait en poser autour de son territoire, de crainte qu'une des bêtes ne s'y prenne. Même si les loups avaient appris à son contact et à celui de sa mère à se méfier des mâchoires de fer, il arrivait au moins une fois l'an que l'un d'eux se fasse prendre une patte ou la queue.

C'était à travers eux que Loraline avait découvert ses pouvoirs. Il lui suffisait souvent d'imposer les mains pour apaiser les souffrances, sans doute parce qu'elle souffrait elle-même de voir les siens malades ou mourants. Les loups étaient sa famille avec Albérie. La seule famille qu'elle aurait jamais. Elle avait fini par se faire à cette idée, même si elle refusait l'accouplement avec les bêtes. Chaque fois qu'elle passait devant l'étagère sur laquelle des embryons monstrueux mi-humains mi-loups se trouvaient dans des bocaux, elle ne pouvait s'empêcher de frémir.

Elle les aimait, oui, mais ne parvenait pas à comprendre comment et pourquoi sa mère avait ainsi offert son ventre à ces monstres qui, de toute évidence, ne pouvaient survivre. Albérie lui avait assuré qu'elle espérait mettre au monde un enfant-loup qui la vengerait de François de Chazeron en le dévorant, mais Loraline avait du mal à croire à cette légende de loup-garou. Même si, comme sa mère, elle possédait sur la nuque une touffe de poils gris.

La jeune fille releva sa chevelure et y piqua un morceau d'os effilé pour la maintenir en chignon. Le corps douloureux d'être resté tendu sur sa besogne nocturne, elle se glissa nue dans le bassin naturel formé par un bras de la rivière souterraine, non loin de la source chaude qui renouvelait sans cesse ses eaux soufrées.

Depuis quelque temps, elle ne songeait qu'à son but et à cette salle dans laquelle l'or des Anglais attendait son heure. Albérie lui avait montré comment sa mère faisait fondre les pièces, les transformant en petits lin-

9.

Huc repoussa délicatement le ventre à peine tendu d'Antoinette. Enceinte de deux mois, elle s'évertuait à dissimuler sous sa chemise ses rondeurs naissantes. Non que cela lui déplût, au contraire – cet enfant était pour elle le symbole d'une vie nouvelle –, mais elle répugnait à offrir à son amant l'imperfection de son corps de future mère. Et cependant Huc ne s'en incommodait pas. Son attitude avait changé au fil de ces semaines, il était devenu infiniment doux et tendre, posant même parfois avec délicatesse son oreille sur le renflement tout juste perceptible de l'abdomen, comme s'il cherchait à deviner le moindre mouvement de cette vie à l'intérieur d'elle.

Antoinette ne pouvait s'empêcher alors de songer qu'il ferait un père merveilleux pour son petit. Si son époux lui faisait la faveur de mourir cette fois, elle se débrouillerait pour chasser Albérie et épouserait le prévôt. Huc était de sang noble, même si, à cause de la perte de leurs biens pendant la guerre de Cent Ans, les siens étaient déchus.

Une seule fois, elle lui avait demandé pourquoi lui-même n'avait pas d'enfant alors qu'il était marié depuis longtemps. Il avait serré les dents et grommelé qu'Albérie était stérile, à la suite de quoi il avait bredouillé de gots. C'était son trésor, le mieux gardé au monde, et lorsque la solitude lui pesait, elle se disait qu'avec cette richesse elle mettrait le monde à ses pieds, dès qu'elle pourrait regagner la surface. Dès que François de Chazeron aurait payé. Et ce n'était plus désormais qu'une question de jours.

pâles excuses pour s'éloigner. Antoinette en avait conclu que c'était sans doute là le drame de ces épousailles. Elle comprenait mieux désormais certaines des réactions d'Albérie, sa mélancolie et sa réserve, comme le fait que Huc se soit aussi facilement éloigné de son épouse. Il venait de plus en plus souvent la rejoindre à la faveur de la nuit, puisque le mauvais temps leur interdisait des échappées champêtres. Il la couvait du regard, s'inquiétant de ses moindres soupirs, s'appliquant à son plaisir comme nul autre ne l'avait fait. Antoinette était heureuse, au point même d'avoir cessé de toiser Albérie. Elle ne lui en voulait plus de sa place, elle avait mieux et bien davantage. Le fait qu'à quelques pas de sa couche lascive son époux se mourait la laissait dans une indifférence totale. Les médecins s'occupaient de son cas. Au matin, elle avait les traits tirés et les yeux bouffis comme il seyait à une personne en peine. Elle ne pouvait qu'en remercier Huc. Huc et ses bons soins.

Pour l'heure la nuit était calme. Depuis la fin de la tempête de neige deux jours auparavant, le ciel était clair et dégagé, offrant un froid vif dans un silence laiteux. Huc leva les yeux vers la croisée en dégageant son bras de dessous l'oreille d'Antoinette endormie. La pleine lune répandait une clarté d'opale, et le paysage immaculé prenait un aspect irréel et fantomatique. Huc sentit son cœur battre plus fort. S'il avait rejoint Antoinette cette nuit, c'était pour oublier. Mais il ne le pouvait pas. Il n'aurait su dire quelle heure il était, mais il savait que l'instant était proche, c'était devenu épidermique pour lui aussi. Un frisson qui courait sur sa peau, un tremblement dans chacun de ses membres.

Malgré lui tout son être se tendit, attentif au moindre souffle, même si celui apaisant et rassurant de la châtelaine ronronnait à ses côtés. Et puis soudain il l'entendit. Le premier hurlement. Celui de la bête surprise, affolée, puis égorgée. Probablement un des moutons du château. C'était ainsi chaque hiver. Nul ne comprenait comment et pourquoi on retrouvait une bête éventrée à l'intérieur de la troisième enceinte, à quelques pas seulement de l'enclos. Huc avait laissé entendre que François n'apprécierait pas ce nouveau mystère, qu'il valait mieux ne pas chercher ni exposer des hommes. Certains se souvenaient encore de ce qui s'était passé en 1500. Nul ne souhaitait le revivre. La règle du silence avait remplacé toutes les autres. On constatait, on nettoyait, on oubliait.

Huc serra les poings sans même y prendre garde. Pourquoi avait-il si mal, si mal depuis qu'Albérie lui avait avoué ses craintes ? Il entendit le second cri, celui de la louve, s'élever jusqu'à son âme. Il eut envie de hurler avec elle, mais aucun son ne franchit ses lèvres. Sa douleur était là, dans son ventre, plus vive qu'elle ne l'avait jamais été. Pour l'oublier, il s'attarda sur celui d'Antoinette, rond, chaud, empli de promesses. Comme il aurait voulu en cet instant que cet enfant fût le sien. Il ne s'était plus retrouvé seul avec Albérie depuis ce jour. Il n'avait pas pu. Il s'en voulait car il avait le sentiment qu'elle avait cherché sa présence, malgré les événements. Les seules paroles qu'ils avaient échangées avaient concerné François, mais Huc s'était adressé à elle sans chaleur, non comme un époux mais comme un prévôt menant son enquête. Oui, il s'en voulait. Peut-être parce qu'elle lui avait enfin avoué qu'elle l'aimait.

La louve hurla une nouvelle fois. On aurait dit qu'elle souffrait. Huc savait bien pourquoi. Il se rendit compte qu'il pleurait, à la larme qui mollement vint s'écraser sur la peau de la châtelaine. Alors il se leva et s'habilla en silence. En dépit de tout, il lui faudrait être là quand Albérie reviendrait.

Philippus s'éveilla en sursaut et prêta l'oreille. Il était certain d'avoir perçu un hurlement dans son sommeil. Il étira ses membres endoloris par la posture inconfortable qu'il occupait, avachi dans une chaise à bras près du lit de François de Chazeron. Il tourna la tête vers son malade et constata qu'il allait mieux. Son souffle était plus régulier depuis la veille, et il n'avait presque pas régurgité. Cela rajoutait encore au mystère.

Après son premier examen qui avait forgé son opinion, il avait vérifié les urines du jour. Au matin elles étaient des plus troubles. Elles s'éclaircissaient au fil des heures jusqu'à redevenir presque normales à la tombée du jour en même temps que l'état de son patient s'améliorait. Il délirait moins, était moins nauséeux et réclamait même à manger. Au matin tout recommençait, et Philippus avait pu constater qu'une fine tache sombre ourlait la commissure de ses lèvres.

La thèse de l'empoisonnement était pour lui une évidence : il avait suffisamment parcouru le monde et vu toutes sortes de maladies pour savoir leurs natures. Pourtant, ce cas le laissait perplexe. Le poison tue, c'est son but, avec plus ou moins de rapidité, mais cela n'excède pas vingt-quatre heures. Là, il s'agissait d'autre chose. On voulait la mort du seigneur de Vollore, c'était évident, puisque inexorablement jusqu'à son arrivée son état s'était aggravé, et cependant on eût dit que son ou ses meurtriers désiraient, plus que cette sentence, faire durer le plaisir. Comme s'il se repaissait davantage des souffrances du seigneur que de sa fin. Philippus soupira. Il avait affaire à des individus pervers. Des individus qu'il gênait selon toute évidence, car depuis qu'il avait annoncé son intention de veiller François de Chazeron nuit et jour, ce dernier semblait recouvrer quelques forces.

« C'est vraisemblablement quelqu'un de la maisonnée », se dit-il. Mais comme précédemment il secoua la tête, désemparé. Ce ne pouvait être cette Albérie, malgré son étrangeté et le fait qu'elle portait au seigneur son potage. Il l'avait regardée faire le premier soir. François était conscient lorsqu'elle avait posé le plateau. Elle n'aurait pu verser quoi que ce soit dans le bol sans qu'il s'en aperçoive. Il fallait qu'elle l'ait fait avant. Or elle ne pouvait savoir que Philippus était médecin et approcherait François. Il avait goûté au potage avant lui sitôt qu'elle était sortie de la pièce. Il n'avait rien ressenti. Aucun trouble. Fort au contraire, il avait passé une excellente nuit, comme rarement auparavant. Au matin pourtant François de Chazeron vomissait ses tripes et se tordait le ventre, malgré le garde qu'il avait eu soin de faire placer devant sa porte en sortant. Après lui aucun n'était entré ou sorti. Philippus avait beau réfléchir, l'évidence le fuyait.

Et cependant, depuis deux jours qu'il dormait là, tout indiquait que son malade n'allait pas plus mal à défaut d'aller mieux. Un instant il se demanda si, plutôt que du poison, on n'avait pas jeté un mauvais sort à cet homme. Il prit donc la résolution de vérifier sa literie dès le lendemain. Il se renfonça de nouveau dans la chaise à bras et s'enveloppa dans la couverture tombée à ses pieds. Il jeta un œil vers la cheminée où de hautes flammes entretenaient encore une chaleur douce. La bûche était à demi entamée, elle tiendrait sans peine jusqu'au matin. C'est alors qu'il entendit le hurlement de la louve. Son regard se porta aussitôt vers la croisée. Malgré les rideaux tirés, la clarté lunaire pointait une sinistre lumière. Philippus frémit. Il connaissait bien les loups, suffisamment pour s'inquiéter de ce cri-là. Derrière la bête, il aurait juré entendre la plainte d'un humain. Et pourtant, en dépit des légendes qui couraient l'Europe, il le savait : les garous n'existaient pas. Pas davantage qu'un poison de cet acabit-là... Perplexe, il ferma les yeux sur ces mystères en se promettant de ne pas quitter Montguerlhe avant de les avoir résolus. Fût-ce au péril de sa propre vie.

Albérie se laissa tomber à quatre pattes sur la neige. Elle était encore à cheval entre deux mondes, son visage de femme ruisselant de sueur et de sang sur son poitrail de louve. La douleur était indescriptible, comme si on lui arrachait une partie d'elle-même, comme si on lui volait une mémoire. Elle avait beau en avoir l'habitude, chaque fois un peu plus elle se sentait salie. Vaincue et brisée par cette force maléfique qui réclamait son dû, elle haletait tel un animal qui n'en finit pas de mourir. Et pourtant elle était bien vivante, trop vivante, ignoblement vivante. Un instant elle revit les yeux dilatés du mouton lorsqu'il avait compris qu'il n'en réchapperait pas. Le goût du sang jaillissant par saccades dans sa gorge ouverte lui donna la nausée. À ce moment-là, elle se mit à vomir dans de grands spasmes sur la roche couverte de neige, en espérant contre toute logique rejeter loin d'elle la louve furieuse et meurtrière. Lorsqu'elle fut vidée de son dégoût, elle se traîna à genoux au bord de la rivière. Lentement le froid hivernal s'immisçait en elle, mais elle n'en avait cure. Il lui semblait même amical après la chaleur intense qui avait consumé sa raison durant la transformation.

La poudreuse recouvrait tout alentour. De la main, Albérie la dégagea entre deux rochers plats puis jeta avec force une pierre sur la pellicule de glace qui recouvrait l'eau. Le chant de la rivière monta doucement, régulier dans le silence. Albérie retira les morceaux de glace effilés ainsi que du verre puis trempa ses mains dans l'eau claire. Elle se coucha à même la neige, nue, et plongea son visage dans ses mains. Aussitôt l'eau se teinta d'un rouge écarlate. Elle recommença encore et encore jusqu'à ce que ses traits poisseux soient débarrassés du sang. Lorsqu'elle eut terminé, il ne restait rien de son forfait. L'eau vive avait tout emporté sous la glace. Alors elle se roula dans la neige comme si elle voulait s'y ensevelir. Puis elle se mit à pleurer, le regard tourné vers la lune ronde, tandis qu'un simulacre de soleil pointait un rai de lumière au-dessus des montagnes endimanchées. Elle grelottait à présent mais s'attarda jusqu'à ce que son corps bleu l'entraîne vers le sommeil, à la limite à nouveau entre deux mondes, entre la vie et la mort. Chaque fois elle attendait ce moment en suppliant son âme de se laisser faire. Il suffirait de quelques minutes de plus et c'en serait terminé de l'animal qu'elle exécrait. Mais une fois encore, elle se releva, parce que son instinct de survie était plus vivace que chez aucune autre, qu'il ne lui concédait pas le droit de s'anéantir. Le froid avait cet avantage d'endormir les souffrances du corps, même si ses membres engourdis avaient peine à se mouvoir. Elle extirpa du bosquet qui lui servait de cachette ses vêtements abandonnés plus tôt afin que la transformation ne les écartèle pas, puis s'habilla en claquant des dents. Comme chaque hiver, elle éprouva une difficulté intense à lacer son corsage tant ses doigts gelés refusaient de lui obéir, puis, finalement, laissa choir sur ses épaules son mantel épais. L'entrée du passage était là tout près, à quelques pas, qu'elle franchit en traînant les jambes. Une seule pensée l'obsédait désormais. Huc. Huc l'attendait. Ainsi qu'il le faisait toujours. Il serait là, la prendrait dans ses bras et la bercerait tendrement jusqu'à lui faire croire qu'il ne s'était rien passé. Oui, il serait là. Elle se raccrochait à cette évidence. C'était la seule qui l'aidait à vivre. Tandis qu'elle progressait lentement au long du corridor de pierre qui remontait jusqu'à la forteresse, elle se l'imaginait souriant, apaisant et attentionné. Il masserait ses doigts gourds avec un onguent, et ses pieds aussi jusqu'à ce que les engelures ne soient plus qu'un mauvais souvenir, de même que le reste. Ils ne parleraient pas. Le silence était leur univers complice, bien plus que les mots. Huc la comprenait. Huc l'aimait. Huc l'attendait.

Et pourtant, à chaque pas la rapprochant de lui, une sourde angoisse ébranlait ses certitudes. Il avait changé depuis qu'elle s'était refusée une ultime fois. Elle avait le sentiment que l'amour de son époux était immuable, mais était-ce le cas ? Ne lui avait-elle pas par cet aveu ôté ses derniers espoirs ? Huc n'aurait pas d'héritier. Cela comptait pour lui. Albérie posa la main sur l'anneau. Derrière le mur se trouvait sa chambre. D'ordinaire il était tiédi par les flammes de la cheminée de l'autre côté du passage. Là, il était froid. Cela faisait si longtemps qu'elle n'y venait pas, qu'elle n'entretenait pas la braise. Elle passait la plupart de ses nuits dans la grotte avec Loraline, pour l'assister, veiller à ce qu'elle ne faillisse pas. Elle l'avait promis à sa sœur. Elle hésita, le cœur battant, les lèvres serrées. Et si Huc l'avait oubliée cette fois ? S'il n'était plus là ? N'y pouvant tenir davantage tant elle était épuisée, elle tourna l'anneau. Le panneau de pierre pivota. Elle le vit aussitôt, à la lueur de la chandelle, et son cœur désemparé bondit de joie. Huc était là. Elle lui sourit et s'avança dans la chambre pour venir se blottir dans ses bras.

Tandis qu'il la serrait contre lui, elle se gorgea de son odeur familière pour retrouver son identité, ses repères. C'est alors que son sang réchauffé se figea. Elle renifla encore jusqu'à être certaine qu'elle ne se trompait pas. Sur son corps glissait un autre parfum. Elle eut envie de le repousser, de le gifler et de s'enfuir, mais elle ne broncha pas. Non, elle ne broncha pas. Huc l'avait trompée. Avec Antoinette de Chazeron. Une fois de plus, ceux-là avaient volé, détruit ce qui lui appartenait, à elle et aux siens.

Huc la berçait doucement, caressant ses cheveux encore humides et cassants. Elle s'abandonna aux larmes qui montaient sans qu'elle puisse rien y faire. Il ne questionnerait pas. Il ne questionnait jamais après. Alors elle pleura, cherchant dans son cou sans le trouver un endroit où son odeur ne serait pas mêlée à celle de sa rivale. Puis lentement elle s'apaisa. Huc l'avait trompée, mais il était là. Il n'était donc pas trop tard. Cela la réconforta. Elle se haïssait toujours autant, mais en cette heure elle haïssait bien plus sincèrement Antoinette de Chazeron.

La matinée se passa sereine. À l'office que célébrait le frère Bertin, dépêché chaque hiver pour que Montguerlhe ne soit pas abandonné par Dieu, Albérie se risqua à examiner plus attentivement Antoinette. Dans la petite chapelle qui jouxtait le donjon, tous se rassemblaient avec encore plus de ferveur depuis que François était malade. Albérie se mordit la lèvre de sa sottise. Comment avait-elle pu ne rien remarquer ? Antoinette était radieuse sous le masque apparent de son tourment. Son ventre s'arrondissait doucement, et Albérie serra les poings sur le sien qu'elle s'obstinait à vouloir stérile. Mais plus que tout c'était son regard qui trahissait Antoinette. Toutes les fois qu'elle le posait sur le prévôt, il s'éclairait comme si on y avait allumé un cierge. Elle aimait Huc de la Faye, c'était évident. Mais lui, l'aimait-il ? Albérie n'aurait su répondre. Il avait le front soucieux, cet air qu'elle lui connaissait bien aux lendemains tragiques.

Elle savait que ce jeune médecin, Philippus, l'avait entretenu au matin, après qu'il l'eut quittée. Ils s'étaient croisés dans le corridor, et Albérie avait entendu leur conversation. Philippus avait demandé s'il se trouvait beaucoup de loups dans la région, affirmant qu'il avait été réveillé par un cri en plein cœur de la nuit. Huc l'avait assuré que cela arrivait parfois lorsque la nourriture était rare, mais qu'il n'avait rien entendu pour sa part. Albérie eut l'impression qu'il mentait mal, pourtant Philippus n'insista pas ; Huc avait détourné la conversation sur François, qui semblait mieux puisqu'il l'envoyait quérir un matinel. Albérie en fut agacée. À cause de cet homme, Loraline n'avait pu administrer à François sa dose depuis deux nuits.

Tandis que l'abbé terminait son sermon, Albérie reporta son attention sur Philippus. Il était devant elle et ne pouvait en conséquence savoir qu'elle l'observait. Malgré son front tourné, Philippus laissait son regard traîner de part et d'autre.

186

« S'il surprend la liaison entre Huc et Antoinette, il les supposera coupables, se dit-elle soudain. À l'inverse des autres, celui-ci est loin d'être sot, il se doute sûrement que le mal de François n'est pas naturel. » S'il venait à lui raconter ce qu'il avait découvert et à y mêler Huc, le seigneur de Vollore le ferait pendre comme il avait fait pendre Benoît. Albérie déglutit avec difficulté de sorte que son chant, qui ralliait à présent celui des autres, se solda par une fausse note attirant sur elle les regards mi-amusés, mi-offusqués de ses voisines, toutes deux chambrières d'Antoinette. Mais Albérie n'en eut cure. En se consacrant tout entière à sa mission, elle avait négligé son époux au point de le pousser dans les bras d'une autre. Et cette autre même le mettait plus en danger que ses propres agissements. Philippus ou pas, cette nuit François de Chazeron aurait sa dose. Avant la fin de la semaine, il ne serait plus. Philippus aurait beau avoir des soupçons, il n'aurait pas de preuves. Non seulement Huc ne serait pas coupable de la mort du seigneur, mais il ne voudrait pas croire que Loraline soit l'auteur de cet assassinat. Albérie avait été suffisamment convaincante. Si Huc acceptait la thèse de l'empoisonnement, elle saurait bien s'arranger quant à elle pour faire retomber sur Antoinette, et Antoinette seule, la responsabilité de la mort de François. La châtelaine avait un motif. François la gênait désormais ! Ainsi c'en serait fait de sa liaison avec le prévôt, car, Albérie en était certaine, pour autant que Huc haïssait François, il ne pourrait continuer d'aimer son assassin.

Albérie se sentit rassérénée. Au fond, elle avait tort de s'inquiéter. Avant qu'il soit longtemps, tout serait terminé.

Comme chaque soir, Albérie versa la soupe épaisse dans les larges bols, le bras sûr, l'humeur distante. Puis elle se renfonça dans l'angle de la pièce et attendit. Huc mangeait avec Antoinette, en bout de table, ses suivantes et dames de compagnie au nombre de trois à l'autre bout. Albérie les connaissait à peine. Elles étaient jeunes, d'une intelligence s'apparentant davantage à celle des bovins qu'à celle des renards, et s'ennuyaient à Montguerlhe, de sorte qu'elles se mouraient dans l'indifférence totale de la maisonnée à jouer aux dés, à broder, à filer, à coudre et à médire des autres filles de leur âge, placées en d'autres maisons pour faire leur éducation. Antoinette s'en préoccupait peu et leur avait confié le soin de s'employer au trousseau de l'enfant pour ne pas les avoir dans les jambes. Leur seul intérêt était d'animer un peu les veillées. L'une d'elles déclamait à merveille les vers de poètes qu'elle ne comprenait pas, mais dont la mélancolie savait la toucher, les deux autres mêlaient leur voix au timbre frais d'Antoinette qui accompagnait à la harpe ces chansons. Leur rôle, leur existence même à Montguerlhe s'arrêtait là.

Quoi qu'il en fût, Albérie fut bien aise de constater que tous et toutes achevaient avec plaisir leur assiette. Elle délégua le restant du service et s'en fut porter collation à Philippus qui persistait à veiller François de Chazeron de jour comme de nuit, ne s'accordant de distraction que pour les nombreux offices.

Albérie devait chaque fois prendre sur elle pour se pencher au-dessus du souffle fétide du seigneur et déposer son plateau. Chaque fois, elle ne pouvait s'empêcher d'imaginer cette haleine au-dessus du visage d'Isabeau. Chaque fois, elle devait se rattacher à la pensée de sa mort prochaine pour ne pas en finir elle-même avec quelque dague.

Mais pas ce soir. Peut-être était-ce la peur insidieuse de perdre son époux qui faussait ses repères. Elle ne songeait dans l'instant qu'à une seule chose : François et Philippus devaient absorber la soupe qu'elle leur avait apportée.

Trois heures plus tard, la maisonnée dormait à poings fermés grâce à l'extrait de pavot dont Albérie avait épicé le repas. Elle s'en assura toutefois, allant même jusqu'à vérifier qu'Antoinette était seule. Elle repartit de sa chambre soulagée. Abandonnée au sommeil, Antoinette avait l'air d'une fleur fragile. « Qu'il serait facile de la faucher ! » songea Albérie presque triomphante. Pourtant elle l'abandonna à ses rêves d'adultère sans remords. Son tour viendrait. Elle risqua un œil vers la couche de son époux. Huc ronflait. Cette nuit au moins, il ne la trahirait pas.

Le garde en faction devant la porte de François avait échappé au somnifère, comme elle le souhaitait. Il pourrait ainsi affirmer que nul n'avait pénétré dans la chambre. Lui-même, il en avait reçu l'ordre, ne viendrait pas troubler le repos du seigneur. Dans quelques heures il serait remplacé et Philippus ne pourrait que constater les faits. Albérie pénétra dans sa chambre et referma le loquet. Elle fit jouer le passage secret et, le cœur léger, s'en fut rejoindre sa nièce.

Philippus fit d'étranges songes cette nuit-là. Il se souvint au réveil d'un visage étonnamment beau et triste. Un visage de femme. Elle se penchait sur François de Chazeron et il tendait la main vers elle pour arrêter son geste flou, alors elle se relevait, s'approchait de lui jusqu'à le toucher presque et lui souriait doucement. Rassuré, il refermait les yeux. Ce matin-là, le seul sentiment qui lui restait était d'avoir rêvé. De fait, il était gourd et la langue pâteuse. Un regard vers le seigneur de Vollore lui confirma ses craintes. Celui-ci était livide et transpirait à grosses gouttes. Une fine auréole brune teintait la commissure de ses lèvres. Philippus se leva. Il était brisé par la posture prise dans son sommeil. Il avait décidé de troquer l'inconfort du fauteuil contre une paillasse que dame Albérie avait fait porter la veille, mais il n'avait pas eu le temps de s'y étendre. Il s'était endormi assis et tout indiquait qu'il n'avait pas bougé de la nuit. Il s'étira longuement, puis s'avança vers la porte. Il l'ouvrit d'un geste, faisant sursauter le garde en faction.

Philippus le salua puis s'enquit d'une éventuelle visite nocturne. Le garde fut formel : ni lui ni son compère qui assurait la première moitié de nuit ne s'était endormi. Le corridor était resté désert. Philippus regagna la chambre en entendant François vomir. Le bassin au-dessus duquel le châtelain se courbait s'emplissait entre deux spasmes d'une bile épaisse veinée de sang. Philippus sentit la colère le gagner. Si nul n'était entré, alors on lui avait menti. Il existait un passage dans la pierre. C'était la seule explication ! Quelqu'un les avait drogués, François et lui. Ce pouvait être n'importe qui ayant accès aux cuisines.

Lorsque François se fut vidé en râlant, Philippus avança jusqu'à lui une bassine emplie d'eau de mélisse, conservée proche du foyer pour la tiédir.

— Rincez-vous, messire, conseilla-t-il en lui tendant une serviette.

François frissonnait en claquant des dents, l'œil hagard, et Philippus dut l'assister pour son semblant de toilette. Mais sitôt fut-il recouché sur le dos que les spasmes reprirent. Durant deux heures, il vomit ainsi par saccades, au point que Philippus se demanda si cette fois la dose absorbée n'était pas mortelle. Pourtant cela s'arrêta. Lorsque Antoinette parut sur le seuil avant déjeuner, comme à l'accoutumée, elle s'incommoda de l'odeur fétide qui baignait la pièce. Philippus était éreinté d'avoir soutenu François dans ses efforts tant sa faiblesse de plus en plus grande le penchait jusqu'à basculer dans le baquet souillé.

— Je le supposais mieux, s'apitoya Antoinette devant la loque que constituait son époux, finalement rendormi, épuisé, la bouche ouverte, le corps secoué par intermittence de tremblements. Que s'est-il passé, messire Philippus ? demanda-t-elle, sincère.

Mais Philippus préféra n'en rien révéler. Il se

contenta d'affirmer que toute rechute était possible à ce stade de la maladie. Tous étaient suspects dans la demeure et il avait bien remarqué que la dame s'inquiétait plus du prévôt que de son époux. Il se borna à lui demander si les gémissements du malade ne l'avaient pas éveillée, mais Antoinette lui répondit qu'elle se souvenait à peine s'être couchée tant elle avait dormi d'une traite. Lorsqu'elle ajouta qu'elle avait sans doute trop sommeillé car elle s'était éveillée la bouche amère, il supposa que, comme lui, elle avait été droguée, mais il se garda de toute conclusion hâtive. Si elle trempait dans cette affaire, elle prétendrait tout et n'importe quoi pour l'égarer. Il la reconduisit, insista pour qu'on ne le dérange pas et qu'on excuse son absence à l'office. François avait besoin de repos, et Philippus préférait le veiller dans l'hypothèse vraisemblable d'une nouvelle crise.

Antoinette se rangea à son avis, trop heureuse de quitter cette pièce à l'odeur pestilentielle. Philippus confia au garde le soin de vider et nettoyer le baquet, puis procéda à l'inspection méthodique de la chambre, appuyant sur toutes les pierres saillantes ou suspectes, mais il ne trouva rien. Il se força au calme.

Lorsque François s'éveilla quelque cinq heures plus tard, il paraissait mieux et Philippus put l'interroger. Avait-il rêvé durant son sommeil ?

— Comme souvent depuis que ce mal m'obsède. Une ombre se penche sur moi et m'assure de dormir en paix, qu'elle veille sur moi.

Philippus dut contenir sa joie pour ne rien laisser paraître.

— Vous est-elle familière ?

— Qui ?

— Cette bonne fée ?

— Par Dieu, je l'ignore, messire. J'ai l'impression que ses traits ne me sont pas inconnus et cependant j'ai le sentiment d'une étrangère. Comme si elle était là près de moi depuis toujours, dans l'ombre, à veiller sur chacun de mes pas. De fait, je la devine et l'entends plus que je ne la vois. Je ne saurais dire qui elle me rappelle et encore moins si je souhaite me souvenir d'elle. Mais je suis certain d'une chose : ce n'est pas une bonne fée.

Philippus tiqua :

— Qu'est-ce qui vous fait dire cela ?

François eut un rire désabusé.

— Vous m'avez ouvert que vous partagiez mes élans alchimiques, messire. En ce cas vous devriez savoir que l'or ne coule pas des forges du Seigneur. Sous mon lit se trouve un coffret. Prenez-le.

Philippus se pencha et prit la boîte ouvragée. François ramena dans sa main la chaîne qui pendait à son cou et en dégagea la clé qu'il tendit au médecin. Philippus fit jouer la fermeture et émit un sifflement devant la coulée d'or refroidie en une forme étrange. À mots comptés, François de Chazeron lui raconta l'épisode tragique. Philippus l'écouta sans rien dire, caressant d'un doigt songeur la surface lisse et mate du métal.

— Je me suis longuement demandé à quoi me faisait penser cette étrange sculpture. Aujourd'hui je le sais. Retournez-la !

Philippus s'exécuta et l'évidence lui sauta aux yeux. Le hasard avait façonné l'ébauche d'un profil. Un profil monstrueux au front surmonté d'une corne.

— J'ai eu besoin de preuves quand ce message était limpide. J'ai fait analyser l'or, je n'ai pas cru en « lui ». J'en paie le prix, messire. Je souffre comme un valet indigne, et son messager vient s'assurer que je n'en meurs pas. Non, pas avant qu'il ait jugé sa punition suffisante.

Philippus se garda de tout commentaire. Il ne croyait pas davantage à l'œuvre du diable qu'au pouvoir divin de la prière. Ses pérégrinations lui avaient enseigné que les réponses se trouvaient à la portée de l'homme pour peu qu'il accepte de les chercher. Il connaissait bien ce type de langage. Bon nombre d'alchimistes prétendaient avoir conclu un pacte avec Satan pour atteindre le Grand åuvre. Sans doute le croyaient-ils vraiment, du moins ceux qui ne voyaient que richesse et pouvoir dans la découverte de la pierre philosophale. Il avait pour sa part rencontré de vrais sages dont le seul but était la perfection de l'âme, c'était en cela qu'il croyait lui-même.

Ce qui entourait François de Chazeron n'était rien d'autre qu'une habile machination. L'œuvre d'un fou, peut-être. L'histoire du châtelain contenait pourtant une part de vérité. Il payait le prix de quelque chose. Si ce n'était celui de ses recherches, quel était-il ?

— Existe-t-il des souterrains à Montguerlhe ? demanda-t-il tandis que le silence se refermait sur la respiration saccadée de François.

Raconter avait épuisé le seigneur. Il répondit dans un souffle, les yeux fermés.

— Non. Je peux vous l'affirmer. Lorsque j'étais enfant une vieille légende prétendait que, durant la guerre de Cent Ans, de nobles chevaliers arrivaient à Montguerlhe par des passages secrets pour faire forger des épées et émoudre des coutelas par les coustelleurs qui s'y étaient réfugiés. J'ai passé mon enfance et mon père avant moi à battre les collines pour localiser les accès et à sonder les murs comme vous l'avez pu faire. Aucun des miens depuis quatre générations n'a rien trouvé, et dans les registres rien n'indique le bien-fondé de cette légende. Le mal dont je souffre, messire Philippus, n'a d'autre réalité que celle que je viens de vous conter, je vous l'assure.

Philippus acquiesça. Peu importait au fond ce que croyait François de Chazeron. Il valait mieux qu'il se reposât à présent.

Quant à lui, il avait son idée. La nuit prochaine, son énigmatique apparition reviendrait, et alors il saurait bien faire la part entre rêve et réalité. D'un geste sûr, il referma le coffret qu'il replaça sous le lit et rattacha la clé au cou de son propriétaire. Il était prêt à accueillir la vérité.

10.

Depuis un long moment déjà, Isabeau sentait peser sur elle un regard de jais à travers la fenêtre, mais elle s'en amusait, s'obstinant à garder la tête baissée sur son ouvrage. L'après-midi avançait dans la tiédeur de l'arrière-boutique où depuis quelques jours elle obligeait son cerveau, plus que ses doigts, à retrouver la rigueur des points de couture. Rudégonde lui avait donné à assembler une gorgerette[1] dont la toile venait de Flandre et avait coûté fort cher. Isabeau avait d'abord été paniquée en apprenant que l'ouvrage était destiné à la mère du roi François. Les aiguilles étaient si fines entre ses mains gauches. Si elle se trompait, si elle massacrait l'ouvrage par des points irréguliers ? Elle avait suggéré qu'il valait mieux commencer sur un mouchoir, mais Rudégonde n'avait rien voulu savoir.

— Oubliez qu'il s'agit de la reine, voyez comme la toile est fine et agréable sous les doigts. Sentez-la avec respect. Appliquez-vous, prenez votre temps, Isabelle, et ainsi vous vaincrez vos appréhensions.

Elle avait obéi, après avoir obtenu de travailler une heure sur du coton grossier pour réapprendre le point

---

1. Chemise en toile de lin portée à même la peau.

demandé. Curieusement, cela lui avait paru facile, de sorte qu'elle en avait conclu que Rudégonde était dans le vrai.

Depuis son arrivée, elle était figée par la peur, une peur viscérale. La première nuit, elle s'était demandé ce qui la génerait, à présent elle savait. Elle avait passé ces dernières années à oublier tout ce qu'elle avait pu être et apprendre, afin que cela ne puisse lui manquer. Parce qu'elle n'imaginait pas les retrouver. Elle devait désormais faire le chemin inverse, et elle s'en effrayait. La négation avait éteint la douleur. Pour rien au monde elle n'aurait voulu la réveiller. Et cependant il le fallait. Elle venait d'avoir trente ans. Ce n'était pas trop tard pour recommencer à vivre et à aimer.

L'ouvrage avançait précautionneusement. Elle entendait la conversation et les rires de ses compagnes assises en cercle auprès d'elle, sans les écouter. Elle ne voulait pas se laisser distraire car les coutures sur les côtés de la chemise devaient être subtiles pour que le corps ne les sente pas. Elle ne s'autorisait au bavardage qu'au moment des pauses. La première était au déjeuner, les deux autres dans le courant de l'après-midi. De fait, les lingères travaillaient jusqu'à la nuit tombée ; été comme hiver, avait affirmé Rudégonde. Elles la voyaient peu mais l'entendaient s'activer dans sa boutique où se pressait la noblesse. Parfois elle réclamait telle pièce de tissu, et l'une ou l'autre des filles la lui apportait en activant le pas. Isabeau en prenait note, mais ne relevait pas la tête. Elle travaillait pour la mère du roi et avait conscience que Rudégonde lui faisait un honneur en lui confiant cet ouvrage-là.

Au moment de la pause, elle décida qu'il était temps de surprendre son mystérieux admirateur, mais lorsqu'elle tourna le regard vers la fenêtre, elle s'aperçut qu'il avait disparu. Sur le coup elle en fut peinée, puis haussa les épaules et s'étira avant de rejoindre les filles qui grignotaient quelques biscuits en plaisantant, un

gobelet de lait chaud dans la main. Rudégonde les trai-
tait bien. De fait, elle vint les rejoindre, affable, alors
qu'Isabeau se servait à son tour.

— Cette vieille duchesse de Blois est une véritable
malédiction, mes chéries ! lança-t-elle en se laissant
tomber sur une chaise. Je finis par attraper des sueurs
froides dès que je la vois franchir le pas de la porte.
Elle n'a aucun goût, se flatte de tout connaître, recompte
chaque aune de drap, change sans cesse d'idée sur une
simple broderie pour finalement déclarer que la matière
la dessert et qu'il faut recommencer.

— Comment pourrait-il en être autrement, s'amusa
Blanche qui adorait se moquer des clients en aparté, elle
est si grise et si ridée qu'on s'imagine presque habiller
une gargouille...

Isabeau se laissa gagner par le fou rire de ses compagnes. Comme cela lui faisait du bien de partager leur
insouciante complicité ! Rudégonde les gronda par jeu,
les yeux piquetés de malice, puis s'échappa au tintement
de la cloche qui annonçait une nouvelle visite.

Se hissant sur la pointe des pieds, Blanche regarda
par un œilleton de qui il s'agissait. Puis elle singea une
démarche pesante et empâtée, déformant son visage en
un masque grimaçant où ses yeux louchaient. À tour de
rôle, Françoise et Ameline lancèrent des noms, amenant
Blanche à mimer d'autres indices jusqu'à ce qu'elles
finissent par lâcher le sobriquet de Cœur de Bœuf. Blanche battit des mains en riant et les deux autres pouffèrent.

— Qui est-ce ? demanda Isabeau que le manège avait
amusée, mais qui se sentait un peu exclue.

Françoise la prit par le bras et l'encouragea à regarder
à son tour par l'œilleton. Dans la boutique, un rougeaud
personnage, gras et vêtu de couleurs grotesques, tendait
ses deux mains suppliantes vers Rudégonde en posant
un genou à terre.

— Cœur de Bœuf est le maître de la corporation des

bouchers, lui souffla Françoise. Il fait une cour empressée à Rudégonde depuis six mois et ne passe pas un jour sans lui envoyer des friandises ou des morceaux de viande choisis. Il est ridicule, mais c'est un brave homme, que Rudégonde ne parvient pas à éconduire sans risquer de le vexer. Elle en est bien ennuyée.

Les deux autres pouffèrent. Isabeau retira son œil. Il était humide. Lorsqu'elle se tourna vers les filles, celles-ci s'arrêtèrent tout net de rire. Isabeau se fraya un chemin à travers elles et sortit dans la cour. Elle était livide et, bien malgré elle, elle pleurait.

Un instant plus tard, Blanche, Françoise et Ameline la rejoignaient, l'air ennuyées. Isabeau s'était assise sur un tonneau à même la neige qui le recouvrait. Les filles s'accroupirent devant elle et Françoise lui tendit un mouchoir. Isabeau redressa la tête et leur sourit tristement.

— Pardonnez-moi, parvint-elle à bredouiller avant de souffler dans le carré de lin aux initiales brodées.

— Non, toi, pardonne-nous de t'avoir blessée, même si nous ignorons pourquoi, répondit Ameline en lui pressant amicalement le bras.

Isabeau ébroua ses souvenirs.

— Ce n'est pas vous, dit-elle. Ce que j'ai vu m'a simplement rappelé quelque chose que je devrais oublier.

— Tu n'es pas obligée de nous le raconter, remarqua Blanche.

— J'ai été fiancée, il y a longtemps, s'obligea pourtant à commencer Isabeau, et comme Cœur de Bœuf mon Benoît a mis un genou à terre pour demander ma main. Cela a été le plus beau jour de ma vie, vous savez !

Isabeau dégagea de sa gorge la chaîne qui y plongeait, découvrant son anneau nuptial. Les filles s'étaient installées près d'elle en silence, retenant leur souffle devant son visage tourmenté. Isabeau caressa l'alliance.

— Il est mort, dit-elle. Le jour de nos noces.

— Oh, Seigneur ! lâcha Ameline en portant les mains à sa bouche.

Isabeau tourna vers elle son regard amande. Elle n'avait jamais raconté son histoire à personne. Ses yeux s'emplirent de haine tandis que ses doigts se refermaient. Elle redressa la tête et lâcha :

— Il a été assassiné pour m'avoir voulu protéger du seigneur qui me convoitait. Le braver, c'est mourir, disait-il. Il avait raison.

Isabeau poussa un long soupir et chassa les images de sa mémoire en se frottant résolument les yeux de ses poings.

La neige s'était mise à tomber, fine, silencieuse, piquetant leurs quatre chaperons de sa parure virginale.

— Il faut rentrer maintenant, déclara Ameline en lui tendant une main chaleureuse.

Isabeau s'en saisit sans hésiter. Comme Ameline et Blanche les précédaient dans l'arrière-boutique, Françoise retint Isabeau par le bras.

— Ce seigneur, il t'a violée, n'est-ce pas ?

— Oui, lâcha Isabeau sans détourner le regard de celui clair et direct de sa compagne.

Aussitôt un voile de haine s'y forma.

— Alors, j'espère qu'il a payé, siffla-t-elle en connivence, avant de pénétrer à son tour dans l'atelier.

Isabeau se sentit mieux soudain. Elle affirma, tandis qu'elle l'y suivait :

— Oui, il a payé !

9 novembre 1515. Philippus moucha la chandelle, plongeant la chambre dans l'obscurité. La clarté lunaire était encore suffisante pour lui permettre de repérer le passage secret. Il avait passé la journée à se demander ce qu'il conviendrait de faire lorsque l'agresseur se montrerait. Sa première impulsion l'avait engagé à lui barrer la retraite et à appeler la garde, mais il avait fini par se ranger à l'évidence : c'était une mauvaise idée.

Vraisemblablement, la jeune femme qu'il avait aperçue dans sa somnolence de la veille avait des complices dans la maisonnée, peut-être n'était-elle que l'exécutrice. En ce cas, l'arrêter seule ne sauverait pas François de Chazeron. Il fallait qu'il découvre la vérité sur cette affaire, aussi sordide soit-elle. Le coupable l'intéressait moins au fond que le mystère qu'il cachait. Et Philippus n'avait jamais su résister aux énigmes.

Au souper, comme chaque soir, Albérie avait monté les plateaux. Lorsqu'elle était revenue les chercher vingt minutes plus tard, tout indiquait que Philippus et François avaient achevé leur collation. C'était le cas pour le châtelain, mais Philippus avait discrètement déversé la nourriture dans une besace de cuir dissimulée derrière un meuble.

Philippus s'installa confortablement sur sa chaise à bras, ramenant la couverture sur son torse et ses épaules dans la même attitude d'abandon que les nuits précédentes. Non loin de lui, François de Chazeron s'était endormi. Il ronflait, en sifflant à chaque inspiration, bouche ouverte sur une haleine acide.

Philippus avait pris soin de décaler son fauteuil de façon à pouvoir englober d'un regard la totalité de la pièce. Sa réflexion l'avait amené à procéder par élimination. Un pan de mur était encombré par une table et un coffre surmontés de divers objets qu'il aurait fallu déplacer en bloc pour passer. Celui qui lui faisait face et dans lequel s'ouvrait la fenêtre était trop proche du lit du malade. Une porte dérobée pouvait s'y dissimuler, mais Philippus en avait écarté l'hypothèse car l'inconnue de la veille était penchée de l'autre côté du lit au-dessus de François, de sorte qu'elle aurait dû contourner le malade pour s'y rendre. Le troisième mur était un mur intérieur, celui où se trouvait la porte barrée par le garde. Il n'était pas assez épais pour dissimuler une cache. Restait la cheminée, large et profonde. À gauche, un chandelier sur pied meublait le restant d'espace, à droite, la tête du lit s'appuyait contre la pierre.

Philippus avait connu de nombreuses demeures dont les cheminées s'ouvraient ainsi sur des degrés grossiers à même la muraille. Il était persuadé que c'était de là que sortirait la jouvencelle.

Le vent s'était levé au-dehors et l'on entendait son souffle irrégulier descendre par le conduit, activant les flammes hautes dans une gerbe d'étincelles.

Philippus se laissa glisser dans une torpeur réparatrice. Son estomac criait famine, mais il avait l'habitude de ne pas l'écouter. La nuit serait longue. Il laissa tous ses sens en alerte, comme lorsqu'il dormait en quelque auberge mal famée ou au cœur des forêts, sommeillant d'un œil et d'une oreille, sachant bien que le moindre bruit l'éveillerait.

De fait, ce fut le sentiment d'une présence davantage que le léger grincement qui le tira de son assoupissement. Il entrouvrit les paupières mais ne bougea pas.

Entièrement couverte d'un mantel, la silhouette le frôla pour s'avancer vers sa victime. Là, elle extirpa un flacon de sa manche et humecta son doigt. Un instant, un réflexe lui commanda d'arrêter le geste, mais Philippus s'en empêcha. Si le poison existait, le remède aussi, il en était persuadé. Il retint son souffle tandis que la visiteuse glissait son doigt sur les lèvres de François qui poussa un léger grognement. Puis elle se détourna de lui lentement, et Philippus rabattit sur ses yeux ses paupières curieuses, pour ne garder entre ses cils baissés qu'un fragment de lumière ; suffisant toutefois pour admirer les contours parfaits du visage qui le scrutait dans la lueur blafarde.

Son cœur bondit malgré lui dans sa poitrine. Cette femme était là face à lui, immobile, détaillant son abandon simulé avec un sourire de tendresse au coin des lèvres. Il se demanda un instant si elle l'avait examiné de même la veille. C'était là sans doute ce qui l'avait à demi éveillé. Philippus frémit à l'idée qu'elle aurait pu l'empoisonner aussi. Pourquoi ne l'avait-elle pas fait, alors qu'il gênait visiblement ses manigances ?

Lorsqu'elle s'approcha de lui, Philippus ferma les yeux complètement de peur qu'elle ne s'aperçoive de son subterfuge. Son sang battait à tout rompre, mais il n'aurait su dire si c'était par crainte ou par trouble, tant l'apparition dégageait une odeur musquée, presque animale et cependant étonnamment obsédante et agréable. Il attendit. La bouche finement ourlée se posa sur ses lèvres avec une douceur infinie et se retira aussitôt, le laissant presque frustré. Puis elle s'éloigna de lui sans qu'il perçoive seulement le bruit de ses pas. Alors de nouveau il entrouvrit les paupières et retint un cri de joie. À l'inverse de nombreux mécanismes, celui-ci n'était pas actionné depuis la muraille mais de l'intérieur du foyer. Il vit distinctement la pierre couverte de suie s'enfoncer dans le vide sur la gauche de l'âtre tandis que, légère et fine, la mystérieuse apparition frôlait les flammes avant de disparaître. Philippus attendit que le mécanisme soit revenu à sa place avant de bouger.

Il se demanda un instant si l'inconnue ne lui avait pas offert le baiser de la mort tant il se sentait faible, mais il chassa cette idée. La vérité était autre et dardait son évidence au mitan de son calçon. Philippus était bel et bien troublé, comme jamais il ne l'avait été. Il en fut honteux soudain et se força à retrouver un état décent. Fallait-il qu'il soit pervers pour éprouver pareille attirance ? Tandis qu'il se levait pour s'approcher de François dont le visage grimaçait déjà sous l'effet du poison, il ne put s'empêcher de se demander si ce dernier n'avait pas raison finalement.

Cette fille avait la beauté et le parfum interdit du diable. Se pouvait-il qu'elle en fût le châtiment ?

Isabeau sortit de la boutique le cœur lourd. La fin de la journée avait été morose, même si ses compagnes avaient développé des trésors d'imagination pour la distraire de son tourment.

Elle se sentait fourbue ; fourbue et brisée. Pour ajouter encore à sa faiblesse, la neige tombait toujours sur la cité et l'on devait lever haut les chevilles pour avancer dans la tourbe qui encombrait les ruelles, malmenée par le pas et les excréments des chevaux, des cochons et des quelques bœufs qui tiraient de lourdes charrettes.

Isabeau retroussa ses jupons et s'avança dans la rue de la Lingerie. Comme elle longeait le cimetière des Saints-Innocents pour rattraper le pont Nostre-Dame et s'en revenir vers la cathédrale, elle dut se garer contre le mur d'enceinte afin de laisser passer un équipage richement paré. Il emplissait à lui seul l'étroitesse de la ruelle et Isabeau le maudit. L'eau projetée avait empli ses souliers et achevé de la tremper. Elle s'abandonna un instant à la fatalité, hallebrenée de fatigue et de tension nerveuse, s'appuya lourdement contre la pierre et ferma ses yeux irrités par la précision des travaux d'aiguille.

Parler de Benoît l'avait soulagée d'une certaine manière, sans doute parce que c'était la première fois que quelqu'un d'extérieur à son histoire l'entendait et la comprenait au point de réagir comme elle. Malgré cela, elle se rendait compte à quel point elle restait vulnérable. Remuer ces souvenirs avait éveillé en elle une double sensation de manque : celui de Benoît, qui demeurait vif alors que son visage curieusement se dissolvait, et celui de Loraline. Elle n'avait cessé de penser à elle après avoir repris son ouvrage, même si elle s'était très vite convaincue que c'était pour une seule raison : Loraline était la gardienne de sa vengeance.

Elle se promit d'envoyer un courrier à l'abbaye du Moutier. Il lui tardait d'apprendre la mort de Chazeron. L'idée qu'alors sa fille pourrait venir la rejoindre lui mit du baume au cœur, bien qu'il restât un obstacle de taille à ces possibles retrouvailles : officiellement, pour elle,

Isabeau était morte. Loraline lui pardonnerait-elle jamais sa peine et cette mascarade ? Comment réagirait-elle lorsqu'elle découvrirait qu'elle n'avait été qu'un instrument entre les mains de sa mère ? Isabeau chassa cette pensée. Cela n'avait aucune importance au fond. Elle n'avait pas besoin de l'amour de sa fille, elle n'en avait pas à lui donner. Elle voulait seulement pour elle une meilleure vie qu'elle n'en avait eu.

Une main s'empara de la sienne, la forçant à tourner la tête et à rouvrir les yeux. Croquemitaine. Le nain lui sourit avec bonhomie et, l'espace d'un instant, une complicité évidente les unit en silence. Puis, comme à son habitude, Croquemitaine roula des yeux ronds sur son humour simiesque :

— Isa semblait perdue. Croquemitaine trouve toujours ce qui est perdu. Les gens comme les pièces. Par deux fois je t'ai trouvée, à la troisième tu m'appartiens, belle Isa !

Isabeau ne put s'empêcher de rire. Elle n'avait pas revu le roi des fous depuis son arrivée. Elle fut heureuse de constater que le nain ne l'avait pas oubliée. Elle répliqua avec un franc sourire :

— Je n'étais pas vraiment perdue cette fois, juste hallebrenée. Mais je suis ravie de te voir. Tu ne m'as pas laissé le temps de te remercier, l'autre jour.

Croquemitaine haussa les épaules avec dérision.

— À quoi bon ! Un service pour un autre, c'est la règle. Un jour toi aussi sans doute tu tendras la main à Croquemitaine. C'est ainsi que vont les choses, belle Isa.

Isabeau hocha la tête. Par moments une rafale de vent agglutinait les flocons sur leurs pelisses, y déposant une fine pellicule de cristaux. Le froid gagnait Isabeau à travers ses vêtements mouillés. Elle frissonna.

— Viens, lui dit Croquemitaine en l'entraînant.

Ils firent quelques pas le long du mur puis Croquemitaine s'arrêta devant une porte, si basse qu'Isabeau dut s'engrouer[1] pour la deviner. Le nain extirpa une grosse clé d'une besace suspendue à sa taille et la fit jouer dans la serrure. Isabeau découvrit alors un boyau qui s'enfonçait dans le sol d'une pièce étroite où un homme aurait à peine tenu allongé. Croquemitaine ne lui laissa pas le temps de s'interroger.

— Entre vite, ou mon secret sera dévoilé.

Isabeau descendit l'échelle de fer éclairée par une lanterne posée près de l'orifice du boyau et entendit Croquemitaine tourner la clé. L'instant d'après, ses petites jambes apparaissaient au-dessus de sa coiffe. Isabeau se retrouva au long d'un souterrain qui puait le moisi. Croquemitaine sauta le dernier échelon et balaya sa lanterne à ses côtés.

— Tu ne dois pas avoir peur, belle Isa, affirma-t-il en clignant un œil complice.

— Je n'ai pas peur, s'amusa Isabeau.

Elle eut envie de lui dire combien au contraire cette voûte humide et nauséabonde la rassurait. Elle avait passé si longtemps à arpenter les souterrains de Montguerlhe, seule ou en compagnie des loups, qu'elle s'y sentait plus à l'aise que dans les rues bondées de Paris. C'était la foule, son foisonnement, sa gouaille qui lui faisaient peur. Pas le silence, ni l'obscurité. Ni les rats qu'elle entendait grouiller à ses pieds. Au bout de quelques mètres, elle perçut la clarté vacillante d'une autre lanterne. Elle était fichée dans une anfractuosité de la pierre. En parvenant à sa hauteur, elle distingua des niches dans lesquelles se trouvaient des squelettes empilés. Elle ne put retenir un sursaut de surprise. Croquemitaine éclata d'un rire clair.

— Les morts sont bien moins à craindre que les vivants, belle Isa. Ceux-ci sont là depuis des siècles. On raconte qu'ils datent des temps où les Romains occu-

1. S'accroupir.

paient la Gaule, quand Paris s'appelait encore Lutèce. C'est sûrement vrai. Au-dessus de nos têtes se trouve le cimetière des Saints-Innocents. Mais voici, nous arrivons.

Effectivement, devant eux se dessinait une nouvelle porte. Croquemitaine fit jouer le loquet, et un flot de lumière, de musique et de couleurs lui éclata au visage.

— Bienvenue à la cour des Miracles ! lança gaiement le nain en s'effaçant pour la laisser entrer.

Dans la vaste salle de pierre qui s'ouvrait devant son regard éberlué, une quarantaine d'estropiés, mendiants et traîne-misère s'occupaient dans un désordre étonnant et routinier. Plusieurs cercueils reconvertis en tables accueillaient bouteilles et mangeaille destinées aux mains graisseuses des affamés, servis par quelques matrones débraillées qui riaient en se laissant peloter les fesses. Dans un coin, jetés pêle-mêle, cul contre tête, des enfants dormaient bouche ouverte sur des paillasses éventrées.

Assis à même le sol, un grand rouquin jouait aux osselets avec un cul-de-jatte posé sur une planche de bois munie de roulettes. Là, des musiciens interprétaient une sarabande tandis que, drapée dans des foulards chatoyants, une brune voluptueuse arquait sa croupe en une danse enjôleuse sous le regard de quelques-uns qui tapaient dans leurs mains en cadence. Là encore, une jeunette donnait le sein à un nouveau-né joufflu tandis qu'une autre calottait à la volée un vaurien qui lui lançait des boulettes d'argile.

Le regard d'Isabeau allait d'un coin à l'autre, ne s'attardant sur rien mais englobant tout, découvrant une misère gaie, goguenarde, crottée et étonnante.

Et puis brusquement les notes se suspendirent : la gitane, dans un mouvement souple, venait d'apercevoir Croquemitaine. D'un pas léger, elle avait tourbillonné pour finir à genoux devant lui, prostrée en une révérence respectueuse. Comme si ce simple geste avait suffi, tous les regards convergèrent vers le roi des fous pour se baisser avec déférence.

Croquemitaine sembla ne rien remarquer de l'attention dont il était l'objet. Il passa avec tendresse une main souple dans les cheveux de jais de la fille. Elle leva sur lui un regard sauvage, brûlant, au point qu'Isabeau en fut mal à l'aise. Croquemitaine rompit le silence sans tarder :

— Mes amis, voici la belle dont je vous ai parlé. Isa.

Il prit la main d'Isabeau entre les siennes. Elle tremblait. Aussitôt, d'un même élan, hommes, femmes, enfants se mirent à frapper à pleines mains sur les cercueils, le sol, les murs, en un fracas assourdissant. Isabeau sentit le sang quitter son visage. Ils l'effrayaient, tous, avec leurs visages décharnés, leurs dents noires, jaunies dans leur sourire paillard. Ils se levèrent et s'approchèrent, avenants dans leur misère, effrayants dans leur ensemble. Isabeau se tourna vers Croquemitaine. La gitane avait noué ses bras autour de lui et l'embrassait à pleine bouche. Isabeau sentit ses jambes flageoler. Elle recula jusqu'à la porte, certaine soudain de vivre un nouveau cauchemar.

Lorsqu'elle hurla, tous s'arrêtèrent, mais elle ne voyait plus rien. Elle venait de glisser dans une nuit sans fin.

Philippus porta un mouchoir imbibé d'eau claire sur la tache qui ourlait les lèvres de François, espérant ainsi amoindrir les effets du poison. Il s'assura que le pouls restait stable bien que rapide, puis se décida.

Il n'avait pas d'autre arme que son coutelas. Il avait un moment songé à emporter sa dague dans la chambre mais avait craint d'attirer l'attention. Il ne courait a priori aucun danger auprès du châtelain, et s'équiper ainsi pour veiller un moribond aurait peut-être donné l'alerte aux meurtriers.

Se fiant à son instinct, il actionna le mécanisme

d'ouverture et regarda la pierre s'enfoncer dans le foyer. Dans son dos, les flammes ronflaient, aspirées et vivifiées par l'air ranci s'engouffrant dans l'ouverture. Il perçut leur chaleur à travers son pourpoint, tandis que la fraîcheur venue de l'ombre frappait sa poitrine.

Il enflamma la torche qu'il avait pris soin de préparer et descendit les marches. Lorsqu'il posa le pied sur la troisième, il entendit le claquement de la dalle qui se remettait en place, sans qu'il ait fait le moindre mouvement en ce sens. Un frisson glacé le parcourut, qu'il chassa aussitôt. Désormais, il n'y avait nul retour en arrière. Il était prisonnier de sa témérité.

Le passage était étroit, creusé à même la muraille, les marches glissantes. En réalité, il y avait deux murs, et Philippus n'était pas loin de penser qu'on avait créé cet intervalle sciemment, dès la construction de la forteresse. Pour quelle raison l'avait-on laissé ignoré de ses propriétaires successifs, c'était une question sans réponse.

Il consacra toute son attention à la descente. Par moments, un souffle d'air lui balayait le visage et la flamme de sa torche se courbait. De fines meurtrières avaient été disposées de-ci de-là, si astucieusement fondues dans la jointure des pierres qu'elles étaient insoupçonnables depuis l'extérieur.

Bientôt la construction de moellons laissa place à la roche, et Philippus trouva sous ses pieds le sol meuble et terreux d'un boyau de caverne. Des rats grouillaient en couinant, et le passage tantôt s'élargissait, tantôt s'étranglait. Il avança longtemps, cherchant sa route grâce à d'éventuelles empreintes chaque fois que sa galerie en croisait une autre qui s'enfonçait dans la nuit. Il ne trouva rien pour l'aider.

Un instant, il se dit que ce dédale allait avoir raison de sa hardiesse, qu'il serait perdu, condamné à errer sans trouver une issue. Il fut tenté de revenir en arrière, mais il se força au calme et décida de réfléchir. La réflexion l'avait toujours amené à des solutions. Son instinct aussi. Il détestait cette sensation d'emmurement.

Il s'assit et se remémora son parcours. Toutes les galeries qu'il avait croisées semblaient monter. Elles devaient donc ramener au château en diverses cachettes, et si ce n'était Montguerlhe, c'était en quelque autre endroit. Puisqu'il ignorait d'où venait la jeune femme, il lui fallait poursuivre sa route dans le sens logique de la pente. Toutes revenaient à ce corridor. Il était donc forcément dans la bonne direction. Restait à savoir où elle le conduirait.

Il se redressa péniblement. L'humidité avait pénétré ses souliers et il se mit à grelotter. Il activa le pas pour se réchauffer. Au détour d'un virage, son pied buta contre une pierre saillante et il partit en avant. Il se rattrapa à la roche, mais la torche lui échappa, roula à terre et s'éteignit au contact de l'eau résiduelle. Philippus poussa un juron en massant sa cheville meurtrie. Désormais il était dans un noir d'encre. Il plaqua sa main sur la roche pour se guider et avança en aveugle le plus prudemment possible. Par moments il rencontrait une ouverture, mais elles se faisaient de plus en plus rares. Cela le rassura, même si le sol sous ses pieds redevenait horizontal. Il relâcha sa vigilance, d'autant que, ses yeux s'habituant peu à peu à l'obscurité, il devinait devant lui le long cheminement du boyau.

Et puis soudain son pied s'enfonça et il perdit l'équilibre. Il tenta de se raccrocher au mur, d'extirper sa jambe tout entière passée au travers du trou qui s'ouvrait sous elle, mais ce fut en pure perte. Une douleur intense lui arracha un cri de bête effrayée, il s'affala de tout son long, en travers du chemin, heurtant de son crâne la muraille en un bruit mat. Il n'eut pas le temps de penser qu'il était perdu. Il s'évanouit sous le choc.

Lorsque Isabeau reprit ses esprits, le visage inquiet de la gitane dansait au-dessus du sien tandis qu'elle lui bassinait les tempes. D'avoir ouvert les yeux la ramena à son angoisse et elle se mit à trembler. Lilvia posa une main fraîche et baguée sur son front en murmurant :

— Doux, doux, belle Isa. Tu es en sécurité ici. Nul ne te veut du mal. Apaise-toi.

La voix enjôleuse aux accents rocailleux lui transmit peu à peu sa chaleur, tout comme cette main qui glissait de son front à ses cheveux en une caresse affectueuse. Isabeau referma les yeux et laissa les battements de son cœur s'apaiser. La gitane entonna d'un timbre sensuel et rassurant une comptine dont Isabeau ne comprit pas les paroles, mais qui lui renvoyait des images lointaines. Elle revit le visage de sa grand-mère penché au-dessus du sien, ses longs doigts qui froissaient sa chevelure rebelle quand, enfant, elle se laissait apprivoiser. Elle se souvint de cette berceuse qui faisait s'envoler ses tourments, de ces instants uniques où, sur les genoux déjà usés, elle glissait son pouce dans sa bouche avant de s'endormir. Cette berceuse qu'à Loraline aussi elle avait fredonnée.

Peu à peu, ses peurs irraisonnées cessèrent de trouver un écho imaginaire. Lorsqu'elle rouvrit les yeux, calme cette fois, la gitane souriait, avenante et maternelle.

— Où suis-je ? demanda-t-elle.

— Dans la chambre du roi, affirma Lilvia. Avec la grande salle que tu as vue, ce sont nos caches sous l'église. Les gueux sont bien marris, ils ne voulaient pas t'effrayer, mais te souhaiter la bienvenue. Écoute ! ajouta-t-elle.

Isabeau tendit l'oreille, mais seul le silence répondit à son attente.

— Je n'entends rien.

— Justement. Ils sont aux aguets, c'est pourquoi ils se taisent. Je gage que l'un d'entre eux garde l'oreille collée contre la porte tandis que les autres retiennent leur souffle. Ils attendent que tu leur reviennes, Isa. La beauté les fascine, c'est une richesse qu'ils ne posséderont jamais. Ils ont grand respect pour elle. Et tu es très belle.

Isabeau se sentit rougir sous l'œillade insistante de la gitane, qui la détaillait.

— Où est Croquemitaine ? interrogea-t-elle pour dissimuler sa gêne.

— Ici, ailleurs, partout, se mit à rire la gitane. Il est le roi.

Elle s'écarta de la couche et saisit la main d'Isabeau pour l'inciter à se redresser. Isabeau s'assit et détailla le curieux endroit où on l'avait amenée. Tout autour d'elle n'était que richesse et splendeur. Vases précieux en or, argent et pierreries, toiles sublimes, tapisseries et tapis luxueux, il n'y avait pas un endroit où poser le regard sans être conquis.

La gitane tira un peu plus sur sa main.

— As-tu peur encore, Isa ? demanda-t-elle gentiment.

Isabeau lui répondit par un franc sourire. Non, elle n'avait plus peur. Elle se trouvait même stupide.

Elle se leva tout à fait et se laissa entraîner vers la porte. La gitane colla un œil contre le trou de la serrure avant de se retourner avec un air malicieux. Elle fit signe à Isabeau de l'imiter et celle-ci trouva en face d'elle un autre œil qui la regardait. Elle se recula en poussant un petit cri de surprise.

— Je te l'avais dit, Isa. Ils t'espèrent.

Elle posa sa longue main baguée sur le loquet avec l'intention de l'ouvrir, mais Isabeau arrêta son geste :

— Attends ! J'ai besoin de savoir.

La gitane suspendit son bras et pencha la tête.

— Savoir quoi, Isa ?

— Toi. Toi et Croquemitaine. Tu l'as embrassé, ajouta-t-elle, gênée.

— Oui, et alors ?

Elle ne semblait pas le moins du monde trouver cela anormal. Isabeau déglutit puis lâcha :

— Et dame Bertille ?

La gitane eut un hochement de tête navré.

— Tu ignores tout des lois de la cour des Miracles, Isa. Le mariage ici n'a pas le même sens qu'en haut. Lorsqu'une épouse ne peut donner un enfant au roi, alors il s'en choisit une deuxième qui le lui donnera. Bertille ne peut enfanter. Moi si, assura-t-elle en posant la main sur son ventre.

Isabeau étouffa un cri de surprise. Sous la paume arrondie, une enflure se devinait à travers l'étoffe des jupons.

— Bertille est-elle... répudiée ? insista Isabeau que cette idée bouleversait, tant elle s'était attachée à la naine.

— Non, par Dieu, non ! Nous élèverons l'enfant ensemble. C'est ainsi ici. Nous partageons tout ce qui est sain et bon. Il n'y a que les bourgeois pour jeter une femme stérile et l'humilier. Ici, si une mère meurt nous adoptons son petit, si une ne peut être mère nous lui donnons à partager l'enfant d'une autre.

— Comme les louves, lâcha Isabeau, admirative.

— Oui, comme les louves. C'est un peu ce que nous sommes, Isa. Une meute de loups aux dents longues dont les bourgeois ont peur.

— Mais toi, tu n'es pas comme eux, tu es belle, vive...

— Les gitans sont un peuple harcelé parce que trop libre. Les miens ont été massacrés lorsque j'avais quatre ans. Ce sont ceux-là qui m'ont recueillie. Je suis une des leurs. Il n'y en a pas un que je n'aime pas.

— Quel est ton nom ? demanda encore Isabeau tout en songeant combien l'histoire de la gitane ressemblait à la sienne.

— Elvidara, mais tout le monde ici m'appelle Lilvia. Fais-en de même, et tu seras à jamais mon amie.

— Je ne l'oublierai pas, Lilvia, assura Isabeau.

Et ce fut elle qui, devançant la gitane, fit chuter le

loquet de la porte. Au milieu de la pièce, Croquemitaine siégeait, maussade sur une chaise à bras surélevée. À ses pieds, assise face à elle, la cour des Miracles attendait son verdict en silence.

Le regard d'Isabeau s'attarda longuement sur eux, s'arrêtant en dernier lieu sur le roi des fous. Elle avait pris le temps de les voir avec son instinct et son cœur. Lorsqu'elle s'avança en souriant vers le trône, leurs yeux s'éclaircirent. Lorsqu'elle posa sa bouche sur le front de Croquemitaine dont le visage s'illumina, un gigantesque hourra fusa d'une seule voix.

L'instant d'après ils étaient là, grouillant autour d'elle, lui témoignant chacun à leur manière leurs souhaits de bienvenue. Une fois encore, elle avait trouvé les siens. Elle se tourna vers Lilvia et lui adressa un signe pour l'inviter à la rejoindre. La gitane ne broncha pas. Elle se contenta de sourire en caressant son ventre.

Alors Isabeau se noya dans la meute. Peut-être pour oublier que, l'espace d'un instant, elle s'était revue de même, avec son ventre rebondi, face à la grotte de Montguerlhe où l'attendaient les loups, sa grand-mère au milieu d'eux hurlant à la pleine lune sous son pelage gris.

11.

Lorsque Antoinette franchit le seuil de la chambre de son époux, ce 10 novembre 1515, l'absence de Philippus la troubla moins que la vue de son époux baignant dans ses régurgitations, pris dans un sommeil lourd qui l'obligeait à ronfler bouche ouverte. Elle en eut un haut-le-cœur et ressortit aussitôt de la pièce sans avoir seulement le courage d'ouvrir la fenêtre pour en chasser l'odeur.

Elle interrogea sur-le-champ le garde, toujours en faction devant la porte, et celui-ci affirma que le médecin n'avait pas quitté son poste depuis que lui-même avait pris le sien. Perplexe, Antoinette résolut de s'enquérir auprès du valet de Philippus des raisons qui l'avaient poussé à négliger ainsi son malade, non sans avoir auparavant ordonné qu'on bassine et nettoie François, sa chambre et sa literie. ← bedding

Tandis qu'elle s'avançait vers le gîte mis à leur disposition, elle s'avisa n'avoir point vu Philippus au moment du matinel. Elle avait des maux de tête depuis le lever, et ce détail, qui eût dû l'inquiéter, ne l'avait pas seulement marquée. Elle se le reprocha. Il se pouvait fort bien que le médecin soit souffrant à son tour. Quand elle frappa à sa porte, sa colère naissante avait fait place à la plus grande commisération.

Corichon lui ouvrit en bâillant et écarquilla des yeux ronds en l'entendant réclamer des nouvelles de son maître. Sa mutité ne lui permettant pas de réponses précises, il se contenta de l'inviter à entrer d'un geste large.

— C'est comme s'il avait disparu, Huc ! conclut-elle en laissant retomber ses bras dans un mouvement d'impuissance.

Le prévôt avait entendu le récit de la châtelaine avec un pincement au cœur. Lorsqu'il l'avait vue débouler dans la salle des gardes, défaite et essoufflée, il avait tout d'abord cru que c'en était fini de son époux, mais Antoinette avait tenu à interroger personnellement le veilleur du premier quart de la nuit. Ensuite, livide, elle l'avait entretenu du mystère, seul.

Philippus n'avait pas quitté la chambre et cependant il en était absent. Par acquit de conscience, Huc se rendit jusqu'au pied de la tour, examina les empreintes dans la neige de la veille, puis leva les yeux jusqu'à la croisée, acquérant ainsi la certitude qu'aucun humain ne s'était avancé jusque-là. Si Philippus avait pour une raison quelconque sauté de la fenêtre, les traces de son passage seraient encore visibles.

Tandis qu'Antoinette frémissait à ses côtés en invoquant l'œuvre du diable, une rage sourde gagnait ses tempes au souvenir des interrogations du médecin. Un passage existait bel et bien ainsi que ce dernier l'avait supposé, semblable à celui qui partait de la chambre d'Albérie pour ressurgir dans la forêt. Après l'épisode de Vollore, il l'avait emprunté alors que son épouse vaquait en cuisine, peu enclin à croire la thèse de la lévitation de Loraline. Il s'était imaginé découvrir au flanc de ce boyau d'autres souterrains qui auraient conduit à la grotte et à Vollore, mais il était revenu bredouille, et il avait dû admettre malgré lui la version de son épouse. Le passage taillé dans le roc était d'un seul tenant, tel qu'Albérie le lui avait décrit.

214

Comme il s'enfermait dans ses pensées, Antoinette posa une main tremblante sur son bras, l'obligeant à baisser sur elle un regard lointain.

— Huc, murmura-t-elle d'une voix blanche.

Il grogna en guise de réponse puis s'avisa de son regard mouillé.

— J'ai peur, gémit-elle.

Alors il referma ses bras autour d'elle et la berça doucement. Lui aussi avait peur, soudain. Non du diable, comme Antoinette de Chazeron, mais de la vérité.

L'instant d'après il se séparait d'elle, de crainte que quelqu'un aperçoive cette brève étreinte depuis la tour, décidé à avoir une conversation avec son épouse.

Il la trouva aux communs, auprès de la grosse Jeanne, occupée à éplucher des légumes pour la potée du déjeuner. À peine eut-il franchi le seuil de la pièce qu'Albérie se leva pour venir à sa rencontre.

— Je dois te parler, Huc, annonça-t-elle d'un ton grave, cueillant ainsi à froid ses propres arguments.

Sur ce, elle l'entraîna dans une pièce attenante qui servait de débarras et de réserve. Elle referma la porte derrière elle et se plaqua contre le bois, mains croisées dans le dos, comme si elle avait voulu le retenir prisonnier.

— Il se passe quelque chose d'étrange au château, Huc.

— Je le sais, messire Philippus a disparu, et de la façon la plus curieuse qui soit.

À ces mots Albérie blêmit, son visage défait accusant une réelle surprise. Au point que Huc ne put s'empêcher de questionner :

— L'ignorais-tu ?

— Oui, je me suis éveillée fort tard et migraineuse, comme c'est le cas depuis plusieurs jours. Je n'ai pas pris de matinel et suis venue directement aux cuisines. Que s'est-il passé ?

— Je te raconterai plus tard. Qu'avais-tu à me dire ?

Le ton était sec. Albérie s'avança jusqu'à lui et s'assit sur un tonnelet, l'air songeur. Elle paraissait troublée. Huc sentit sa colère chanceler. Il s'agenouilla devant elle et lui prit les mains délicatement.

— Regarde-moi, Albérie. Je voudrais être certain que tu n'es pour rien dans tout cela.

Elle planta son regard dans le sien.

— Que vas-tu croire, mon époux ? La malédiction qui pèse sur moi n'est-elle pas suffisante qu'il faille y ajouter ta suspicion ? J'ignore tout de cette affaire, mais j'en sais une autre ; peut-être sont-elles liées, après tout !

— Alors, parle, l'encouragea Huc en repoussant sur le front d'Albérie une mèche brune qui s'était échappée de sa tresse.

— Auparavant il me faut savoir. N'es-tu point toi aussi fatigué et cireux au matin ? Ce, depuis quelques jours ?

— Si fait.

— J'ai interrogé la maisonnée et il semble que tous, du moins tous ceux susceptibles d'approcher de près ou de loin la chambre de messire François, soient victimes des mêmes troubles. Tous sauf les gardes qui, comme tu le sais, prennent leur repas séparément.

— Où veux-tu en venir ?

— J'ai le sentiment que nous avons été drogués, Huc. À quelles fins, je ne saurais le dire, mais je pense que messire Philippus avait raison. Le mal dont souffre François n'est pas naturel.

— Loraline ? hasarda Huc, décontenancé par cet aveu.

— Je l'ai cru, c'est la raison pour laquelle je me suis absentée hier du château après le déjeuner. Elle m'a assuré ne rien savoir de l'affaire, et moins encore des propriétés des poisons, car tu avoueras, Huc, que celui utilisé, s'il en est un comme le croit Philippus, est lent à faire mourir sa victime. Loraline est jeune, innocente et seule. L'hiver la cantonne dans la grotte auprès des loups, et pour la première fois de son existence elle doit affronter ses rigueurs, ses contraintes, sans l'aide et la chaleur de sa mère. Je la remplace de mon mieux et, si quelque vengeance avait à nouveau barré son front, je l'aurais vu, Huc, tu dois me croire. De plus, aucun souterrain autre que celui qui mène à notre chambre ne permet d'accéder au château. Elle-même en ignore l'existence pour les raisons que tu sais. Elle continue de croire que je chemine à dos de mulet, le laissant à l'écart à cause des loups. Malgré tout, j'ai fouillé la grotte dans les moindres recoins, sans succès.

— Et cependant ce passage existe. Philippus l'a emprunté cette nuit depuis la chambre de François puisqu'il n'en est pas ressorti !

— Alors tu dois le trouver, Huc. Je souhaite plus que quiconque la mort de François, mais je ne peux supporter que ton regard m'accuse ou accuse les miens. Cet être est bien assez vil pour avoir suscité de nombreuses haines. La seigneurie de Vollore est loin d'être pauvre ; si François décède, nombreux seront aux alentours ceux qui s'empresseront de l'annexer. Loraline est une coupable idéale, Huc. Moi aussi. Tu es un bon prévôt et l'être le plus droit que je connaisse. Ne laisse pas les brumes du passé obscurcir ton jugement. Je vais veiller de mon côté à goûter chaque plat avant qu'il soit porté à table et resterai en cuisine à leur préparation. Ma méfiance éloignera peut-être la malfaisance, car celui qui attente aux jours de notre seigneur s'est acquis un complice en ces murs. Trouve-le, Huc. Non pour sauver François mais pour nous innocenter. Je refuse de perdre ta confiance. Il me suffit bien d'avoir perdu ton amour.

Huc cilla. Il l'avait écoutée en silence, suivant le fil logique de sa pensée qui rejoignait la sienne. Il l'avait crue coupable, mais elle avait raison. C'était facile et confortable pour sa conscience. Peut-être avait-il fait fausse route. Il releva le menton d'Albérie. Elle tremblait. Il ne se souvenait pas lui avoir vu visage plus tourmenté, même lorsqu'elle avait dû lui confesser sa transformation.

— Je t'aime toujours, Albérie, affirma-t-il.

Elle eut un pâle sourire. Son regard blessé se fit cruel tandis qu'elle jetait tristement :

— Et elle, l'aimes-tu, Huc de la Faye ?

— Je ne vois pas..., commença-t-il, gêné, mais elle l'interrompit d'un doigt sur sa bouche :

— Non, je t'en prie, ne mens pas. Je ne peux te reprocher de cueillir ailleurs les fruits que je te défends ; je t'ai connu friand de jouvencelles, et je ne méritais pas toutes ces années d'abstinence au nom d'un mariage jamais consommé. Mais si François de Chazeron meurt demain, Huc, quel sera ton choix ?

— Je l'ignore, avoua-t-il misérablement en baissant les yeux.

— Alors je souhaite qu'il vive longtemps.

Elle sortit de la pièce en titubant. Aussi douloureuse que lui soit cette pensée, elle était sincère.

En longeant le corridor qui ramenait à l'étage, elle perçut la voix d'Antoinette qui distribuait ses ordres aux lavandières pour que, malgré le froid, les draps souillés de François soient bassinés et battus. Une haine farouche l'étrangla, au point de devoir s'appuyer à deux mains contre la muraille pour la contenir.

Jaugeant que la voix se rapprochait d'elle, elle aspira une large goulée d'air puis força ses pieds à accélérer leur marche. La bête en elle appelait le sang. Le châtiment. Elle devait s'y dérober, se reprendre. Lorsqu'elle parvint au palier, elle s'aperçut, au souffle qui lui manquait, qu'elle venait de courir. Le couloir était désert. La garde avait été levée devant la porte de Chazeron. Sans réfléchir, elle s'y précipita, l'entrouvrit et força le seuil. François ronflait, épuisé par ses spasmes. Albérie s'agenouilla près du lit et ramena à elle le coffret contenant la coulée d'or. Il ne broncha pas. L'instant d'après, elle se précipitait sur son lit après avoir barré la porte, et malgré son audace enfouit son visage dans l'oreiller avec l'impérieuse envie de l'éventrer à pleines dents, puis, se libérant d'un bloc, elle s'effondra en larmes.

Huc retourna chaque pouce de la chambre trois jours durant, malgré l'avis de François de Chazeron qui prétendait avoir vu le diable emmener le médecin à sa place. À ses dires, l'un et l'autre avaient disparu dans les flammes. C'est donc là surtout qu'il s'appliqua à chercher. Sans succès. Il eut beau sonder toutes les parois de l'âtre, forcer chaque pierre, rien n'y fit.

Alors il appliqua ce qu'il jugea le plus sage. Il fit débarrasser une pièce qui servait de débarras, puis y transporta le malade, contre son gré. Albérie s'était consignée chez elle depuis leur entretien, se prétendant souffrante. Elle ne le laissait pas entrer, et seule la grosse Jeanne était autorisée à lui porter la mangeaille. Huc se sentait responsable. Il refusait l'idée d'avoir à choisir entre son amante et son épouse, et cependant il comprenait combien cette dernière avait raison. Antoinette était éprise de lui, sincèrement. Elle n'aurait aucune difficulté à écarter sa rivale. Lors, tout s'effondrerait. Non ! décida-t-il. La camarde n'aurait pas François de Chazeron. Le malheur avait suffisamment terni cette maison !

Il éconduisit courtoisement Antoinette en lui rappelant les devoirs de sa charge auprès de son maître et, succédant à Philippus, il s'installa au chevet de François.

Antoinette réfréna sa colère. Si les raisons lui en échappaient, elle avait désormais la certitude que son époux était victime de quelque magie noire ou pis encore. Or la plénitude que lui apportait son amant se satisfaisait fort bien de la mort de François. Que Huc dépense son énergie à l'empêcher lui apparaissait comme une trahison insupportable. Elle aussi s'enferma dans sa chambre. Une semaine passa donc sur Montguerlhe dans un silence morbide de tension et de rancœur.

Plus que jamais dressée sur son éperon rocheux, encerclée par la neige et le froid, la forteresse tout entière semblait attendre sa délivrance.

C'était comme un battement. Presque une succession de coups, tant c'était lancinant à l'intérieur de son crâne. Plusieurs fois il eut envie d'ouvrir les yeux, mais l'idée même de forcer ses paupières lui faisait mal. D'ailleurs son corps entier n'était que douleur, de sorte que le simple fait de respirer rendait insoutenable la moindre réflexion. Alors il se laissait emporter dans un sommeil pénible, persuadé qu'il n'en finissait pas de mourir.

Peu à peu, cependant, la souffrance dans sa tête s'apaisa. Par moments, son corps le brûlait. À d'autres, un froid glacial le faisait claquer des dents. Au terme d'un temps qu'il aurait été bien incapable de mesurer, il vit défiler dans sa mémoire ce qui l'avait conduit à cet état.

Il ouvrit les yeux.

Une jeune femme était penchée au-dessus de son front et lui bassinait les tempes. Du moins c'est ce qu'il en déduisit, car, rythmés par le mouvement des compresses, deux seins blancs et ronds se dressaient au-dessus de sa tête dans l'échancrure d'un mantel de peau de loup.

Philippus sentit malgré lui son souffle s'accélérer. Il referma les yeux sur cette vision curieusement indécente, puis les rouvrit en sentant la caresse se retirer de son front. Les deux seins avaient fait place à deux prunelles d'un vert amande pailleté d'or qui le fixaient sans qu'il puisse seulement définir ce qu'elles éveillaient en lui. Et cependant il eut le sentiment qu'il venait de naître de ce regard-là.

Ils se scrutèrent ainsi longuement, puis le visage s'agrandit au-dessus du sien, pour s'éloigner. Comme Philippus tournait la tête pour suivre la silhouette qui se dirigeait vers un coin de la grotte, il s'aperçut qu'ils n'étaient pas seuls, et encore moins au castel de Montguerlhe où il s'était imaginé de retour. Dans la lueur dansante des lanternes, son regard accrocha des dizaines de paires d'yeux qui brillaient. Son cœur s'accéléra lorsqu'une d'entre elles s'approcha de lui, se détachant de la pénombre en grognant. Il retint un cri de surprise et de frayeur. Le loup plaqua sa gueule contre son visage et le renifla. À cet instant, une voix émit un son bref et l'animal recula pour se coucher docilement à son chevet.

Philippus se mit à trembler. Il était à la merci d'une meute de loups affamés par les rigueurs de l'hiver. La jeune femme s'approcha et lui releva la nuque d'une main ferme.

— Tu n'as rien à craindre d'eux ni de moi. Bois, ordonna-t-elle en positionnant devant ses lèvres un bol de terre.

Philippus obéit sans rechigner, tant sa gorge lui semblait sèche soudain. À sa peur s'ajoutait un trouble grandissant. Le même que celui ressenti dans la chambre de François, avant qu'il s'élance dans le sillage de cette inconnue, car, bien qu'il s'en défendît, il ne parvenait à détacher ses yeux de cette poitrine nue au-dessus de lui.

Loraline dégagea le bol de ses lèvres et le posa à terre, puis pencha son doux visage vers celui de Philippus. Une fois encore leurs regards s'accrochèrent, et brusquement la peur de Philippus disparut. Ne resta que le désir, brutal, animal, un désir incontrôlable.

— Je... commença-t-il, mais les lèvres de Loraline se fondirent aux siennes.

De nouveau les coups frappèrent ses tempes, mais il s'en moqua. Ces lèvres sur les siennes avaient un goût de baies et de simples. Il entendit le bruit sourd de la pelisse tombantà terre. Instinctivement, il attira à lui ce corps qu'il devinait nu. Loraline se coucha sur lui avec douceur. C'est à son contact contre sa virilité en éveil qu'il découvrit sa propre nudité. Il s'en grisa tandis que, souple et féline, Loraline l'enfourchait déjà en se redressant sur son ventre.

Elle poussa un petit cri de douleur tandis que tout son corps se cabrait en une danse langoureuse que seul l'instinct guidait. Philippus se laissa prendre, s'obligeant à contrôler son désir pour mieux jouir de l'image. Jamais encore il n'avait vu corps et visage plus parfaits, entendu chanson plus belle que cet hymne au plaisir qu'elle lui offrait sans pudeur, sans tabou. Lorsque, n'y tenant plus, il se libéra en elle, elle se laissa glisser contre lui en souriant, cala sa tête aux boucles soyeuses, longues et sauvages contre son épaule, et s'endormit.

Alors seulement il prit conscience d'avoir beliné une criminelle.

Il n'avait pas osé bouger, pas seulement respirer plus fort de crainte de l'éveiller, s'obligeant à reconstituer dans sa mémoire les fragments de son aventure depuis qu'il était en Auvergne. Et plus les minutes s'allongeaient au souffle régulier de la sauvageonne, plus il avait le sentiment que quelque chose était incohérent. Il avait besoin de réponses. Dans le regard amande qui avait fouillé le sien, il n'avait trouvé que douceur, lumière et tendresse. Ce n'était pas ce que l'on pouvait imaginer des yeux d'un meurtrier. Non, il y avait autre chose. Quelque chose qui ressemblait à une blessure. Et plus que son corps lui-même dont il prenait progressivement conscience dans la douleur, celle-ci lui faisait mal. Mal de son mystère.

Il ramena une main sur les seins de la belle et les caressa tendrement. Leur peau était souple et fine, tant qu'il ne put s'empêcher de sourire et de s'en apaiser. Il remonta lentement jusqu'à la nuque et apprécia la chevelure glissant entre ses doigts. Non, elle n'avait rien d'irréel ni de diabolique. Elle était seulement la plus belle des femmes qu'il lui ait été donné de rencontrer, et il ne pouvait parvenir à comprendre ce qu'elle faisait là, au milieu des loups dont vraisemblablement elle connaissait le langage.

Il finit par tourner vers elle un regard que l'émotion autant que la curiosité animait. Elle le scrutait en silence, éveillée sans doute par sa caresse. Il la figea sur son épaule, comme si cela eût pu suffire à la rendormir, frustré brusquement qu'elle ait cessé de lui appartenir. Elle remua l'omoplate sous sa main en un appel silencieux. Il laissa ses doigts la parcourir de nouveau. Elle s'alanguit en gémissant d'aise, le visage illuminé d'un bonheur sincère. Il se risqua :

— J'ai tant de questions !

Mais déjà elle reculait entre ses cuisses.

— Plus tard, répondit-elle en glissant ses doigts sur son bas-ventre.

Elle le fixa longuement, une lueur sauvage au creux des prunelles tandis qu'il sentait de nouveau s'enflammer sa verge.

— Encore ? demanda-t-elle, sûre de sa réponse.

— Oui. Encore.

Fermant les yeux sur sa plénitude, Philippus se laissa aimer pour la seconde fois.

Ensuite il lui fallut affronter la réalité.

— J'ai endormi et immobilisé ta jambe, expliqua Loraline après lui avoir révélé son nom. La fracture était ouverte et tu avais perdu déjà beaucoup de sang lorsque je t'ai trouvé. C'est Cythar qui m'a aidée à te dégager de la crevasse, ajouta-t-elle en ébauchant une caresse entre les oreilles du loup qui précédemment s'était approché pour le renifler.

— Comment as-tu su ? Qui es-tu ? Pourquoi ne puis-je voir ma jambe ? Je suis médecin, je...

— Chut. Calme-toi. J'aurai réponse à toutes tes questions. Laisse-moi le temps, veux-tu ?

Elle souriait, incroyablement sereine, assise, nue malgré la fraîcheur, à ses côtés. Philippus se résigna en soupirant. Oui, il voulait savoir et, plus encore, il voulait comprendre. Non seulement le secret de cette femme mais ce qui lui arrivait à lui, Philippus von Hohenheim, à se sentir malgré les circonstances plus heureux et léger qu'il ne l'avait jamais été.

Alors elle raconta : Isabeau, Benoît, François de Chazeron, Huc de la Faye, l'abbé du Moutier, Albérie. Tout ce qu'elle savait ou supposait jusqu'à cette fameuse nuit où elle l'avait vu pour la première fois, endormi par les soins de sa tante dans le lourd fauteuil. Elle n'avait pu s'expliquer pourquoi alors sa haine s'était enfuie.

Les nuits suivantes, elle n'avait pas eu l'audace de retourner dans la chambre. Elle n'avait cessé de penser à lui et cette obsession l'effrayait. Puis Albérie était venue, furieuse parce que François allait mieux. Elle n'avait pas osé lui révéler que ce n'était pas par crainte d'être découverte qu'elle n'avait pas accompli sa tâche, mais parce que brusquement elle lui semblait sans objet.

Elle avait promis à sa tante d'en finir. L'évocation de Benoît et d'Isabeau avait suffi. Jusque-là, elle n'avait souhaité que venger la mort de sa mère. À cause de Philippus elle mesurait ce que le seigneur de Vollore avait détruit. Pour la première fois, elle mit un nom sur ses propres sentiments. Elle était tombée amoureuse de Philippus. Elle ignorait comment cela était possible, mais elle ne pouvait douter de ce qui fouaillait son ventre et son cœur en pensant à lui. Albérie avait administré le somnifère. En s'apercevant qu'il feignait de dormir, elle avait délibérément laissé le passage déverrouillé dans l'espoir qu'il la rejoindrait.

Elle avait attendu le restant de la nuit et jusqu'au mitan du jour suivant. Elle avait fini par se dire qu'elle s'était trompée. Et puis Albérie avait surgi, défaite et tremblante, les yeux rougis d'avoir trop pleuré. Elle lui avait raconté que Philippus avait disparu, qu'il l'avait probablement suivie, que la maisonnée était en émoi et que tout était compromis.

— Je n'ai vu ni entendu personne sur mes traces, ma tante, je puis l'affirmer.

— Alors il se sera égaré par les souterrains. Peu importe. Tu dois le trouver, Loraline, avant qu'il ne découvre et trahisse notre secret. Accompagne-toi des loups et débarrasse-nous de lui.

— Mais je ne peux pas tuer cet homme ! s'était-elle indignée.

Alors sa tante avait haussé le ton en l'empoignant par le bras sans ménagement :

— Je crois que tu ne comprends pas, ma nièce. C'est lui ou toi désormais. J'ai écarté les soupçons de mon époux, mais il va fouiller la chambre de François. Si Philippus a pu forcer le passage, c'est qu'il n'était pas correctement fermé. Retournes-y et barre l'accès avant que lui aussi ne vienne jusqu'à toi...

— Quelle importance qu'il vienne ! Il sait bien que j'existe.

— Tu ne comprends donc rien, sotte que tu es. Je l'ai aiguillé sur une autre piste. Il doit nous croire innocentes, Loraline, pour pouvoir reporter ses soupçons sur Antoinette de Chazeron, pour qu'elle paie avec son époux tout le mal qu'ils nous ont fait. Il faut me croire et obéir, quoi qu'il t'en coûte, ou nous serons perdues l'une et l'autre.

Loraline avait fini par se soumettre une fois de plus, tandis qu'Albérie ajoutait :

— Ne t'approche plus de François de Chazeron pour l'instant. C'est trop dangereux. Débarrasse-nous de ce médecin. Les loups ont faim. Il te suffira de les lâcher sur ses traces.

Elle n'avait pas osé lui avouer ses sentiments pour Philippus. Ils étaient si confus. Elle savait qu'Albérie avait raison, et pourtant elle ne pouvait s'empêcher de penser que Philippus aurait pu facilement l'arrêter, appeler la garde et la perdre. Son instinct se raccrochait à cette évidence. Il aurait pu. Il aurait dû. Mais il ne l'avait pas fait.

Elle était retournée dans le souterrain et l'avait trouvé. Il gisait sans connaissance, la jambe à demi avalée par la crevasse, le front couvert de sang. Elle avait eu l'impression que tout s'effondrait autour d'elle. Puis elle l'avait examiné, s'était rassurée d'entendre son pouls. Elle avait envoyé Cythar chercher les autres loups tandis qu'elle courait jusqu'à la chambre de François. Une seule pensée l'obsédait. Il ne fallait pas que la maisonnée découvre le médecin avant qu'elle ait pu le soigner. Elle avait monté l'escalier quatre à quatre et bloqué le mécanisme afin que nul ne puisse l'ouvrir depuis l'intérieur.

« C'est pour cette raison que je n'ai pas décelé le passage les premiers jours », se dit Philippus.

Mais déjà Loraline enchaînait en pétrissant ses doigts dans les siens, fébrile soudain de ces souvenirs.

— Tu gémissais, inconscient. Alors j'ai fabriqué un brancard de fortune et les loups t'ont ramené jusqu'ici. Cela fait sept jours que je te soigne en te maintenant dans un sommeil profond pour alléger tes souffrances. Sept jours que je me riotte avec ma tante pour te garder en vie, parce que je t'aime, Philippus, pour la première fois de ma vie, et que j'ai voulu croire que tu m'aimais aussi.

Elle porta ses doigts à ses lèvres avec ferveur. Philippus était bouleversé. Tout le savoir du monde lui échappait avec cette confession. Tout ce qu'il avait pu apprendre, fouiller, tenter de découvrir perdait son sens dans le regard de cette femme. Il aurait voulu nier l'évidence, mais son être tout entier s'y refusait. Jamais il n'avait vécu plus intense plénitude.

— Oui, je t'aime, Loraline. Contre toute raison.

Le regard de Loraline s'illumina d'un éclair sauvage. Elle se pencha sur ses lèvres et s'abreuva de ce baiser qu'il lui rendit avec fougue.

« Je suis fou, pensa-t-il, mais que cette folie m'est belle et douce ! »

Il n'éprouvait plus de sympathie pour François de Chazeron. Au regard de l'histoire de Loraline et des siens, il comprenait mieux leur acte de vengeance. Il était temps que tout cela finisse. Il était temps de tourner la page. Cette jouvencelle méritait mieux que cet endroit sordide. Il se sentait prêt à lui donner une identité, une existence, une réalité. Il se sentait prêt à faire d'elle sa compagne. Même s'il ignorait comment.

— Qu'en est-il précisément de mes blessures ? Je ne sens plus rien, demanda-t-il pour donner une base concrète à ses désirs.

Lorsque Loraline lui avait fait l'amour, il n'avait pas cherché à changer de posture, émerveillé par la spontanéité de son audace, de son plaisir. Dans ses mouvements, s'il avait ressenti de la douleur, elle n'était que diffuse, comme lointaine, effacée par le flot de son désir.

Loraline s'écarta de lui.

— Redresse-toi contre la paroi, ordonna-t-elle.

Il obéit avec le sentiment que ses jambes étaient un poids mort. Une sueur froide glissa le long de son échine. Se pouvait-il qu'il soit paralytique ? Loraline s'était penchée au-dessus du pansement composé de feuillages enserrés par des liens. Elle entreprit de le défaire.

— Tu es médecin, je le sais, et donc peu habitué à mes médications, cependant elles sont efficaces, glissa-t-elle pour le rassurer tandis qu'elle dégageait d'une chair déchiquetée une couche épaisse de mucus. J'ai réduit ta fracture. Tout va bien.

Philippus se pencha au-dessus de la plaie. Malgré sa profondeur, il avisa qu'elle était propre et saine. Un sentiment d'admiration lui gonfla le cœur. La jouvencelle avait accompli un excellent travail compte tenu de l'importance de la blessure.

— Tu souffrais aussi d'une luxation du genou et de l'épaule gauche, sans parler de ce traumatisme crânien.

Philippus porta la main à son épaule, la fit jouer doucement.

— Je devrais ressentir de la douleur, assura-t-il.

Loraline éclata d'un rire cristallin.

— Il y a peu de temps que j'ai découvert l'ampleur de mes pouvoirs et de ceux de ma mère. Le baume de pavot que je t'applique régulièrement te rend insensible, mais il te faudra quelques semaines encore avant de reprendre une activité normale. Je crains fort devoir te garder à mes côtés, docteur Philippus, à la merci de mes étranges médecines.

— Et ensuite ? demanda-t-il, le cœur battant.

— Ensuite je te rendrai ta vie et tu décideras de la mienne.

Philippus hocha la tête, satisfait. Il avait besoin de temps pour faire le tour de cette incroyable histoire que le destin avait placée entre ses mains.

— Le prévôt me fera chercher, tu t'en doutes...

— Plus très longtemps.

Elle prit un air gêné puis lâcha très vite :

— Je me suis arrangée pour que l'on découvre tes vêtements autour d'une charogne que les loups ont suffisamment rongée pour la rendre méconnaissable. On pensera que tu seras sorti par quelque passage secret sans doute, mais nul n'aura de preuves s'il ne le trouve. Si tu revenais à Montguerlhe, il te faudrait raconter ce que tu sais, ma tante ne te le permettrait pas, comprends-tu ?

Philippus songea un instant à son brave valet qui, seul dans ce pays, le pleurerait sans doute. Il se dit qu'au mieux Corichon obtiendrait au château de nouvelles charges et y serait heureux, au pis il reprendrait la route aux beaux jours pour porter la triste nouvelle aux siens.

Là il retrouverait son maître bienheureux de son épou-sée ramenée avec lui.

— Tu as fait ce qu'il convenait de faire, assura-t-il.

Il prit entre les siennes les chaudes mains rugueuses de son aimée. « Dieu qu'elle est belle », songea-t-il en se perdant dans la mousse de son regard délicatement ourlé de longs cils noirs.

Il la laissa s'occuper de renouveler son pansement en soupirant de bonheur. Malgré l'inconfort de cette grotte sommaire et sa nudité, il n'avait pas froid. Bien au contraire, il n'était que tiédeur et lumière. Celle qui émanait de Loraline ennoblissait tout.

Lorsque Cythar se redressa pour passer une langue râpeuse sur sa joue, il n'éprouva cette fois aucune crainte. Grisé par le plaisir de cette approche, lui qui respectait les loups, il avança une main sur le dos de l'animal et y attarda une caresse. Le loup s'assit tel un chien devant son maître, le regard vif et intelligent de celui qui a choisi les siens.

« Je suis l'homme le plus chanceux de cette terre », songea Philippus. Alors pourquoi son ami Michel de Nostre-Dame ne lui avait-il rien dit ?

12.

« 16 novembre 1515 à Montguerlhe.

Jamais froid plus vif n'a assommé la contrée. Cet hiver sera le plus rigoureux que j'aie connu. Chaque jour depuis une semaine de pauvres gens s'en viennent réclamer hospitalité à la forteresse. Malgré les réserves de bois accumulées, les abris reconstruits précairement après la tempête sont glacials. Souvent la neige tombant par le trou béant de la cheminée rabat la fumée dans les logis avant d'éteindre les flammes. Des nausées répétées ne me permettent plus de venir en aide à ces miséreux. Ils se blottissent par dizaines dans la salle commune où nous parvenons grâce à Dieu à soulager leur peine. Nombre pourtant ont péri. Les enfants surtout. J'en éprouve grande lassitude et pesant chagrin.

Mon époux se remet lentement de sa maladie. Huc prétend que sa chambre devait contenir un air vicié puisque, installé ailleurs, il se sent mieux. Ils me tiennent l'un et l'autre écartée de leur compagnie. Peut-être me reprochent-ils d'avoir convaincu ce médecin suisse de veiller et soigner François. François prétend qu'avant de disparaître il lui a volé grand bien, qu'il avait eu l'inconséquence de lui montrer dans sa faiblesse.

Dieu l'a puni. Sa dépouille a été retrouvée hier, non loin du château, en bordure du muret qui délimite la route de Thiers. Le paysan nous a rapporté sa trousse qui gisait intacte au milieu des pierres. Il a voulu l'échanger contre des vivres pour sa famille.

Huc s'est rendu sur place, a longuement questionné l'homme, mais je n'ai pas su le contenu de son rapport. Il ne me dit plus rien. De la colère de mon époux, j'ai déduit que le bien n'avait pas été retrouvé. Il m'importe peu de connaître sa nature. Avoir été trompée par un simple voleur soi-disant médecin m'attriste parce que je ne sais quoi faire de son valet. Il est muet et fort peu responsable du mauvais de son maître. La grosse Jeanne s'est émue de sa figure. Il est habile à son content. Je le lui laisse. La besogne est abondante avec ces réfugiés.

J'ai dépêché un garde à l'abbaye du Moutier pour rendre compte des faits à l'abbé Antoine et le prier de donner refuge, pain et feu à ceux-là qui viendraient en peine. J'ai appris en retour qu'il était bien malade lui aussi. Le froid, m'a-t-on dit, lui est entré aux poumons, et il tousse si violemment que l'on s'inquiète autour de lui.

Je me sens seule, les routes sont à peine praticables, mes dames de compagnie se lamentent, soupirent en rêvant à ces cours du Sud où l'on chante, danse et rit, où les amuseurs, troubadours et conteurs se pressent même en hiver. Puisse Dieu me laisser cet enfant pour adoucir ma peine et mon ennui. Je file, tisse et couds sa layette, c'est ma seule satisfaction en ces heures mornes, où Huc ne me visite plus. Je me range à la raison.

Albérie m'évite, je la sens préoccupée. Peut-être sait-elle ? Si cette femme me perd, je mourrai de la main vengeresse de mon époux. L'enfant avec moi.

Cette nuit est lune pleine. Que n'ai-je épousé quelque seigneur gascon... »

Antoinette de Chazeron égoutta sa plume d'oie, reboucha l'encrier puis referma son livre d'heures après avoir éventé son écriture fine et racée. La nuit descendait lentement sur la montagne, mais depuis longtemps déjà les chandelles avaient succédé à la clarté neigeuse.

Les anciens prétendaient que Dieu avait voulu détruire Satan en l'emprisonnant dans les glaces. Peut-être était-ce vrai ! Son époux avait lâché que c'était pour cette raison seule que le diable n'était pas revenu le chercher. L'instant d'après, comme elle avait osé s'inquiéter des raisons qui eussent pu conduire Satan en leurs murs, il la chassait de sa chambre, furieux de son indiscrétion. Puisque François était redevenu odieux, elle ne pouvait plus douter de sa guérison.

Elle se leva, emportant contre son cœur le cahier de ses confessions, ouvrit un tiroir dans un secrétaire, l'y déposa puis boucla la fine serrure à l'aide d'une petite clé qui ne quittait jamais son sein.

Elle s'attarda un instant sur son prie-Dieu pour ses dévotions du soir et se coucha en soupirant avant de moucher la chandelle. Elle n'avait pas barré sa porte. Ce soir encore, elle attendrait que Huc la franchisse tout en sachant qu'il ne viendrait pas. Tous deux souffraient de cette abstinence de tendresse et d'amour, mais elle comprenait sa prudence et la respectait. Elle guetta un long moment les pas dans le corridor puis s'endormit sur ses rêves adultérins.

Huc referma la porte sur le sommeil régulier de François de Chazeron, laissant en faction un de ses plus fidèles gardes. Il le faisait par habitude, même s'il était persuadé que ce n'était plus utile. Il avait résolu le mystère de Montguerlhe en découvrant les restes du médecin. Tout lui apparaissait clairement désormais. Cet imposteur avait dû croiser messire François à Clermont lors de son voyage et le suivre. Avait-il ouvert le souterrain par hasard, l'avait-on renseigné ? Quoi qu'il en fût, si Philippus avait pu disparaître ainsi, c'est qu'il en savait l'accès et détenait le secret du mécanisme. Philippus avait donc administré quelque drogue à François pour induire la nécessité de son intervention. Peut-être n'avait-il pas trouvé l'or au cours de ses premières visites ? Il s'était annoncé au château avec un muet qui ne risquait pas de le trahir, s'était érigé en maître docteur, avait habilement détourné les soupçons en parlant d'empoisonnement et en droguant leur soupe. De fait, le lendemain de sa disparition, Huc avait retrouvé le potage versé derrière un meuble, preuve que Philippus savait ce qu'il contenait.

Philippus avait convaincu François de son intérêt pour les alchimistes, l'avait poussé aux confidences, puis avait dérobé la barre d'or avant d'abandonner son prétendu valet devenu inutile. Hélas pour lui, la justice divine l'avait rattrapé. Les loups affamés s'étaient chargés de son affaire. Philippus von Hohenheim n'avait eu que ce que méritait tout voleur.

Huc aurait dû se sentir soulagé d'avoir éclairci cette énigme, au lieu de cela il s'en voulait. Albérie avait eu raison de se dresser contre lui. À cause d'Antoinette, il avait trahi quinze années de confiance pour noyer les remords de sa conscience. Il désirait Antoinette, mais depuis le jour où il avait appris que son épouse savait, il ne parvenait plus à l'approcher.

Cette nuit, il comptait se racheter. Parce que c'était pleine lune. Parce que Albérie aurait besoin de lui après. Parce qu'il voulait lui faire comprendre que rien n'était perdu. Parce qu'il avait pris conscience trop tard que son épouse l'aimait bien davantage qu'elle ne haïssait le bourreau des siens. C'était plus qu'il n'avait osé espérer d'elle. Lorsqu'elle reviendrait, il la convaincrait d'être sienne, pour conjurer sa peur à jamais, pour lui prouver qu'elle ne lui faisait pas horreur et qu'il l'acceptait. Totalement. Bien sûr il continuerait sans doute à chérir Antoinette, à la prendre peut-être encore, mais il ne se trahirait plus.

Il longea la chambre de sa maîtresse sans remords et poussa le loquet de celle de son épouse. Elle était vide.

Un feu gaillard crépitait dans la cheminée de pierre. Il avait insisté auprès des servantes pour qu'il soit entretenu. Derrière son rideau de flammes, il imaginait la lente transformation, son cri, sa détresse. Plus qu'aucune autre de ses nuits, il se sentait à ses côtés. Il noua les doigts en une prière, visage offert à la lune ronde au travers de la croisée, et attendit l'aube.

Philippus dormait paisiblement lorsque le hurlement le fit sursauter. Il se redressa et tendit l'oreille, inspectant malgré lui la grotte alentour. Cythar était paisible à ses pieds. Il le veillait sans faillir tel un bon chien son maître. Ce n'était pas tant le cri qui l'angoissait, que cette certitude diffuse qu'il était autant humain qu'animal. Il se souvenait l'avoir déjà entendu une fois au château. Il n'avait ici aucune notion du temps. Il chercha la douceur de Loraline à ses côtés mais ne la trouva pas.

— Loraline ? lança-t-il dans l'obscurité, mais son écho rebondit sur la roche sans amener de réponse.

Seul Cythar, éveillé par sa voix, se dressa pour poser sa tête sombre sur son torse. La sérénité de l'animal le rassura. Il ne devait pas s'inquiéter. Loraline était sans doute partie quérir des simples. Certaines sorcières qu'il avait rencontrées auparavant lui avaient certifié l'importance des cueillettes nocturnes. Il n'avait pas à se soucier de sa conduite. Il se recoucha, riant de sa sottise. Loraline n'avait nullement besoin de sa protection !

Il flatta le col de Cythar et se détendit. Quelques instants plus tard, cependant, il sursauta de nouveau. Le grognement était là tout près. Cythar cette fois avait redressé la tête. Philippus inspecta les alentours puis l'aperçut. Dressé sur un rocher à quelques mètres au-dessus de lui, un loup gris dardait sur lui un regard métallique chargé de haine, babines retroussées et sauvages.

Une sueur froide glissa le long des reins de Philippus. Cythar se dressa en geignant, ce qui l'effraya davantage.

Il n'avait jamais vu de loup aussi puissant dans ce lieu. Celui-ci était différent des protégés de Loraline.

« Ne pas bouger, ne pas lui faire sentir que tu as peur, se répéta-t-il. Tu vis au milieu de ses semblables, tu portes leur odeur. »

Un instant il ferma les yeux. Lorsqu'il les rouvrit, l'animal avait disparu, mais Cythar continuait de geindre et les autres loups terrés dans les tréfonds de la grotte mêlaient leurs gémissements aux siens. Philippus hésita à appeler Loraline de peur de l'exposer à la bête. Peut-être était-elle d'une autre meute, égarée et affamée ? Et si la jouvencelle avait déjà croisé son chemin ? Une angoisse indicible noua sa poitrine.

Malgré sa blessure et ses résolutions, il se força à s'asseoir. Lorsqu'il posa le pied par terre, la douleur, qu'il avait fini par oublier, le transperça. Mais il refusa de s'y plier. S'aidant de la paroi, il se leva et s'empara de la lanterne à son chevet. Il lui suffirait de gagner le feu que Loraline entretenait au centre de la cavité. Les loups n'approchaient jamais des flammes. Il chercha la nuque de Cythar et s'y agrippa de toutes ses forces.

— Mène-moi, chuchota-t-il à l'animal en lui désignant la braise.

Cythar s'avança, entraînant Philippus sautillant sur un pied. Il était à mi-chemin lorsque le grognement dans son dos lui fit comprendre son inconscience.

— Avance, ordonna-t-il à Cythar.

Mais l'animal s'était figé, haletant à ses côtés, comme obéissant à un ordre plus pressant encore. Alors Philippus se retourna. La bête s'était ramassée sur elle-même, prête à bondir. Il sentit les poils de Cythar se dresser sous son poing. Il le lâcha malgré lui. Un instant les deux loups s'affrontèrent du regard tandis que Cythar s'interposait entre Philippus et la bête.

« Gagner le feu. Gagner le feu », tambourinait à ses tempes une toute petite voix. Sa jambe lui faisait atrocement mal. Philippus se contraignit pourtant à reculer, laissant Cythar face à la hargne du loup gris. Plus il se rapprochait des braises plus il lui semblait que Cythar se soumettait aux grognements de son adversaire. Comme pour lui donner raison, il baissa soudain le museau, s'écarta et s'enfuit. Philippus comprit qu'il avait perdu la partie. L'animal s'avança seulement de quelques pas, son regard bleu froid et cruel dans celui du médecin.

« Si seulement je pouvais me déporter assez ! » songea Philippus. Le feu était si proche.

L'animal se tassa. C'est alors que Loraline parut, en nage, Cythar à ses côtés. Elle poussa un cri.

— Stelphar, non !

Mais l'animal s'était déployé. Philippus se retrouva plaqué au sol avec une force prodigieuse tandis que les crocs s'enfonçaient dans les bras qu'il avait ramassés sur son visage et sa gorge.

— Lâche, Stelphar ! Lâche, ordonna Loraline, avant de pousser un hurlement qui ramena autour d'elle les loups alentour.

Philippus ne tentait pas de se débattre malgré la douleur dans sa jambe, malgré la gueule enragée qui écharpait ses bras. L'animal visait sa gorge. La lui laisser, c'était mourir. Et puis soudain le loup se figea et recula, menacé par les grognements de ses pairs.

Cythar cette fois lui sauta à la gueule et Philippus contempla, fasciné, l'étrange ballet de haine qui les roulait dans la poussière. Loraline passa ses bras autour de sa taille et le tira tout contre les braises.

— Ne bouge pas ! ordonna-t-elle, le visage ravagé de larmes et de colère.

Quand bien même il l'aurait voulu, il n'en avait plus la force. Il la regarda s'interposer entre les deux bêtes, se mêlant à leur ronde, se couchant entre elles au risque de se faire mordre. Pourtant ce simple geste suffit à les séparer, comme si l'une et l'autre refusaient de la blesser.

Cythar recula jusqu'à Philippus et s'effondra à ses côtés, épuisé par sa lutte, une patte ensanglantée. Philippus aurait voulu le caresser, mais ses blessures étaient profondes et son corps meurtri par les griffures.

Il crut d'abord que Loraline allait tuer le loup gris, mais au lieu de cela elle s'agenouilla à ses côtés et se mit calmement à examiner la plaie que Cythar lui avait ouverte sur l'omoplate. Elle lui parlait dans un langage étrange tandis que l'animal continuait de gronder, de grogner, sans toutefois lui faire le moindre mal. Elle resta longuement à ses côtés, puis nicha la tête grise contre sa poitrine et la berça.

Philippus n'osait rien dire, troublé, intrigué et effaré par cette scène. Il aurait pu jurer de là où il était que la jouvencelle pleurait. Mais il n'était plus sûr de rien, si ce n'était d'une évidence. Il était là, blessé et vulnérable, et c'était son agresseur que Loraline pansait et réconfortait. À bout de forces et de faiblesse, il se laissa glisser dans la nuit, un goût de désillusion au coin des lèvres.

Aux premiers frémissements de l'aube, Huc s'étira avec volupté. Il s'était assoupi malgré lui, et avait sommeillé paisiblement. Cela le conforta dans sa décision. S'il était autant en paix, c'était qu'il avait assurément fait le bon choix. Albérie ne tarderait plus.

Lorsqu'il entendit le claquement du mécanisme, son cœur bondit de plaisir dans sa poitrine. Il avait tant à faire pour se racheter. Pourtant son sourire se figea sur ses lèvres. À peine franchi le seuil de la chambre, Albérie s'écroula sous ses yeux, une épaisse tache de sang transperçant son mantel à hauteur de son épaule.

Philippus s'éveilla en sursaut, sous l'effet d'un cauchemar horrible. En voyant la silhouette de Loraline, il se félicita que ce ne fût qu'un mauvais rêve.

— Loraline, commença-t-il tendrement...

Mais lorsqu'elle posa sur lui son regard tourmenté, il dut se rendre à l'évidence. Ses cheveux étaient encore poussiéreux de sang caillé, et d'épais sillons de sel tissaient sur ses joues une toile d'araignée grotesque.

Pour se convaincre, il baissa les yeux sur ses propres bras et s'avisa qu'ils étaient recouverts de la même boue noire que sa jambe. Il était de nouveau sur sa paillasse mais, cette fois, Loraline ne chevauchait plus son ventre en lui criant « je t'aime ». Elle lui sourit pourtant, de ce pâle sourire dont on se pare pour excuser les mots que l'on va prononcer.

— Tu souffres ? demanda-t-elle.

Il hocha la tête. La douleur qui lui broyait le cœur ne pouvait être apaisée par aucun onguent.

— Que s'est-il passé, Loraline ?

Elle soupira, esquissa une caresse sur son front aux mèches poisseuses.

— Je pensais qu'elle comprendrait. Je me suis trompée. Je t'aime, Philippus, mais dès que tes blessures seront guéries, tu devras partir et m'oublier.

Il se dressa, la rage au ventre :

— Pas sans toi ! Voilà dix jours que je te regarde vivre, et pas un seul instant je n'ai émis le moindre doute. Tu m'as promis de laisser le seigneur de Vollore à son destin et de vivre le tien. Je ne peux concevoir que ce soit ailleurs qu'à mes côtés.

— Tu ne comprends pas, mon bel amour. Je n'ai pas le choix. Je lui appartiens.

— Mais à qui, Seigneur Dieu ? hurla-t-il presque, en l'empoignant par les bras au mépris de ses propres plaies.

— La louve, la louve grise. C'est elle qui a conduit ma mère en ce lieu, elle qui protège les miens depuis que je suis venue au monde, elle qui m'a appris le langage des loups. Elle est leur mère à tous, ils la respectent. Jamais je n'aurais cru que Cythar se dresse contre elle. Elle vient chaque pleine lune et dort à mes côtés. Je lui appartiens, Philippus.

— C'est absurde ! Ce n'est qu'un animal !

— Non, mère m'a toujours dit qu'elle était de notre race.

— C'est impossible, Loraline !

Son regard douloureux fouilla le sien comme pour y chercher un refuge de raison, puis elle le baissa, se retourna lentement et dégagea la nuque que ses longs cheveux dissimulaient.

Philippus sentit son sang se glacer dans ses veines. Large de deux doigts et épaisse d'autant, une touffe de poils gris couvrait le cou de la jouvencelle. Non, il refusait de croire à ces sornettes. Les garous n'existaient que dans les fables !

— Chacune des femmes de ma famille porte cette marque. J'ignore pourquoi, mais à cause d'elle je détiens d'étranges pouvoirs. Je comprends le langage des animaux, je peux courir plus vite, sauter plus haut qu'un humain, je sais détecter les odeurs des racines propices aux soins...

— Tu as pu apprendre tout cela auprès de ta mère autant que des loups. Le mimétisme est chose courante. Tu t'es adaptée au milieu dans lequel tu vis. Cela ne fait pas de toi une prisonnière. Tu étais prête à braver ta tante, pourquoi pas cet animal ?

— Ma tante a accepté la confiance que j'ai en toi, parce que je lui ai menti en prétendant que tu te sentais redevable de la vie que tu me devais. Stelphar ne m'a pas donné le choix. Si tu ne pars pas, elle te tuera. Lorsque les beaux jours reviendront, c'est elle qui te conduira au cœur de Thiers. Tu y trouveras une monture, des provisions et de l'or pour acheter ton silence. Elle t'accorde cinq lunes. Lorsqu'elle reviendra, nous nous dirons adieu.

Philippus laissa retomber le silence. Cinq lunes. Cinq mois. Il avait devant lui cinq mois pour la convaincre d'abandonner ces sottes superstitions. Cinq mois pour infléchir sa peur, ses remords, et lui prouver son amour. Cinq mois pour guérir.

— Aime-moi, murmura-t-il doucement.

Loraline tourna vers lui son beau visage blessé, une lueur de surprise dans le regard. Philippus souriait.

— Le temps viendra, chuchota-t-il. Ne laissons pas la crainte d'un demain avilir ce que nous vivons. C'est sur ta peau que je veux oublier mes blessures, dans tes gémissements que je veux perdre les bruits de lutte, dans le goût de tes baisers que je veux noyer celui du sang. Peu m'importe à qui tu appartiens, moi je n'appartiens désormais plus qu'à toi.

Un sanglot la jeta contre le torse du médecin. L'instant d'après, il la retrouvait somptueuse et féline, arquant ses seins durs et dressés sous le joug du plaisir.

Huc coucha délicatement Albérie sur le ventre et dégrafa son vêtement avec précaution. Elle était toujours évanouie et il se heurtait à ce silence comme à un mur de questions. La morsure était superficielle, mais il l'identifia au premier coup d'œil, ce qui amena une foule d'autres interrogations. Pourquoi les loups avaient-ils attaqué sa femme ? Maintes fois elle lui avait expliqué qu'ils la respectaient, la vénérant presque.

Ne voulant mettre personne en émoi, il descendit lui-même aux communs, fit bouillir de l'eau et remonta un baquet assorti de compresses de toile. Il se félicita que la maisonnée sommeillât encore.

Sans bruit, il regagna la chambre et trouva son épouse assise sur le lit, les yeux hagards, les mains croisées sur ses seins nus. Il se précipita, éclaboussant dans sa hâte le parquet, déposa le baquet ondulant de vaguelettes à ses pieds et s'inquiéta :

— Est-ce que tu vas bien ? Ta blessure est légère, je vais te soigner !

Elle le regarda tristement :

240

— Tu n'étais pas là quand je me suis éveillée. J'ai cru...

— Tu as eu tort, Albérie, mais j'ai bien davantage de torts moi-même. C'est fini. Je suis là. Comme avant.

Il l'embrassa tendrement sur le front puis entreprit de nettoyer la plaie. Il ne voulait pas la brusquer. Il saurait attendre qu'elle ait envie de sa confiance. Cela ne tarda pas cependant :

— Je ne comprends pas ce qui a pu se passer. Cythar s'est dressé contre moi. C'est la première fois. Loraline s'est interposée, mais j'ai eu le sentiment que c'était pour le protéger, lui. Il devient jaloux avec l'âge. Il a vu naître la petite, à présent que sa mère n'est plus il se sent peut-être en devoir de marquer son territoire.

— Dis la vérité à ta nièce !

— Jamais. Je ne veux pas qu'elle vive les mêmes tourments que moi.

Le silence retomba tandis qu'il achevait de lui bander l'épaule. Lorsqu'il vint s'asseoir à ses côtés, elle laissa échapper dans un murmure :

— Jamais je ne m'étais sentie aussi seule. Je croyais t'avoir perdu.

Il l'enlaça délicatement pour ne pas lui faire mal. Il avait passé la nuit à chercher ses mots, ils lui semblaient si évidents soudain.

— Moi seul en aurais été responsable. Regarde-moi, Albérie. Je me suis réfugié dans le mensonge pour mieux me convaincre de ta culpabilité. Non pas dans les événements de ces derniers mois mais dans ton refus de m'appartenir. J'ai bien réfléchi à tout cela, aux conséquences de nos actes. Je m'en moque. Je n'ai plus de biens, plus vraiment de titre, ni de terre, que laisserais-je à mes fils si je devais en avoir ? Ni fortune, ni nom, ni gloire. Ma lignée peut se perdre, je ne regretterai rien.

— À l'intérieur de mon ventre, il y a la bête...

— Je la dompterai car je ne la crains pas.

— Et si l'enfant vient ?

— Toi seule décideras. Selon ton cœur et ton âme. Qu'il vive ou meure, je ne te reprocherai rien. Nous en assumerons les conséquences ensemble. Je t'en prie, ne me refuse pas le droit de te faire aimer la femme qui est en toi.

— Je ne sais pas si je pourrai supporter...

— Nous prendrons le temps. Ma vie entière s'il le faut.

— Et dame Antoinette ?

— Je me suis laissé séduire. Elle était en manque d'amour. Moi aussi. Les Chazeron obtiennent toujours ce qu'ils désirent, tu le sais. Je dois lui donner le temps de se détacher de moi, je ne veux pas que son courroux t'atteigne. Tu dois me faire confiance, Albérie.

— Tu l'aimes, pourtant.

— Je l'ai cru, oui. J'avais besoin de cet amour. Je me suis perdu. J'ai failli te perdre. Pardonne-moi.

— Ce n'est pas toi que je hais, c'est moi.

— Je le sais. Il est temps que cela cesse.

Il chercha ses lèvres avec douceur. Elle ne se déroba pas. Ce soir, lorsque les siens l'avaient chassée, elle avait perdu ses repères.

— Sois mienne. Cette nuit, gémit Huc avec tendresse.

Il l'allongea précautionneusement sur la courtepointe. Elle serrait toujours ses bras contre ses seins nus pour les dissimuler. Il les couvrit de baisers tendres, prit le temps de fouiller sa bouche, son cou, sa gorge, de ses doigts et de ses lèvres, jusqu'à fléchir sa résistance, jusqu'à accélérer son souffle et les battements de son cœur. Lorsqu'il dénoua cette barrière de convenance, elle ferma les yeux pour fuir son verdict.

— Tu es belle, chuchota-t-il.

Il était sincère. Il se souvenait de la poitrine chaleureuse et dure d'Isabeau pour avoir tenu la jouvencelle violentée dans ses bras. Son regard s'était fait pudique. Aujourd'hui, il retrouvait dans les seins de son épouse le souvenir des rondeurs d'un blanc laiteux d'Isabeau. Il les embrassa tendrement, passionnément, empli de désir, malgré les traces de lutte sur la peau douce, malgré l'odeur du sang que l'eau n'avait pas totalement effacée.

Albérie ne bougeait pas. Il la sentait tendue à la fois de désir et de crainte. Il acheva de la déshabiller en silence. Par moments, quand un frisson la parcourait au contact de ses mains, il posait un baiser et la rassurait d'un « je t'aime » à peine plus soutenu qu'un murmure. Lorsqu'elle fut nue, il se déshabilla à son tour, sans bruit, entrecoupant ses gestes d'une caresse sur ses cuisses serrées l'une contre l'autre, en un dernier refuge.

Elle n'avait pas ouvert les yeux, mais son corps tout entier trahissait son émoi au-delà de sa peur.

— Regarde-moi, Albérie, cesse de fuir la réalité. Je veux qu'enfin tu puisses te voir dans mes yeux.

— Je ne peux pas, gémit-elle en secouant la tête.

Une larme glissa sur sa joue. Mais il refusa d'en tenir compte.

— Je ne te prendrai pas de force. Jamais. Aie confiance en moi, aie confiance en toi. Je t'en prie. Ouvre les yeux.

Elle hésita un moment, puis obéit. La nudité de son époux lui fit tourner la tête en rougissant. Doucement il guida la main moite sur son sexe dressé, la forçant à s'en emparer :

— Vois, mon aimée, à quel point je te désire telle que tu es, à quel point ton corps offert est un cadeau pour mes yeux et mon cœur. Ne rougis pas d'être si belle, n'aie ni honte ni peur. Mon ventre a accepté le tien.

Il laissa retomber le silence sur leur souffle mêlé au crépitement des flammes dans l'âtre. Peu à peu les doigts s'affirmèrent sur sa hampe, lui soutirant un gémissement qu'il ne chercha pas à refréner. La danse de ses doigts à lui reprit sur le corps de sa belle, et peu à peu Albérie se détendit. Elle avait refermé les yeux mais c'était sans importance. Il ouvrit les cuisses musclées, et sa bouche se fraya un chemin au-delà de ses réticences. Lorsqu'elle jouit sous sa caresse, il sut qu'il avait gagné.

Remontant lentement jusqu'à ses lèvres, il s'allongea sur son ventre et la pénétra avec douceur, guettant sur ses traits la moindre trace de souffrance. Mais il n'en vit aucune. Lorsque les reins sous les siens s'unirent à leur mouvance, il noua ses doigts aux siens avec ferveur. Ce ne fut que lorsque le plaisir la submergea qu'elle ouvrit les yeux. Mieux qu'un cri, sa voix s'étouffa dans un « je t'aime ».

Albérie dormait encore lorsque Huc sortit de la chambre, à regret. Le soleil était levé depuis longtemps et ils s'étaient laissé surprendre par le sommeil après leurs ébats. Il avait promis une partie d'échecs à François qui serait de fort méchante humeur de ne pas le voir paraître. Comme il obliquait vers la chambre du convalescent, il croisa Antoinette, son panier d'ouvrage à la main, qui rejoignait ses compagnes.

— Huc, mon cher Huc, glissa-t-elle pour bonjour en le couvant de tendresse.

Huc lui sourit sans aucune envie de s'attarder. Les couloirs de Montguerlhe étaient sombres et froids. Il la salua d'un : « Je vous souhaite belle journée, dame Antoinette », puis pressa le pas.

Antoinette le retint d'une main sur son bras.

— Me fuyez-vous, Huc ?

Il mentit :

— Non point, mais le devoir m'appelle auprès de votre époux.

— Je vous préférais empressé auprès de moi, chuchota-t-elle sur un léger ton de reproche.

Huc appuya une caresse sur ce bras qui interdisait sa fuite :

244

— La prudence seule me guide.

— M'aimerez-vous encore ?

— Bientôt, l'assura-t-il en détachant ses doigts pour y poser un baiser.

Il s'éloigna aussitôt. L'écho ne fut pas assez puissant pour lui envoyer le dernier murmure de sa maîtresse :

— M'aimes-tu encore, Huc de la Faye ?

Il trouva François de Chazeron debout et habillé. Il voulut le réprimander, mais il connaissait trop bien son seigneur pour savoir qu'en tout choix il était le maître.

— J'ai fort bonne mine ce jourd'hui, grand appétit et belle vigueur, mon ami, annonça le seigneur de Vollore à son entrée.

De fait, c'était visible.

— Tu n'es point médecin, tu m'épargneras donc ces réticences stupides de charlatan. J'ai besoin d'air et compte bien pousser jusqu'à Vollore.

— Le froid est vif, même pour les chevaux.

— J'ai bravé d'autres hivers sous de bonnes pelisses. Je suis las, mon bon Huc, de cet esprit de sommeil qui m'engourdit depuis si longtemps. Mes recherches m'appellent et je me sens prisonnier dans cette pièce indigne de mon rang. Même ta garnison a meilleure couche.

— Vous en savez les raisons.

— Elles sont sans effet désormais puisqu'en fait de diable j'ai été floué par un habile voleur. Or donc, c'est dit, tu m'accompagnes avec quelques hommes.

— Vous serez déçu de la visite. À cause du froid les travaux stagnent. J'ai rarement connu hiver plus rigoureux.

— Assez, Huc ! Mon entrain n'a nul plaisir à souffrir ces nouvelles. Nous partons sur l'heure. J'ai déjà donné mes ordres tandis que tu paressais avec ton épouse.

Huc baissa le museau, gêné malgré lui :

— Allons, ne rougis pas. Tout me parvient dans cette

demeure, que cela me plaise ou m'attriste. Ta femme est jeune et de belle constitution, tu as raison de l'honorer.

Huc se sentit mal à l'aise. Derrière l'apparente bonhomie de François, il percevait une ironie amère. Il avait été discret auprès d'Antoinette, et cependant Albérie avait compris leur manège. Pouvait-il en être de même avec François ?

Lui passant un bras autour de l'épaule, François l'entraîna au seuil de la chambre.

— J'ai grand faim de jouvencelle à mon tour, et il est à Vollore une petite bien aguichante dont je me repaîtrai à plaisir dès lors que nous y aurons réglé certaine méchante affaire... Apprête-toi avec tes hommes, Huc. Nous partons.

Le ton était sec, autoritaire. Huc se força au calme et repartit en souriant :

— Je suis à vos ordres, messire.

Cette fois, résolument, il gagna la chambre de son épouse, le cœur battant la chamade. Elle dormait encore, paisible. Jamais il ne l'avait vue plus sereine et plus femme. Il l'éveilla pourtant :

— Huc, gémit-elle en glissant spontanément ses bras autour de son cou.

Il l'embrassa chastement sur le front en se dégageant. Il avait peu de temps.

— Je t'aime, Albérie, de toute mon âme, et cette nuit a été pour moi la plus belle de toutes, mais j'ai grand peur. Je dois accompagner François à Vollore et mon instinct me dit qu'il sait ma liaison avec Antoinette.

Albérie blêmit et froissa le drap sur sa poitrine blanche.

— Je ne reviendrai peut-être pas de Vollore, mais je ne subirai pas son châtiment sans me battre. J'ai peur qu'il s'en prenne à toi. Si je devais ne pas ressurgir, fuis. Et souviens-toi toujours de mon attachement.

— Ne le brave pas, Huc. Fuyons ensemble, maintenant, supplia-t-elle, les larmes aux yeux. Je ne peux imaginer le pire, pas après cette nuit. Je t'en prie.

— Non, il y a bien trop longtemps que j'attends ce moment, tout en redoutant qu'il vienne. Je suis plus fort que lui. Et je suis sûr de mes hommes. Guette mon retour. Et protège-toi, mon amour.

Il l'embrassa éperdument. Ses lèvres avaient un goût de larmes comme cette nuit lorsqu'elle s'était rendue à son plaisir, mais elles ne lui laisseraient cette fois qu'un sentiment de douleur. Il se détacha d'elle. Refusant d'entendre ses sanglots, il s'empara de son mantel et sortit.

L'instant d'après, il s'enfonçait sous le portique de pierre avec quatre hommes et François de Chazeron.

13.

Ce 20 novembre 1515, François referma derrière lui la porte de son antre d'alchimiste et Huc se sentit pris au piège. Il avait obéi pourtant à l'injonction de son maître de pénétrer dans la pièce interdite. Les traces de l'explosion étaient encore visibles sur le mur de droite, mais l'athanor était intact de nouveau et froid.

— T'es-tu jamais demandé ce que je pouvais rechercher ici, Huc ? commença François en fourrant dans sa poche la clé dont il venait de se servir pour boucler la serrure.

Durant tout le trajet, Huc était resté silencieux, d'une part parce que le froid intense gelait leur souffle au point qu'ils avaient cheminé capuchon rabattu et enroulés dans d'épaisses écharpes, et d'autre part parce que cela lui avait donné le temps de se préparer à l'affrontement. En homme d'armes, il savait se battre, mais aussi organiser sa défense. François était vif, intelligent. Il avait choisi de le laisser venir.

— Cette fameuse pierre philosophale, je suppose, répondit-il sans détour.

— Certes, certes, mais plus encore que cela.

François s'approcha du four et l'alluma. Un grondement sourd s'empara des braises, rougissant le foyer. Il faisait presque aussi froid dans la pièce qu'à l'extérieur, et par la cheminée éteinte descendait un vent glacial. Huc s'approcha sans hésiter des flammes qui réchauffaient le charbon, mains croisées dans le dos. François activa le feu à l'aide d'une pique de fer au manche de bois. Il prenait un plaisir évident à l'enfoncer dans les morceaux épais pour les diviser et les offrir au brasier.

— À travers la pierre philosophale, c'est la jeunesse éternelle qu'espèrent les alchimistes, et l'or bien sûr, l'or en abondance. Moi je désire plus encore. Je veux le pouvoir. Absolu, total. Ce pouvoir invincible que donnent richesse intarissable et éternité. Tu ne peux imaginer comme c'est grisant de concevoir que rien ni personne ne pourrait s'élever contre toi, que le monde pourrait se rouler à tes pieds et lécher tes bottes au risque de se faire écraser par leurs talons au moindre signe de désobéissance. J'exècre la désobéissance. Mais plus encore la trahison.

Le silence retomba. Huc ne broncha pas. Il était sûr désormais que François savait. Ils étaient calmes cependant l'un et l'autre. La pique rougissait dans les braises, et François ne parvenait pas à en détacher son regard.

— Tu m'as bien servi, Huc. Tu n'étais pas d'accord avec mes actes parfois, mais jamais tu ne t'es élevé contre ma voix. Bien sûr tu as épousé cette fille. Avais-tu peur que je m'en prenne à elle ou te sentais-tu coupable de ta lâcheté, prévôt ?

— Les deux sans doute. Je l'aime cependant, répondit Huc sans détour.

— Ah ! l'amour ! Sotte et ridicule chose, ricana François. Les raisons de ton choix m'indiffèrent au fond. Tu étais loyal, cela seul importait. La soif de pouvoir est comme la soif de vin, impérieuse et grisante. La seule idée d'en perdre la moindre parcelle me fait mal, comme si l'on m'arrachait l'âme. Regarde mon épouse, elle était soumise et respectueuse. Voilà qu'à l'aide d'un prétexte ridicule elle se dresse contre ma volonté et que dans le même temps je tombe malade, comme si le destin voulait me rabaisser, me contraindre. Imagine, Huc, tout ce temps à ne rien faire d'autre que penser, tenter de comprendre pourquoi ce pouvoir brusquement m'avait échappé. Mon épouse est assez triste au lit. L'as-tu révélée ?

— Je le crois.

— Bien. Tu as bonne réputation. Mon père déjà en faisait état. Était-ce avant ou après l'enfant ?

— Après.

— Je suis donc le père. C'est une bonne chose. Il faut un héritier aux terres des Chazeron. J'épargnerai mon épouse bien que je sois persuadé qu'elle t'a séduit. Tu n'aurais pas risqué de me déplaire, je le sais.

— Je suis pourtant le seul responsable.

— Suffit, Huc, je t'ai dit que je l'épargnerai. Il t'est inutile de la défendre. C'est toi que je dois punir et cela m'ennuie. Je devrais te tuer pour m'avoir offensé, or tu me sers bien. Tu as veillé sur moi comme un père, et par deux fois déjà. Je suppose que je te dois la vie. As-tu souhaité ma mort, Huc ?

— Je la souhaite encore !

François ricana de nouveau.

— J'aime ta franchise. J'ai de la chance que tu sois guavashé. À ta place, je n'aurais pas hésité si je t'avais porté autant de haine. Or je n'aime pas assez ma femme pour te haïr de l'avoir prise. Je ne trouverai pas meilleur prévôt que toi. Je mérite pourtant compensation, tu en conviendras. Bien sûr, tu ne t'approcheras plus de mon épouse.

— Bien sûr.

— L'aimes-tu ?

— Non.

— Je crois qu'elle t'aime, quant à elle. Je veux qu'elle ignore notre entretien et que tu la repousses. Il n'est rien de pire pour une femme que de croire avoir été flouée dans ses sentiments. Son malheur la rendra docile. Voilà qui est réglé. À ceci près qu'il me faut te prendre en retour ce qui compte le plus pour toi, afin que je sois équitablement vengé, n'est-ce pas ?

— Je ne possède rien de plus précieux que ma vie.

— Bien sûr que si, Huc de la Faye. Tu as sacrifié ta vie pour elle.

Huc sentit la colère le gagner, malgré lui.

— Ne touchez pas à ma femme ! rugit-il entre ses dents.

François eut un sourire cruel.

— J'avais raison, donc. Tu mourrais pour elle, n'est-ce pas ? Comme cet idiot de coustelleur pour sa sœur. Cela suffit à ma peine, prévôt. Lorsque j'aurai choisi le moment, je la prendrai comme cette Isabeau, bien qu'elle m'excite peu, je dois le reconnaître.

Huc serra les poings et se tourna vers François, la rage au ventre. Mais François avait prévu sa colère. La pique chauffée au rouge partit en travers de son visage, et le barra d'une brûlure fumante.

Huc se recula en hurlant sous la douleur et la surprise. François en profita pour lui enfoncer le fer dans la poitrine. Huc tomba à genoux, l'œil noir, essoufflé. François saisit sa chevelure à pleine main et lui redressa le visage. Il était étonnamment calme.

— Tu ne mourras pas, Huc de la Faye. Tu vas continuer à me servir en sachant cela, chaque jour. Si tu me désobéis encore une seule fois, elle m'appartiendra, tu entends, ensuite je la marquerai comme toi pour que la région entière s'en souvienne.

D'un geste brusque, il arracha la pointe couverte de sang et la jeta sur les charbons ardents. Ensuite, il s'en fut ouvrir la porte.

— Hors d'ici à présent. Je n'ai pas ta mansuétude, Huc de la Faye, on te soignera aux communs. Ils savent tous pourquoi tu as été puni. Ah, j'oubliais, fais-moi envoyer Romane.

Huc se releva péniblement en toussant et en crachant du sang. S'agrippant au chambranle de la porte, il s'offrit le luxe de toiser son bourreau d'un regard de haine, puis descendit l'escalier en titubant, une main plaquée sur sa poitrine percée.

Dame Clothilde ne posa aucune question en le voyant paraître, et Huc comprit tout le sens des paroles de François. Tous savaient sa liaison avec Antoinette. Dire qu'il s'était imaginé discret...

François était une fine lame. Il avait piqué où il fallait pour le mettre hors de combat sans toucher aucun organe vital. Huc se sentit misérable. Il avait sous-estimé son maître. François avait toujours su. Tout. Il lisait en lui, en eux tous, comme en un livre ouvert. Fallait-il qu'il soit pervers pour avoir ainsi joué depuis tant d'années de leur confiance ! Albérie avait raison mille fois. Ce n'était pas un homme, même pas un animal. À l'inverse de sa femme dont le sang mêlé portait une marque infâme, lui était une bête. Une ignoble et répugnante bête.

La petite Romane gravit l'escalier, l'air contente. Elle était la préférée du seigneur et s'en trouvait bien aise du haut de ses dix-sept ans. Huc eut pourtant le sentiment de l'envoyer à l'abattoir. Désespérément las de sa servitude, il laissa Clothilde panser sa plaie sans desserrer les dents.

Le soir même ils revenaient à Montguerlhe, comme si rien ne s'était passé. Seule la marque croustelevée[1] trahissait l'allégeance du prévôt à son maître, et Huc en fut pesneux malgré lui lorsque son épouse le serra dans ses bras avec sincérité.

Il n'eut pas le courage de lui révéler la menace de François, il se contenta de l'assurer de sa mansuétude. Albérie avait changé. C'était une autre transformation

1. Couvert de croûtes.

que celle qui l'avilissait chaque pleine lune. Elle se trahissait dans son regard, dans ses épaules qu'elle ne voûtait plus lorsque son époux la regardait. Cette nuit-là, elle se coucha nue contre lui et, malgré leurs blessures respectives, ils s'étreignirent tendrement sans cependant faire l'amour.

Elle s'apercevait brusquement qu'elle n'avait cessé d'attendre et de rêver ce moment. C'était comme une révélation, la certitude sans doute stupide qu'on avait définitivement dompté l'animal en elle. Pour la première fois de sa triste existence, elle n'était plus qu'une femme. Seulement une femme. Et son époux qu'elle avait cru perdu souriait de la serrer contre lui.

— Sauras-tu me pardonner tout ce temps perdu ? lui demanda-t-elle, sûre désormais de sa réponse.

— Il m'était nécessaire aussi pour mieux t'aimer aujourd'hui. Quoi que je fasse désormais, Albérie, sache que ce sera pour toi seule et pour ton bonheur que j'agirai, affirma-t-il.

Elle s'en grisa. Les siens l'avaient chassée, mais ce soir cela n'avait plus d'importance. Peut-être devait-il en être ainsi. Les loups n'étaient plus sa famille, Loraline ne l'avait sans doute jamais été, mais elle comprenait son bonheur. Elle ne gênerait plus Philippus et sa nièce, elle se promit de sortir de leurs vies jusqu'au printemps. Ensuite, tout serait à refaire. Elle l'avait promis à Isabeau, et l'incident d'aujourd'hui la confortait dans sa résolution. Puisqu'elle n'avait plus à craindre de perdre son époux au profit de sa rivale, alors François de Chazeron mourrait, dès qu'avec les beaux jours elle reconduirait Philippus aux portes de l'Auvergne. Ensuite seulement elle serait libre d'aimer sans avoir peur. Elle soupira d'aise et s'endormit. Huc s'en attendrit à plaisir puis se laissa glisser à son tour en étouffant une quinte de toux.

La menace de François planait au-dessus de son bonheur neuf, mais ce soir il n'en avait cure. Il avait malgré tout remporté une victoire. Il n'avait plus à faire semblant désormais. François avait raison. Pour protéger son épouse, il était prêt à tout. Même à tuer.

Quelques jours plus tard, François s'en retourna à Vollore, avec ses malles cette fois. Lorsque Antoinette insista pour rester à Montguerlhe en raison de son gros ventre, des travaux en cours, du manque de chauffage et de confort, il ne la contraria pas. Il se contenta d'un regard de biais vers Huc qui signifiait trop que, quoi qu'il advienne, il serait informé.

Le seigneur de Vollore avait récupéré sa santé, son orgueil, son cynisme, sa cruauté et son droit. Il partit dans l'hiver au mépris de Noël qui approchait, pour ne pas souffrir les miséreux réfugiés à Montguerlhe, pour se retrouver seul face à l'athanor et à ses recherches. Et tous, dans la forteresse dressée comme un rempart entre son ignominie et leur haine, oui, tous s'en sentirent soulagés.

— Il vous faut me pardonner, dame Antoinette, insista Huc en s'inclinant devant elle.

Elle l'avait fait mander en sa chambre dès que son époux avait franchi la herse pour lui sauter au cou et retrouver sa caresse, pour savoir aussi la raison de cette vilaine marque sur son visage. Le bruit avait couru d'une punition. Elle avait craint que ce soit à cause d'elle, mais le fait que son époux ne l'affligeât point à son tour le démentait. Elle avait appelé son amant. Mais Huc ne s'était pas rendu chez elle. Il avait envoyé un page porteur d'un laconique message : « Je vous verrai, ma dame, mais point en vos appartements. »

Ils étaient donc seuls ainsi qu'elle le souhaitait, mais dans la salle d'armes où elle l'avait rejoint sitôt le déjeuner pris. Elle s'était élancée vers lui après avoir barré la porte, mais, au lieu du fougueux baiser qu'elle avait espéré, il l'avait embrassée sur le front en repoussant élégamment son étreinte.

— S'il me faut vous pardonner, alors c'est que j'ai tout à craindre, n'est-ce pas, mon cher Huc ?

Elle se serait volontiers écroulée sur une chaise, mais la pièce était désespérément vide, si l'on exceptait les présentoirs de bois où arbalètes, flèches, massues hérissées de pointes et autres armes se trouvaient accrochées, garnissant chaque mur d'un triste habit guerrier.

— Je vous écoute, Huc. Votre épouse affiche un visage rayonnant que je lui ignorais, alors que j'ai perdu le mien. Pourquoi ai-je le sentiment que ce n'est nulle coïncidence ?

— Parce qu'à vous je ne saurais mentir, dame Antoinette. Je vous aime il est vrai, vous le savez dans mon regard, dans cet émoi que vous inspirez à chacun de mes souffles, et cependant j'aime mon épouse, aussi curieux que cela puisse vous sembler. Mon cœur sincère ne peut souffrir de vous abuser l'une et l'autre. Il me faut choisir. Or vous avez un époux, ma dame, et cet époux est mon maître.

— Cela ne vous gênait point tantôt, objecta-t-elle, blessée.

— J'ai voulu croire, ma dame, au bonheur que vous m'offriez. La réponse en est cette marque à mon front. Que je le veuille ou non, ce n'est pas à vous, hélas, que j'appartiens.

Antoinette blêmit.

— Sait-il ?

— Le doute, ma dame, est plus pernicieux et dangereux qu'une certitude. Il m'a rappelé lequel de vous deux je devais servir, ce n'est pas sans raison. Je crains pour vous, mon aimée, davantage que pour moi. Tant que vous porterez l'enfant, il voudra ignorer la rumeur. Si elle enfle et ne dément point ses craintes, lorsqu'il aura cet héritier, vous ne serez à ses yeux qu'un argument de déshonneur.

— La mort me serait une alliée plus douce que le tourment de vivre sans vous.

— Croyez-vous qu'il m'épargnerait ? Épargnerait les miens ? Ma décision est prise. Je ne donnerai pas à votre époux les arguments de nos pertes. Vous aurez un enfant, ma dame. Reportez sur lui cet amour dont je me nourris encore aujourd'hui. Il en est bien plus digne. Chérissez-le comme celui que je n'aurai jamais, comme s'il était le mien. Je vous aimerai pour ma part à travers lui, au nom de ce ventre que vous m'avez offert et dont il s'est fait complice.

— Il me faudra vieillir sans être aimée. Vous m'avez tant donné, Huc, tant appris. Je ne saurai me contenter du semblant de plaisir d'un époux désintéressé.

— Il le faudra pourtant. Il le faudra, ma belle, ma douce, ma tendre Antoinette.

— Je n'y survivrai pas.

— Votre rôle de mère vous y aidera. Laissez-moi à présent. Il ne faut plus que l'on nous découvre ainsi ensemble, jamais.

— Je t'aimerai toujours, Huc.

— Alors, acceptez ce qui est.

Elle retenait ses larmes dans un sursaut de dignité.

— Si François avait trépassé, ton choix aurait-il été le même ? demanda-t-elle encore en gagnant la porte.

Elle n'aurait pas supporté sa réponse de face.

— Je l'ignore, Antoinette. Mais j'y ai songé, oui, l'espace d'un moment d'insouciance et de bonheur.

Elle voulait y croire. Elle s'en persuada pour se raccrocher à quelque chose de beau et de vrai. Alors lui apparut une évidence. Si son époux savait, c'était qu'on l'avait renseigné. Elle se souvenait du regard de haine d'Albérie à François. Qui mieux qu'elle avait pu trahir leur secret, pour se venger à la fois de sa rivale et de François lui-même ? Elle avait dû marchander la vie de Huc pour qu'il s'en tire sans vrai dommage. Quoi qu'il en soit, elle avait obtenu ce qu'elle souhaitait. Elle avait récupéré Huc de la Faye, et son nouveau bonheur se justifiait dès lors dans son ignoble geste. Albérie était coupable. Et cette idée la révolta. Le moment venu, elle saurait bien le lui faire payer.

Ce 16 décembre 1515, Isabeau s'appliqua en une révérence gracieuse ainsi que dame Rudégonde l'avait habituée à le faire dès que survenait un client. Et celui-ci, ma foi, était bien le plus bel homme qu'elle ait vu sur cette terre.

— La Palice ! Vous ici, mon ami, quel bonheur !

Isabeau se redressa tandis qu'un élan précipitait Rudégonde vers l'arrivant. Le sire ainsi nommé se décoiffa élégamment d'une main et s'inclina en posant l'autre sur l'épée qu'il portait à la ceinture.

— Point de courbette, mon cher, répliqua Rudégonde en riant, embrassez plutôt ces joues que je vous tends.

Il partit d'un rire frais et s'exécuta avec un plaisir non dissimulé. Isabeau avait bien conscience d'être d'une totale indiscrétion au milieu de ces retrouvailles, mais un œil bleu d'azur la paralysait par-dessus l'épaule de sa patronne. Le capitaine des armées du roi la fixait avec amusement.

Rudégonde s'écarta de son ancien amant et le désigna d'un ton faussement mondain dans lequel transparaissait tout le plaisir qu'elle avait de son contact.

— Isabelle, laissez-moi vous présenter l'homme le plus chanceux de ce royaume, messire Jacques de Chabannes, seigneur de La Palice.

Isabeau faillit s'incliner de nouveau, mais quelque chose retint son geste, peut-être ce visage avenant, sans malice, empreint de simplicité. D'ailleurs, comme s'il répondait à son instinct, La Palice glissa :

— Dame Isabelle a déjà salué mon entrée discrète en ce lieu, de la plus charmante façon.

— Allons, incorrigible charmeur, le gronda affectueusement Rudégonde, oubliez-vous que je veux être la première à profiter de votre prestance et de votre charme ? Vous finirez par me rendre jalouse, l'ami.

Puis, sans se douter un instant du trouble qu'éprouvait sa commise, elle poursuivit gaiement :

— Isabelle est nouvelle ici, mais fort habile. De sorte qu'elle m'assiste en boutique depuis ce lundi et que je me félicite chaque jour de notre entente. J'ai pris l'habitude de lui confier mes clients, mais cela ne vous concerne point, je vous veux pour moi seule, mon cher !

La Palice cueillit sa main agile et l'embrassa tendrement :

— Comment pourrais-je, douce amie, m'écarter d'un élan si chaleureux ?

— Méfiez-vous, Isabelle, lança joyeusement Rudégonde en entraînant son ancien galant. Ce coquin a la réputation d'un briseur de cœurs, tout prévenant qu'il soit. Venez donc par là, messire, et contez-moi ce qui vous amène à Paris quand je sais le roi à Milan.

— Rien de bien grave, fort au contraire. J'ai l'agréable mission de faire préparer un appartement luxueux pour un peintre dont notre bon roi s'est entiché en Italie. Ce Leonardo da Vinci est d'un extraordinaire talent et d'une imagination délirante. Il a construit un automate et l'a présenté à la cour à Pavie. Ce lion a ouvert sa gueule devant sire François, l'inondant de pétales de lys ; l'instant d'après ses flancs s'écartaient pour déverser des corolles d'un bleu profond qui nous émerveillèrent. Par quelle magie il a pu teindre d'aussi délicats pétales est une question qui brûle toutes les lèvres depuis. Cependant, je soupçonne fort sire François de s'intéresser davantage aux travaux guerriers de l'homme qu'à ses élans bucoliques. Moi-même, je l'avoue, l'ai trouvé fort intéressant. Il se propose de fabriquer des chars couverts, de même que des bombardes très commodes et faciles de transport qui enverraient des projectiles légers et dont la fumée causerait grande épouvante chez l'ennemi. Il prétend que nombre de ses

258

machines de guerre sont à l'état de plan et qu'il ne désire qu'une aide financière pour prouver leur efficacité. Le croirez-vous, mais le bonhomme a imaginé rien de moins qu'une machine volante capable de permettre à l'homme de se déplacer tel un oiseau. Soit ce vieillard est fou, soit c'est un génie et, parbleu, pour l'avoir rencontré, je gage que notre bon roi serait plus fou encore de ne pas s'intéresser à ce phénomène.

— Ma foi, affirma Rudégonde, devant tel enthousiasme je ne peux que me ranger à pareil avis. D'autant qu'il me donne le plaisir de votre visite.

— Ce serait trahir la constance de votre amitié que manquer de vous voir. N'avez-vous point besoin en ces temps de quelque finance ? ajouta-t-il en baissant ostensiblement le ton.

Pas assez cependant pour qu'Isabeau n'entendît point. Elle s'était remise au travail et tentait de métrer une étoffe reçue le matin même à l'aide d'une règle de bois, mais elle s'emmêlait dans ses calculs, l'oreille collée malgré elle aux indiscrétions de sa patronne. Entre le couple et elle, seules quelques toises et une tenture marquaient une distance de bon usage.

— Les affaires vont bien, répondit Rudégonde sur le même timbre, toutefois, vous le savez, pour satisfaire personne aussi exigeante que le roi, il me faut trouver les toiles les plus fines, les plus rares aussi. Elles ont un coût fort élevé. Il m'ennuie cependant de vous demander créance.

— Vous me servez en servant le roi, Rudégonde. L'affection que je vous porte est bien au-delà de médiocres tractations. Prenez et faites usage au plus sage.

— Ah ! messire, vous êtes bien le plus galant homme de cette Cour. M'aimez-vous toujours un peu ?

Isabeau entendit le rire clair de Jacques de Chabannes. Elle tourna la tête vers la tenture. En ombre chinoise, elle vit le maréchal enlacer l'imposante lingère et poser sur ses lèvres un baiser chaste.

— En doutez-vous, sotte dame ?

L'instant suivant la tenture s'écartait, et Isabeau, les joues en feu, baissait son nez sur son comptage, sans parvenir à retrouver le moindre chiffre. Leurs pas s'avancèrent jusqu'à elle.

— Restez-vous longtemps ? demandait encore Rudégonde.

— Je repars bientôt, hélas, escorter la reine Claude et la régente Louise de Savoie. Nous devons rejoindre le roi à Sisteron aux alentours du 13 janvier. Cela me laisse fort peu de temps à vous consacrer, mais croyez que pour rien au monde je ne manquerais cet office.

Ce disant, il décocha un clin d'œil complice en direction d'Isabeau.

Rudégonde en riant le traita de garnement tandis qu'il prenait congé d'un pas alerte. Lorsque la porte se referma sur une envolée glaciale de neige, Rudégonde poussa un soupir, un sourire mélancoliquement étiré jusqu'aux oreilles.

— Vous lui plaisez, Isabelle, affirma-t-elle, le regard fixé sur la porte.

Isabeau s'aperçut que ses mains tremblaient sur le tissu ; elle les glissa aussitôt dessous pour les dissimuler à sa patronne. Mais celle-ci suivait le cours de ses pensées, accoudée au comptoir devant Isabeau.

— Il y a belle lurette que je n'ai vu briller pareille étincelle dans les yeux de ce mécréant. J'en avais été la source, mais cela fait longtemps, oui, bien longtemps. Il continue de m'enchanter, mais lui non plus n'est pas dupe. L'amour s'est enfui, Isabelle, ainsi va la vie. Je n'aime plus de lui que le souvenir de ses caresses. Mon travail a pris sur moi l'ascendant qu'il avait autrefois. Je lui dois tout, lors ne regrette rien. L'amitié est souvent plus précieuse que le reste. Il reviendra bientôt. Pas pour moi. Pour vous.

Elle se retourna vers Isabeau. Il y avait une tendresse sage dans ses yeux, presque celle d'une mère, songea-t-elle, à moins que ce ne fût quelque élan désabusé. Mais Isabeau refusa d'y croire. Rudégonde était quelqu'un de direct, de vrai. Elle poursuivit d'ailleurs sans détour :

— Ne le repoussez pas si vous le trouvez à votre goût, Isabelle. Vous connaîtrez avec lui de grands bonheurs, c'est tout ce que je vous souhaite à l'un et à l'autre.

— Je ne sais pas si..., commença Isabeau pour dire quelque chose, mais Rudégonde l'arrêta d'un geste.

— Taratata, point de cela, ma jolie. Croyez-en mon expérience. Il vous fera sa cour et vous succomberez, car pas une en ce pays n'est capable de repousser pareil homme. À d'autres je dirais « méfiance », pas à vous, car je le sais, je l'ai vu : il vous aime déjà. Sachez vous en servir et vous serez aussi fortunée et estimée que moi avant qu'il soit longtemps.

La clochette suspendue au-dessus de la porte d'entrée carillonna, tandis qu'un vent glacial se frayait un passage au seuil de la boutique. Une dame imposante grotesquement vêtue s'encadra dans l'embrasure, et Rudégonde esquissa une grimace à l'intention d'Isabeau, avant de se précipiter au-devant d'elle.

Isabeau replongea la tête dans son métrage. L'arrivée de la duchesse de Blois avait coupé court à leur échange, mais elle se sentait bouleversée. Elle n'avait jamais imaginé pouvoir être attirée par un autre homme que Benoît, ni même qu'il y ait un après-Benoît.

Elle entendait parler de messire de La Palice depuis qu'elle avait mis les pieds dans la lingerie, autant par Rudégonde que par les filles dont elle savait qu'elles n'avaient rien perdu de la scène depuis l'œilleton discret dans l'arrière-boutique. Elle s'était imaginé La Palice de mille façons selon les airs de l'une ou de l'autre, elle s'apercevait là pourtant que rien ne collait à la réalité. Il l'avait troublée, au premier regard, comme jamais elle ne l'avait été, pas même par Benoît. Peut-être était-ce la conséquence de sa nouvelle vie ? Elle l'ignorait, mais s'accordait à constater que jamais auparavant elle n'avait été autant entourée, appréciée et heureuse. Bertille et l'abbé prenaient soin d'elle à Nostre-Dame, Croquemitaine et les gueux la vénéraient, Rudégonde, au vu de ses aptitudes, lui avait confié l'accueil en boutique et la façon pour deux clients. Tout allait au mieux, malgré la froidure d'un hiver sournois qui collait des engelures et des toux pernicieuses.

Elle songeait souvent à Albérie et à Loraline. Surtout à Loraline. Elle s'imaginait que François de Chazeron n'était plus et que sa fille n'attendait que le printemps désormais pour entamer une vie nouvelle. Elle se promit de retourner vers elles. Aux beaux jours. Ce ne serait pas facile bien sûr d'affronter le courroux de la jouvencelle, mais Isabeau lui expliquerait, et peut-être comprendrait-elle combien sa mère avait eu besoin de cette deuxième chance, de cette renaissance. Peut-être alors serait-il temps de nouer de véritables liens entre elles, en lui faisant découvrir sa nouvelle identité et ses nouveaux amis.

Isabeau s'aperçut soudain qu'elle souriait, penchée au-dessus de l'étoffe, de ce sourire instinctif des heures paisibles et rassurantes. Et à bien y réfléchir, l'intérêt de messire de La Palice n'y était pas étranger...

14.

— Assez, voulez-vous, messire, vous me faites mourir ! supplia Isabeau en essuyant ses yeux avec un mouchoir rehaussé de dentelle.

Aux coins de sa bouche retroussée en un fou rire, de fines rides creusaient deux fossettes qui vibraient à l'unisson.

Messire de La Palice, un pied négligemment posé sur une pierre, s'appuyait avec élégance sur le pommeau de son épée, drapé dans un plaisir non dissimulé. Isabeau riait, et pour ce rire spontané qu'il espérait tant, en cet instant sublime, il se serait damné.

— Non point, damoiselle, vous me faites trop souffrir de vous moquer de mes déboires, affirma-t-il en roulant des yeux ronds, comique.

Isabeau se détourna de lui sans chercher davantage à refuser ce pouffement qui lui échappait encore.

Depuis une semaine qu'elle acceptait la compagnie de Jacques de Chabannes, elle avait senti rejaillir en elle ces fugaces illuminations d'un autre âge. Peu à peu, au fil de ses visites quotidiennes à la boutique, il avait apprivoisé son sourire, cette rougeur sur ses joues dès lors qu'il attardait un œil gourmand sur son corsage. Isabeau s'était laissé séduire, effrayée et ravie, rebelle et consentante à la fois. Simplement parce que le personnage était plaisant, chaleureux, mais surtout patient et respectueux.

Il la comblait d'attentions à chaque visite, apportant des confiseries, la couvrant d'éloges sur sa mise, ses gestes, son allant. Rudégonde l'avait grondé pour la forme, insistant sur le fait qu'il la négligeait comme toujours, et que, pis, il détournait sa commise de son ouvrage, ce qui sûrement entraînerait un manque à gagner. La Palice éclatait d'un rire sonore, l'enlaçait de façon impertinente et lui plaquait une bise sur la joue avant de glisser une piécette entre ses seins volumineux. Rudégonde se fâchait encore tandis qu'il ponctuait son geste d'un joyeux :

— Voyez, lingère, je vous paie le temps que je vous prends et, s'il me faut le justifier, faites-m'en un calçon et une gorgerette !

Rudégonde gardait l'argent et prenait ses mesures, insistant pour qu'Isabeau tourne le fil autour des mollets, de la taille ou du cou du gentilhomme, et se moquant de sa gêne lorsque ses doigts effleuraient la peau ou la chemise :

— Ma fille, il faut vous activer, sans quoi ce beau galant va nous mettre sur la paille ! Apprenez donc à vous garantir de ses flatteries ou vous ferez mauvais ouvrage.

Elle appuyait les doigts d'Isabeau sur la jambe de La Palice.

— Là ! Voyez, ce n'est pourtant pas sorcier ! Tenez ferme, et s'il vous ennuie, piquez de l'aiguille.

La Palice riait, prenait sa défense d'un claquement de dents en direction de la lingère et suppliait en aparté :

— Ne l'écoutez point, elle a du verbe autant que du cœur. Je suis, ma foi, grâce à elle, plus poincté d'épingles que d'épée et, vous l'avouerez, ce ne sont point des cicatrices flatteuses...

— Taisez-vous donc, messire, ou c'est sur votre bec que je coudrai mon dernier ourlet ! ripostait Rudégonde.

Ce ton permanent de badinage et de jeu complice avait eu raison du mutisme d'Isabeau. Elle avait de l'esprit, elle l'ignorait jusqu'alors. Elle avait fini par rire avec eux, se moquer avec eux, médire aussi, car il ne pouvait à la cour du roi se faire d'autres échos que ces rumeurs piquantes.

Au fur et à mesure que les sous-vêtements de Jacques de Chabannes avançaient en façon, Isabeau se lâchait d'un mot, d'un regard, d'un rire plus appuyé, jusqu'à entrer dans le jeu et répondre sans rougir au beau maréchal des armées. Ses trois amies dans l'arrière-boutique, qui se relayaient pour s'occuper des autres clients s'il en survenait durant l'essayage, ne manquaient pas une occasion le soir venu de noter le changement s'opérant peu à peu sur le visage d'Isabeau. Au point que Françoise avait fini par la prendre affectueusement dans ses bras en lui chuchotant à l'oreille, un soir à la fermeture :

— Le bonheur est tout près, si tu acceptes de réapprendre l'amour dans les bras d'un autre.

Isabeau avait blêmi. Lorsqu'elle s'était retrouvée seule dans sa chambre après s'être séparée de ses amies, elle avait pris conscience de cette évidence. Il ne lui faisait plus aucun doute qu'elle aimait messire de La Palice, mais elle n'avait pas songé à ses mains sur son corps. Elle savait que ses amies avaient gardé son secret ; devait-elle s'en confier à Rudégonde, était-il temps de repousser cet homme, en avait-elle seulement envie ? Lorsqu'elle songeait à l'amour charnel, elle revoyait la violence, la perversité, la souffrance. Pendant quinze années elle s'était baignée chaque jour, encore et encore, pour se laver de cette injure. Elle n'y avait plus pensé depuis son arrivée à Paris. Ici tout était léger, serein, tout lui réchauffait l'âme, le cœur et le corps.

Dans les robes superbes qu'elle portait, elle avait réappris à s'aimer. Ce corps sublimé par les regards appuyés de La Palice, elle l'avait senti renaître. Serait-elle capable le moment venu d'en effacer les cicatrices ? Surtout celle, visible, que le seigneur de Vollore avait gravée au fer rouge sur sa gorge ?

Elle s'était confiée finalement à Lilvia la gitane. C'est elle qui lui avait raconté combien il était doux de béliner avec l'être aimé, combien la caresse apaisait les doutes et fortifiait les sentiments, et qu'elle ne devait pas craindre ce qu'elle ressentait au plus secret d'elle.

Isabeau avait fini par chasser ces questions de sa tête, et jour après jour avait continué son apprentissage de la douceur de vivre.

La veille, son habit terminé, La Palice était venu prendre son paquet. Il avait eu un sourire triste.

— Je dois hélas vous saluer, gentes dames. Le devoir me rappelle auprès de mon roi. Je pars ce surlendemain, j'ignore jusqu'à quand.

Isabeau avait senti son cœur chavirer de chagrin. Elle s'était pourtant forcée à sourire et avait lâché avant même sa patronne :

— Vous nous manquerez, messire. Revenez-nous vite !

Elle n'avait pas vu le regard de connivence échangé entre La Palice et Rudégonde qui s'était éclipsée sur une quinte de toux opportune. La Palice avait saisi sa main, fraîche soudain par ce sang qui l'avait quittée. Elle avait levé sur lui son regard amande sans chercher à y dissimuler sa peine.

— Je n'osais, douce Isabelle, vous dire tout le bien que m'apporte votre compagnie. Ces mots viennent jeter bas toutes mes craintes. Demain la journée me reste entière, accordez-moi la vôtre. Je gage que vous n'avez jamais visité Paris, laissez-moi m'offrir en guide. Je partirai alors le cœur empli de vous, moins triste puisque enrichi du souvenir de cette escapade.

Isabeau s'était sentie fondre.

— C'est-à-dire, messire, que j'ai à faire ici !

— Je me passerai de vous, Isabelle. Messire de Chabannes a raison, vous travaillez, mangez, et dormez, rien de plus. La cité est belle, je vous donne congé. Profitez-en ! avait lancé Rudégonde dans son dos.

Isabeau aurait volontiers battu des mains comme une enfant, elle s'était contentée d'un « Merci, dame Rudégonde ! » sur lequel Jacques de Chabannes avait ajouté :

— Je passe vous prendre à dix heures, ici même.

Puis il était sorti. Vite, peut-être pour qu'elle ne change pas d'avis. De fait, Rudégonde ne lui aurait jamais permis de refuser, pas davantage que ses trois amies, qui s'étaient, sitôt la porte refermée, précipitées à son cou en applaudissant à tout rompre. Isabeau s'était alors abandonnée à son bonheur, tandis qu'elles l'entraînaient dans le choix d'une robe pour l'assortir à cette journée exceptionnelle.

— Sans chaperon, vous sortez sans chaperon ! Allons, Isabelle, cela ne se fait pas dans le grand monde ! s'était exclamée Bertille, bien droite sur ses petites jambes, devant une Isabeau confortablement installée dans le fauteuil de son logis.

Isabeau l'avait regardée, abasourdie. Comment la naine pouvait-elle s'inquiéter des convenances alors qu'à la cour des Miracles il n'y en avait aucune ?

— Mais je n'appartiens pas au grand monde...

— Lui si ! Voyons, Isabelle, il te plaît, tu lui plais, c'est un fait ! Mais il ne t'appréciera que plus si tu te montres à la hauteur de ses espérances, faible certes, mais grande et forte. Que veux-tu être pour lui, une maîtresse ou une conquête ?

Isabeau resta bouche bée. Elle ne s'était pas posé la question puisqu'elle avait décidé de ne plus s'en poser.

— Seigneur Jésus des Estropiés ! avait juré Bertille en se couvrant les lèvres de ses petites mains boudinées. Si Croquemitaine sait que je t'ai laissée accompagner ce maréchal sans chaperon, il me tuera, tout époux qu'il soit ! Je t'accompagnerai !

— Mais...

— Pas de mais ! Je t'accompagnerai, resterai dans la litière s'il le faut, mais il ne sera pas dit que tu iras à ton premier rendez-vous sans chaperon.

— J'ai trente ans..., avait fini par lâcher Isabeau.

— On peut avoir trente ans et être jeune fille, avait répliqué Bertille.

— À trente ans une jeune fille est une vieille fille ! J'irai seule et, si Croquemitaine s'inquiète, qu'il nous fasse surveiller discrètement par les gueux. Dis-lui aussi que, s'il a le malheur de se fâcher après toi, je ne serai plus marraine de votre enfant, là !

— Isabelle !

La naine roula des yeux ronds, se dandina un moment sur ses jambes puis finit par pousser un soupir à fendre l'âme.

— Et l'abbé Boussart ? Qu'est-ce qu'il va dire, l'abbé Boussart ?

— Rien, il ne dira rien parce que tu ne le lui diras pas, voilà tout ! Oh, s'il te plaît, Bertille. Vois comme je suis heureuse. Tu m'as si souvent répété qu'ici je n'avais que des amis, que ma vie devait sourire à demain, que le bonheur était dans la confiance et le partage... J'ai fini par le croire. Aide-moi à regagner tout ce que j'ai perdu. Sans me fâcher.

La naine bouda un instant encore puis, lorsque Isabeau ouvrit ses bras, finit par s'y précipiter, posant sans façon sa tête ronde sur le ventre de son amie.

— Il ne va pas aimer ça, Croquemitaine. Ça non, avait-elle grommelé encore. Mais le lendemain elle se prêtait au jeu et, de fort bonne humeur, aidait Isabeau à se parer.

Lors ils étaient au bord de la Seine sous un ciel d'azur dans lequel s'arrondissait un soleil franc et complice.

La neige avait fondu au passage des chevaux. Seuls les arbres en bordure du fleuve gardaient sur leurs branches nues cette parure fragile qui s'effondrait parfois en petits tas discrets à leur pied. Le froid était vif mais Isabeau n'en avait cure. Elle savait la morsure d'autres hivers bien plus tristes. Celui-ci avait une odeur de printemps.

La rive était belle, active de promeneurs, de maraîchers, de passeurs. Ils la longèrent un moment en silence. Isabeau s'offrait aux bruits, aux parfums si différents de ceux qui avaient ourlé son enfance. C'était un autre monde et Jacques la laissait humer, tendre le cou et l'oreille, se contentant de la couvrir d'un regard fiévreux et d'enchaîner plaisanteries et histoires pour le bonheur d'entendre son rire. Ils s'arrêtèrent devant une carriole où, sur un brûlot, un vieil homme faisait griller des châtaignes.

Isabeau le reconnut aussitôt, elle l'avait vu à la cour des Miracles. Tandis que La Palice payait une ample portion, l'homme lui décocha un clin d'œil complice. Croquemitaine avait suivi ses conseils et averti sa brigade. Sans aucune véritable raison, cela lui fit plaisir. Grâce à eux tous, elle se sentait en sécurité partout, où qu'elle aille.

— C'est, je crois, le plus beau jour de ma vie, avoua-t-elle en s'éloignant du charreton, tandis qu'elle saisissait un marron chaud dans le cornet acheté par Jacques.

Ils allèrent s'asseoir sur un banc adossé à un arbre qui ployait ses branches givrées au-dessus de l'eau.

La Palice entonna une autre histoire sur un rythme indécent. Derrière eux, à quelques mètres en retrait, on percevait le pas des chevaux et le grincement des roues des voitures sur les pavés. Mais Isabeau n'entendait plus que son propre rire, comme s'il avait réussi à se frayer un passage de ses pieds à ses mains, de ses mains à ses yeux, de ses yeux à sa bouche, comme s'il n'en finissait plus de laver cet intérieur que le destin avait sali.

Elle se leva pour moucher son nez, résolue à ne plus

regarder La Palice, pour apaiser son hilarité tenace, et s'avança jusqu'à la rive. Il la rejoignit aussitôt et posa doucement ses mains sur ses épaules, tout contre elle, l'obligeant à lui faire face. Isabeau riait trop encore pour se méfier. Elle se retrouva dans ses bras sans avoir seulement compris comment elle y était venue. La voix, chaude et caressante l'enveloppa : « Je vous aime, Isabelle ! » L'instant d'après, elle s'abandonnait tout entière à l'appel de ce murmure dans un baiser si tendre que ses jambes en oublièrent qu'elles touchaient le sol.

Lorsqu'il lui laissa reprendre son souffle, elle ne riait plus, se souvenant à peine qu'elle s'était un jour appelée autrement qu'Isabelle. Elle voulut parler, mais il l'arrêta d'un baiser furtif. L'enserrant plus près encore contre son habit de velours :

— Chut, dit-il, ne répondez pas, ne répondez rien ! Je vous offre cet aveu comme vous m'avez offert votre bonheur. Qu'il vous porte, qu'il vous grise autant que moi ; le temps vous appartient, Isabelle. Si vous devez un jour être mienne, vous me le rendrez et je serai complet. Pour l'heure, laissez-le vous attendre, laissez-moi vous apprendre.

Il l'embrassa encore, mais cette fois elle l'espérait. Elle noua à son tour ses bras autour de son cou et se noya dans cette étreinte sans se soucier du regard des badauds. Puis doucement, presque douloureusement, il l'écarta d'elle, se contenta de garder sa main dans la sienne et l'entraîna dans son sillage. Ils marchèrent un moment en silence vers l'attelage qui les attendait au bout du quai, presque gênés soudain de cette intimité nouvelle.

— Où m'emmenez-vous maintenant ? finit par demander Isabeau comme ils atteignaient les marches qui ramenaient à hauteur des voitures.

— Où voulez-vous aller ? questionna-t-il en réponse.

— Je ne sais pas. Partout, nulle part. Je me sens idiote, je n'ai pas...

Il posa un doigt sur ses lèvres en souriant tristement :

— Voulez-vous rentrer ?

Mais Isabeau n'avait aucune envie de rentrer. Elle l'avoua, trop vite :

— Non, non, la journée commence à peine, pourquoi le voudrais-je ?

— Pour vous protéger de moi !

Elle s'immobilisa en haut des marches, comme le laquais leur ouvrait la porte. Elle se perdit dans son regard, jugeant de son sérieux. Il avait l'air troublé, mais elle l'était bien davantage.

— Le devrais-je, messire ? demanda-t-elle enfin alors qu'il l'invitait d'un geste à monter dans la litière pour dégager le passage.

La Palice laissa le laquais refermer la porte derrière eux, regagner sa place et faire avancer les chevaux de quelques mètres. L'attelage s'immobilisa dans l'attente d'un ordre. Jacques semblait en proie à une vive contradiction. Il lui prit les mains. Ils étaient assis face à face, dans l'obscurité de la voiture dont les volets de cuir étaient rabattus pour les protéger du froid. Isabeau n'était pas inquiète. Elle avait cet instinct des louves, elle savait qu'il n'avait pas menti.

— Je dois vous dire, Isabelle. Je n'ai pas usurpé la réputation qui me précède. Je suis un charmeur, et je ne peux nier combien j'aime les femmes et l'amour. Presque autant sans doute que la guerre. C'est une sorte de jeu pour moi. Mon intention, je vous l'avoue, était de vous séduire, pour vous perdre ensuite dans ces draps où tant de fois déjà j'ai promis l'impossible. Ensuite, je serais parti et vous m'auriez oublié ou pas. Comme d'autres vous m'auriez aimé puis maudit.

Isabeau eut l'impression que ces mots lui coûtaient, pourtant ils lui semblaient évidents à elle. Elle savait tout cela, elle s'était même attendue qu'il l'entraîne chez lui. Elle ignorait si elle en avait envie, elle s'était seulement dit qu'elle jugerait le moment venu. Elle savait, elle sentait qu'il ne la prendrait pas de force. Elle voulait juste se donner une chance de connaître d'autres sentiments que ce que ses sens avaient gardé d'horreur en sa mémoire.

— C'est un homme d'expérience, avait affirmé Rudégonde, aucune femme, moi la première, n'a connu plus grand plaisir qu'au creux de ses bras.

Isabeau l'encouragea pourtant à poursuivre :

— Continuez, messire.

— La vérité, c'est que je ne voulais pas vous voir différente des autres. Or vous l'êtes, Isabelle. Je ne saurais dire par quel prodige, mais vous l'êtes. Tandis que je vous serrais dans mes bras, fier de votre abandon, je me maudissais d'avoir imaginé votre étreinte. Nous n'irons pas chez moi, non que je ne le désire pas, mais parce que je vous aime et veux vous le prouver. Voilà.

Il avait les mains moites, elle le sentait mal à l'aise. Mais elle-même ne l'était pas. Au contraire.

— Votre franchise vous fait honneur, messire. D'autant que je devine votre aveu sincère. Je mentirais si je disais ne pas ressentir pour vous les mêmes élans du cœur. À mon tour, alors, je vais vous faire une confidence. Qu'elle vous dise la confiance que je vous porte. Je n'attends rien de vous et tout cependant. Vous m'avez ranimée. Et pour cela à jamais je suis vôtre.

— Vous n'avez pas...

— Taisez-vous, messire de La Palice. C'est un aveu difficile pour une femme, davantage encore à un homme tel que vous. Sans cette obscurité, j'ignore même si je serais capable de vous avouer ma blessure. Je n'ai pas connu d'homme avant ce jour. Je suis devenue veuve le jour de mon mariage par la cruauté de celui qui m'a violée et humiliée.

Elle l'entendit grogner de rage et perçut la pression plus forte de ses doigts autour des siens qu'il n'avait pas lâchés. Elle poursuivit cependant, mais les mots cette fois ne lui firent pas mal, pas davantage que les images :

— Je n'ai connu de l'amour que la bestialité et les coups d'un être qui m'a volé le bonheur et la vie. C'était il y a quinze ans. J'ai fini mon deuil. Grâce à vous, cette dernière semaine, j'ai eu le sentiment que le passé était désormais derrière moi. Il me laisse en paix. Vous offrez de me respecter, messire, c'est bien plus que je n'en désirais. J'ignore si j'aurais été capable de goûter aux plaisirs de la chair avec vous ce jourd'hui, mais sachez que j'aurais consenti à essayer, parce que je vous aime, comme, je crois, je n'ai jamais aimé.

Elle glissa doucement jusqu'à lui et laissa son visage se nicher contre sa poitrine. Il la garda tendrement ainsi quelques secondes, puis chercha son front du bout de ses lèvres, glissa ses doigts dans son cou, sous le col d'hermine, et finit par s'emparer de sa bouche avec une passion telle qu'elle les embrasa tous deux.

Puis une fois encore il se dégagea de son étreinte.

— Je reviendrai dès que possible, douce Isabelle. Je vous réapprendrai l'amour. J'obéirai à vos limites, vous m'enseignerez les miennes. Par Dieu, je jure que je n'aurai de cesse de réparer ce que ce fou a détruit. Mais auparavant il me faut savoir son nom. Quel qu'il soit, c'est un homme mort.

— Ne vous souciez plus de lui. Le destin m'a vengée. Je vous l'ai dit, messire. Désormais je suis libre, libre de vous aimer.

Il éclata d'un rire joyeux en couvrant de baisers légers ce visage qui souriait dans la pénombre, puis, mû par une idée soudaine, il lança, guilleret, au laquais :

— Au palais royal.

Isabeau arrondit sa bouche de surprise :

— Mais...

— Connaissez-vous la reine Claude, Isabelle ?

— Non point, je...

— C'est l'épouse de notre bon roi François. Elle

administre le royaume tandis qu'il guerroie en Italie, et jusqu'à son retour. Le palais de la Cité est un peu triste à cette période, la Cour se pressant autour de son roi, mais j'aurai plaisir à ce qu'on vous y voie à mon bras. Vous devrez sans doute soutenir le mépris de certaines de mes anciennes maîtresses, mais cela ne doit pas vous effrayer. Je ne veux pas vous cacher, Isabelle, vous me rendez heureux.

— Je ne suis pas sûre d'être prête à rencontrer ces gens, messire, objecta Isabeau que cette lubie effrayait un peu.

— À mes côtés vous n'avez rien à craindre, croyez-moi. Ayez confiance en moi.

— Soit, si vous jugez que cela est nécessaire.

— Je sais lire entre les mots, Isabelle. Je sais ce qui se cache derrière un droit de cuissage. Le titre de noblesse qui vous fait défaut, c'est en paraissant à mes côtés que vous le légitimerez. Lors nul ne songera plus à chercher le secret de vos origines, si je vous présente à la reine telle que je vous vois.

Isabeau hocha la tête en silence. Elle était touchée par son geste, car elle en mesurait la portée. Elle changea de place et vint s'asseoir à ses côtés, tout contre lui. Lorsqu'il referma avec douceur ses bras autour de ses épaules, elle laissa tomber sa tête contre la sienne.

Oui, elle en était certaine désormais. La page était tournée !

15.

C'était comme si l'hiver avait suspendu son souffle au seuil du long boyau qui menait de la forêt vers la salle souterraine, comme si chaque instant semblait être tout à la fois le premier et le dernier. Une parenthèse douce et chaude loin de la morsure des bourrasques successives de neige ou de pluie.

Les loups ne quittaient l'abri que le soir, s'aventurant près des passages de cerfs et de chevreuils selon un rite immuable. Ils revenaient pourtant souvent le ventre vide.

— Jamais je n'ai connu d'hiver plus rude, affirmait Loraline lorsqu'elle réapparaissait après une maigre chasse, accompagnée de Cythar, un chapelet d'oiseaux morts, transpercés d'un fil, à sa ceinture.

Elle en trouvait souvent gelés au pied des arbres, de même que des petits rongeurs maigrichons que la disette avait tués. Tous deux partageaient alors leur mangeaille avec les bêtes.

Philippus s'en émerveillait. Chaque jour, selon le même rituel, elle les appelait d'un son, attendait qu'ils s'installent en cercle autour d'elle, puis leur distribuait leur part sans qu'aucun se batte ou exige davantage. Elle régnait sur la horde, et Philippus y voyait quelque chose de magique.

Dès qu'il avait pu marcher en s'aidant d'une béquille, il avait exploré la salle souterraine qui s'était avérée plus vaste qu'il n'aurait cru. Une seule partie lui avait été interdite par Cythar. Le vieux loup, lorsqu'il s'était avancé, s'était mis en travers de sa route en grognant. Philippus n'avait pas insisté. D'ailleurs, Loraline ne s'y aventurait jamais.

— Ma mère et ma grand-mère reposent au-delà de ces pierres, lui avait-elle confié après avoir remarqué l'attitude de Cythar. Moi non plus, il ne m'autorise pas à pénétrer dans la pièce mortuaire. Comme s'il se voulait le gardien de leurs dépouilles. Je respecte sa volonté. Lorsque mère me manque trop, je laisse la flamme d'une bougie monter au ciel. C'est un peu de mon amour qui la rejoint alors. Ne t'approche pas de leur tombeau, Cythar ne te ferait pas de mal, j'en suis sûre, mais rien ne sert de le braver.

Philippus avait accepté comme elle avait accepté.

Cela faisait à présent trois mois qu'il vivait ainsi, plus heureux qu'il ne l'avait jamais été. Plus amoureux aussi. Ils n'avaient pas reparlé de la louve grise. Elle n'avait pas reparu. Loraline en avait été affectée : car c'était la première fois qu'elle manquait leur rendez-vous de pleine lune. Philippus l'avait consolée, à sa manière, en la bélinant. Ils s'apprenaient mutuellement.

Ses blessures se cicatrisaient grâce aux onguents et aux potions qu'elle lui administrait. Parfois il avait le sentiment que son savoir à elle était immense au regard de ses propres connaissances. Ce qu'elle était et représentait donnait un sens concret à sa quête. Une quête dont la seule vérité était l'amour.

Les premiers jours, il s'était demandé comment le temps pourrait passer sans qu'il finisse par s'ennuyer de la lumière du jour, de tout ce qui constituait auparavant son quotidien. Il s'aperçut vite qu'il n'aurait pas assez de cinq lunes pour faire le tour des fantastiques connaissances acquises par la jeune fille.

Et puis survint ce matin de janvier 1516. Un matin semblable aux autres. Philippus s'était étiré sur sa couche en prenant soin comme chaque jour de ne pas brusquer ses gestes pour ne pas la réveiller, car il s'éveillait toujours avant elle. Cette fois cependant il ne la sentit pas contre lui. Il tourna la tête et s'avisa de son absence. Il en fut troublé. Non qu'il se fût habitué à ce rituel, au contraire, mais ce vide à ses côtés était presque douloureux soudain. Il se dressa. Cythar dormait au pied de la paillasse, serein. Philippus prêta l'oreille. Une toux caverneuse et lointaine suivie d'un spasme retentit dans le silence. Loraline vomissait. Il se leva et, allumant une torche, se guida au bruit le long d'un boyau qui partait sur sa droite. Il savait bien où il conduisait : à une sorte de bassin au fond duquel coulait un filet d'eau. Ils s'en servaient de latrines. Non loin, un deuxième trou en amont permettait de prendre un bain de siège. C'était une de ces curiosités de la nature que Philippus avait bénie dès son premier jour. L'eau y était impropre à la boisson mais, pour ce qui était de cet office, elle servait à merveille et il se souvenait n'avoir connu que peu d'endroits au confort plus éloquent.

Loraline se trouvait engrouée au-dessus du ruisselet, le corps secoué de spasmes. D'une main elle retenait ses longs cheveux noirs, de l'autre elle crispait ses doigts sur une pierre à sa droite pour se tenir.

Philippus ressentait encore des tiraillements dans le haut de sa cuisse et dans le genou, là où les ligaments avaient été arrachés, mais il avait retrouvé son allant, même s'il boitait un peu. Lorsqu'il accéléra le pas pour la rejoindre, il se mordit la lèvre sous les élancements pernicieux qui l'assaillirent aussitôt. Il refusa de s'y soumettre et toucha l'épaule de Loraline alors qu'un nouveau spasme la pliait au-dessus du trou. Il aurait voulu s'agenouiller à ses côtés, mais c'était encore un mouvement que sa jambe maîtrisait mal. Il se contenta d'attendre qu'elle ait repris son souffle en lui pétrissant la nuque et les omoplates pour la soulager de son mieux.

— Ce n'est rien, finit-elle par bredouiller en se redressant. Rien du tout.

Mais Philippus était inquiet. Il se souvenait trop bien des souffrances de François de Chazeron.

— As-tu testé quelque médication de ta mère ? demanda-t-il comme Loraline se redressait après avoir, pour se rincer le visage, recueilli un peu d'eau fraîche et propre.

— Non, affirma-t-elle en souriant. Je me sens juste un peu fatiguée, ballonnée pour tout dire. Ne t'inquiète pas, bel amour.

Mais Philippus venait d'accrocher la rondeur naissante de ce ventre tant de fois offert et sublimé. Tout alla très vite dans sa tête. Trois mois, trois mois qu'il lui faisait l'amour dans une totale insouciance. Fol de lui !

Il lui prit les mains doucement, la gorge sèche.

— Il faut que je t'examine. Maintenant, ordonna-t-il.

— Seras-tu rassuré ensuite ? demanda-t-elle sans malice.

— Oui, je le serai si tu m'as tout dit !

— Qu'aurais-je à te cacher, Philippus ? lança-t-elle dans un éclat de rire.

Elle reprenait des couleurs et ses yeux pétillaient de nouveau. Philippus comprit alors qu'elle ignorait tout des lois immuables de l'enfantement. Elle se laissa ramener à la grotte et étendre sur la paillasse. Lorsqu'il lui écarta les cuisses, elle gloussa de plaisir, mais il se contenta d'un toucher médical, rapide.

— Déjà ? C'était bien agréable, pourtant, gémit-elle.

Mais Philippus n'était plus d'humeur badine. Il s'assit à ses côtés, partagé entre le bonheur et une peur panique :

— Tu es enceinte, Loraline.

Elle ouvrit la bouche, mais aucun son n'en sortit. Son

sourire semblait figé par la surprise. Un long silence suivit, puis Loraline cligna des yeux comme si ce rêve qui l'avait happée soudain lui rendait sa réalité.

— Tu veux dire qu'il y a un petit Philippus, là, dans mon ventre ? murmura-t-elle.

Il hocha la tête. Alors elle se suspendit à son cou et éclata en sanglots.

— Oh ! Philippus, je suis heureuse, si heureuse !

Et il se rendit compte en refermant ses bras autour d'elle que lui aussi était heureux.

— Je ne peux pas repartir sans toi, désormais.

Il avait attendu quelques jours avant de lui annoncer sa décision, le temps qu'elle s'habitue à l'idée de cet enfant. Elle était transformée, riait d'un rien, tendant son ventre en avant, faisait le tour des loups pour y poser leur patte en leur affirmant que bientôt ils auraient un enfanteau à chérir. Elle était touchante, désarmante, mais Philippus ne se laisserait pas fléchir.

La donne avait changé. Il tuerait la louve grise de ses mains s'il le fallait. Il était prêt à tout. Il avait passé plusieurs nuits blanches à se demander ce qu'il aurait fait finalement au terme de ces cinq mois, à présent il savait. Il n'aurait pas abandonné Loraline. Ce qu'il éprouvait pour elle était bien au-delà de l'amour. Elle était la somme de tous ces instants à chercher l'impossible, le surnaturel, l'impalpable. Comme si son existence avait tendu un fil invisible constitué d'indices qui n'avaient eu qu'un seul but, l'amener à elle.

Loraline avait feint ne pas entendre. Elle continuait de jouer avec Cythar. Il répéta un peu plus fort, décidé à hausser le ton encore et encore jusqu'à ce qu'elle ne puisse plus faire la sourde oreille.

— Je ne peux pas repartir sans toi désormais.

Mais il n'eut pas besoin d'une nouvelle fois. Elle lança le bâton qu'elle tenait en main et envoya Cythar le chercher. Puis, assise à même la terre battue, à ses pieds, comme n'importe lequel de ses loups, elle leva vers Philippus ses grands yeux verts, assombris par cette évidence qui la rattrapait soudain elle aussi.

— Nous en avons déjà parlé. Je n'en ai pas le droit.

Sa voix se voulait ferme, mais Philippus savait qu'il n'en était rien.

— C'était avant. Avant que tu portes notre enfant.

Il avait parlé d'une voix douce. Il ne voulait pas la brusquer. Il aurait voulu la rejoindre par terre, mais il ne le pouvait pas. Il n'était pas encore totalement maître de ses mouvements et sa souplesse lui faisait cruellement défaut. Il devait se contenter de cette position inconfortable sur ce tabouret, contre la table grossière. Elle lui donnait un air supérieur qui le mettait mal à l'aise. Mais Loraline se moquait des convenances, elle n'en connaissait aucune.

— Je suis toujours une femme-loup. Et ce petit être se nourrit de cela, Philippus.

Elle écarta les bras, englobant d'un geste la grotte et ses habitants.

— Ils sont ma famille, et c'est ma maison. Stelphar a raison. C'est ici qu'est ma place.

— Non, c'est ce que l'on t'a fait croire, mais c'est faux. Je ne te demande pas de renier tout cela, je t'aime pour ce que tu es, mais tu mérites de connaître le monde, sa beauté, sa richesse, tout ce qui te manque.

Elle éclata d'un rire triste.

— Tu crois que la richesse me manque, Philippus ? Je pourrai pourtant t'offrir ce monde qui t'attire tant si je le voulais. Je suis naïve des choses de l'amour, mais pas de celles de la haine et du chagrin. La laideur dans ton monde est plus grande que la beauté. Je le sais, je l'ai vu dans les yeux de ma mère et de ma grand-mère. Ici je suis en sécurité, avec eux. Reste, toi ! Je pourrais infléchir Stelphar, acheva-t-elle dans un souffle.

Philippus sentit ses jambes flageoler. Il n'avait pas envisagé de rester. Pas un seul instant. Pas sérieusement.

Ils étaient dans une bulle coupée du temps, de tout. Cela lui suffisait pour l'instant, parce qu'il se sentait encore invalide, parce que Loraline remplissait tout, mais il savait qu'il ne pourrait se satisfaire de cette vie de taupe. Et puis il y avait son père qui comptait pour lui et sur lui, il y avait tous ces malades présents et futurs qui seraient reconnaissants de son prodigieux savoir. Il avait de grandes choses à apporter à l'humanité. Il le savait. Il pourrait les partager avec Loraline, en fondant une vraie famille, en lui donnant un nom. Un vrai nom, une véritable identité dans un univers qui la respecterait, qui saurait l'entendre lorsqu'elle lui communiquerait un peu de ses connaissances sur l'anatomie animale. Il ne pouvait laisser tout cela se perdre, il ne pouvait renoncer au fabuleux destin qui s'offrait à eux. Et à leur enfant.

Il tenta de le lui expliquer, mais les mots lui semblaient creux, sortis de son propre raisonnement. Il finit par comprendre que pour elle ils étaient vides de sens. Alors, elle se leva. Son visage s'était fermé au fur et à mesure qu'il s'empêtrait dans des justifications sans fondement.

— Viens, lui dit-elle. Je vais te montrer quelque chose.

Ils marchèrent en silence, éclairés seulement par la lanterne que Loraline tenait d'une main ferme. Philippus respecta son mutisme tandis qu'ils s'enfonçaient dans les entrailles de la terre. Leurs pas sur le roc produisaient un écho régulier, troublé par le raclement des griffes de Cythar qui les suivait.

— Les loups ne sont pas éternels. Ils sont vieux déjà. Que te restera-t-il après eux ? avait-il marmonné maladroitement en lui emboîtant le pas.

Pour toute réponse, elle avait serré les dents et les poings. Un instant il se dit qu'elle allait peut-être le perdre ou l'emprisonner quelque part, mais il chassa aussitôt cette idée de sa tête. Il avait confiance en elle parce qu'elle l'aimait. Vraiment.

Ils marchèrent un moment, dans des relents de sulfure,

et cependant l'air ne lui manquait pas ; à peine sentait-il la fatigue dans sa jambe, qu'il soulageait d'une béquille. Par endroits il devait baisser la tête ou se faufiler entre deux rochers sur le côté en rentrant le ventre, mais, il était prêt à le jurer, comme les autres souterrains de Montguerlhe, celui-ci avait été taillé de main d'homme.

Ils finirent par arriver dans un cul-de-sac.

— Attends là, dit-elle d'une voix dure.

Il ne bougea pas, mais retint Cythar par le col, comme il allait suivre sa maîtresse. Le loup s'assit contre son mollet. Avec lui, il retrouverait toujours son chemin. Peu à peu, une lumière douce s'alluma derrière un rocher qui masquait une ouverture dans la paroi et qu'il avait entendu glisser.

Loraline réapparut enfin et lui fit signe. Il lâcha alors Cythar sans prendre garde aux poils qui lui étaient restés en main et s'avança sur le seuil. Ce qu'il découvrit dans cette petite pièce lui coupa net le souffle. Une cascade d'or. Des jarres s'empilaient les unes sur les autres, remplies de pièces et de pierres précieuses. Jamais il n'en avait vu autant. Jamais. Sur chacune d'elles, un blason sculpté dressait son hommage.

— Comme tu peux le voir, expliqua avec amertume la voix de Loraline, je pourrais racheter au dehors tout ce que je n'ai pas ici. Tout oui, sauf le bonheur que tu me donnes.

Sa voix s'était faite tremblante sur ces derniers mots. Il comprit qu'elle retenait ses larmes.

Il ne trouva rien à dire. Il avait peur que ceci ne soit que le fruit d'un habile larcin, et en même temps il se disait qu'il aurait fallu des siècles à la jouvencelle pour réunir pareil trésor.

— Raconte-moi, finit-il par laisser tomber en cueillant dans une cruche une poignée de pièces qu'il égrena entre ses doigts.

— Quelle importance ?

— Tout ce qui me permet de te comprendre pour mieux t'aimer a une importance.

— C'est une longue histoire, Philippus !

Pour soulager ses blessures, il alla s'asseoir sur un tas de pièces d'or qui s'affaissa sous son poids, envoyant rouler quelques-unes d'entre elles contre les jarres où elles s'immobilisèrent en tintant.

Loraline s'appuya contre la paroi ruisselante d'humidité. Elle connaissait bien l'endroit, et elle avait eu soin avant de descendre de jeter sur leurs épaules une pelisse fournie.

— De nombreuses fois, enfant, j'ai pu voir ma mère emprunter ce boyau, mais il m'était interdit de l'accompagner. Lorsqu'elle revenait, elle tenait une barrette d'un métal jaune et froid qu'elle remettait à tante Albérie. Avec le temps, parce que innocemment mes oreilles traînaient partout, j'ai fini par comprendre que l'abbé du Moutier, Antoine de Colonges, donnait à ma tante des pièces en échange de ces barrettes afin qu'elle puisse approvisionner ma mère et ma grand-mère lorsque l'hiver était rude. Il ne venait jamais jusqu'ici. Je sais qu'un souterrain mène à l'abbaye, mais je n'ai pas réussi à le trouver. Tu serais effaré du labyrinthe qui se cache dans ces montagnes.

— Pourquoi ta mère donnait-elle de l'or pour avoir des pièces alors que cette salle... ?

Il n'acheva pas sa phrase. L'évidence l'avait rattrapé. Loraline s'en empara :

— Celles-ci sont trop anciennes. Les utiliser aurait risqué de donner une réalité à la légende. Des centaines de gens seraient venus fouiller la terre. Je l'ai compris plus tard. Peu de temps avant de mourir, mère m'a conduite ici et m'a tout raconté : « En 1369, Charles V déchira le traité de Brétigny qui laissait à Édouard III, roi d'Angleterre, tout le Sud-Ouest et une partie du nord de la France. La guerre de Cent Ans faisait rage, et le roi de France reprenait une à une les villes françaises attribuées à l'ennemi. C'est alors que le seigneur de

Thiers a croisé sur son chemin un groupe de fuyards anglais, ravis de pouvoir le découdre. En échange de sa vie, il leur offrit l'asile imprenable de Montguerlhe pour leurs familles et leurs biens. Ils s'installèrent donc dans la forteresse, mais n'avaient aucune confiance en ce seigneur qui pouvait fort bien à tout instant les livrer aux Français. Ils érigèrent des morceaux de murs à l'intérieur même du château, dissimulant ainsi de nombreux passages. Durant des années ils disciplinèrent les anciennes carrières de pierres, élaborant un judicieux dédale de souterrains. Nombre de leurs compatriotes vinrent y cacher leurs biens, ou du moins ce qu'ils avaient pu sauver dans leur fuite. Plusieurs coustelleurs grassement payés travaillèrent pour eux en secret dans la salle souterraine. Ils avaient ici tout ce qu'ils souhaitaient, et les armes qu'ils fabriquaient servaient à la lutte sans merci entre l'Angleterre et la France.

« Et puis ce qui devait arriver arriva. Le seigneur de Thiers avait bien vu que des coustelleurs renommés s'étaient enrichis. Il essaya d'en faire parler un, mais la torture le tua avant qu'il révèle son secret. Les autres, prenant peur, se mirent sous la protection des Anglais avec leurs familles. Le seigneur de Thiers, Hermand de Montreval, s'en offusqua et réclama de l'or en échange de son silence. Il n'en obtint pas assez à son goût. Il trouva un complice et s'assura qu'un poison serait servi à ses hôtes, devenus d'autant plus indésirables qu'il était lui-même un traître à la couronne de France pour les avoir cachés. Lorsqu'il n'y eut plus que des cadavres à Montguerlhe, il chercha l'or, mit le château sens dessus dessous, en vain. Il finit par croire que tout l'or avait été employé à la fabrique des épées, mais aucun coustelleur n'était plus en vie pour conforter sa théorie. Il fit enterrer les corps en secret, et détruisit tout document qui eût pu le compromettre.

— Si nul ne sait, alors comment les tiens ?... commença Philippus.

284

— Une femme, une lavandière, besognait au château de Montguerlhe. En rangeant une pile de draps dans un réduit, elle avait surpris un des hommes qui s'engouffrait dans un passage. Elle aurait dû mourir avec les autres, mais le hasard voulut que cette triste nuit elle soit absente, retenue au chevet de sa mère malade. Elle apprit le surlendemain qu'une épidémie s'était déclarée au château. Effrayée, elle courut voir l'abbé du Moutier pour qu'on l'examine. Au lieu de quoi l'abbé lui posa moult questions en lui faisant promettre de ne jamais dire qu'elle avait travaillé à Montguerlhe. Elle comprit alors que quelque chose de terrible était arrivé et, pour ne pas risquer d'y être mêlée, affirma ne rien savoir des agissements des hôtes du lieu. Cette femme était mon aïeule. Quelque temps plus tard, la rumeur courut que tous avaient péri de cette étrange maladie, et pendant de longs mois Montguerlhe résonna des pas de ceux qui cherchaient désespérément l'or. Elle se fit engager au château l'année suivante par le nouvel intendant et put actionner le mécanisme discrètement. Et, après bien des recherches, c'est finalement ma grand-mère qui découvrit le trésor. Toutes les légendes ont une part de réalité, Philippus. Mais cet or, comme les loups, appartiennent à la montagne. Peux-tu m'assurer que dans ton monde j'aurais une place plus importante que la mienne ici ?

— L'or ne sert à rien s'il n'est pas dépensé ! affirma Philippus pour contourner la question.

— J'ai en ce lieu tout ce que je désire. Avant de te rencontrer il y avait un grand vide en moi ; si tu choisis de partir, cet enfant le comblera.

— J'ai deux mois pour te convaincre, car, quoi que tu en dises, Loraline de Chazeron – elle tiqua –, je crois que ce qui continuera de te manquer après moi pour ton enfant, c'est un nom. Celui de son père, celui qu'à l'un et l'autre je pourrais vous donner. Je suis pauvre, c'est vrai, mais bien plus riche que toi d'une identité et d'un titre. Et l'amour que je te porte a plus de valeur à mes yeux que toutes tes fausses raisons pour éviter d'affronter le monde extérieur.

Un instant il crut qu'elle allait éclater en sanglots, mais il n'en fut rien. Son regard se durcit au souvenir de cette blessure qu'il avait sciemment ravivée. Puis son visage se détendit et son sourire reparut :

— Soit, dit-elle. Nous avons deux lunes l'un et l'autre pour choisir notre destin. Lors, Stelphar te raccompagnera aux portes de la ville et tu rentreras chez toi pour régler tes affaires. Tu reviendras pour m'aider à mettre l'enfant au monde et nous reparlerons de tout cela. Quatre mois auront passé sur nos peines et notre solitude. Nous serons plus forts de nos choix, pour ne rien regretter. Cela te convient-il, Philippus ?

— Cela me convient.

Elle s'avança vers lui, se hissa sur la pointe des pieds en faisant rouler quelques pièces dans son mouvement, et lui tendit ses lèvres à baiser. Fou de son odeur musquée de sauvageonne, il l'enlaça pour l'attirer à lui. Dans un glissement de monnaie, ils partirent enlacés en arrière, roulèrent contre une jarre qui se renversa sous l'impact et répandit sur eux son aumône resplendissante. Ils restèrent longtemps mêlés par un même fou rire, relâchant d'un coup cette peur fugitive de l'inconnu qui mène à la croisée des chemins.

— Je t'aime, Loraline, finit par dire Philippus en secouant ses longs cheveux couverts de piécettes.

— Je t'aime aussi. Puisses-tu ne jamais m'oublier !

Loin de là, dans le petit village de Saint-Rémy-de-Provence, Michel de Nostre-Dame scrutait le thème astral de son ami, étalé devant lui, en se mordillant les lèvres nerveusement. Il avait beau recommencer encore et encore depuis des mois, la même image fugitive se dressait une fois de plus devant ses yeux : celle de son ami hurlant parmi les loups dans une forêt de flammes.

16.

« Parle-moi de ta mère... » avait lancé Philippus. Il avait brusquement pris conscience qu'elle était l'âme de cette grotte, la raison de l'attachement profond de Loraline à cet endroit. Au long de ces cinq lunes, il n'avait pas vraiment cherché à connaître Isabeau et cela lui était soudain devenu indispensable.

« J'ai eu des visions d'elle différentes au fur et à mesure que je grandissais, lui avait répondu Loraline. Je me souviens peu de son contact charnel car, je ne l'ai appris que plus tard, elle ne m'a pas allaitée, c'est une louve qui l'a fait, une louve qui venait d'avoir des petits. De fait, Cythar et moi sommes nés à quelques heures d'intervalle, c'est pour cette raison sans doute que nous sommes si proches. Nous nous sommes nourris de la même chair, nous dormions l'un contre l'autre. Il a grandi avec moi, contre moi. Ma mère pleurait souvent à cette époque, j'ai des images furtives d'une femme recroquevillée, échevelée, qui passait ses journées à se bassiner et se racler le corps avec de la mousse. Parfois jusqu'au sang. C'est grand-mère qui s'occupait de moi. Elle vivait avec nous et j'ai davantage connu la chaleur de ses bras que de ceux de ma mère.

« Puis peu à peu, Mère s'est mise à me parler, durement le plus souvent, mais j'ai eu le sentiment qu'elle avait pris conscience de mon existence. J'ai couru les bois avec elle et grand-mère pour cueillir des baies, des simples, des champignons. Elle me prévenait lorsque certains étaient nocifs. Quand je me blessais et pleurais, elle se précipitait. Si la plaie était superficielle elle s'écartait de moi en se moquant, en me disant que je devais apprendre à souffrir en silence.

« Une fois, je me souviens, je devais avoir quatre ou cinq ans, je me suis entravée dans une touffe de ronces et je me suis fracturé la jambe. Elle m'a entendue hurler. Je ne pouvais pas me relever. Elle était livide. Elle s'est mise à tourner autour de moi en écrasant ses mains sur son visage, puis elle s'est arrêtée, elle m'a soulevée dans ses bras et m'a ramenée à la grotte. C'est à ce moment, je crois, qu'elle a changé. Je me suis arrêtée de pleurer. J'avais enroulé mes bras autour de son cou et j'entendais son cœur battre comme un tambour dans sa poitrine. Grand-mère n'était pas là. Elle m'a soignée en silence. J'ai eu mal lorsqu'elle a remis mes os en place, mais j'étais comme endormie par sa douceur, par cette ébauche de tendresse. Je n'ai pas crié.

« – C'est bien, ma fille, tu es courageuse, a-t-elle dit en souriant tristement. C'était aussi la première fois qu'elle m'appelait sa fille.

« J'étais trop petite encore pour comprendre ce qui s'était passé dans sa tête et dans sa vie. Mon univers tout entier se limitait à cette salle, je ne savais rien du dehors, encore moins qu'il existait d'autres gens, d'autres existences. Pourtant quelque chose était devenu différent. Mère ne me repoussait plus lorsque je grimpais sur ses genoux ou que je prenais sa main. Cela s'est fait progressivement. Je crois que je l'ai apprivoisée au fil des mois. Elle était plus souriante et parfois même, avec grand-mère, elles éclataient de rire toutes deux.

« Un jour, je l'ai suivie dans une autre pièce, alors qu'elle me l'avait interdit. La vision m'a glacée. J'ai hurlé en entrant. C'était la première fois que je voyais un cadavre. Celui d'un petit garçon : une charpie immonde. Mère est sortie de derrière un monticule, un couteau à la main. Elle était couverte de sang. J'ai reculé et j'ai buté contre grand-mère. J'ai hurlé de nouveau, mais sa voix m'a apaisée tandis qu'elle refermait ses bras autour de moi. Mère s'est approchée de moi après avoir posé le couteau auprès du cadavre sur la table.

« – Je l'ai trouvé dans la montagne, m'a-t-elle dit, mais ce ne sont pas les loups qui l'ont acravanté, Lora-line, ni moi. Je ne veux plus que tu te promènes seule, tu entends, il existe une sorte de diable, dans les terres du haut, un homme très méchant. C'est lui qui a tué et dépecé ce garçonnet. S'il apprend ton existence, il te tuera aussi. À présent, viens, tu ne dois pas avoir peur de la mort, elle nous enseigne de belles choses pour soulager les vivants.

« J'ai laissé sa main pleine de sang entraîner la mienne. Elle a repris sa lame et a ouvert la poitrine inanimée. Lorsqu'elle a sorti un à un les organes du corps éventré, j'ai reculé un peu, mais je n'avais plus peur. Elle semblait tour à tour surprise et émerveillée de ses découvertes. J'ai fini par m'endormir dans un coin de la pièce. Je me suis réveillée au matin sur ma paillasse. Ma mère pleurait contre la poitrine de grand-mère.

« – Il paiera, Isabeau, crois-moi. François de Chaze-ron paiera.

« C'était la première fois que j'entendais ce nom, mais j'ai compris que c'était lui, le monstre des terres du haut. Jamais à ce moment-là je n'aurais pensé qu'il était aussi mon père.

« Mère a passé de longues journées sur le cadavre, elle transcrivait ses découvertes sur des parchemins, accompagnées de croquis. J'avais déjà vu semblables choses sur un autre cahier relié par des liens de chanvre. Mère avait dessiné un loup en première page. Grand-mère m'expliqua que la mère de Cythar avait été la première à être ouverte et examinée par mère. Elle voulait comprendre, pour pouvoir les soigner lorsqu'ils seraient malades ou blessés. C'est grâce à ce savoir qu'elle avait pu réparer ma jambe cassée. J'en ai conçu une grande fierté pour elle. Elle a fait des croquis de fleurs et de plantes dans les années qui ont suivi, préparé toutes sortes d'onguents et de mixtures.

« Un matin, grand-mère a ramené tante Albérie. Mère et elle se sont enlacées longuement. Ensuite, elles ont conversé à voix basse, mais j'ai surpris à plusieurs reprises le nom de François de Chazeron. Puis tante Albérie a dit que Huc de la Faye la protégeait. Cela m'a rassurée. Si quelqu'un s'opposait au monstre, alors je ne risquais rien. Tante Albérie est venue nous voir souvent, mère riait davantage, c'était elle parfois qui m'attirait à elle et jouait avec les loups et moi. Tante Albérie la regardait alors d'un œil sévère.

« Par la suite grand-mère est morte et mère a refermé la chambre mortuaire. Elle et Albérie ont gémi longtemps, pas moi. "La mort ne doit pas te faire peur", avait dit mère, alors je n'avais pas peur. Le chagrin vient avec l'idée de l'absence, pour moi cela ne signifiait rien. Lorsque grand-mère me manquait, je demandais quand elle allait revenir. Tante Albérie m'a expliqué quelques mois plus tard. C'est à ce moment-là que j'ai souffert.

« À cette époque-là, mère a changé de nouveau. Tante Albérie pleurait beaucoup à chacune de ses visites, elle avait des cernes violets sous les yeux. Un jour, je lui ai demandé si le monstre des terres du haut lui avait fait du mal, à elle aussi. Son regard s'est durci et elle m'a ordonné de relever ma chevelure. Elle a passé ses doigts sur la plaque de poils qui s'y trouvait et s'est mise à ricaner avant de me répondre :

« – Le monstre est en moi, Loraline, en nous !

« J'ai reculé et je suis partie me cacher. Mère a élevé la voix contre sa sœur :

« – Jamais, tu entends ! Jamais devant la petite !

« – Il faudra bien un jour qu'elle sache qui elle est, a répondu tante Albérie.

« Je me suis bouché les oreilles. J'avais peur soudain, sans pouvoir m'expliquer pourquoi, comme si je pressentais quelque chose de terrifiant, et puis Cythar s'est interposé, il a grogné, gémi entre elles. Elles se sont tues et se sont tournées vers moi, effrayée, à peine dissimulée par le rocher derrière lequel je m'étais réfugiée. Mère s'est approchée de moi, m'a ôté les mains des oreilles et m'a rassurée :

« – Tante Albérie est quelqu'un de spécial, a-t-elle murmuré, mais jamais elle ne te fera de mal.

« C'est à cette période que Stelphar est apparue pour la première fois. Mère m'a dit qu'elle reviendrait à chaque pleine lune, qu'elle veillerait sur nous et que grâce à elle nous n'aurions jamais rien à craindre.

« Le temps a passé. Mère a continué à fouiller les secrets de la nature, comme si sa vie entière en dépendait. Elle y consacrait tout son temps, toute son énergie. J'ai appris qu'il y avait eu d'autres cadavres dans la montagne, mais mère ne les a plus rapportés. Après chacune de ces macabres découvertes, elle s'enfermait dans son antre, m'interdisait d'approcher. Je l'entendais pleurer, parfois crier dans ses cauchemars. J'ai fini par comprendre que le monstre lui avait fait du mal, à elle et à Benoît dont elle parlait souvent avec tante Albérie.

« Les derniers temps, elle était devenue étrange. Je crois qu'elle sentait qu'elle allait mourir. Elle se mettait à l'écart, ne me repoussait pas lorsque je m'approchais, mais elle tournait la tête, et finissait toujours par s'échapper vers quelque besogne. Et puis elle a eu cette phrase terrible, un matin, juste avant de s'éteindre. Et ma vie à moi a basculé, parce que brusquement le monstre des terres du haut était devenu mon père, quand je n'avais plus de mère. »

Philippus l'avait serrée dans ses bras. Une fois encore

ils avaient fait l'amour, éperdument, malgré son ventre rond.

À l'extérieur, avril avait ouvert les premiers bourgeons et l'air était embaumé des parfums des fleurs sauvages réveillées par une tiédeur printanière. L'hiver semblait oublié, la vie reprenait dans les champs, dans les bois. Une nuit de pleine lune, Stelphar s'avança dans la grotte. Philippus voulut se rebeller, mais le regard de Loraline l'en empêcha. Il répugnait à la laisser dans cet état.

— Tante Albérie veillera sur moi. Reviens en juin, nous mettrons l'enfant au monde, ensemble. Va !

Ils échangèrent un long baiser, mais elle ne l'accompagna pas dans le souterrain. La louve grise ouvrait la marche, Cythar la fermait. Entre eux Philippus sentait à chaque pas un peu de sa vie s'éloigner.

Ils jaillirent à l'air libre, derrière l'autel d'une petite église. Ils en sortirent ensemble. Philippus mémorisa son nom inscrit au fronton de pierre : Saint-Jehan-du-Passet. Elle se dressait sur une butte. Dans la clarté de la pleine lune, il avisa un mulet qui l'attendait, attaché à un arbre. Des sacoches pendaient de chaque côté. Dans l'une, il trouva de la nourriture, dans l'autre, de l'or. Alors se tourna vers la louve et la fixa, droit dans les yeux :

— Je ne crois pas aux garous, Stelphar, et cependant je sais qui tu es. Seule la mort m'empêchera de revenir chercher ma femme et mon enfant.

Il détacha la sacoche et la jeta aux pieds de la louve impassible :

— Ce soir, je suis le plus pauvre des pèlerins par ta faute, et tout l'or du monde n'y pourra rien changer. Nous nous reverrons très bientôt.

Il enfourcha la mule et la talonna sans se retourner. Il entendit seulement le hurlement de Cythar l'accompagner. Comme lui, le loup pleurait.

Philippus brûla les étapes. Sa jambe était douloureuse le soir au coucher. N'ayant pas gardé l'or, il évita les auberges, s'arrêtant dans les hospices où il se fit passer pour un pèlerin de retour de Compostelle. Sa barbe et ses cheveux avaient poussé et le faisaient ressembler à un ermite un peu fou auquel la charité chrétienne ne pouvait rien refuser.

Il avait hâte de rentrer auprès des siens en Suisse. Il ignorait si son père avait été prévenu de sa disparition, il se souciait soudain de son inquiétude, de sa santé, il se souciait de lui pour éviter de se soucier d'elle. Il se disait qu'il allait mettre à jour ses affaires pour s'installer, pour lui arranger un nid dans lequel l'enfant grandirait avec félicité. Cette certitude chassait sa mélancolie, par moments même le rendait heureux ; même si au réveil, chaque matin, ses doigts désespérément accrochaient le vide, le corps empli encore des brumes sensuelles d'étreintes passées.

Isabeau tremblait. De la tête aux pieds. Par intermittence. Ce n'était qu'une succession de frissons. Incontrôlables, agaçants.

Elle s'était préparée pourtant. Avait compté chaque jour depuis le départ de Jacques, se précipitant sur ses courriers.

Messire de La Palice lui parlait beaucoup de la Cour et du roi dont il était proche, il lui racontait son périple, les retrouvailles de François avec son épouse et sa mère, la ville de Marseille où ils avaient séjourné quelque temps, où ils avaient été accueillis par une grande bataille d'oranges à laquelle François et sa Cour avaient participé avec enthousiasme. Puis ils avaient visité la flotte de galères avant de s'étonner devant un étrange animal unicorne dont le dos était recouvert d'une épaisse carapace à la manière des tortues, et que l'on appelait « reynoceron », la bête transitant par Marseille avant de rejoindre Rome, en présent de Manuel de Portugal pour le pape Léon X...

Isabeau buvait ses lettres. Elle faisait commentaire de ces passages à ses amies, se réservant en rougissant ceux où Jacques la couvrait de louanges, assurant qu'il se languissait d'elle plus que d'aucune autre auparavant. Elle avait vu son attachement pour lui grandir au fil des jours, tout en s'activant de son mieux à sa tâche où elle donnait pleine satisfaction à Rudégonde, et en s'inquiétant de ses amis dont l'affection lui faisait un havre de douceur et de sérénité.

Dans cette atmosphère, elle avait achevé de se sentir légère, et s'était reconstruite, au point d'avoir renoncé à sa chambrette de Nostre-Dame pour louer un petit logis accolé à la boutique dans la rue de la Lingerie. Bertille avait tenu à rester à son service et Isabeau l'en dédommageait bien. De fait, outre son salaire, l'or apporté de Montguerlhe lui assurait une rente honorable qu'elle prétendait tenir de son veuvage depuis que La Palice lui avait obtenu une dérogation royale pour travailler en qualité de lingère. Comme elle attirait la sympathie en tout point, nul n'aurait su deviner, derrière cette aimable dame, la sauvageonne qui pendant quinze années avait végété au milieu des loups.

La porte de la boutique s'ouvrit à la volée et un vent printanier s'y engouffra. Jacques de Chabannes s'encadra sur le seuil, l'air guilleret. Isabeau se sentit fondre. Elle lui offrit une révérence, qu'il releva de sa main dégantée. La lèvre gourmande, il susurra sur sa paume, le regard brûlant :

— Votre absence, ma dame, était une longue et profonde blessure. La vie me quittait. Je n'en pouvais plus de mourir. Lors me voici.

Elle se retint de se pendre à son cou ; avec les beaux jours la boutique était fréquentée plus régulièrement et deux jolies dames s'y trouvaient. La Palice les salua courtoisement. Isabeau les sentit vexées de son peu d'intérêt et son orgueil s'en piqua. N'étaient-elles pas elles aussi du nombre de ses anciennes maîtresses ? Ne risquait-elle pas de rejoindre leurs rangs si elle cédait à ses pulsions alors qu'elle découvrait de nouveau l'envie d'aimer ? Ces dames étaient mariées, il était de bon ton qu'elles aient un amant, d'ailleurs tout Paris savait bien le tempérament du roi qui autorisait, pour justifier le sien, le plus truculent des libertinages.

Isabeau était veuve, ce qui lui valait un certain respect, bien davantage que dame Rudégonde, qualifiée par beaucoup de courtisane, même si l'on se servait chez elle. Mais saurait-elle faire face si elle venait à être déchue, abandonnée une fois encore ?

De retour chez elle, sur la promesse d'un rendez-vous le lendemain, les souvenirs étaient revenus, et avec eux les interrogations, les doutes. Bertille lui frotta le dos tandis qu'elle tentait de chasser ces frissons dans un bain de mélisse et de pouliot.

— Je crois pour ma part que tu as peur, Isa, affirma la naine qui savait depuis longtemps déjà toute la vérité sur son passé. Demain tu vas te retrouver dans sa couche, et cela t'effraie parce que tu ignores comment tu réagiras à ses caresses. Mais tu ne dois pas craindre l'amour, Isa ! Il t'aime, je l'ai vu dans ses yeux. De plus, Lilvia a lu ton avenir dans les cendres. Vous serez heureux ensemble jusqu'à ce que la mort vous sépare.

— Justement, Bertille. Quand viendra-t-elle m'enlever encore l'homme que j'aime ?

— Lilvia ne le sait pas, mais elle te voit vieillir à ses côtés. Cela devrait suffire à te rassurer. La camarde nous prend tous un jour, Isa. Il ne faut pas oublier de vivre par peur de mourir ou de perdre ce que l'on aime. C'est stupide et tu n'es pas stupide.

— Tu as raison, Bertille, mille fois raison. Il est si prévenant, si attentionné.

— Alors, ne triche pas avec lui.

Bertille était en train de la sécher lorsque des coups sourds résonnèrent contre la porte d'entrée.

— Qu'est-ce donc à cette heure ? s'indigna Bertille en descendant quatre à quatre l'escalier de bois qui menait au rez-de-chaussée.

Isabeau achevait de frotter ses bras, où couraient de fines gouttelettes, apaisée, lorsque Bertille réapparut, en nage d'avoir couru dans les degrés. Elle était excitée et se tordait les mains.

— L'enfanteau, gémit-elle, il arrive, il arrive, je dois y aller. Lilvia m'attend.

Isabeau sentit son cœur bondir dans sa poitrine et ses craintes s'envoler. Lilvia allait accoucher !

— Aide-moi à m'habiller, lança-t-elle joyeusement. Je t'accompagne.

Un moment après, elles longeaient la rue de la Lingerie pour atteindre la cour des Miracles, où Croquemitaine tournait en rond dans la salle souterraine de l'église, les ongles rongés jusqu'au sang. Isabeau assista Lilvia la nuit durant, mettant tout son savoir à soulager ses douleurs par des points de pression, des massages et quelques onguents qu'elle avait eu soin de préparer pour cette occasion. Bertille tenait la main de la gitane et souffrait en même temps qu'elle. On eût dit qu'elles accouchaient ensemble. Au matin lorsque l'enfant cria, les deux mères s'embrassèrent et s'étreignirent avec tendresse. C'était un garçon joufflu et chevelu, de taille normale, qu'elles prénommèrent François-Constant d'un même accord.

Lorsque Croquemitaine fut autorisé à entrer dans la chambre, longtemps dévastée par les cris, il pleurait. Et Isabeau ressentit douloureusement combien lui avait manqué ce bonheur d'un père prenant pour la première fois son enfant dans ses bras.

Elle les quitta dans la matinée, en promettant de venir dès le lendemain pour le baptême du petiot dont elle était marraine. Ce jourd'hui, elle avait à faire. Cette naissance avait mis fin à ses derniers doutes, à ses dernières peurs. Il était encore temps pour elle de recommencer. Tout. Y compris sa maternité.

Lorsque la litière de Jacques de Chabannes s'arrêta devant sa porte ce soir du 13 avril 1516, elle était prête, toilettée, coiffée et parfumée de frais. Jacques l'embrassa passionnément et elle lui rendit son baiser avec la même fougue.

— Vous m'avez manqué, messire, ajouta-t-elle sur ses lèvres.

— Je vous aime, Isabelle, répondit-il dans un souffle.

Il l'enlaça tendrement contre lui et Isabeau put deviner contre son ventre l'intensité de son désir.

— Vous souvenez-vous, demanda-t-elle dans un murmure contre son oreille, de cette conversation que nous eûmes avant votre départ ?

— Je m'en souviens...

— Je crois que je n'ai jamais été aussi prête...

— En êtes-vous sûre ? Je vous attendrai le temps qu'il faudra !

— Renvoyez votre voiture, messire, on ne nous dérangera pas chez moi.

Il s'écarta d'elle, jaugea son sourire et sa détermination, puis sortit quelques secondes pour donner congé au laquais. Lorsqu'il la rejoignit, Isabeau tira le verrou derrière lui.

— Vous voici mon prisonnier, messire, affirmat-elle en plaisantant.

— De ma vie, puisse Dieu ne jamais m'enfermer dans geôle plus terrifiante.

Il l'attira de nouveau contre lui.

— Vous tremblez.

— Vous saurez vaincre ce dernier sursaut d'appréhension.

— Pour l'amour de vous, je vaincrai chacun des ennemis qui tenteraient de vous empêcher d'être heureuse.

— Alors réapprenez-moi, murmura-t-elle comme il perdait sa bouche dans l'échancrure de son cou.

Il ne répondit pas, mais ses doigts experts détachèrent les lacets qui retenaient son corset sans même qu'elle eût conscience qu'ils desserraient leur étreinte. L'instant d'après elle se retrouva nue dans la lumière voilée par les épaisses tentures qui les isolaient de la rue. Elle se découvrit jolie dans son regard et, tandis qu'il l'emportait ainsi dans ses bras jusqu'à sa chambre par l'escalier, elle se sentit revivre, comme si Isabeau n'avait jamais existé et qu'il ne restait d'elle que cette Isa nouvelle. Cette Isa devenue véritablement et définitivement belle.

Philippus parvint en Suisse courant mai 1516. Il fut bien aise de vérifier que l'on ne s'était pas inquiété de son silence, l'hiver ayant été rigoureux de part et d'autre des Alpes. Il apprit tout ce qu'il avait ignoré : que le roi François de France avait signé un traité garantissant la neutralité de la Suisse dans les conflits concernant la France, que la politique des deux pays avait de fait scellé l'entente commerciale, que les malades avaient été nombreux et que l'on se félicitait de sa promotion. Il avait raconté ses différents périples, heureux de se retrouver dans une vraie maison, devant un feu garni, savourant la cuisine suave de la servante de son père sous le regard bienveillant de celui-ci. Puis il parla d'elle, raconta qu'elle était fille d'un coutelier thiernois et d'une lisseuse, qu'elle était la plus jolie et la plus aimable des femmes, qu'il était éperdument amoureux et voulait l'épouser puisqu'il avait eu l'audace de la convaincre de l'aimer et l'avait honteusement déshonorée.

Son père tiqua :

— Pourquoi en ce cas ne t'accompagne-t-elle pas ?

— Je l'ai laissée aux bons soins des siens pour régler

mes affaires et vous annoncer nouvelles. Elle est grosse déjà et ne voulait pas risquer une fausse couche. Je repars dès que possible et la marierai là-bas.

— Qu'offre le père en dot ? demanda-t-il.

Philippus aspira une goulée d'air et baissa le nez sur son assiette.

— Elle est orpheline, hélas, et fort pauvre. Sa seule dot sera cet enfant, mais je l'accepte et n'en veux aucune autre.

Le père se résigna d'un soupir et sourit à son fils. Ce n'était sans doute pas ce qu'il avait espéré pour lui, mais il était juste, généreux, et savait que rien n'avait plus de valeur qu'un amour sincère et partagé.

Ils achevèrent leur repas dans une atmosphère de liesse et Philippus oublia vite son mensonge. L'essentiel était dans la ferveur de ses sentiments.

— Pourquoi ne pas l'avoir épousée avant de revenir au pays ? demanda son père plus tard, lorsqu'ils eurent pris une liqueur.

— C'est une âme noble, mon père. Elle tenait à votre consentement par peur de vous déplaire et a accepté de braver les regards contre ma promesse devant témoins.

— C'est une raison, en effet. Si toutefois tu voulais m'en donner une autre, sache que je suis disposé à l'entendre.

Philippus déglutit. Son père lui sourit, complice. Pourtant il affirma :

— C'est la seule que je connaisse, mon père.

— Alors nous en resterons là. Sache pourtant que je ne t'enlèverais pas ma bénédiction, même si tu trouvais d'autres choses à me dire. Bonne nuit, mon fils.

— Bonne nuit, père.

Philippus resta seul avec ses résolutions. Il savait pouvoir faire confiance à son père, mais ce secret appartenait à Loraline. Il n'avait pas honte de ce qu'elle était, non, il se disait simplement qu'elle vivrait mieux si nul ne savait jamais ses blessures.

Cette nuit-là il dormit mal. Le lit était souple, chaud, confortable. Il en avait rêvé pendant deux longues années, de ce matelas de laine épaisse, de ces couvertures qui sentaient bon son enfance, des odeurs de sa vieille ville, du souffle régulier du chien qui avait fêté son retour par des jappements joyeux. Il s'apercevait soudain que tout cela n'avait plus de consistance. Son corps s'était habitué aux paillasses de fortune, à l'odeur d'herbes sèches qui laissaient sur la douce peau de Loraline, au matin, des senteurs de moisson. Après s'être tourné et retourné cent fois dans ce lit trop douillet, il finit par s'endormir, enroulé dans une couverture, par terre, le front entre les pattes du vieux chien qui n'avait pas voulu le quitter.

Un mois durant, il s'activa en tous sens. Pour lui faire un nom, son père accepta de lui céder une partie de sa clientèle qui s'avisa de sa compétence et en répandit le mérite. Philippus savait que ce ne serait pas suffisant, qu'il lui faudrait s'installer à son compte et qu'au début les patients seraient rares, mais il avait conscience d'avoir une grande chance : son père était connu, apprécié et estimé.

Au terme de nombreuses démarches, il trouva une maison confortable dans la ville voisine de Villach et fut heureux qu'on lui consente un prêt pour s'installer.

Pourtant, plus il avançait vers ce but qu'il s'était fixé, plus il avait du mal à dormir. La foule, le bruit, lui causaient des maux de tête, les jacassements des patients lui pesaient. Il se prenait malgré lui à s'échapper dès que possible dans la forêt alentour, guettait chaque bruit, avec le secret espoir de se retrouver nez à nez avec un loup. Chaque fois qu'il entendait hurler à la fenêtre de sa chambre laissée ouverte, il dressait l'oreille et se précipitait pour inspirer à pleins poumons les parfums sauvages de la nuit. Il avait beau se convaincre de toutes les meilleures raisons du monde, il ne pouvait nier la trace indélébile que ces cinq mois de réclusion avaient laissée en lui.

Parfois, obsédant, il imaginait le visage de Loraline collé à la place du sien, cherchant désespérément dans le brouhaha de la ville le souffle régulier des loups, comme un hymne au silence.

« Elle finira par s'y faire, par oublier ! » se convainquait-il alors, de toutes ses forces, en refermant résolument la fenêtre et en s'installant confortablement dans son lit. Mais plus les jours passaient, plus il se languissait de ce qu'il avait rejeté. Il imaginait cette femme, sa femme, buvant une tisane dans les salons de quelque dame, maigrie et éteinte, l'œil perdu dans des regrets qui finiraient par prendre toute la place. Alors, ses certitudes vacillaient.

Lorsqu'il jugea qu'il avait mis assez d'ordre dans sa vie pour pouvoir la commencer avec elle, il reprit la route, fort de ses résolutions, avec le secret espoir qu'elle refuserait de le suivre et saurait le convaincre de rester. Là-bas. À ses côtés. Tout en sachant que ni l'un ni l'autre ne seraient jamais à leur place.

17.

— Chazeron est revenu à Montguerlhe hier pour s'inquiéter de son épouse qu'il a délaissée jusqu'alors. La venue de l'enfant est proche, Loraline, nous devons agir. Maintenant, affirma Albérie en frappant du poing sur la table.

— Je suis fort grosse, ma tante, j'ignore si je pourrai..., mentit Loraline, sachant que sa tante ne serait pas dupe.

— C'est ta dernière chance de venger ta mère. Le médecin reviendra bientôt, il te l'a promis et je sais qu'il tiendra parole. Tu te languis de lui, je le vois bien.

De fait, pas une fois, depuis que Philippus était parti, Loraline n'avait su se convaincre de son absence. Malgré elle, elle guettait son pas, tendait l'oreille chaque fois que Cythar dressait la sienne. Elle caressait son ventre rond comme une promesse. Mais le temps lui pesait. D'autant que deux vieux loups étaient morts peu après l'hiver. Ils avaient usé leurs dernières forces à affronter le froid, la malnutrition. Elle savait que Philippus avait raison. Cythar ne serait pas éternel. La meute qu'elle protégeait la connaissait, mais qu'en serait-il des autres qui viendraient la grossir par l'accouplement des trois femelles restantes ? Elle ignorait si son enfant serait toujours en sécurité. De plus, elle ne

302

pouvait nier l'évidence. Était-ce cette vie-là qu'elle souhaitait pour son petit ? Ou une existence telle que sa mère et sa grand-mère en avaient rêvé ?

— Il voudra que je reparte avec lui.

— C'est un être généreux et sincère. Tu auras raison de le suivre. Il est temps que les choses reprennent leur place, Loraline. Tu as le droit d'être heureuse, et l'enfant que tu portes aussi. Mais tandis que tu le berceras contre toi, tu ne pourras t'empêcher de songer à ta mère, à sa vengeance avortée, à ces enfants que François de Chazeron continuera de sacrifier pour tenter de trouver la pierre philosophale. Le remords te vieillira. Tu ne pourras être entière s'il continue, lui, à exister. Tu sais que j'ai raison. Il faut en finir avec cet être malfaisant. Ensuite tu seras véritablement libre.

Loraline détourna le regard. Oui, elle savait tout cela. Mais Philippus pourrait-il le comprendre, l'aimer tout de même si elle allait au bout de son geste ?

— Il t'a aimée malgré cela, il t'aimera encore de ne pas avoir trahi ta mémoire, l'assura Albérie comme si elle avait pu lire dans ses pensées. Antoinette a refusé de retourner accoucher à Vollore ; le terme est dans une semaine, peut-être avant si j'en juge par la pleine lune proche. Le frère Étienne lui a conseillé le lit jusque-là et, malgré la colère de François, elle a opposé à sa requête une grande fermeté. Il a décidé de rester pour s'assurer qu'elle mettra son fils au monde. Nous avons peu de temps, Loraline. Tu lui donneras deux doses, une n'y suffirait pas car il doit être un peu immunisé. La première l'indisposera, la deuxième sera sans rémission. Il mourra en vingt-quatre heures tout au plus. Antoinette mettra son enfant au monde, s'en retournera chez elle et ramènera la sérénité sur ces terres pour le bonheur de tous. Toi, tu partiras avec l'homme que tu aimes et ton enfant aura sans doute le meilleur des pères.

— Et toi, tante Albérie ?

— Moi, je serai en paix. Je serai délivrée de ce secret

qui me pèse puisque tu pourras me rendre visite au grand jour. Tu porteras un nom honorable et nul ne songera à médire. Huc et moi serons heureux. Je n'aurai pas de descendance mais ce sera mieux comme cela.

— Pourquoi dis-tu cela ? Tu serais une bonne mère...

Albérie hésita un instant, puis se décida :

— Ta mère n'a jamais voulu que tu saches la vérité, sans doute pour te protéger, pourtant j'ai du mal à croire que jamais tu n'aies vu l'évidence. Après ton départ, je veillerai sur les loups.

Albérie prit les mains calleuses et chaudes de sa nièce. Ce poids ne lui pesait plus soudain, elle savait que dans l'aveu elle jetterait hors d'elle ses dernières rages.

— Leur sang coule en mes veines, Loraline. Chaque pleine lune.

— Stelphar, murmura la jouvencelle en écarquillant les yeux.

— Oui, Stelphar. Nous ne faisons qu'une, hélas, et je l'ai haïe longtemps, jusqu'à ce que mon époux me la fasse oublier.

— Je le savais... je l'ai toujours su sans pouvoir y croire, à cause de vos yeux si semblables, si particuliers. Si je quitte Montguerlhe, Stelphar ne les abandonnera pas ?

— Ils sont ma famille autant que toi. Tu pourras totalement tourner la page.

Loraline était émue. Abandonner Cythar et les autres lui avait semblé un rempart infranchissable ; grâce à cette révélation, elle le voyait s'effondrer tel un château de cartes. Puis brusquement une idée lui vint :

— Ces embryons à peine humains que mère conservait ? Ont-ils été...

— Non, l'idée d'un accouplement avec les loups m'était aussi insupportable que le contact d'un homme. Ta mère savait pourtant le poids de cette malédiction sur mes épaules. Elle s'est dévouée pour tenter de revenir aux sources. Une femme totalement humaine engrossée par un loup une nuit de pleine lune. Sept fois. Elle s'est soumise sept fois avant de renoncer. Aucun n'était viable. Elle les a disséqués, cherchant dans leur cerveau ce qui pouvait expliquer notre descendance, le secret de cette mutation, dans l'espoir d'y trouver un remède. Tout ce qu'elle a extrait de ces expériences, c'est ce poison. Peut-être est-il la clé ? La substance sécrétée par ces embryons n'a pu être retrouvée ni chez les loups, ni chez les humains qu'elle a examinés. Elle a fini par renoncer. Sans doute parce qu'elle avait finalement découvert l'arme absolue contre François de Chazeron. Nous pensions toutes deux qu'en lui administrant le poison nous aurions fini par le tuer, certes, mais nous aurions peut-être assisté à une transformation, même partielle, de son système pileux, des terminaisons de ses membres. Il nous fallait un cobaye pour tester, tenter de comprendre : nul ne faisait mieux l'affaire que lui. La seule solution qu'il me reste est de ne pas avoir d'enfant. Après moi cette race bâtarde s'éteindra, ce sera mieux ainsi.

— Non, ma tante, je poursuivrai l'œuvre de ma mère auprès de mon époux. Nous distillerons ce poison, nous chercherons d'autres cas de garou par le monde et nous te sauverons.

Albérie s'attendrit devant le regard enfiévré de sa nièce.

— Guéris-moi de mes souvenirs, pour qu'ils me laissent vivre en paix. C'est ce jourd'hui la seule chose qui ait de l'importance à mes yeux.

— D'accord. Cette nuit. J'irai cette nuit et la nuit prochaine.

— Bien.

— Et Huc ?

— Il s'en est allé ce matin, pour la semaine. François l'a chargé d'une mission auprès des Bourbons. Il ne m'en a pas dit davantage, sinon que François de Chazeron avait besoin d'un messager de confiance. Il ne nous gênera pas cette fois. Lorsqu'il reviendra, tout sera terminé. Nul n'a dormi dans cette chambre depuis que François y a été souffrant. On pensera que le mal y était resté, elle sera sans doute murée à jamais. C'est ainsi que naissent les légendes. Peut-être un jour la raconteras-tu à cet enfant ?

Albérie caressa du doigt les bosses qui dardaient par intermittence l'arrondi volumineux de sa taille, puis le sujet glissa, dériva sur les prénoms de l'enfant, jusqu'à ce qu'Albérie prenne congé de sa nièce. Elle devait s'en retourner préparer la mangeaille et verser dans la verbasce [1] le somnifère adéquat.

En regagnant sa chambre, Albérie se sentait légère. Depuis quelques mois, elle vivait une union idyllique auprès d'un époux attentionné. Il s'était écarté de la châtelaine et elle savait à leurs étreintes passionnées, qui désormais ne la gênaient plus, que son aventure ne lui manquait pas. François de Chazeron pouvait disparaître, Huc de la Faye resterait son époux.

Albérie avait décidé d'épargner l'enfant d'Antoinette, elle le voyait comme une compensation au fait qu'elle avait récupéré l'homme qu'elle aimait et pu châtier le seigneur de Vollore. En réalité, elle refusait de s'avouer qu'elle espérait par cette maternité détourner à jamais Antoinette de sa convoitise. Car elle savait bien que, si Huc de la Faye avait cessé d'aimer Antoinette, l'inverse n'était pas vrai.

Elle n'avait que de bonnes nouvelles de sa sœur, grâce à Antoine de Colonges qui entretenait une étroite correspondance avec l'abbé Boussart. Albérie avait insisté pour qu'il ne transmette aucun élément pouvant perturber le nouveau bonheur d'Isabeau. La mort de François de Chazeron avait simplement été retardée.

1. Bouillon blanc en soupe.

Lorsque tout serait terminé, elle raconterait à sa sœur le merveilleux destin qui attendait Loraline.

Tout serait parfait.

Ce 30 juin 1516, François de Chazeron s'éveilla avec la sensation qu'une gueule impitoyable fourrageait son ventre en l'étripant. Il reconnut aussitôt cette morsure et n'eut que le temps de se tourner sur le flanc pour vomir sur le parquet, à côté du lit.

Il fut sur le point d'appeler à l'aide mais se retint. Les suppositions les plus folles se bousculaient dans sa tête migraineuse. Il se revoyait monter les degrés jusqu'à sa chambre, sans parvenir à réprimer un bâillement interminable. Il avait voulu saluer son épouse, mais elle était déjà endormie, son plateau vidé reposant sur sa table de chevet. La maisonnée entière lui avait semblé somnolente à la veillée, au point qu'il s'était demandé ce qui pouvait bien retenir son épouse en ce lieu à présent que Huc de la Faye se désintéressait d'elle. Tentait-elle par sa seule présence de le reconquérir ? Il s'était promis d'y mettre bon ordre en la rappelant dans sa couche dès ses relevailles, puis il s'était écroulé sur son lit, en ayant à peine la force de se dévêtir.

Tout cela avait un exécrable relent de déjà vu. Jusqu'à cette bile pestilentielle, entremêlée de sang. Malgré son vertige et la douleur qui le pliait en deux, il se força à se dresser sur son lit.

Il avait éloigné Huc avec mission de ramener le prêt que lui avait consenti Bourbon pour célébrer le baptême en grande cérémonie, et l'assurance que le roi lui-même y assisterait. Il savait François Ier très occupé avec ses campagnes d'Italie, mais il voulait croire que Bourbon le convaincrait. Huc ne pouvait donc être impliqué dans cette affaire. Son épouse avait semblé peu enchantée de le revoir, mais son état lui interdisait toute manigance. Il ne pouvait s'agir que de cette Albérie. Pourtant il lui répugnait de s'en prendre à elle. Il ne parvenait à la croire bien dangereuse. Elle avait eu mille fois l'occasion de se venger de lui ; pas davantage que son époux elle n'en avait eu le courage. De plus, grâce à l'amour que Huc de la Faye lui portait, il s'assurait de la fidélité et de la loyauté du prévôt.

Chazeron se détourna une nouvelle fois pour vomir, le cœur battant la chamade, les mains plaquées sur son ventre. Et si tout cela n'était qu'une coïncidence ? Si cette chambre même avait été empoisonnée par quelque substance déposée par ce voleur de von Hohenheim...

Lorsqu'il se redressa, son regard accrocha le foyer de la cheminée. On avait brûlé quelques branches à son arrivée pour chasser de la pièce l'humidité qu'un hiver sans chauffage y avait laissée. Il se rappela que le feu se mourait la veille quand il était monté se coucher. Il se força à se lever et à gagner l'âtre, dans l'espoir que quelques braises subsistent et apaisent sa douleur en lui prodiguant leur chaleur.

Il saisit la pique et escharbota la poussière grise sans parvenir à trouver le moindre rougeoiement. Il s'en détournait lorsqu'une forme insolite aiguisa sa curiosité. Il se pencha dans la large ouverture, puis avança d'un pas à l'intérieur du foyer. L'empreinte d'un pied fin se dessinait dans la cendre. À son côté se trouvait un petit flacon empli d'un liquide d'un ambre violacé.

Loraline se traita de sotte après avoir découvert la perte du poison. Son gros ventre gênait ses mouvements, et l'étroitesse du passage dans la muraille l'avait plus d'une fois contrainte à se frotter contre les parois. Il était vrai qu'elle avait beaucoup forci et que les souterrains de Montguerlhe n'avaient pas été conçus pour une femme enceinte, encore moins leurs accès secrets. Elle pouvait avoir fait tomber le flacon n'importe où tant elle avait, par endroits, joué des coudes pour protéger son ventre des aspérités de la muraille. Fort heureusement, il en restait encore assez pour empoisonner la région.

Elle prit sur une étagère la bouteille ornée d'une tête de mort et, à l'aide d'un entonnoir, en remplit une nouvelle. « Cette nuit, songea-t-elle, c'est la dose entière qu'il avalera. Ainsi je serai libre. »

Ce fut donc sans la moindre inquiétude qu'elle vaqua à ses occupations en cette splendide journée du 1er juillet 1516. Désormais Philippus ne tarderait plus, ce n'était qu'une question de jours, d'heures peut-être.

Lorsqu'elle fit jouer le mécanisme d'ouverture, elle grimaça sous les coups de pied de l'enfant. Elle le sentait descendre dans son ventre, se mettre en place. Il lui semblait pourtant que c'était trop tôt. Son septième mois de grossesse s'achevait à peine. Sans doute n'appréciait-il pas les longues et difficiles marches dans l'humide boyau. Elle le caressa d'une main tendre en pénétrant dans la pièce obscure.

D'ordinaire les rideaux restaient ouverts, répandant dans la chambre la faible clarté lunaire ; là elle s'avisa qu'ils avaient été tirés, sans doute pour soulager la migraine du malade. Elle se guida vers le lit lorsque ses yeux se furent habitués à la pénombre, puisqu'elle laissait invariablement sa lanterne en haut des degrés, juste avant le passage.

François dormait sur le dos comme à son habitude. Elle extirpa la fiole et se pencha au-dessus de lui. Au moment où elle allait en déverser le contenu dans sa bouche entrouverte, une poigne de fer arrêta son geste. Elle hurla de surprise. Les yeux grands ouverts, le seigneur de Vollore la regardait. Elle tenta d'écarter cette poigne solide qui lui enserrait le bras, mais presque aussitôt la pointe d'une lance la piqua entre les omoplates tandis qu'elle entendait derrière elle le craquement d'une pierre à feu.

L'instant d'après, elle se retrouvait cernée par trois gardes qui s'étaient dissimulés contre le mur de part et d'autre de la cheminée, chacun pointant une arme vers elle. Mais, plus que ces hommes, c'est le regard de François de Chazeron révélé par la lumière de la lampe qui l'effraya. Il était livide, les yeux exorbités par la surprise.

— Vous ! lâcha-t-il dans un souffle, comme si toute réalité lui échappait soudain.

Loraline ne trouva rien à répondre. Elle était face à ce père que le destin lui avait imposé, ce père haï, ce père monstrueux, et elle ne songeait qu'à l'enfant dans son ventre : parviendrait-elle à le sauver de ce fou ?

Son regard se détacha de François et accrocha le flacon qui s'était brisée en tombant de sa main violentée par la poigne du seigneur. Le liquide s'était répandu sur le sol et glissait le long des fines rainures du parquet. Cela n'avait plus d'importance désormais qu'il soit perdu. Tout était perdu.

— Emmenez-la, lâcha François de Chazeron. Jetez-la dans un cachot ! Non, attachez-la solidement avec des chaînes ! Que nul ne sache, vous entendez ! Raguel, poste-toi devant la chambre de dame Albérie et assure-toi qu'elle n'en sorte pas. Si elle t'interroge, dis-lui que je suis souffrant et tiens à m'assurer que le mal ne se répande pas. Agis de même avec ma femme et ses suivantes.

Loraline faillit prendre la défense de sa tante mais s'en abstint. Il valait mieux qu'il s'imaginât qu'elle ignorait l'existence de sa nièce. À cause du ventre qui gênait ses mouvements, Loraline se laissa emmener sans résistance.

« Philippus ne tardera pas, se dit-elle pour se rassurer. Avec tante Albérie, ils trouveront le moyen de nous sauver. »

Lorsque la porte du cachot s'ouvrit, elle savait déjà qui la lueur des torches lui amenait. François de Chazeron attendit que le battant de fer se referme derrière lui pour s'avancer jusqu'à sa prisonnière. Il portait le bras en écharpe, et une tache rougeâtre maculait un bandage épais. Son teint était crispé et cireux, mais son expression paraissait déterminée.

Lorsqu'il fut à quelques pas d'elle, il dévoila ce qu'il avait en main : une barrette d'or que Loraline avait rapportée dans la grotte la veille. Elle fut prise d'une angoisse irraisonnée. Il avait trouvé le passage bien sûr, et avait découvert son secret. S'il en était revenu vivant, c'était sans nul doute que ses hommes et lui avaient exterminé les loups. Elle eut envie de pleurer soudain mais se retint. Elle ne voulait rien laisser paraître. Rien.

Chazeron tourna autour d'elle un moment en silence, vérifia de sa main valide l'ancrage de la chaîne dans le mur, mais nullement le bracelet de fer que l'on avait refermé autour de sa nuque. Il l'examina longuement puis s'assit sur une pierre, humide comme le restant du cachot sinistre et glacé.

— C'est étrange, vois-tu, commença-t-il d'une voix calme, je n'aurais jamais pensé que tu puisses survivre après cette nuit-là, et pourtant j'aurais dû m'en douter. Tu n'es pas humaine, Isabeau !

Loraline tiqua. Il la prenait pour sa mère. Il est vrai qu'elle lui ressemblait autant qu'une jumelle. Elle eut envie un instant de le démentir mais s'en retint. Il serait toujours temps. Elle le laissa poursuivre.

— Je me souviens de cet exorciste que Guillaume de Montboissier, l'ancien abbé du Moutier, avait fait venir. De celui-là et des autres. De fait, pendant de longs mois je n'ai cessé de penser à ces scènes répétitives. Montboissier voulait prouver que j'exterminais les jouvenceaux pour mes expériences. Comme s'il pouvait comprendre ! Je ne les ai pas supprimés par plaisir, je l'ai fait pour servir la science. Atteindre le but ultime, le secret de l'éternelle jeunesse. L'abbé était un sot. Il s'imaginait pouvoir me confondre à travers ces pâles créatures qu'il dépêchait pour une enquête. Leur présence n'a réussi qu'à m'agacer. J'ai dû les éliminer chacun à leur tour, en maquillant leur cadavre pour laisser croire à l'œuvre d'un loup. De fait, chaque fois que je me suis acharné sur ces prêtres, j'ai senti le regard d'une louve peser sur moi. Je l'ai même aperçue. Je ne comprenais pas pourquoi elle ne m'attaquait pas, j'avais fini par croire qu'elle aimait l'odeur du sang que je répandais, attendant que je sois parti pour s'en repaître. Lorsque j'ai découvert une touffe de ses poils sur le dernier cadavre, j'ai commencé à avoir des doutes parce que de longs cheveux y étaient mêlés. J'ai laissé Huc de la Faye et l'abbé Guillaume croire à cette légende du loup-garou. Elle les éloignait de moi et m'amusait au fond, jusqu'à ce que je te prenne et découvre ces poils gris sur mon pourpoint. Tu aurais dû me tuer, Isabeau, lorsque tu me regardais lacérer le ventre de mes victimes. Tu te serais épargnée si tu l'avais fait, mais tu n'aimais pas le sang comme je l'avais cru alors. Ce doit être inconfortable d'avoir une conscience lorsqu'on a le corps d'une bête. Non seulement tu n'as pas su saisir ta chance, mais tu m'as lavé de tout soupçon. À ta place je n'aurais eu aucun scrupule. Mais peut-être t'ai-je rendu service finalement, en t'obligeant à rejoindre les tiens, à te terrer ainsi au milieu des loups. C'est pour cela que je ne comprends pas ce qui t'a poussée à vouloir m'assassiner, seize ans après, cela n'a plus de sens. Sauf si tu pensais que je touchais au but !

Il se tut un instant et caressa d'un doigt tendre la barrette d'or. Loraline se taisait, intriguée autant que fascinée malgré elle par cette étrange confidence, comme si brusquement à travers elle c'était le souffle de sa mère qu'elle captait dans l'empreinte du temps.

François ne la regardait pas. Il semblait poursuivre le cheminement intérieur d'une logique qui la dépassait. Malgré sa peur réelle, latente, elle avait envie de savoir ce que la folie de cet homme avait pu concevoir. Lorsqu'il reprit, elle eut le sentiment au ton de sa voix qu'il était à la fois admiratif et jaloux d'elle :

— Je l'ai cherché des années durant, avec des

moyens bien plus grands que tu n'en avais et pourtant tu l'as trouvée avant moi. La pierre philosophale ne peut avoir qu'un seul maître, prétendent les alchimistes. Comment as-tu pu ? Comment as-tu su ? C'est contre nature, contre toute logique. Tu es une femme. Impure puisque je t'ai prise, impure par ton sexe même dès ta naissance. Alors quoi ? As-tu le diable pour père si tu es moitié louve ? Est-ce cela le secret, ce secret qui m'échappe, qui échappe à tous ? La transmutation des métaux passe-t-elle par celle du corps ? Je veux les réponses, Isabeau, je veux savoir où elle est, quelle forme elle a, quelle consistance, quelle couleur, quelle énergie. Je veux cette pierre philosophale par laquelle tu as créé cet or, grâce à laquelle tu as l'air d'une jouvencelle. La même qu'hier. Je ne l'ai pas trouvée dans la grotte, mais peut-être n'ai-je pas cherché au bon endroit, peut-être la gardes-tu sur toi ? En toi ?

Un instant une expression étrange frissonna sur son visage, tandis qu'il détaillait ses formes arrondies. Loraline sentit une angoisse sourde battre à ses tempes. Elle ne put s'empêcher de croiser ses mains sur son ventre et de bredouiller :

— Non, ce n'est pas ce que vous croyez. J'attends un enfant.

François eut une moue de dégoût.

— Un de ces misérables gnomes que tu conserves dans des bocaux ? T'ont-ils servi à la créer ?

Loraline faillit répondre, mais il ne lui en laissa pas le temps. Déjà il enchaînait, en proie à une vive agitation. Il se mit à marteler le sol de la pièce autour d'elle.

— Oui ! Bien sûr, cela tombe sous le sens. Je n'ai pas réussi à extraire l'alkaheist de ces puceaux que j'ai disséqués, parce qu'ils ne convenaient pas. Il fallait ces mutants, n'est-ce pas ? C'est tellement évident maintenant. Tu l'as trouvé après t'être fait engrosser une nouvelle fois... Non, ce ne peut être... Mes premiers malaises, c'était toi, ou ce médecin ? À moins qu'il n'ait été ton complice ? Ceci n'est pas la barre d'or qu'il m'a volée, non, je la reconnaîtrais entre mille par son étrange forme. Pourtant il avait accès au souterrain. Tu le connaissais donc, lui, forcément. Peut-être était-il ton amant ? Oui bien sûr, les loups n'auraient pu satisfaire pleinement ta vigueur de jouvencelle. Donc tu es grosse de lui. Pourquoi l'avoir sacrifié aux loups en ce cas ? Scène de jalousie ?

Il ricana méchamment.

— Ces charmantes bêtes n'ont pu supporter l'idée que tu leur échappes ?

Il se figea enfin pour s'adosser à la paroi, le souffle court :

— Donc, reprenons. Pour une raison quelconque, tu rencontres ce charlatan, tu t'acoquines avec lui dans l'idée qu'il accomplisse ton désir : récupérer l'or que le diable a fondu en mes fourneaux, afin d'en vérifier la teneur. Vous accomplissez votre besogne, vous vous accouplez, faites peut-être des rêves de conte de fées, mais les loups éliminent le gêneur, au point de te faire crier vengeance une fois encore. Oui, cela se tient ! Où est-elle, Isabeau ? Où est la pierre philosophale ?

Loraline se tut. Les paupières fermées, elle tentait de toutes ses forces de ne penser qu'à l'enfant. Encore et encore, pour le protéger. François de Chazeron était fou, elle venait d'en acquérir la certitude. Contre cette folie-là, elle ne possédait aucun remède. Comment gagner du temps ? Elle l'ignorait.

La voix se fit mielleuse face à son mutisme. Elle le sentit s'approcher d'elle. Lorsqu'elle ouvrit les yeux, il s'accroupit devant elle, une doucereuse expression de convoitise dans le regard :

— Je ne te hais pas, Isabeau. Au fond, nous nous ressemblons, toi et moi. Donne-moi ce que je désire et vous serez libres, toi et l'enfant. Nul ne sait ton existence. Je te laisserai l'or et tu pourras t'installer ailleurs, au grand jour, afin d'élever ton tout-petit. Je t'établirai même une lettre d'introduction, si tu le désires, auprès de quelque seigneur bien en cour.

Que n'aurait-elle donné en cet instant pour le croire ! Mais Loraline savait bien qu'il ne tolérerait aucun témoin. De plus, elle n'avait rien à lui donner. Sauf...

Une pensée furtive. Folle. Mais n'était-il pas fou lui-même ?

— Ce que vous avez pris pour du poison, commença-t-elle, n'en était pas !

Chazeron écarquilla les yeux de surprise. Loraline poursuivit, elle n'avait plus rien à perdre :

— Cette substance a été extraite des embryons. On ne la trouve ni en l'homme, ni dans les loups. C'est elle le secret de la transmutation.

Elle avait conscience de ne mentir qu'à moitié. C'était ce que sa mère croyait. Chazeron arrondit bouche et yeux. Elle avait l'impression de deviner derrière ses orbites ce mécanisme de réflexion tordu qu'il était seul capable de mettre en branle. Il s'acheva par une moue :

— Ce poison a failli me tuer ! laissa-t-il tomber comme une sentence.

Mais Loraline rebondit :

— Il ne l'a pas fait. Je voulais savoir s'il pourrait provoquer la mutation chez un humain. C'était cela, ma vengeance. Vous regarder lentement vous transformer en loup, tout en vérifiant mon hypothèse.

— Je vois...

Il se releva en lui tournant le dos. Loraline songeait au produit répandu à terre. Il en restait. Si elle pouvait le lui faire absorber !

— Dans la grotte, dit-elle. Une fiole de verre bleu. Cette liqueur ne supporte pas la lumière. Je sais pourquoi la mutation n'a pas eu lieu, ajouta-t-elle, seule la pleine lune y est propice.

— L'alkaheist serait donc liquide, grommela-t-il.

Loraline sentit son cœur battre la chamade.

— Soit. La pleine lune sera dans trois jours. Nous verrons si tu dis vrai. Une chose encore : que savent ta sœur et Huc de tes manigances ?

Loraline se força au calme.

— Rien, assura-t-elle. Albérie me croit morte. C'était mieux ainsi, pour sa propre sécurité.

— Tant mieux. Pour elle comme pour toi.

Sur ces derniers mots, il gravit les trois marches suintantes qui conduisaient à la porte du cachot, cogna contre le bois et s'effaça par le passage qu'on lui ouvrait. Lorsque Loraline se retrouva seule, elle sentit des larmes lui picoter les yeux.

Avec un peu de chance, il ne trouverait pas la chambre mortuaire et les deux corps, il absorberait le poison et mourrait dans d'atroces souffrances.

Mais elle ne parvenait à se l'imaginer vraiment.

« Les fous sont insolents, songea-t-elle. Ils s'ingénient à ne pas mourir. Bah ! Il me reste une dernière carte à jouer : la vérité. »

Mais quelque chose lui disait qu'il n'aurait sûrement pas envie de l'entendre. Elle caressa doucement son ventre pour apaiser les coups de l'enfant. Il était bas. Elle le sentait peser sur sa vessie. Elle se cala de son mieux et s'efforça de chasser les relents d'images qui s'obstinaient devant ses yeux. Elle ne pouvait plus rien pour ses compagnons à quatre pattes. Il ne lui servirait à rien de ressasser son chagrin. Chazeron croyait Philippus défunt. Il était sa dernière chance. Elle mobilisa son énergie pour penser à lui. Seulement à lui. Comme une prière. Un appel au secours. En souhaitant de toutes ses forces qu'il l'entende.

18.

Lorsque Philippus parvint au seuil des corridors qui s'élargissaient vers la salle souterraine, il comprit tout de suite que quelque chose d'inhabituel s'y passait.

Des lumières vacillaient de part et d'autre de la pièce et des voix se répondaient, entremêlées de rires et d'échos. Son sang s'accéléra, mais il refusa la fuite. Il s'approcha le plus possible, se dissimulant au mieux dans l'obscurité du boyau jusqu'à atteindre une anfractuosité de roche d'où il put couvrir d'un regard l'étendue du désastre.

Quatre hommes retournaient et fouillaient chaque recoin, éventrant les paillasses, enjambant les cadavres des loups. Il eut envie de bondir, de hurler, mais la vision de Chazeron penché sur les grimoires d'Isabeau arrêta son geste. Il le vit s'emparer des bocaux de verre, des fioles et des cahiers avec ses acolytes, puis disparaître dans le souterrain qui ramenait vers sa chambre.

Lorsque le bruit de leurs pas se fut éloigné, il pénétra dans la salle dévastée. Il fouilla la pièce à son tour, se rassura de ne pas y trouver le cadavre de Loraline, ferma les yeux de quelques bêtes dont le corps commençait à se raidir, puis se laissa choir à terre et, bouleversé, se mit à pleurer. C'est alors qu'il le vit. Cythar. L'animal le fixait de son regard apeuré et douloureux derrière un

317

rocher où il s'était réfugié. D'un bond, Philippus se retrouva à ses côtés. Le loup souffrait d'une plaie au flanc qui lui avait abîmé une patte arrière. Il avait perdu beaucoup de sang et s'était probablement couché là pour mourir. Philippus caressa son front et le laissa lécher sa main tendue. Son instinct médical refoula sa peur. Il rassura Cythar et retourna quérir dans les vestiges de la grotte de quoi soigner son vieil ami. Dans une coupelle, il lui rapporta de l'eau fraîche, puis s'activa avec des gestes doux, précis, comme s'il s'était agi d'un enfant, comme il avait vu Loraline le faire durant ces longs mois.

Ensuite, il attendit. L'animal était faible, mais, s'il vivait encore au matin, il serait sauf. Avec son aide, il parviendrait peut-être à la retrouver. Où qu'elle soit. Il fut tenté un instant de partir à sa recherche, mais le risque de se perdre dans le dédale des souterrains était trop grand. S'il se voulait utile et efficace, il fallait attendre. Attendre et espérer.

Ce fut une langue râpeuse sur sa joue qui l'éveilla, courbaturé et transi. Le feu que Loraline nourrissait inlassablement au centre de la pièce était froid depuis longtemps et un désagréable bourdonnement de mouches rappelait qu'il n'y avait aucun endroit où les cadavres soient à l'abri des prédateurs. Cythar était debout, près de lui. Philippus s'avisa qu'il avait eu raison de ne pas le déplacer, certain que les gardes ne reviendraient pas après avoir nettoyé la pièce de ce qui les intéressait. Le loup avait récupéré. Il repassa un coup de langue sur sa barbe de plusieurs jours et Philippus s'attendrit de leur complicité. Il vérifia la plaie. Cythar boiterait longtemps mais tout danger était écarté. Il se leva et s'étira, le corps endolori.

— Il faut la trouver. Guide-moi, demanda-t-il à l'animal qui frétilla de la queue.

Sans hésiter, Cythar s'avança vers la chambre mortuaire que les gens d'armes de François de Chazeron avaient ouverte sans vergogne. Philippus sentit son ventre se contracter, pourtant il suivit l'animal. Sur le seuil il s'arrêta :

— Vous ! lâcha-t-il.

Les yeux rougis et ruisselants de larmes, Albérie se tenait accroupie au milieu des tumulus profanés. Cythar s'avança jusqu'à elle et vint lui lécher les mains.

— Brave Cythar. J'étais sûre que tu t'en étais sorti.

— Ce n'est pas grâce à vous, apparemment ! lâcha Philippus d'une voix dure.

Ils s'affrontèrent un moment en silence, puis il demanda :

— Où est-elle ?

Albérie lui fit signe d'approcher. Elle était lasse.

— Prisonnière de Chazeron dans un des cachots. Faisons la paix, Philippus, voulez-vous ? Le temps n'est plus aux querelles.

Il aurait voulu jeter sur elle sa rancœur, sa colère, mais elle avait raison. Seule Loraline comptait désormais. Il la rejoignit et s'assit à ses côtés.

— Comment est-ce arrivé ? demanda-t-il.

— Vous ne comprendriez pas. Moi-même je ne comprends pas. Il faut sauver l'enfant, Philippus.

— Il faut les sauver tous deux, affirma-t-il.

Il y eut un bref silence. Puis Albérie reprit la parole. Elle avait ramassé une poignée de petits cailloux qu'elle égrenait machinalement d'une main dans l'autre. Cela l'aidait à réfléchir, mais ce bruit répétitif agaça Philippus. Il s'abstint pourtant de l'arrêter. Il y avait quelque chose d'étrange dans cet endroit, pourtant il n'aurait su dire quoi. Il brûlait de se précipiter, mais il ne savait où ni comment.

— Chazeron me croit consignée dans ma chambre, annonça Albérie. Lorsque j'ai découvert le garde placé devant ma porte me signifiant une mise en quarantaine d'ordre médical, j'ai compris aussitôt que quelque chose avait basculé. J'ai barré ma porte, et suis venue.

— Il faut la délivrer. Maintenant, ordonna-t-il.

— Nous nous ferions prendre. Il faut attendre, croyez-moi. Cette nuit.

— Je n'ai aucune envie d'attendre, Albérie ! J'irai seul s'il le faut !

— Ne soyez pas stupide ! Vous vous perdriez en chemin. Il ne lui fera pas de mal.

— Comment pouvez-vous en être sûre ?

Elle se tourna vers lui et lui offrit son visage rongé d'inquiétude.

— Je ne suis sûre de rien, messire, mais je veux le croire parce que nous n'avons pas le choix.

— Votre époux ne peut-il nous aider ?

— Il ne rentrera pas avant plusieurs jours. J'ignore où il se trouve, en mission pour le seigneur de Vollore.

— Nous sommes donc seuls contre lui.

— Oui.

— Existe-t-il un accès jusqu'au cachot ?

— Oui, les Anglais l'avaient prévu pour le cas où ils se feraient prendre mais, comme chacun des passages, il faut l'ouvrir depuis la montagne et j'ignore si le mécanisme est encore en état.

— Vérifions-le !

— Vous êtes emporté, obstiné et imbécile, assena Albérie. Prendrez-vous le risque de l'actionner sous l'œil d'un garde ou de Chazeron ? Cette nuit, vous dis-je.

Philippus baissa le front. Malgré l'inquiétude qui le rongeait, il devait reconnaître qu'elle avait raison. Il lui fallait cependant s'activer. Il s'avança au bord de la tombe. Albérie se dressa aussitôt.

— Que faites-vous ?

— Il faut les recouvrir, toutes les deux.

Albérie barra son geste d'une main ferme sur son bras.

— Non. S'il revient et trouve l'endroit restauré, il saura et nous traquera à notre tour. Rien ne doit changer, vous comprenez. Rien. Sortons de là. Jusqu'à cette nuit, il faut vous cacher avec Cythar. Venez.

Sans lui laisser d'autre choix, elle l'entraîna. Même s'il comprenait ses raisons, Philippus se laissa pénétrer par l'étrange impression qu'elle ne tenait pas à ce qu'il s'approche de trop près de ces tombes. Le plus curieux était sans doute qu'à l'inverse des autres fois Cythar au contraire l'avait conduit là. Mais peut-être était-il simplement épuisé.

Il se laissa mener par un petit boyau à hauteur de genou vers une autre salle, moins vaste, au plafond orné de stalactites.

— Je viendrai vous chercher, affirma-t-elle en lui désignant du doigt une provision de viande et de fruits séchés sur des claies, à côté d'une barrique. Reprenez des forces et ne commettez pas d'imprudence. Il pourrait revenir n'importe quand. N'importe quand !

— Qu'allez-vous faire ?

— Me plier à ses ordres et agir comme si de rien n'était. Prendre des nouvelles d'Antoinette et lui donner le sentiment que j'ignore tout de l'existence de ma nièce. Ainsi peut-être parviendrai-je à glaner quelque information sur ses intentions. Je ferai tout, Philippus. Tout ce qui est en mon pouvoir pour la sauver. Vous devez me croire.

— Je vous crois.

Ils se dévisagèrent encore, sans animosité cette fois. Désormais ils poursuivaient le même objectif. L'instant d'après, il se retrouvait seul avec Cythar.

La barrique était emplie d'eau fraîche et Philippus comprit que cette réserve avait été aménagée en cas de danger, car dans un recoin se trouvaient une vingtaine de barrettes d'or ainsi que des vêtements de voyage masculins et féminins. De cette grotte, deux boyaux partaient en sens opposé, à ras de terre. Comme celui qui l'avait conduit jusqu'ici, ils permettaient à peine le passage d'un homme à quatre pattes.

Il soigna Cythar, lui donna à manger et à boire autant qu'il voulut, puis s'allongea sur une vieille paillasse et plongea dans un sommeil cauchemardesque, en se convainquant qu'il ne serait utile qu'au mieux de sa forme.

La journée se passa ainsi, longue et morose. Albérie constata à son retour que la garde avait été levée devant sa porte et besogna comme à l'accoutumée. Le seigneur de Vollore ne se montra pas, assignant un soldat pour lui porter mangeaille dans sa chambre. Aux questions qu'Antoinette lui posa, Albérie répondit qu'elle ignorait ce qui causait tourment à son époux, mais lui déconseilla de lui rendre visite pour le cas où il serait contagieux.

De fait, Antoinette n'en manifesta aucune envie. Il suffisait bien à son dégoût de le savoir dans la maisonnée. De plus, son ventre lui faisait mal. L'enfantement approchait, ce qui ajoutait à l'agacement d'Albérie. Il surviendrait vraisemblablement pour la pleine lune, et à cause de sa connaissance des simples et de ses talents de ventrière, Albérie devrait assister Antoinette. Que se passerait-il lorsqu'elle sentirait son propre corps se transmuter ? Elle refusa d'y penser. Elle trouverait une solution. Elle trouverait toutes les solutions en temps voulu.

— C'est le moment, allons-y !

Philippus ne se fit pas prier davantage. Cythar ouvrit résolument la marche tandis qu'ils empruntaient le passage menant à Montguerlhe. Ils obliquèrent à plusieurs reprises, chaque fois dans des boyaux plus étroits, guidés par l'instinct et le flair sans faille de Cythar lorsque les souvenirs d'Albérie lui faisaient défaut. Ils finirent à quatre pattes derrière l'animal qui par moments laissait échapper une plainte douloureuse. Eux-mêmes avaient la paume des mains et les genoux meurtris par les pierres.

Un instant Philippus se demanda comment ils pourraient faire marche arrière si le boyau s'obstruait, mais il se refusa à l'imaginer. Ils parvinrent au bout de quelques mètres contre une pierre dure et Albérie tendit un bras entre les pattes de Cythar pour actionner le mécanisme. Elle dut s'acharner de longues minutes, le souffle accéléré par le manque d'oxygène, jusqu'à ce qu'il lâche enfin et qu'une goulée d'air vicié leur éclate au visage.

Cythar bondit hors du passage et se précipita dans la pénombre. S'extirpant à son tour, Philippus se rasséréna de la voix de Loraline qui lui parvint de l'autre bout du cachot.

— Tu es là, tu es là, mon bon Cythar.

— Nous y sommes aussi, s'entendit-il dire en se précipitant dans le sillage d'Albérie, malgré ses courbatures, malgré tout.

L'instant d'après ils s'étreignaient tous trois avec cette tendresse ultime des angoisses partagées.

Philippus s'arc-bouta encore et encore, jusqu'à en avoir la paume des mains rougie et meurtrie, mais, malgré ses efforts, il ne réussit qu'à griffer et égratigner le cou de Loraline en tentant de desserrer le collier de fer. Il s'écroula finalement à terre, essoufflé.

— Tu t'obstines en vain, Philippus. J'ai tout tenté en ce sens, crois-moi. La serrure est vieille mais efficace.

— Vous devez trouver la clé, Albérie, ragea Philippus en frappant du poing contre la pierre.

Loraline et sa tante échangèrent un regard lourd dans la lueur mourante d'une bougie. Philippus refusait de voir, de comprendre.

— Je vais essayer, mais ce ne sera pas suffisant.

— Laisse, ma tante, intervint Loraline. Laisse-nous seuls et fais de ton mieux.

Albérie hocha la tête. Avant de s'engouffrer dans le passage, elle affirma à l'intention de Philippus :

— Cythar guidera votre retour.

— Approche, mon tendre aimé, chuchota Loraline en tendant vers lui ses mains glacées.

Il s'agenouilla contre elle, enserra ce ventre tendu pour lui faire un rempart et le couvrit de baisers.

— Pas une heure, pas un instant où je n'ai attendu ce moment. Ce geste je l'ai refait cent fois, Loraline. Quelle folie, quelle absurdité, quel non-sens nous a conduits si loin l'un de l'autre. J'ai construit mes rêves de toi dans la lumière, je te retrouve ainsi, humiliée et transie, dans la pénombre. Je ne repartirai pas sans toi. Pas cette fois.

Elle prit le temps de refouler ses larmes, de chasser la peur omniprésente. Elle avait compris lorsqu'ils lui avaient raconté l'étroitesse du passage, compris que son seul espoir tenait en la promesse de François de Chazeron. Elle laissa courir une main tendre dans la chevelure épaisse de Philippus. Malgré la situation, elle avait envie de lui. Elle avait toujours eu envie de lui.

— Je t'aime, Philippus. Je t'ai aimé dès le premier regard et cela sera jusqu'au dernier. Je n'ai jamais douté que tu reviendrais. Jamais. Écoute. Écoute notre enfant contre ton oreille. Tu dois m'aider à le sauver, Philippus.

— Je vous sauverai tous deux. Albérie va revenir avec la clé...

— Non ! Non ! Je ne passerai pas, Philippus. Le boyau est trop étroit pour mon ventre. Je t'en prie. Ouvre les yeux et accepte ce qui est. Tu ne peux pas me sauver. Pas de cette façon.

Il redressa la tête, le regard injecté de rage devant cette évidence qu'il voulait nier encore et encore.

— Alors j'irai chercher de l'aide. Cet abbé du Moutier me soutiendra. Il te fera délivrer. S'il refuse, j'enfoncerai cette porte et découdrai tout garde qui s'interposera. Mieux encore, je pénétrerai dans la chambre de Chazeron et le menacerai jusqu'à ce qu'il consente à te rendre ta liberté. Tout est possible, tout ! Car rien ne me fait plus peur que de t'abandonner là, à la merci de cet homme.

— Quoi que tu fasses, il te tuera. Tout comme Albérie. Je me souviens de ces mots que ma mère répétait au fort de ses cauchemars : « Le braver, c'est mourir. » Je n'ai pas peur de mourir, Philippus, j'ai peur pour cet enfant. Pour notre enfant. Que lui arrivera-t-il si vous vous faites prendre ? Je refuse qu'il soit condamné. Tant qu'il est en moi, il est en danger, tu comprends ? Nous n'avons plus beaucoup de temps. Lorsque la pleine lune sera, Chazeron découvrira que j'ai menti à propos de la pierre philosophale. Il n'acceptera pas la vérité. Il faut agir avant. Cette nuit.

Philippus déglutit. Elle avait raison. Toutes les solutions qu'il pouvait envisager nécessitaient du temps. Ils en manquaient.

— Que dois-je faire, mon amour ? demanda-t-il, enfin soumis.

— Je dois mettre cet enfant au monde, Philippus, mais cela ne suffira pas à le protéger. Chazeron est assez fou pour s'imaginer que ce petit être pourrait être la clé de sa quête. S'il ne le trouve pas à mes côtés, il remuera ciel et terre, tu entends. Le seul moyen de gagner assez de temps pour parvenir à sortir d'ici est de lui livrer un nouveau-né en sacrifice, à la prochaine lune.

— C'est impossible.

— Écoute-moi, Philippus. Antoinette est à terme. Albérie et toi savez bien comment provoquer un accouchement. Faites-le. Lorsque nos enfants seront nés, vous les échangerez. C'est sous son propre toit que notre petit sera le mieux protégé de sa malfaisance. D'ici une quinzaine, j'aurai perdu suffisamment de poids pour passer si vous avez subtilisé la clé. Il ne sera pas difficile alors de le lui reprendre. Nul ne se méfiera. Aie confiance,

Philippus. C'est ma seule chance de nous sauver tous deux. Il sera prématuré de plus d'un mois, il lui faut du lait et de la chaleur, si nous voulons qu'il vive. Antoinette de Chazeron lui donnera tout cela.

Philippus courba le front. L'idée de sacrifier un nouveau-né l'écœurait, mais il n'avait d'autre choix dans l'immédiat.

— Je serai de retour très vite, assura-t-il en embrassant Loraline avec fougue.

— Va et sois prudent, lui recommanda-t-elle tandis que déjà il s'avançait à quatre pattes dans le conduit, derrière Cythar.

Lorsque le mécanisme se referma sur lui, Loraline sentit une force nouvelle croître en elle. Si elle n'avait plus à craindre pour l'enfant, alors, c'en était décidé, elle affronterait la vérité.

Au lever du jour la potion rapportée par Philippus et Albérie fit son effet. Les premières contractions lièrent les deux femmes au même destin.

Apprenant que son épouse allait vers la délivrance, Chazeron se désintéressa du sort de sa victime, d'autant qu'il avait découvert le précieux flacon et comptait bien le tester le lendemain lorsque la lune serait pleine. Le sort de sa captive l'indifférait tant il espérait recevoir un fils. Il accepta sans rechigner qu'Albérie assistât son épouse et soit seule autorisée auprès d'elle. Au fond, la savoir ainsi emprisonnée par son rôle de ventrière servait au mieux ses intérêts. Il s'enferma dans sa chambre après l'office de tierce, et s'accorda une sieste d'autant plus méritée que sa nuit avait été agitée et que des spasmes lui contractaient encore l'estomac par moments, le forçant à vomir.

De son côté, Philippus ne s'accorda aucun répit. Il demeura auprès de Loraline, palliant de son mieux l'inconfort du cachot. À sexte, un garde lui avait apporté une écuelle de soupe et de l'eau fraîche, et Philippus avait dû se terrer dans un recoin sombre avec l'envie de fondre sur lui et de l'assommer. Mais Loraline n'était plus en état de le suivre. Elle affiche avec courage un visage serein, demanda si l'on ne pouvait la défaire de son collier pour lui accorder plus d'aisance, mais l'homme se mura dans un silence prudent et ressortit aussitôt sans l'approcher. Chazeron avait dû parler d'elle comme d'une sorcière, et les vieilles peurs et croyances restaient tenaces chez les esprits simples.

Quoi qu'il en fût, Philippus put, de sa cachette, vérifier que l'homme ne détenait aucun trousseau, ce qui apaisa ses remords et sa fougue. Il se félicita d'avoir laissé Cythar de l'autre côté du boyau étroit car l'animal n'aurait pu s'empêcher de grogner et de les faire repérer.

Ils demeurèrent ainsi ensemble, plus proches qu'ils ne l'avaient jamais été. Loraline ne cria pas, puisant tout son courage pour ne pas donner l'alerte. Elle se souvenait des louves et haletait à leur exemple. Lorsque la douleur était trop forte, elle mordait à pleines dents dans le ceinturon de cuir que Philippus avait dénoué de sa taille. Jamais il n'avait vu femme plus courageuse, plus forte. Il s'usa les mains à lui masser le ventre et les reins, s'usa les yeux à fouiller ses larmes dans la pénombre, s'accorda à la trouver belle malgré son masque de souffrance, tant il était vrai qu'elle l'était, esclave d'une vie volée, poussant, soufflant, raclant sa gorge au goulet de fer pour libérer d'elle cette vie qu'on lui avait interdit d'avoir.

Lorsque le moment vint, elle se dressa, écarta ses jambes et se planta sur ses pieds, les genoux fléchis, sa tunique relevée sur sa taille par ses poings serrés à s'en faire blanchir les jointures. Philippus la laissa faire. Il savait que l'instinct était le propre des femmes et que nulle médecine ne pouvait remplacer ce lien secret entre mère et enfant. Il était stupide de l'échanger contre une posture de bienséance. Il se contenta de croiser ses mains sur le sexe écartelé et de guider l'enfantement. Il l'avait fait à plusieurs reprises, chaque fois dans des situations extrêmes, par hasard. Jamais pourtant il n'avait ressenti pareille émotion, pareille fierté.

Il savait que le petiot pouvait être mort-né ou ne survivre que quelques secondes, mais pour cet instant-là, unique, il aurait donné sa vie.

Elle vint au monde alors que le mécanisme s'ouvrait dans leur dos, et tomba entre les mains de Philippus dans un flot de sang. Il coupa le cordon en tremblant, le roula entre ses doigts comme il l'avait appris en Égypte et laissa Loraline s'emparer d'elle comme un animal. La petite fille ne respirait pas. Loraline ne réfléchit pas et n'aurait su dire seulement ce qui la poussa à ce geste, mais de ses doigts elle ouvrit la bouche du nouveau-né et colla la sienne sur son visage. Elle souffla en elle de toutes ses forces restantes. L'instant d'après, l'enfant toussotait et hurlait.

— Il faut partir ! Vite ! affirma Albérie en tendant la forme qu'elle avait apportée. Philippus enleva la petite des mains de sa mère, le cœur serré.

— Les gardes vont venir, amour.

— Allez, assura Loraline en saisissant l'enfant d'une autre dans ses bras.

Le fils de François de Chazeron était joufflu et s'empara du sein gonflé avec voracité, mais Loraline n'y accorda pas la moindre attention. Elle se laissa choir près du mur, toutes ses pensées dans la course d'Albérie vers la chambre d'Antoinette. Si sa manigance échouait, ils seraient perdus.

Lorsqu'un garde apparut et balaya la scène de sa torche, il poussa un cri de surprise et s'empressa de refermer. Si la sorcière s'était accouplée aux loups, le gnome risquait fort de lui robber son âme pour l'offrir à Satan. Il se signa plusieurs fois et se terra dans un coin pour surveiller la porte en tremblant, tout en attendant la relève.

Antoinette dormait bouche ouverte, le visage défait malgré le somnifère qu'Albérie lui avait administré dès la naissance de l'enfant. La dose avait été si forte qu'elle s'était écroulée aussitôt sans avoir seulement le temps de demander s'il était fille ou garçon.

Albérie enveloppa la petiote dans des linges et la coucha contre le sein d'Antoinette en veillant à ce qu'elle trouve la pointe durcie. L'enfant était fraîche et gracile. Albérie secoua la tête en songeant que sans doute elle ne survivrait pas. Peu de prématurés parvenaient au seuil de la première semaine. Malgré cela, elle s'obstina à presser le sein de la châtelaine pour en faire jaillir le lait dans la bouche violacée. L'enfant le refusa à plusieurs reprises, comme si elle sentait que ce n'était pas celui de sa mère, puis finit par refermer ses lèvres sur le bout de chair et se mit à téter, emmitouflée dans la chaleur des linges.

Alors seulement Albérie s'effondra dans un fauteuil. Elle était fatiguée. Fatiguée de ces luttes perpétuelles entre le bien et le mal, entre la survie et sa vie. Elle songeait à sa sœur qui lui avait annoncé sa venue pour le mois d'août. Isabeau voulait tout révéler à Loraline, la ramener à Paris, la présenter à son amant, ce seigneur de La Palice qui la comblait de bienfaits et l'affichait à son bras à la Cour. Albérie songea à ce qu'elle pourrait, elle, avouer à sa sœur de ces jours sans gloire. Isabeau revenait avec la certitude que tout était achevé, qu'elle n'aurait pas à se cacher, que Chazeron était mort depuis longtemps.

Albérie soupira avec lassitude. Pourquoi rien de ce qu'elles avaient prévu ne s'était-il réalisé ? Fallait-il qu'elles soient maudites pour que le mal s'accroche ainsi à elles sans rémission ?

Épuisée de lutter contre des ombres, elle s'endormit à son tour, en espérant de toutes ses forces que Huc reste loin de tout cela. Jusqu'au dénouement.

19.

François de Chazeron détourna la tête avec dépit.

— Une fille ! lâcha-t-il comme si cette évidence seule était une injure. Voilà bien ce que vous êtes capable de me donner, ma femme ! J'aurais plus de contentement à adopter un de mes bâtards qu'à vous couvrir encore.

Antoinette resserra son étreinte autour de sa petite Antoinette-Marie, si chétive qu'elle l'avait crue morte, à son réveil ce 2 juillet 1516. Quoi qu'il en fût, elle était prête à tout pour la protéger de la colère de son époux qui venait de franchir sa porte dans l'espoir d'un héritier.

— Faites comme bon vous semblera, mon époux, affirma-t-elle sans baisser les yeux.

— Allez au diable, vous et cette enfant ! ragea-t-il en sortant de la pièce.

La porte claqua sur le bruit de ses pas, faisant sursauter la petiote qui se mit à pleurer. Antoinette la berça longuement en chantonnant. Peu à peu Antoinette-Marie s'apaisa et finit par se rendormir.

Loraline avait à peine sommeillé malgré son épuisement. Philippus était revenu lui annoncer que tout s'était passé au mieux, que leur fille avait pris le sein et la chaleur d'Antoinette, qu'Albérie n'avait croisé âme qui vive dans les couloirs du château et que la châtelaine ne s'était rendu compte de rien. Tout cela l'avait rassurée, et cependant elle frémissait au contact des lèvres goulues du nourrisson sur sa peau. Elle sentait sa vitalité s'amenuiser dans la froidure du cachot. Il pleurnichait souvent et Loraline ne parvenait à le protéger du froid humide et malsain. Elle ne pouvait s'empêcher de songer que sa vie était suspendue à celle de cet enfant. Sa vie et celle de sa fille. Sa vie et celle de Philippus.

Elle attendait Chazeron. Elle l'attendit la journée durant. Il ne vint pas.

La nuit suivante, lorsque la pleine lune gagna sa trouée d'étoiles, Albérie délaissa le chevet d'Antoinette, « pour jouir de quelque repos », affirma-t-elle, et s'en fut hurler sa haine sur la falaise proche.

Dans le donjon de Vollore, qu'il avait regagné, François s'affaira en vain autour de l'athanor, invoqua le diable et ses suppôts, osa tous les mélanges, puis finit par se résoudre à admettre qu'on l'avait trompé. Avant que l'aube paraisse, son cri de rage se mêla à celui de la louve grise, faisant trembler d'effroi les animaux des alentours, portant sur le jour naissant l'anathème implacable de son âme démoniaque.

Philippus ne se sépara de Loraline qu'en entendant Cythar gratter contre la pierre. Ils s'étaient assoupis l'un contre l'autre, épuisés de serments, épuisés de rêves impossibles, inaccessibles et pourtant rassurants. Il avait tenu chaud à cet enfant qui n'était pas le sien en suppliant le ciel qu'il vive assez longtemps pour nourrir leur manigance. Il aurait dû se haïr de cette obscène pensée ; au lieu de cela, elle l'apaisait. Il n'avait pas de remords, pas de regrets. Loraline souriait, malgré sa peur. Elle souriait de saprésence, elle souriait de savoir leur fille en sécurité. Le reste n'avait pas d'importance.

Il la quitta avec le sentiment qu'il ne la reverrait pas, mais s'obligea à refouler ses larmes. Ils s'embrassèrent éperdument. Il grava dans sa mémoire les derniers mots qu'elle prononça :

— Quoi qu'il advienne, Philippus, n'oublie jamais combien je t'aime.

Puis il referma le passage derrière lui et se laissa choir contre Cythar, au bout du boyau, dès qu'il put tenir assis contre la pierre. Comme elle, il attendait.

En apparence François de Chazeron était calme, mais dans ses yeux brûlait une flamme sournoise, à peine humaine. Loraline resserra ses mains autour de l'enfanteau qui tétait goulûment, répugnant à offrir la vue de son sein à son immonde père.

Il n'avait pas dit un mot depuis qu'il était entré. Il serrait ses poings croisés dans son dos, adossé au mur du cachot. Sinistrement supérieur. Cela dura deux minutes, peut-être cinq. Loraline n'aurait su dire. Elle avait perdu toute notion du temps. Elle avait même perdu sa peur de lui. Ensuite, il parla, posément. Comme la première fois qu'ils s'étaient rencontrés en ce lieu. Elle savait que cette froideur impersonnelle était pire encore que la colère. Elle, elle était au-delà. Elle s'en moquait. Tout ce qu'il pourrait lui prendre, c'était cet enfant, son demi-frère pour lequel elle n'éprouvait pas davantage de chaleur que pour le père.

— Qu'espérais-tu par ce mensonge, Isabeau ? Accoucher de ce gnome ? M'attendrir de cette scène ? Je te croyais moins sotte. J'étais prêt à te rendre ta liberté, sais-tu ? À quoi te serviront cet or et son secret dans la tombe ? À quoi peut te servir la jeunesse éternelle si j'étripe cet enfant devant tes yeux avant de t'ouvrir les entrailles ? À moins que l'alkaheist procure l'immortalité. Te crois-tu immortelle, Isabeau ? Peut-être est-ce vrai, mais je suis sûr quant à moi que l'épée peut en venir à bout. Tu es belle et désirable. J'aurai plaisir à te torturer, à te livrer à mes hommes, à jouir de ta souffrance. Longtemps. Tu sais que je dis vrai. Alors pourquoi me braves-tu ainsi ? Je finirai par t'arracher ce secret que tu caches. Oui, je crois que j'aimerais te l'arracher, comme une épine douloureuse dans une main. Je vais pourtant te laisser une nouvelle chance. La dernière. Je veux la vérité.

— Elle ne vous plaira pas, lâcha Loraline en soutenant son regard.

Il se rapprocha d'elle, s'agenouilla devant ce visage qui, une fois encore, par ces simples mots, s'enorgueillissait de le braver.

— Laisse-moi en juger, susurra-t-il dans une haleine fétide.

Loraline détourna la tête, écœurée par ce souffle malsain aux relents de poison. Ce poison qu'elle avait espéré le voir absorber lui-même dans une ultime tentative, la nuit précédente.

Il se recula de quelques pas. L'enfant s'était mis à pleurer et Loraline le berça doucement. Elle ne parvenait pas à le sacrifier, malgré sa décision de la veille. Lorsque Philippus l'avait quittée, elle en avait pris une autre. Elle s'y risqua :

— La pierre philosophale est un leurre. Je ne suis pas Isabeau.

Il éclata d'un rire sonore.

— Tiens donc ! Et qui es-tu alors ? la nargua-t-il.

Elle soutint son regard une fois encore, sans ciller. Elle ne pouvait plus reculer.

— Sa fille. Votre fille, François de Chazeron.

Il accusa la révélation un instant, puis de nouveau éclata de rire.

— Soit. Je veux bien l'admettre. Disons que tu es l'enfant d'Isabeau. En ce cas, prouve-le. Livre-moi ta mère.

— Elle est morte l'année dernière.

— Tu mens.

— Non. Si vous avez fouillé la grotte, vous avez dû trouver deux sépultures. Celles de ma mère et de ma grand-mère.

Chazeron fronça les sourcils, puis un fin sourire étira ses lèvres fines. Un sourire cruel.

— Deux sépultures il est vrai, mais l'une d'entre elles était vide, et je sais bien pourquoi.

Loraline sentit le souffle lui manquer soudain. La deuxième tombe ne pouvait pas être vide. Elle avait elle-même couché sa mère dans son linceul. Puis Albérie l'avait fait sortir de la salle au moment où sa pelletée allait recouvrir le visage à son tour. « Je vais terminer. Va m'attendre à côté. Va. » Elle avait hésité, puis, éprouvée et éreintée, avait consenti à s'écarter de la pièce.

— Vide, répéta-t-elle pour tenter de donner un sens à ce mot.

— Tu es plus maligne que je ne l'imaginais, Isabeau. Cette mise en scène pour le cas où je finirais par te prendre au piège aurait pu marcher. Mais c'est mal me connaître. J'ai retourné chaque recoin de terre pour chercher la pierre philosophale. Je n'ai pas peur des morts et considère qu'il n'y a aucun péché au pillage des tombeaux.

Loraline se mit à trembler, mais ce n'était ni de peur, ni de froid. Quelque chose venait de s'écrouler en elle. Elle ignorait pourquoi, elle ignorait comment, mais on lui avait menti, on avait joué auprès d'elle une macabre comédie : sa mère n'était pas morte. Elle l'avait abandonnée. Abandonnée à sa vengeance. Si cela était, alors elle ne l'avait jamais aimée. Elle s'était seulement servie d'elle pour détruire François de Chazeron. Elle l'avait sacrifiée parce qu'elle la haïssait comme elle haïssait son géniteur. Plus rien soudain n'avait de sens, ou tout en avait trop.

Malgré elle, elle sentit un sanglot remonter le long de sa gorge. « Ne pas pleurer. Ne pas pleurer devant lui.

Mais, quelle importance ? » Elle ferma les yeux et laissa les larmes la submerger.

Chazeron ne broncha pas. Un instant il se demanda si elle ne disait pas la vérité, si elle pouvait être sa fille. Elle paraissait seize ou dix-sept ans. Cela correspondait. Mais rien en elle ne le rappelait, lui, quand elle ressemblait trait pour trait à Isabeau. Il n'avait pas oublié un seul instant son visage tandis qu'il se repaissait d'elle. Jamais il n'en avait vu d'aussi délicat et aimable, jamais il n'avait autant désiré une femme. Encore aujourd'hui il se serait réjoui de la prendre s'il ne l'avait pas su béante de l'accouchement. Il s'interrogea, mais cela ne dura pas. La pierre philosophale, l'or, l'éternelle jeunesse ; tout renvoyait à son rêve. Tout.

Il n'avait plus envie d'attendre. Il s'approcha d'elle et l'agrippa par les cheveux, la forçant à relever la tête.

— Suffit ! Tu ne parviendras pas à me plier, Isabeau.

Il lui cracha au visage.

— Tu me déçois. Je t'ai connue moins geignarde.

Il dégaina sa lame et l'appuya sur le dos de l'enfant.

— Cesse de pleurnicher ou j'embroche ton fils !

Loraline renifla. Des idées contradictoires se bousculaient dans sa tête. Quels scrupules devait-elle avoir désormais ? Elle avait tout à la fois envie de mourir et de vivre. Mourir pour avoir été trahie, vivre comme sa mère avant elle pour se venger.

Elle avait du sang des Chazeron dans les veines. Ce sang qu'elle refusait, exécrait, la révolta assez pour retrouver sa dignité perdue. Elle passa une main ferme sur son nez et refoula ses larmes dans sa propre colère.

— Tu avais raison, François de Chazeron. La pierre philosophale était en moi. Je l'ai absorbée pour mettre cet enfant au monde. Il n'est pas comme les autres. Il est l'alkaheist.

François de Chazeron écarquilla les yeux avec un plaisir non dissimulé. Loraline avait cette conviction dans la voix que seules les situations extrêmes peuvent concevoir. Elle abattait sa dernière carte, qui pouvait la sauver ou la perdre. Elle s'en moquait.

— Le liquide que je t'ai indiqué m'a servi à cet usage. Il me suffisait de mélanger un cœur de loup avec mon propre sang et d'y ajouter cet extrait pour obtenir une pâte qui au contact du fer le transformait en or. Je possède une montagne d'or, Chazeron. Mais, tu le sais, n'est-ce pas, ce n'est jamais suffisant. Alors j'ai créé l'enfant. Il est trop jeune encore. À la puberté pourtant, l'or jaillira de ses mains au contact du métal. Il lui suffira d'imposer les doigts sur une plaie pour la refermer et quelques gouttes de son sang seront un élixir de jouvence. Si tu ne m'avais pas emprisonnée, j'aurais fui avec l'enfant et ce trésor. Je me serais acheté la vie que tu m'as volée.

Elle le toisa avec un sourire cruel. Il lâcha ses cheveux et recula, fasciné.

— Oui. Oui, répéta-t-il en proie à une agitation extrême.

Il arpenta le sol du cachot, s'arrêtant par moments pour regarder l'enfant qui s'était endormi, l'œil curieux. Fou. Loraline se demanda comment il pouvait croire un seul instant cette fable sordide, mais finalement cela lui importait peu. Sans doute était-elle aussi folle que lui d'oser l'inventer. Quoi qu'il en fût, elle était désormais résolue à aller jusqu'au bout.

— Rends-moi ma liberté, Chazeron. Tu peux m'enlever l'enfant, mais il a besoin de mon sein pour survivre. Du lait humain ne lui suffirait pas.

— Pas avant d'avoir vérifié tes dires à propos de l'or.

— Je t'y conduirai.

Chazeron éclata d'un rire noir.

— Pour me perdre dans les souterrains ? Ne me crois pas stupide, Isabeau. Tu me guiderais vers la mort bien plus sûrement que vers la fortune, et pourrais ensuite t'enfuir à souhait. Je vais te faire porter du parchemin.

Tu metraceras l'itinéraire. Lorsque j'aurai vérifié tes dires, tu auras la vie sauve. Toi et ce précieux enfant serez mes invités.

Il se détourna d'elle et cogna à la porte. Elle se referma sur lui. Le souffle du nourrisson était faible dans son sommeil. Elle ramena ses genoux contre son ventre et resserra les pans de sa tunique autour de lui. Il ne vivrait plus longtemps, elle le sentait. Il fallait coûte que coûte que Chazeron trouve cet or et la délivre avant qu'il passe. Hors d'ici, elle trouverait bien le moyen de lui échapper.

Il revint quelques minutes plus tard et elle lui traça un itinéraire, non vers le trésor des Anglais, mais vers la salle où elle avait fondu les pièces inutilisables en lingots, dans le but de les emporter avec elle et Philippus, assurant ainsi leur fortune. Il y en avait une centaine. Suffisamment pour accréditer son histoire.

Chazeron écouta ses conseils, s'attarda sur les pièges qu'elle lui signala, puis s'en fut, avide de vérifier ses dires.

Quelques instants après, en place du bouillon qu'on lui avait servi la veille, on lui porta un demi-poulet assorti de légumes et d'entremets. Loraline en conclut que Chazeron tenait à la vie de l'enfant. Elle demanda encore à ce que le collier de fer lui soit ôté, mais sa requête resta sans effet. François de Chazeron se méfiait toujours d'elle. Elle mangea de grand appétit, d'autant qu'une rage sourde entremêlée de tristesse la tenait tout entière dans une seule question : où était sa mère ?

Cythar grogna dans l'ombre et Philippus s'éveilla, engourdi, malgré son mantel qu'il avait refermé autour de lui. Il s'était endormi contre la pierre, incapable de se résoudre à quitter son poste. À l'entrée du dernier boyau, quatre coudées le séparaient de Loraline. Quatre coudées. C'était si peu et cependant plus loin qu'ils avaient jamais été.

Il voulut se redresser mais ses articulations étaient raidies par le froid. Seul son rythme cardiaque s'était accéléré. Albérie parut et Cythar lui fit fête.

— Comment est-elle ? demanda-t-elle après l'avoir salué d'un signe de tête.

— Rassurée et inquiète à la fois. Comment va ma fille ?

— Antoinette la prénomme Antoinette-Marie. Elle s'accroche à la vie. Je viens de voir Chazeron s'engouffrer dans sa chambre avec quatre gardes portant une vieille malle.

Philippus sentit le souffle lui manquer.

— Croyez-vous..., commença-t-il.

— Que Loraline soit morte à l'intérieur ? Je l'ignore. Je suis venue m'assurer du contraire. Nous ne risquons rien à lui rendre visite puisqu'il s'est absenté.

Philippus opina du menton et s'enfonça aussitôt à quatre pattes dans le conduit. Un moment plus tard, Loraline leur faisait en détail le récit du marché qu'elle avait conclu avec François, omettant toutefois de parler de ce qu'elle avait découvert à propos d'Isabeau. Ce n'était pas le moment de régler ses comptes avec sa tante. François allait revenir.

— Bientôt nous serons libres, mon amour. Il y a suffisamment de passages dans les deux châteaux pour que je puisse m'évader à un quelconque moment. Tante Albérie, prends soin de notre fille jusque-là. Ne reste pas dans les souterrains. Lorsque François aura découvert l'or, il les passera au crible pour tenter de voir s'il ne s'en trouve pas d'autre. Ne vous approchez plus d'ici. Laissez-moi seulement le passage ouvert. Si finalement il décidait de me laisser croupir dans ce cachot, je négocierais qu'il me détache. Gardez confiance. Je reviendrai, Philippus. Je t'en fais la promesse.

Il hocha la tête, fort de sa conviction, fort de cette capacité à s'adapter, à survivre, qu'elle portait en son sang. Non, elle n'était pas comme les autres, et cette différence la lui faisait aimer plus que jamais. Il détacha de son cou une chaîne d'or au bout de laquelle pendait une croix finement ciselée et l'attacha au sien, sous le collier de fer.

— Elle appartenait à ma mère. Elle tenait à ce que je l'offre à mon épousée. Elle s'est éteinte avant de connaître ce bonheur. Je veux que tu la portes dès à présent.

Loraline contint sa souffrance en songeant à sa propre mère. Grâce à Philippus, elle allait enfin avoir une vraie famille.

— Elle ne me quittera jamais, mon amour. Jamais. Allez, à présent. S'il vous trouvait ici, je n'ose imaginer ce qui pourrait se passer.

Elle les regarda disparaître en serrant dans son poing le bijou empli de promesses. L'enfant avait cessé de geindre et de téter. Il somnolait, le souffle irrégulier. Il faisait trop froid pour qu'il vive. Elle espérait que François ne se rendrait compte de rien. Elle le protégea de son mieux, mais elle avait peu de chaleur à lui transmettre. Elle aussi était glacée.

Elle observa le manège de deux rats se disputant les restes de son repas. Elle avait dû les repousser plusieurs fois avec une pierre trouvée alentour. Attirés par l'odeur du lait, ils restaient trois ou quatre à guetter son sommeil. Pas une seule fois dans la grotte de son enfance elle n'avait souffert du froid, de la faim ou de l'insalubrité. Là, elle devait cohabiter avec ses excréments et la moisissure. Elle se sentait sale, souillée. Elle serra les dents, s'obligea à marcher de long en large, aussi loin que le lui permettait sa chaîne, en soufflant sur l'enfant serré contre son sein pour lui donner un peu de vigueur. Elle aurait voulu pouvoir dormir un peu, mais elle sentait qu'à son réveil le petiot serait mort. Elle ne pouvait s'y résoudre.

« Antoinette-Marie. » La châtelaine avait prénommé sa fille Antoinette-Marie. Philippus avait trouvé cela joli. Elle n'avait pas parlé de son propre choix : Héralde. « Héralde-Marie. Pourquoi pas ? » C'était si dérisoire soudain, tant elle aurait eu envie de la bercer contre elle. Peut-être était-ce pour cela qu'elle retenait la vie de son demi-frère. Pour ne pas souffrir du manque d'elle. Pour laisser son corps se bercer d'illusions.

Elle marcha en s'accrochant à des rêves, jusqu'à avoir mal à la plante de ses pieds nus. Ronde inutile pour piétiner le temps qui passe et se donner l'impression d'être libre.

C'est le grincement de la porte qui l'éveilla. Elle cligna des yeux à la lueur de la torche qui se rapprochait d'elle. Les gardes avaient changé la bougie posée sur les marches en lui portant son repas, comme chaque fois. Mais elle s'était éteinte, à cause sans doute du souffle qui filtrait au travers du passage mal refermé et faisait courant d'air avec le pas de la porte. François ne pouvait deviner la pierre disjointe.

Loraline se sentait pâteuse. Elle se rendit compte au regard de François qu'elle avait lâché l'enfant sur son ventre et lui offrait la vision de son sein gauche nu à travers l'échancrure du bliaud. Elle s'était toujours couverte pour pénétrer dans la chambre de François, par pudeur, même si elle le savait profondément endormi. Elle releva l'enfant. Il était raidi par un éternel sommeil. Elle se força à donner le change et le plaqua contre elle, se dérobant ainsi à ce regard qui semblait troublé.

— Avez-vous trouvé l'or, messire ?

François hocha la tête. Pourtant quelque chose l'intriguait. Il ne parvenait à savoir quoi, mais la vue de ce sein avait éveillé en lui un sentiment étrange au-delà du désir de cette forme blanche parfaite qu'il avait pétrie, léchée, bisée une fois. Il écarta cette sensation pour ne songer qu'à l'or.

— Y compris la barre que le médecin m'avait dérobée. Vous étiez donc de connivence. Mais cela

340

m'importe peu désormais. Puisque tu me donnes ce que je souhaitais : un héritier apte à changer le métal en or. Je pourrais répudier mon épouse et te faire mienne, mais je n'ai aucune confiance en toi. De plus, comment expliquer à tous que tu aies survécu il y a quinze ans sans y mêler quelque diablerie. Tu m'as indiqué comment fabriquer l'or à partir de l'alkaheist – il extirpa la fiole – cela me suffira pour attendre que cet enfant soit en âge de me donner ce que je désire. Je vais te le prendre, Isabeau, et le mettre au sein de ma femme avec ma fille. J'ai bien peur de n'avoir plus besoin de toi.

Loraline sentit son cœur battre à tout rompre.

— Vous m'aviez donné votre parole ! insista-t-elle.

— Je n'ai pas le pouvoir de ressusciter les morts et pour tous tu es morte, Isabeau. Donne-moi l'enfant. Je veillerai à ce qu'il vive.

Elle recula aussi loin que le lui permettait la chaîne, tandis qu'il s'avançait résolument vers elle. Elle savait qu'il lui serait impossible de fuir son destin, mais une voix en elle s'obstinait à refuser l'inéluctable, ce droit qu'elle s'était donné de pouvoir se venger à son tour.

— Ne sois pas sotte, susurra-t-il, comme si ce jeu l'amusait. Tu ne peux m'échapper, Isabeau. Je suis le seigneur, le maître. Tu m'appartiens. Tu m'as toujours appartenu. Aujourd'hui comme hier.

Alors elle s'immobilisa et lui tendit l'enfant en éclatant d'un rire désespéré.

— C'est trop tard. Vous n'avez plus d'héritier, messire.

Il saisit l'enfant, regarda ses lèvres blanches et ses yeux vides, le secoua comme s'il refusait l'évidence puis rugit :

— Tu m'as trompé, une fois encore !

La gifle balaya le visage de Loraline avec violence, faisant sonner son crâne contre la paroi derrière elle. Il lui empoigna la chevelure emmêlée et éparse, fou de rage tandis que l'enfant chutait à terre dans un bruit mat.

— Non, oh non, ce n'est pas fini. Je suis sûr qu'il reste une solution, Isabeau.

Il leva jusqu'à ses yeux le flacon de poison et le déboucha d'un doigt avide. Loraline essaya de repousser ce corps collé au sien qui lui interdisait toute échappatoire. Elle tenta de détourner la tête, mais, indifférent aux coups qu'elle lui distribuait dans les côtes et le dos, il empoigna sa mâchoire et força la bouche à s'ouvrir.

— Bois, allons bois !

Loraline sentit le liquide lui brûler la glotte tandis qu'il maintenait sa tête en arrière. Des larmes lui piquaient les yeux, mais elle ne se débattait plus. C'était trop tard. Il avait déversé en elle suffisamment de poison pour la tuer. Elle était vaincue. Il ne lui restait plus qu'à espérer que cela aille vite.

Elle ferma les yeux. Chazeron jeta le flacon à terre et déchira d'un geste l'encolure de son bliaud, dénudant ses épaules et sa poitrine.

« Mourir. Vite ! » songea-t-elle tandis que déjà son corps la brûlait.

Elle imagina que c'était à cela que probablement sa mère avait pensé tandis qu'il se repaissait d'elle.

Il empoigna ses seins à pleines mains en grognant :

— Peut-être vas-tu mourir, peut-être pas ! Tu es moitié louve, tout est donc possible. Nous allons attendre, ma belle. Comme autrefois. Je suis sûr que tu as aimé ça !

Il nicha ses lèvres dans l'échancrure de ses seins tandis qu'une sueur froide la glaçait tout entière. La douleur grandissait en elle, emmêlant ses idées dans un vertige qui l'éloignait du désir pervers et fou de cet homme.

C'est alors qu'il la lâcha et recula, hagard.

— La marque, lâcha-t-il comme s'il venait de comprendre soudain, tu ne portes pas la marque !

Il se souvenait à présent. Le blason des Chazeron. Le sceau du plaisir qu'il appliquait sur le sein gauche de ses victimes avant de les prendre. Outre que cela l'excitait, il veillait ainsi à ne pas risquer de sacrifier ses propres bâtards lorsqu'il enlevait des jouvenceaux pour ses expériences, en reconnaissant le décolleté de leur mère. Il oubliait vite le visage des jouvencelles dont il se satisfaisait, qu'elles soient consentantes ou non.

— Tu n'es pas Isabeau ! lâcha-t-il, blanc comme un linceul.

Loraline redressa la tête péniblement, cette tête si lourde à porter. Elle eut le courage d'un rire cruel :

— Vous avez refusé de le croire, mon père ! Mais cela n'a plus d'importance. Vous venez de me libérer de vous !

— Non, non, rugit-il en reculant.

L'idée qu'il venait d'assassiner sa propre fille l'ébranlait, non par l'ignominie de son geste mais parce qu'il venait sottement de gâcher en elle ce liquide précieux qu'il avait en vain cherché sa vie durant. Pour rien. Elle était trop humaine pour le distiller à bon escient.

Dans un ultime sursaut de lucidité, il revint contre elle et demanda en la secouant :

— Ta mère ! Dis-moi où est ta mère ?

Mais Loraline ne répondit pas. Qu'aurait-elle pu répondre d'ailleurs ? Elle avait l'impression que son corps s'écartelait tandis qu'à l'endroit de sa nuque où s'élargissait la touffe de poils gris une fulgurante brûlure la transperçait.

Chazeron s'écarta d'elle. Loraline se mourait et son souffle même lui donnait la nausée. Il tambourina contre la porte et abandonna sa victime en donnant l'ordre à la garde de n'entrer sous aucun prétexte.

Loraline se laissa tomber à genoux. Elle avait l'étrange sensation que la douleur serait moindre ainsi, même si c'était absurde. Des spasmes violents la secouèrent au point de la faire vomir à plusieurs reprises. Mais ce n'était pas cela qui l'affligeait le plus, c'était cette sensation qu'une main invisible broyait chacun de ses os pour les remodeler.

C'est alors qu'il vint. Cythar. Mû par cet instinct merveilleux des animaux, il avait achevé de pousser la pierre. Il s'approcha d'elle en gémissant et lui lécha le visage.

Loraline s'enroula en fœtus autour de lui. Tandis qu'il nichait sa tête sauvage dans son cou, elle avisa un trousseau de clés dans la poussière. Elle tendit une main tremblante en songeant que Chazeron avait dû le perdre en la violentant. Dans un sursaut d'orgueil, elle les essaya tour à tour dans la serrure de son collier jusqu'à s'en délivrer. Puis elle se laissa glisser avec la certitude que cette mort n'était qu'un commencement.

20.

Ce 3 août 1516, Isabeau se fit conduire auprès de l'abbé du Moutier sitôt descendue de voiture, l'ample capuchon de sa capeline de soie rabattu sur ses traits. Elle était venue seule, abandonnant son bel amant dans le sillage fort actif du roi de France. Elle ne tenait pas à le mêler à tout ceci. Pas avant d'avoir vu sa fille. Pas avant de lui avoir demandé pardon. Elle avait failli se rendre directement à la grotte en passant par l'église de Saint-Jehan-du-Passet, mais s'était résolue à l'avis d'Antoine de Colonges qui tenait à arbitrer la confrontation entre les trois femmes. Seule sur ses traces, Bertille avançait au rythme de ses petites jambes.

Isabeau eut un sourire en pénétrant dans le cabinet du saint homme. Rien n'avait bougé. Elle, pourtant, était différente. Quelques instants plus tard, Antoine de Colonges ouvrit la porte et écarquilla les yeux de surprise.

— Isabeau, par Dieu tout-puissant, est-ce bien vous ?

— Je le crois, mon père, et voici Bertille rencontrée au service de l'abbé Boussart et gardée au mien.

L'abbé s'approcha d'elle et l'embrassa paternellement sur le front.

— Vos lettres me le disaient, mon enfant, mais je

n'aurais su y croire autant que je le vois. Vous êtes rayonnante.

— Je ne peux en dire autant de vous, mon père. Vous me semblez si fatigué, si las, tant amaigri.

— Hélas, laissa-t-il choir. L'hiver dernier fut rude pour ma vieillesse naissante, sans compter...

Il poussa un soupir à fendre l'âme, avant de puiser un sourire avenant dans sa mémoire :

— Vous devez avoir grand faim. Je vais vous faire préparer quelque pitance. Vous savez qu'il y a toujours gîte et couvert pour les hôtes de passage. Nul ne songera à vous demander quoi que ce soit. La règle de notre ordre est formelle.

— Fort bien, mon père. Cela dit, sans repousser votre hospitalité, j'aurais à cœur de régler au plus tôt l'affaire qui me ramène ici.

— Oui, oui, affirma-t-il. Je vais faire prévenir Albérie.

— Je pourrais m'y rendre moi-même, objecta Isabeau en s'avançant jusqu'au passage qu'elle avait emprunté la fois dernière pour fuir.

L'abbé du Moutier l'arrêta d'un cri :

— Non !

Isabeau le regarda, intriguée. Au front de l'abbé naissaient des perles de sueur. Il s'empara de son bras et tempéra :

— Il serait fort dommage d'abîmer votre mise dans la crasse des souterrains. Prenez collation et repos, le temps que votre sœur vienne à vous. Lors, nous agirons.

— Soit, mon père ! Vous avez toujours été prévenant à mon égard.

Elle se laissa guider vers le réfectoire, mal à l'aise pourtant, sans pouvoir s'en expliquer la cause. Elle mit cela sur le compte du voyage et de son angoisse de se retrouver face à sa fille et ne songea plus qu'à se restaurer. De fait, elle avait grand faim.

Les deux sœurs s'étreignirent longuement avant de se contempler l'une l'autre dans le cabinet de l'abbé où Antoine avait ramené Isabeau. Albérie portait d'épais cernes sous les yeux, et n'arborait qu'un pâle sourire tandis qu'elle complimentait son aînée sur son teint, sa coiffure, sa mise.

Isabeau sentit grandir son malaise jusqu'à ce qu'il éclate en ses mots :

— Que me cachez-vous l'un et l'autre ?

Un silence pesant tomba sur la pièce. Aucun n'osait commencer. Isabeau abattit son poing sur le bureau et Albérie tressaillit.

— Faut-il que je me rende à Vollore moi-même pour glaner la vérité ?

— Ce ne sera pas nécessaire, ma sœur. Assieds-toi, je vais tout te raconter.

Antoine de Colonges fit glisser sur le plancher des chaises qui crissèrent dans le silence. Isabeau entendait cogner les battements fous de son cœur. Elle avait envie de demander où se trouvait sa fille, mais n'osait pas. Tout cela était absurde.

Albérie s'éclaircit la voix dans un raclement de gorge, laissant le temps à Bertille de s'installer auprès d'Isabeau à même le sol et de glisser sa petite main dans la sienne à titre de réconfort.

Elle lui raconta l'hiver, la première tentative avortée pour tuer François de Chazeron. L'intervention de Huc, sa liaison avec Antoinette et l'enfant qu'elle portait. Le choix de François de se terrer à Vollore jusqu'au printemps et la deuxième tentative de Loraline pour l'occire, oubliant sciemment de révéler l'existence de Philippus et de l'enfant que Loraline avait porté. Il suffisait bien d'avoir à lui avouer leur impuissance. Isabeau tremblait, serrant de plus en plus fort la menotte de Bertille qui ne disait mot pourtant.

Albérie raconta encore la méprise de François, le marché qu'il avait passé avec Loraline : sa vie en échange de l'or. Ensuite, elle ignorait réellement ce qui s'était produit. La nuit suivante, après que François de Chazeron s'était enfermé dans sa chambre, livide, elle s'était rendue dans le cachot. Il était vide. Le passage était ouvert et la chaîne pendait mollement contre le mur. La chemise de Loraline était écartelée, déchiquetée par les dents d'un loup. Elle avait retrouvé à terre le flacon vide et l'enfant mort dont elle tut l'existence une fois encore. C'était il y avait tout juste un mois. Depuis elle attendait, espérait, mais n'osait croire que Loraline fût toujours en vie. Cythar avait disparu cette nuit-là et, malgré ses efforts, nulle part elle n'avait trouvé trace de lui ni de la jouvencelle.

Isabeau se couvrit le visage de ses mains et se mit à sangloter. Albérie et l'abbé échangèrent un regard d'impuissance. De fait, comme Isabeau, il ignorait l'existence de Philippus qui venait seulement de se résoudre à partir. À cette heure même, il bouclait ses bagages dans une auberge de Thiers, résigné et vaincu. Albérie avait bien envisagé tous les possibles lorsqu'il avait exigé qu'on lui rende sa fille mais, si Antoinette-Marie avait survécu, elle était toujours chétive et malingre. La changer de nourrice lui aurait peut-être été fatal. Philippus avait fini par y renoncer.

Huc était revenu le surlendemain de cette sinistre nuit. François l'avait écouté faire son rapport, puis avait signifié qu'il n'avait désormais nullement besoin du prêt qu'on lui consentait. Albérie avait été pourtant obligée de répondre aux questions de son époux, se bornant à révéler que Loraline avait soudainement eu envie de se venger de Chazeron, tant la solitude et le manque de sa mère lui avaient tourné l'esprit. François l'avait capturée et tuée. Huc avait rugi, mais Albérie l'avait apaisé. Il valait mieux pour tous deux que François n'apprenne jamais leur complicité. Il s'était rendu à cette évidence. Il se souvenait trop bien de la promesse de son maître.

Son acte monstrueux lui prouvait qu'il ne reculerait devant rien pour préserver son autorité.

Depuis, Huc s'était mis à boire. Il se sentait coupable. Trop lâche, trop esclave. Même l'enfant qu'il prenait pour celui d'Antoinette n'avait su le dérider. Davantage encore, il le renvoyait à son inutilité.

La nuit de pleine lune qui avait précédé l'arrivée d'Isabeau au Moutier, Albérie avait couvert les bois alentour dans une course démoniaque. Elle n'avait entrevu quant à elle qu'une seule explication à la disparition de Loraline, c'était qu'elle se soit transmutée en louve. Mais elle n'avait rien pu découvrir pour étayer son hypothèse.

Chazeron n'était pas retourné au cachot, et les gardes avaient été relevés de leur faction avec ordre de ne rien révéler de cette aventure, pas même à Huc, sous peine de mort.

Albérie avait fini par se rendre à la raison. La logique voulait que Loraline fût morte discrètement dans un cul-de-basse-fosse.

Philippus avait voulu inspecter à son tour le cachot, mais Albérie l'en avait dissuadé. Chazeron retournait chaque recoin des souterrains pour trouver d'autres cachettes à l'alkaheist ou à l'or lui-même. C'était terminé. Il devait abandonner toute idée de revoir un jour celle qu'il aimait, tout comme il devait pour l'heure abandonner sa fille, jusqu'à ce qu'elle soit assez grande pour voyager et comprendre. Il savait que c'était l'unique moyen de la protéger de François de Chazeron, puisque l'enlever la perdrait à coup sûr, en jetant à ses trousses la colère de cet homme. Déchiré, il épuisait ses nuits à parcourir les tavernes, à dépenser les quelques sous qui lui restaient, à s'endetter au jeu, en se disant qu'il lui suffirait de revendre sa maison, son officine, ses rêves pour rembourser ses dettes puisque plus rien désormais n'avait de sens.

Isabeau repartit le lendemain après une nuit d'insomnie à regarder ronfler Bertille sur une paillasse à ses côtés.

— Je ne te reproche rien, avait-elle affirmé avant de quitter sa sœur. Tu as fait ce que tu pouvais. C'est à moi que j'en veux. J'aurais pu empêcher cela si j'étais revenue plus tôt. J'aurais dû. Une fois encore, le seigneur de Vollore m'a volé mes nuits et ma vie. Tiens-toi à l'écart de lui ou il te détruira à ton tour. Et si un jour cela te devient trop pénible, rejoins-moi.

Elles s'étaient étreintes plus fort encore qu'à l'heure des retrouvailles, en sachant l'une et l'autre désormais qu'elles ne seraient de taille à affronter leur ennemi qu'en devenant ses égales.

Au petit jour, Isabeau avait les yeux secs. Elle songeait à La Palice, à la première fois où ils s'étaient aimés, où il avait découvert sur son sein la marque de sa soumission. Il s'était obstiné à cicatriser les blessures de son âme en lui apprenant la tendresse. Aujourd'hui cette marque la brûlait, parce que le sens même de sa vie s'était éteint avec Loraline. Elle se demanda si elle avait le droit de rester sa maîtresse. Une petite voix lui hurla « oui ». Oui, pour devenir plus puissante que François de Chazeron ne le serait jamais. Oui, pour oublier.

Philippus s'était levé à l'aube, comme un voleur, prêt à partir avant que les usuriers ne frappent à sa porte. Il n'avait pas revu Albérie depuis une semaine, ni sa fille depuis sa naissance. Il s'était dit que les jours amenuiseraient la douleur et l'espoir. Mais il sentait qu'aucun jour ne le pourrait désormais. Il était temps de partir sur les routes, de reprendre sa vie d'errance, de se mettre au service des autres et d'utiliser ce savoir immense que Loraline lui avait légué. Ensuite il reviendrait, lorsque François de Chazeron ne se méfierait plus, lorsqu'il aurait oublié que des souterrains étalaient leur labyrinthe sous ses pieds, et il reprendrait sa fille. Il l'avait promis à Loraline, il se l'était promis à lui-même. Il reviendrait.

Il descendit dans la grande salle de l'auberge sur la pointe des pieds, sachant que l'aubergiste lui réclamerait une note qu'il ne pourrait payer, récupéra discrètement son âne à l'écurie et l'enfourcha, le cœur lourd.

Un instant, il hésita sur la route à prendre. Il aurait aimé rendre visite à son ami Michel de Nostre-Dame, mais il s'y refusa. Le jouvenceau l'avait mis en garde, il s'en souvenait ce jourd'hui. Il lui avait déconseillé de se rendre à Thiers. Que pourrait-il lui dire sans le culpabiliser par son récit de n'avoir pas insisté vigoureusement pour qu'il change de route ? Michel avait un grand avenir devant lui, il le sentait. Il ne voulait rien gâcher. Il reviendrait vers lui plus tard, lorsque le chagrin se serait tu. Lorsqu'il aurait le cœur à rire à ses côtés. Il lui présenterait Marie.

D'un coup sec du talon, il s'engagea sur la grand-route. Peu avant de prendre l'embranchement qui le ramenait vers sa Suisse natale, il dut se ranger sur le côté pour laisser passer un attelage au galop dont les volets de la litière étaient rabattus. Il songea en souriant tristement qu'il existait au moins sur cette terre une personne qui se languissait autant que lui de quitter ce lieu, puis baissa le nez sur ses rênes pour ne pas se retourner.

Sur le sommet de la butte, drapée dans une fourrure grise étincelante, une louve regardait, écartelée, ces deux destins se séparer. Lorsqu'ils ne furent qu'un point à l'horizon, Cythar passa sur son museau une langue râpeuse et réconfortante, faisant balancer à son cou une petite croix d'or ciselée retenue par une chaîne.

Alors seulement, la louve se mit à hurler.

"La force du destin"

(Pocket n°12184)

La vengeance des femmes-loups a échoué, mais leur vie a retrouvé son entrain et sa gaieté habituels. Devenue lingère de François Ier, Isabeau tient une boutique, où soieries et dentelles sont taillées et brodées pour la Cour. Rien ne semblait pouvoir briser ce bonheur idyllique, jusqu'au jour où François de Chazeron, leur ennemi juré, est nommé chargé de justice à Paris. Si elles veulent survivre, les femmes-loups devront s'unir une dernière fois pour conquérir enfin leur liberté.

Il y a toujours un Pocket à découvrir

Impression réalisée sur Presse Offset par
par Brodard et Taupin
24242 – La Flèche (Sarthe), le 02-06-2004
Dépôt légal : juin 2004

POCKET – 12, avenue d'Italie - 75627 Paris cedex 13
Tél. : 01.44.16.05.00

Imprimé en France